华夏英才基金学术文库

互利共赢的中俄经贸合作关系

王殿华 著

科学出版社

北京

内 容 简 介

　　经济正在急速全球化，区域经济合作更是频繁掀起波澜。经济全球化背景下的中俄经贸合作面临着前所未有的机遇，也承受着各种因素的制约和挑战。本书从历史继承性、现代战略构想和地缘经济等角度，重点研究经济转型过程中俄罗斯经济区划、生产力布局、对外投资模式、资本市场、中俄贸易、粮食安全和高等教育市场化等问题，以及林业、农业、建筑业、能源、中俄劳务合作等主要产业，深入剖析中俄经贸合作的行业空间环境和行为空间影响。从地理学、经济学和社会文化等角度，归纳中俄经贸合作对两国经济、政治、文化影响的障碍因素，根据制订区域经贸合作发展战略的原则、地缘优势、资源禀赋优势和区域发展前景，提出推进经济全球化背景下中俄经贸关系的新走向和重构问题的战略构想。

　　本书可供世界经济、俄罗斯问题研究人员，高等院校师生，政府机构决策人员和外经贸企业工作者等社会各界人士参考。

图书在版编目（CIP）数据

互利共赢的中俄经贸合作关系/王殿华著．—北京：科学出版社，2011.5
ISBN 978-7-03-030781-1

Ⅰ．互…　Ⅱ．王…　Ⅲ．对外贸易-中俄关系-研究　Ⅳ．F752.751.2

中国版本图书馆 CIP 数据核字（2011）第 067553 号

责任编辑：李晓华　邹　聪　卜　新／责任校对：纪振红
责任印制：赵德静／封面设计：陈　敬

科 学 出 版 社 出版
北京东黄城根北街 16 号
邮政编码：100717
http://www.sciencep.com

北京市文林印务有限公司 印刷

科学出版社发行　各地新华书店经销

*

2011 年 5 月第　一　版　开本：B5（720×1000）
2011 年 5 月第一次印刷　印张：16 1/2
印数：1—2 500　　字数：310 000

定价：45.00 元
（如有印装质量问题，我社负责调换）

序

经济全球化的浪潮席卷全球，竞争之中有合作，合作之中有竞争，国际经贸合作成为超越传统的理念和模式，适应世界经济社会发展的必然选择。全球化深刻影响着各国人民的经济、社会和文化生活，交流与碰撞、主旋律与次旋律的相互交织，在经济、文化高速融合的大背景下，挑战着不同文明背景下的价值观和思维方式。把握全球化背景下的经济大机遇，适应时代要求，通过实现商品与要素的跨国自由流动，为民富国强形成有力的经济理论支持与指导，成为每一位有责任心的经济学家不可推卸的社会使命。

中俄两国国情虽有不同，但从技术基础设施到产业经济结构，从市场需求到市场特点，从消费习俗到文化传统，从产业政策到金融手段体系，从经济增长到社会发展，从国际贸易到国际金融等，都存在一些相近、共同或互补的经济现象。重视和研究这种共性和互补性，运用理论进行分析，可以实现实践的创新。

该书作者曾是我的博士研究生，当时我在课堂上就多次强调经济学家社会责任的担当与迎接挑战的能力的重要性。面对当今日益激烈的国际竞争与日趋复杂的合作局势，这种社会责任的担当与迎接挑战的能力就显得更为重要。作者在从事国际经济与贸易实务工作的过程中，具有多年在俄罗斯工作、学习和生活的实践经验，在面对许多重大社会及经济事件时，通过观察与调研，对复杂的经济现象进行了经济学理论的探索。在中俄比较视角和社会体制、社会经济发展的经纬下，重新审视国际经济合作理论的结构与发展，判断中俄经济合作的发展轨迹，这无疑是相当富有新意的考察，为我们今天国际经济合作的现实和未来演进方向提供了有益的理论视角和分析框架。

虽然中俄两国制度不同，社会历史沿革各异，经济基础和发展水平不同，文化心理存在差别，但作者在打破经济学、社会学、政治学各学科的界限，形成科学、完整的评价体系，对国际经济合作与区域经济合作进行适当规划和科学预测方面进行了有益探索和大胆尝试，这是值得称赞的。

袁树人

2010 年 7 月于长春

目 录

序

引言 ……………………………………………………………… 1

第一章　时代的演进：中俄经贸合作的背景与条件 ……………… 5

　一、经济全球化背景下的中俄经贸关系 ……………………… 6

　二、中俄经贸合作的政治背景 ………………………………… 9

　三、中俄经贸合作的经济背景 ………………………………… 12

　四、重点区域：中国东北与俄罗斯远东经贸合作的地缘经济意义与
　　　空间经济条件 ………………………………………………… 16

第二章　中俄经贸合作基础——俄罗斯经济规划与要素配置 …… 23

　一、俄罗斯经济区划新进展 …………………………………… 24

　二、俄罗斯生产力布局的演变 ………………………………… 32

　三、俄罗斯对外直接投资的特征、优势及前景 ……………… 40

　四、俄罗斯对外贸易结构：中俄贸易期待提速 ……………… 51

　五、金融危机下的俄罗斯资本市场：动荡及调整 …………… 58

　六、传统问题新视点——俄罗斯粮食安全问题 ……………… 68

　七、竞争、选择与价格——俄罗斯高等教育市场化改革 …… 77

第三章　中俄经贸合作的主要产业 ……………………………… 85

　一、中俄林业合作 ……………………………………………… 86

二、中俄农业合作 ·························· 95

三、中俄渔业合作 ·························· 105

四、中俄能源合作 ·························· 112

五、区域案例：环渤海的油气资源约束及与俄罗斯的合作前景 ···· 128

第四章　中俄劳务合作 ·························· 137

一、国际劳务合作的相关理论阐释 ·················· 139

二、俄罗斯的人口状况及普京的人口方针 ·············· 154

三、俄罗斯劳动力资源评述 ····················· 162

四、俄罗斯社会经济发展战略中的劳务政策 ············· 166

五、中俄劳务合作现状及问题 ···················· 168

六、俄罗斯入世对中俄劳务合作的影响 ··············· 177

第五章　中俄经贸合作影响的理性分析 ··············· 183

一、俄罗斯的外国移民问题 ····················· 185

二、中俄经贸合作的经济影响 ···················· 192

三、中俄经贸合作的政治影响 ···················· 202

四、中俄经贸合作的社会影响 ···················· 210

第六章　"中国扩张"的地缘政治学透视 ·············· 215

一、非传统安全背景下的"文明冲突"论 ·············· 216

二、安全要素与人口的政治平衡 ·················· 220

三、和平发展与大国崛起 ······················ 222

第七章　中俄经贸合作的战略选择 ················· 227

一、互利双赢——对以往中俄经贸合作原则的修正 ········· 228

二、综合型经济合作战略——中俄经贸合作可持续发展的模式 ···· 230

三、区域战略选择：俄罗斯远东的发展前景及与中国东北的区域

合作对策 ···························· 248

参考文献 ······························· 253

后记 ································· 257

引 言

国际经济合作与区域经济一体化作为经济全球化发展的必然现象之一，是人类社会政治、经济发展的必然结果，在一定意义上，是社会进步和人类自由的表现。经贸合作的主题和目标是促进互利共赢的贸易和投资。从全球范围看，世界经济全球化与区域经济一体化已成为不可阻挡的大趋势。在这样的环境下，各个国家和地区之间的联系日益密切，各国之间的经济利益不可分割，互惠、互利、互信、共同和谐发展与繁荣，已成为全世界共同关心和着力解决的问题。

生产要素流动是中俄经贸合作的主要形式。世界贸易组织总干事鲁杰罗在1997年7月会见中华人民共和国对外贸易经济合作部首席谈判代表龙永图时说："以要素自由流通为基础的经济全球化趋势不可逆转，正在拆除各种围墙藩篱，跨越各国边界，编织一个统一的世界经济。一个以经济全球化为基础的无国界经济正在全球范围内形成。"[1]然而国际经贸合作存在着许许多多的障碍，中俄两国的经贸合作水平与两国实力相比尚有较大差距。

一、转型期中俄两国的共性与差异

中国和俄罗斯在经济背景上有相似之处，两国均从过去的计划经济体制向市场经济体制转变。转型后的经济增长状况提升了两国在世界经济中的地位。就经济总量而言，中国从1978年的世界第27位上升到2009年的第2位，俄罗斯则从1996年的第16位提升到2009年的第11位。中俄两国对世界经济增长的贡献也发生了重大变化，两国市场经济框架均已基本建成。从未来增长潜力看，两国各有优势和特点。从国内环境看，中国有劳动力、市场、成本等优势，俄罗斯拥有丰富的矿产资源、人力资源、金融资本、坚实的技术基础和迅速成长的市场。[2]

二、毗邻国家自由贸易协定构想

由于存在不合理的经济秩序和不平等的资源占有率，面对经济全球化，各国只有通过区域合作，才能最大限度地利用全球化的优势，规避全球化带来的风险，增强自身应对挑战的能力，进一步扩大竞争优势，避免保护政策所带来的效益损失。实施各种优惠的经贸政策，寻求更大的经济发展空间，已经成为世界上多数国家一项重要的政策选择。

中俄双边贸易存在着巨大的地缘优势。充分利用这种长线接壤的优势，积极创建中俄边境特殊经济区和边民互市区势在必行。例如，建立边境出口加工区、保税区、边民互市区等，通过两国共同赋予的特殊经济政策、管理方式和操作机制，逐步实现商品自由交易、资本快捷融通、人员便捷流动、货币自由兑换的局面，使中俄贸易向更高层次迈进。

三、发展模式与发展趋势

中俄关系具有广泛的战略基础，在世界多极化、文明多元化、民主多样化问题上，两国有着广泛的共识与近似的理念。两国基本国情与发展模式相近，需要相互借鉴，减少发展模式的竞争性。中俄都是构建欧亚路桥的关键国家，两国加强合作，有利于发挥各自过境优势，增强各自地缘经济地位。两国都处于快速崛起的关键时期，对对方的崛起是欢迎还是遏制，关系到两国战略协作的基础。中国欢迎俄罗斯和平崛起，俄罗斯对中国的快速发展虽然存在某些疑虑，但是总体来看，不存在遏制中国和平发展的意图。相互对对方崛起性质的积极判断，可望为两国的和平崛起提供重要支撑。共同利益的客观存在，为两国战略协作伙伴关系的稳定发展奠定了最为重要的基础。[3]

在中俄睦邻友好关系不断深化的关键时期，根据国际生产要素和资源现状的特点，笔者结合中国"走出去"战略的实施和多年来从事对俄经济合作工作的实践经验，开始了对中国与俄罗斯经贸合作的研究。当前，中俄经贸合作仍在较低水平上徘徊不前，与两国所具有的合作潜力极不相符。研究中俄经贸合作关系，可供借鉴的材料较少，而且由于影响因素较复杂，有些数据收集起来比较困难，研究难度较大。本书尽量充分利用现有资料反映中俄区域经贸合作的发展进程，总结合作的模式，并提出促进经贸合作的相应对策和具有现实可操作性的战略选择。

本书的论点是：经济全球化背景下的中俄经贸合作不是一种在国际商品生产与要素流动中只占很小比例的现象，而是战略合作伙伴关系下的一种强大趋势。关注和研究中俄经贸领域的合作，预测前景，对促进中俄经贸合作的持续快速发展、强化 21 世纪中俄战略协作伙伴关系、拓展国际经济贸易的研究领域，都有着一定的理论和现实意义。

本书综合运用国内外的理论研究成果和成功经验，分析中俄经贸合作中存在的问题及解决途径，力图为国家在国际经济合作方面提供科学的研究背景和政策思路，指导中俄经贸合作的实践，以实现"知识报国"的宗旨。

第一章

时代的演进：中俄经贸合作的背景与条件

一、经济全球化背景下的中俄经贸关系

经济全球化是指世界各国、各地区通过密切的经济交往和协调，在经济上相互联系和依存、渗透和扩张、竞争和制约，并发展到一定程度，实现世界经济交织与融合，使全球经济形成一个不可分割的有机整体的经济发展态势；是资本、文化、信息、技术、劳动力和产品在全球范围内流动并趋于一体化的过程。随着经济全球化的不断加深和发展，国际经济关系在整个国际关系中的地位越来越重要，经济关系已经成为国际关系发展的重要基石。

20世纪90年代以来，全球化对国际经贸合作产生了前所未有的影响。全球化的特征是市场经济占主导地位，即在经济生活中，资源配置由市场导向，资源分布不均及资源效益差异是资源流动的直接原因。在市场经济条件下，商品、资本、劳动力、技术、信息和知识等要素经常处于流动状态。生产要素在全球的高度流动性，形成了各国间要素市场的相互沟通和各种要素流，商品由价格低的国家或地区流出，资本从利率低的国家或地区向利率高的地方转移，技术由先进国家向后进国家扩散，劳动力从剩余国家向短缺国家流动。总之，世界市场由此形成一个要素流动连接起来的整体。资源由效益低的国家向效益高的国家流动，使国家能够利用两种资源和两个市场来推动本国经济发展。通过市场信息的传递，在市场供求关系规律的作用下，使短缺资源得到补充，过剩资源得到转移，实现世界资源的优化配置。[4]

今天，任何国家的经济发展都不能离开更不能背离经济全球化。中俄两国既是战略协作伙伴，也是重要的经济合作伙伴。俄罗斯作为中国的战略协作伙伴和最大邻国，是中国实施市场多元化和"走出去"战略的主要地区，也是中国传统贸易伙伴之一，在中国对外经贸合作中占有十分重要的地位。近年来，随着两国政治互信不断加深和两国高层互访的积极推动，双边经贸关系也获得了稳步健康的发展。在经济全球化不断深化的背景下，两国的经贸合作一定会得到保持和发展，各领域的合作必将取得丰硕的成果，实现两国的互补发展。

（一）　中俄两国在全球化中的地位与作用

1978 年实行改革开放以来，中国的经济发展取得了举世瞩目的成就。1978～2005 年的 27 年间，中国的国内生产总值增加了 312.2 倍，平均增长率高达9.4%，中国的对外贸易平均增长率达 29.3%，是同一时期全世界经济增长最快的国家。在 2001 年加入 WTO 后，中国对外贸易的增长更加迅速。而且，在国际金融危机期间，中国以较为雄厚的国内经济为基础，坚持人民币不贬值，成为保证世界经济稳定和复苏的重要力量。虽然中国经济已经取得连续 27 年高速增长的绩效，但中国经济的总体发展水平较低，产业和技术升级的空间很大，尤其是国内企业和居民积累和投资的积极性很高。同时，中国也是外资企业投资的最佳地点。

俄罗斯自转型以来，尽管国内生产总值大幅度下滑，但出口保持持续增长的趋势，使相当大的一部分国内生产总值在国际市场上得到实现。出口部门成为国民经济中最重要的部门，支持着一系列工业部门的生存，并缓和了转轨时期的经济、社会矛盾。同时，俄罗斯在经济转轨时期加快参与经济全球化的过程中，与发达国家的经济差距进一步扩大。20 世纪六七十年代，俄罗斯的人均国内生产总值相当于美国的 21%～30%；90 年代的经济下滑，使这一比例下降为 10%～14%。俄罗斯工业劳动生产率与美国相比，从 90 年代初前者为后者的30% 下降为 90 年代末期的 19%；在高技术部门，俄罗斯的劳动生产率只相当于美国的 3%～5%。

（二）　中俄经贸合作的回顾与现状

从历史继承性角度来讲，中俄经贸往来已经历了长达几个世纪的发展。即便在双边关系出现摩擦的时期，这一进程也不曾中断，尤其是边境地区的经济联系。20 世纪 90 年代以来，随着冷战的结束和世界政治经济形势的变化，中俄之间首次出现了以各种形式和途径建立新型国家关系的可能性。中俄关系历经了"相互视为友好国家"、"建设性伙伴关系"，直至确立"战略协作伙伴关系"这一建立在平等和超越意识形态基础之上的新型国家关系。[5]

中俄在地理上的接壤和经济上的互补性，决定着两国互利合作经贸关系具有广阔的发展前景，但中俄贸易额增幅并不是稳步上升的。1994 年，由于实行中俄边境通关签证制度，两国贸易额增幅比 1993 年减少了 33.9%。1998 年，由于俄罗斯的金融危机，两国贸易额增幅比 1997 年减少了 31.04%。然而，1994 年两国贸易额的减少在客观上促成了两国经贸关系及进出口商品结构的调整，同时也规范了两国贸易的经营秩序。1997～1998 年两国经贸合作的增幅减少，其原因既有俄罗斯金融危机的影响，也与中国政府为保护国内市场而采取的关税措施有关。俄罗斯金融危机也导致 1998～1999 年从中国的进口额急剧减少，这不仅在相当大的程度上缩小了俄罗斯的消费品市场，而且也减少了中国对俄罗斯化肥、稀有金属和机械设备的购买。从 1999 年开始，中俄贸易又出现了增长势头。促成 1999～2004 年贸易额近 30% 增幅的主要原因是建立了两国战略协作伙伴关系、相应的政府首脑会晤机制和常设专业委员会的协调机制。1999～2004 年，俄方对中方的出口额超过了从中国的进口额，形成了贸易顺差。2000～2008 年，中俄双边贸易额从 80 亿美元增加到 560 多亿美元。2010 年中俄双边贸易额为 554.5 亿美元，同比增长 43.1%。[6]

尽管受国际金融危机冲击，2009 年两国经贸额在保持 10 年连续增长后首次下降，但两国经贸合作基本保持良好，相互投资有所增长。近年来，两国相互投资也逐步扩大。2009 年，中国对俄直接投资超过 2008 年的三倍，俄对华投资新增项目超过 2008 年一倍以上。

（三）经济全球化背景下中俄经贸合作的前景

积极参与区域经济一体化是中国发展对外经济关系的长期战略，发展中俄经贸关系对发展中国经济具有重大意义。中俄互为最大邻国，拥有世界上最长的共同陆地边界，包括边境地区合作在内的地方合作，是中俄合作关系的有机组成部分，更是两国关系发展的新增长点。

尽管目前中俄经贸合作仍有一定的局限性，但合作空间广泛，进一步提升两国经贸合作水平的潜力巨大。其途径是：通过大力改善贸易结构，特别是加大俄优势机电产品和高新技术产品的对华出口力度，提高中国对俄出口产品的技术含量，扩大双方高科技产品和成套设备在出口中的比重；转变民间贸易发展方式，中方鼓励有实力的中国企业在俄建立现代化的、规范的商贸物流平台，推动中国产品有序进入俄罗斯市场，建立规范的营销渠道，树立企业和品牌形象；加大投资合作力度，进一步相互改善投资环境，提供各方面便利，通过成立合资企业、相互参股、并购等方式，扩大相互直接投资规模；边境和地方合作与贸易、产业、投资、金融、能源合作等有机结合，加强重要合作领域与边境和地方间省区合作，发挥其综合效应；大力发展节能环保和新能源合作，开展贸易、投资和技术合作，为两国经济结构调整和产业升级服务。[7]

现阶段，中俄经济都处在快速发展的良好时期，这为两国加强经济技术合作提供了强大动力。两国确立的各自国家未来五年经济发展的目标，将为互利合作创造更多的机遇，开辟更广的空间。

二、中俄经贸合作的政治背景

双边经济关系的改善和发展水平的提高会在很大程度上促进两国经贸合作的广度和深度，而实现两国各自的对内对外战略则成为加强双边经贸合作的主要驱动力量。

中俄经贸合作具有良好的政治环境。中俄关系的深入发展将对当前中俄两国对外关系的拓展，对欧亚大陆和亚太地区乃至整个国际社会的稳定产生积极影响。无论是就外部环境，还是就中俄两国的内部动因而言，都为两国关系特别是经贸合作关系提供了非常广阔的前景。

新中国成立后，苏联立刻承认了新中国，两国在 1950 年 2 月 14 日签订了《中苏友好同盟互助条约》，在经济、科技、教育、文化方面，苏联向中国提供的巨大援助，对中国经济的发展发挥了重要作用。但由于意识形态的分歧和国家间的矛盾，20 世纪 50 年代末，两国走上了对抗的道路。20 世纪 70 年代末 80 年代初，国际形势和中苏两国国内的情况都发生了很大变化。在双方共同努力下，两国关系中的"三大障碍"得到解决，实现了两国关系的正常化，两国关系重新回到正常的轨道。[8]

2001 年 7 月，《中俄睦邻友好合作条约》的签订，为两国发展经济合作奠定了良好的政治与法律基础。2005 年 6 月，中俄两国外长互换了《关于中俄国界东段的补充协定》批准书，标志着中俄 4300 公里的边界问题彻底解决，消除了俄罗斯国内在对华政策问题上的一个不稳定因素，使战略协作和务实合作成为新世纪中俄关系发展的原则和方向。"有助于把两国边界变成和平友好的边界。

边境地区的良好气氛进一步深化了两国毗邻地区和地方的交往与合作。"（2006年3月21日《中华人民共和国和俄罗斯联邦联合声明》）中俄两国的战略协作伙伴关系为双边贸易发展奠定了坚实的基础，它的建立意味着双方将进行长期的战略协作，条约所倡导的"世代友好，永不为敌"的和平理念，为把中俄贸易推向战略高度创造了优良的社会环境。近年来，俄罗斯政治经济形势逐步趋于稳定，为两国贸易的战略性发展提供了前提条件。俄方积极推进"入世"，也为双方经贸合作提供了重要契机。2006年3月普京访华，同胡锦涛主席签订《中华人民共和国和俄罗斯联邦联合声明》，为中国与俄罗斯经贸进一步合作提供了良好的政治保障。2006年在中国举办的"俄罗斯年"活动，2007年在俄罗斯举办的"中国年"活动，向两国人民和全世界集中、全面展示了中俄两国关系发展的成果。

（一）20世纪90年代的中俄关系

这一时期可分为两个阶段：

1.1991年年底至90年代中期，苏联解体之后中俄两国正式确立关系，是两国关系迅速发展的时期

苏联解体之后，国际社会与中俄两国人民都密切关注着冷战体制的突然终结给中俄关系所带来的影响。1992年中俄双方签署《关于中俄相互关系基础的联合声明》，重申在和平共处五项原则基础上发展两国间的长期睦邻友好、互利合作关系，相互把对方看作友好国家，从而形成了从中苏关系到中俄关系的平稳过渡。1994年两国签署指导两国关系进一步发展的《中俄联合声明》、《中俄两国首脑关于不将本国战略核武器瞄准对方的联合声明》以及《中华人民共和国和俄罗斯联邦关于中俄国界西段的协定》等文件，为两国关系顺利发展奠定了基础。

这一阶段，中俄关系正式确立与发展。对于如何在国际格局之下超越意识形态发展合作关系，如何在政治、经济、军事等领域全面开展合作等，双方表现出了真诚合作的强烈意愿，对推动两国关系做出了贡献。20世纪90年代，中俄关系的发展经历了从睦邻友好、全面双边合作、建设性伙伴关系，到逐步上升为全球范围内的战略协作伙伴关系的转变。

2.90年代中期至2001年，是中俄以战略伙伴关系为基调的发展时期

这一时期的标志是1996年4月15日中俄宣布决心发展平等、信任的面向

21 世纪的战略协作伙伴关系和以此为主题签署的《中俄联合声明》。中俄双方在这一阶段加强战略伙伴协作的主要措施是：双方同意推进两国领导人之间的经常性对话和个人接触，双方互相支持对方维护国际统一、反对分裂主义的立场与措施，建立了由两国社会各界代表组成的"中俄友好、和平与发展安理会"，经过长期努力基本解决了边界问题。"上海合作组织"的成立，成为中俄和中亚邻国相互关系中的一个亮点。

20 世纪 90 年代中期以后的中俄关系发展表明了两国之间的相互理解与合作，两国间的合作不只在双边事务方面得到了大大加强，而且以多边形式得到了推进。

（二）普京执政时期的中俄关系

1999 年末普京上台，标志着俄罗斯进入一个新的历史时期。这个时期，普京在制度变迁大方向上既继承了叶利钦时期的基本政策，又把稳定经济视为主要任务和头等大事。在对外政策上普京也把为国内经济发展服务作为主要任务，在对华关系的基本框架方面没有发生大的变化，其对华政策上更加具有务实性和以经济利益为中心的特点。他一再强调，俄罗斯对外政策要为国家经济利益服务，完全服从于复兴国家和经济这一目标。叶利钦时期，中俄两国构建的战略协作伙伴关系，更多地体现在政治、军事和外交方面，经贸合作是个薄弱领域；而普京上任后，经贸合作则成为战略协作伙伴关系中的重要一环，是充实这一关系的重要因素。2000 年两国发表的《中华人民共和国和俄罗斯联邦北京宣言》，对两国关系及合作内容进行了全面梳理，对两国关系的发展方向和合作领域重新给予肯定。2004 年 10 月，胡锦涛主席和普京总统批准了《〈中俄睦邻友好合作条约〉实施纲要（2005～2008 年）》，旨在为两国关系发展设计行之有效的实施方案和中期合作规划，为深化两国战略协作关系提供清晰的行动思路。普京上任后在内外政策上的调整，从不同方面给中俄关系注入了新的因素，使中俄关系在普京时期更加趋于平稳、理性和务实。普京认为："今天的俄中关系堪称睦邻友好与相互尊重的典范。俄中两国关系的发展有利于提高两国在国际舞台上的地位，有利于促进两国的现代化进程。"（2006 年 3 月 21 日普京总统在"俄罗斯年"开幕式上的致辞。）

从政治关系来讲，普京总统执政后，中俄两国领导人多次举行高层会晤，使两国战略协作伙伴关系继续保持稳定、健康发展的势头。

（三）"后普京时代"的中俄关系

2008 年，梅德韦杰夫就任俄罗斯总统，普京出任俄罗斯总理。这标志着在法律层面上，普京已经不再是对俄罗斯具有直接影响的最高领导，但是作为俄罗斯的总理，他仍然间接保持着其对俄罗斯政治的影响力。所以这次政权交接标志着"普京时代"的完结，俄罗斯由此进入了另一个时期，即"后普京时代"，也称"梅普时代"。[9]

进入"后普京时代"，梅德韦杰夫延续普京的执政思想，继续提高俄罗斯的国际影响力，保持对独联体国家的影响，防止北约进一步向俄罗斯腹地渗透，以维护俄罗斯的国家安全。此外，俄罗斯还加强与周边国家关系，其中，中国是"后普京时代"俄罗斯亚洲战略的重点，梅德韦杰夫上任后出访的第一个非独联体国家就是中国，足以表明俄罗斯十分重视中俄双边关系的发展。

"后普京时代"的经济政策是对"普京时代"的一个延伸，在宏观政策方针的基本框架不变的基础上，梅德韦杰夫调整了一系列经济政策，使俄罗斯的市场更加开放，投资环境更加优越，在立足于本国的基础上逐步融入经济全球化。

从中俄关系以上发展进程可以得出结论：中俄两国经贸合作正在成为战略协作伙伴关系中的基本环节，努力提高综合经贸合作水平已成为两国对外贸易战略中的重要方面，双边合作的机制建设越来越完善，很多障碍性问题的解决也呈现出积极态势。这是两国深化双边经贸合作的政治背景。

三、中俄经贸合作的经济背景

《中俄睦邻友好合作条约》以法律形式把两国关系推向一个崭新的阶段。该条约特别强调，双边经贸合作是"中俄两国平等信任的战略协作伙伴关系的物质基础"。但两国双边经贸关系发展明显滞后，两国经贸合作现已达到的规模和水平与其发展潜力差距极大，远远不能适应战略协作伙伴关系发展的需要。如果双边经贸合作长期滞后，战略协作伙伴关系基础不扎实，将会影响两国整体友好合作关系的深入发展。

（一）中俄经贸关系的历史进展

从中俄经贸发展继承性角度考察，在苏联时期，中苏两国基本上都是在计划经济体制的框架内，由两国政府或国营外贸公司之间达成易货贸易协议，以瑞士法郎结算，这种贸易的主体是政府。随着苏联的解体及东欧国家向市场经济转轨，中俄贸易条件和环境发生了很大变化。中国自 1978 年起实行对外开放政策，国家外贸体制开始进行改革，俄罗斯则从 1992 年开始实施对外贸易自由化政策，中俄经贸发展进入了一个新时期。

中俄两国的经济合作与贸易发展趋势呈正相关状态。通过双边贸易的历史进展，可以大致了解两国经济合作的轨迹。

1. 双边贸易的探索阶段（1988～1993 年）

这一阶段双边贸易发展较快。1993 年双边贸易额达到 76.8 亿美元的高峰。其主要原因是：苏联解体后，俄罗斯经济调整重组，国内商品十分短缺，而中国的一系列易货贸易优惠政策起了积极推动作用。

中国实行全面的对外开放以后，中苏两国关系逐渐改善，并最终实现了关系正常化，边境贸易随之异军突起。苏联解体后，俄罗斯外贸总额大幅下降，同 1991 年相比，1992 年下降了 23%，1993 年下降了 12%。而这期间中俄贸易额却大幅上升，1992 年为 58.6 亿美元，1993 年又升至 76.8 亿美元，增长率分别达到 74.4% 和 31%，均超过了此前中苏贸易额的最高年水平。1992 年和 1993 年中国成了除独联体国家以外仅次于德国的俄罗斯第二大贸易伙伴，而俄罗斯则成为中国的第七大贸易伙伴。中国的大量日用消费品进入到俄罗斯的商品流通领域，同时俄罗斯的废旧金属、化肥和部分机械产品也成为中国进口的大宗产品。这一时期俄罗斯对中国的贸易依存度很高，但这种特殊时期所表现出来的快速增长同时也潜伏了一定的危机。

2. 经贸合作的过渡阶段（1994～1998 年）

这一阶段双边经贸合作出现下降趋势。由于双方贸易方式从易货贸易向现汇贸易过渡，双方企业均缺乏资金，中国向俄出口的商品又逐渐失去价格优势，双边贸易额始终未超过 1993 年的水平。

这一时期中俄贸易额始终徘徊在30亿~60亿美元之间，其下降年份分别为1994年（比1993年下降36.5%）、1997年（比1996年下降10.6%）和1998年（比1997年下降10.5%），增长年份为1995年（比1994年增长7.6%）和1996年（比1995年增长25.3%）。同上一时期相比，中俄贸易进出口的主要品目并无大的变化，进口结构仍比较单一。中方以劳动密集型商品为主，俄方以资源密集型产品为主。这一时期中俄双边贸易处于原有贸易形式动力减弱，新的贸易形式尚未形成的过渡时期。

3. 经贸合作的发展阶段（1999年至今）

这一时期中俄两国经贸合作进入快速增长期。1999年以来中俄贸易额保持连续增长，其中，中国对俄出口增长迅速，自俄进口增长平稳。1999~2003年，中俄贸易额年均增长28.9%，其中，中国对俄出口年均增长41.4%，从俄进口年均增长23.2%，2000年中俄贸易额为80亿美元，2003年达157.6亿美元，比2002年增长32.1%；2004~2008年持续增长，2004年为212亿美元，2005年为291亿美元，2006年为334亿美元，2007年为481亿美元，2008年为568亿美元；2009年受金融危机影响，减少到395亿美元。

在双方的共同努力下，中俄经贸关系不断发展，已进入稳定增长的新阶段。中俄贸易额突破100亿美元用了10年的时间，即1992~2001年；而突破200亿美元仅用了2002~2004年的3年时间。近年来，中俄双边贸易波动起伏。在两国政治关系不断改善与升级的同时，两国经贸关系有所发展。但是，在两国政治关系快速发展的背景下，两国经贸关系的滞后却显得越来越突出。两国经济合作进展迟缓和滞后成为两国关系亟待解决的问题，突出表现为双边贸易的低速稳定发展。[10]

（二）中俄经贸合作的意义

中俄经贸合作是随着冷战的结束，在经济全球化和区域经济一体化的背景下发展起来的一种国家间经济合作，它的实践意义在于以下几个方面。

1. 发挥要素互补优势，通过要素流动，促进区域经济发展

资源保证程度对中国经济能否实现可持续发展有着十分密切的关系。进入21世纪，中国矿产资源形势十分严峻，一些重要矿产资源供需矛盾十分尖锐，保证程度不断下降。俄罗斯是世界上资源最丰富的国家，能源生产与储量是世

界最大国之一。从长远来看，获取石油等矿产资源的途径，不能单从国内市场购买，而要抓住有利时机，走出国门与国外合作开发，俄罗斯是中国考虑的重点对象。俄罗斯森林资源极为丰富，是中国弥补木材缺口的主要渠道。与中国共同开发资源，对俄罗斯经济的发展也有重要的作用。加强中俄两国的能源开发，对促进俄罗斯出口、增加外汇收入、增加高科技设备的进口都是有益的。

2. 是适应中国"走出去"和振兴东北战略的需要

中国实施"走出去"战略，积极参与区域经济合作，是融入经济全球化的一种方式，可以促进经济发展，增强国家竞争力。而立足于中国对俄经贸合作的优势与基础，抢抓机遇，进一步加大对俄开放力度，采取超常措施，全力推进对俄经贸科技合作向更高层次跨越，实现合作理念、主体培植、合作方向、奋斗目标四个方面的升级和双赢互惠，也是振兴东北老工业基地和促进区域经济发展的需要。

3. 是落实中俄睦邻友好关系的需要

中国要实现和平崛起的奋斗目标，就要有一个稳定与和平的周边环境。按照国际关系功能主义理论观点，经济合作效应可以外溢到政治、军事等领域，有利于国家间的友好与和平。因此，广泛参与区域经济合作，在一定程度上可以为中国创造一个理想的周边环境。

4. 对促进两国战略协作伙伴关系具有重要意义

俄罗斯是率先承认中国具有完全市场经济地位的国家。而圆满结束俄罗斯加入 WTO 的双边市场准入谈判，中俄双方宣布相互承认完全市场经济地位，中国也成为最早与俄达成协议的国家之一。双方达成的互利双赢协议，即关税减让和市场开放，将有利于双边经贸合作，为两国战略协作伙伴关系奠定了必要的物质基础。

以上分析说明，中俄加强新形势下的经贸合作，不只是为了使两国经贸关系与面向 21 世纪的战略协作伙伴关系相适应，巩固与进一步发展两国政治关系，也是从中国安全战略与发展战略两个方面促进两国经济发展的一个重要因素。[11]

四、重点区域：中国东北与俄罗斯远东经贸合作的地缘经济意义与空间经济条件

根据区域经济学理论，生产要素的区域性分布表现为区域之间的异构性。任何区域由于其所处地理位置不同，拥有资源种类、数量及品质的差异，生产技术手段的优劣，劳动者素质的高低，历史发展的文化沉积影响，民族世袭习俗的遗传作用等，均会使区域之间的经济结构存在差别。这种区域的异构性，决定了区际利益差别的客观存在及其长期性。区域作为世界经济整体中的一个组成部分，表现为区域之间的相互开放性。任何区域经济的运行，都必须与外部环境发生物质、能量和信息的交换，促进区域自身调整，以适应和改变外部环境，并与其他区域运转相耦合，形成国际经济运转的良性循环。努力引导中国东北与俄罗斯远东两区域提高谋利共识，以利益为纽带加强区际分工和区际合作，减少区域封闭造成的利益损失，无疑对区域经济健康发展具有深远意义。[12]

（一）中国东北与俄罗斯远东的地缘地位分析

地理邻近是经济合作的一个重要因素。研究表明，任何发达国家总是愿意同邻近国家互通有无、开展贸易，因为交通和通信的成本能够因之达到最小化。地理邻近可以大大降低货物和人员流动的时间与费用。而且，地理邻近地区往往文化和语言相通，提供了商业交往的便利。

1. 东北的地缘地位分析

本书中的东北地区指的是东北三省（黑龙江省、吉林省和辽宁省），面积共78.7万平方公里。中俄边境总长 4 249.79 公里，分成两段，西段 54.57 公里，东段 4 195.22 公里。东段分为三个部分，其中黑龙江省与俄罗斯边境长为 3 045 公里，吉林省与俄罗斯边境长为 241.25 公里。吉林省与滨海边疆区毗邻，与俄远东商业中心符拉迪沃斯托克直线距离仅 100 多公里。黑龙江省绥芬河市与俄罗斯滨海边疆区毗邻，边境线长 27 公里，有一条铁路和两条公路与俄罗斯对接，距俄远东最大的港口城市符拉迪沃斯托克仅 210 公里。便捷的地缘优势为

两区域经贸合作创造了有利条件。

2. 远东的经济地理状况

本书中的远东地区指的是远东经济区。作为俄罗斯最大的经济区，远东地区面积为611.6万平方公里，占俄罗斯总面积的36.4%。远东地区有9个联邦主体，包括萨哈（雅库特）共和国、滨海边疆区、哈巴罗夫斯克边疆区、阿穆尔州、萨哈林州、马加丹州、堪察加边疆区、犹太自治州和楚科奇自治区。远东地区位于俄罗斯的边远地区，距国家中部工业最发达地区和政治中心十分遥远。距俄罗斯（欧洲中部）有9 000～10 000公里，距乌拉尔工业区也有7 000～8 000公里，距西伯利亚燃料能源地区达5 000～6 000公里。由此可见，东北与远东两地区具有较好的地缘优势。

（二）中国"走出去"、振兴东北与俄罗斯远东社会经济发展战略

为推进中国东北和俄罗斯远东的发展，两国高层领导都给予了极大重视。2003年10月5日，中共中央国务院全面制订了振兴东北老工业基地战略的各项方针政策。东北地区充分利用国家的政策优势，以市场化为基本导向，以体制创新为基本手段，谋求东北地区的全面振兴，把东北振兴置于国际国内区域经济合作的框架下，构建区域经济一体化联动发展。东北与远东的经贸合作，成为丰富中俄两国经济交流与合作的一项重要内容。在可预期的未来，远东开发与东北发展有着共同的战略目标和需求。东北与俄罗斯远东接壤，而俄罗斯远东是全球现存最大的战略物资储备基地之一。因此，东北地区应当成为对俄罗斯开放的重点地区和"特区"。振兴东北老工业基地，是国家的重要战略部署，也是东北地区的重大机遇。实现老工业基地的全面振兴，需要提高经济的外向度，充分利用国内、国外两个市场、两种资源。因而，扩大对外开放是振兴老工业基地的重要途径和有力支撑。

发挥与俄罗斯远东地区接壤的地理优势，抓住俄罗斯申请入世和中国积极开拓俄罗斯市场的机遇，可以使东北成为中国对俄罗斯开放的前沿地区，特别是成为与俄罗斯战略资源的合作地区。积极推进中俄经贸合作战略升级，将有力地支持东北老工业基地振兴战略。中国已经连续多年成为俄远东地区对外经济合作的第一合作伙伴，远东地区对中国边境地区经济已经形成较高的依存度。东北地区的调整与改造，以开放带动大调整，实行走出去、引进来的政策，加

强对俄合作是其重要一环。

在中国决心振兴东北地区之际，俄罗斯也意识到这一举措对远东地区来说是一个千载难逢的良机。俄罗斯计划让贫穷的远东地区经济也开始腾飞。2003年10月，俄总统驻远东联邦区全权代表普利科夫斯基率远东地区数位行政长官访问北京，希望在中国振兴东北之际，加强双方的合作。2004年10月，俄罗斯总统普京访问中国，两国高层领导就振兴东北老工业基地问题进行了探讨并相互交换了意见。双方领导人指出，应确定与中国振兴东北老工业基地相适应的中俄双方企业及公司均感兴趣的项目。2006年3月，普京总统在中俄经济工商界高峰论坛开幕式上的演讲中指出："为实现我们确定的合作优先发展目标，我们需要更加重视地区之间的交往，特别是在两国毗邻地区，地方之间的交往对促进彼此的经济增长作用很大。"（2006年3月22日，俄罗斯总统普京在中俄经济工商界高峰论坛开幕式上的演讲。）

考虑到出口在中国 GDP 中占较大份额，随着俄罗斯经济振兴战略的实施和经济的回升，这个巨大的潜在市场应该成为中国经济"走出去"战略的重点，并以此带动相邻国家，以实现中国对外经济联系多元化格局。俄经济学家卓娅·穆罗采夫认为，"中国要保持一定的经济增长速度，自然资源的提供程度意义重大。俄罗斯是中国主要的能源和其他原料的伙伴之一。依靠俄罗斯的自然资源不仅能保证中国经济的进一步增长，而且能保证中国在东亚的领导地位。走出去战略关注的是中国经济发展所需的石油、天然气、矿产和森林资源。中国东北同俄罗斯西伯利亚和远东合作主要在以下几方面：能源、直接投资、技术和劳务。"[13] 由此可见，振兴东北战略和"走出去"战略不只是为了缓解由于中国国有企业改制造成的失业，更重要的意义在于实现比较优势。

（三）中国东北与俄罗斯远东经贸合作的空间影响因素分析

中国东北和俄罗斯远东作为相邻国家的毗邻地区，具有较大的空间差异和地理空间的互补性，而空间运输联系和传播通道则弥补了这种差异。

1. 中国东北与俄罗斯远东地理空间互补性

地理空间互补性，是指由于地理空间本身所具有的差异性而产生的相互补充关系。众所周知，地理空间彼此之间是存在着差异的，这种地理空间差异带来了每个地区结构和系统的特殊性，产生不同地理空间之间的势能差，从而产生了人员、物质、能量和信息的流动，产生了地理空间联系。在商品经济条件下，任何一个地理空间都是在不断地把自己的一部分内容和产品与其他地理空间地区进行交换，换回自己所需要的东西。这种相互交换是一个地理空间存在和发展的基本条件，地理空间之间的交换就是地理空间的互补性。互补性是普遍存在的动力，事实上几乎所有的地理空间之间都存在着不同程度的互补性。只要有互补性存在，就有发生空间联系的可能。相互补充是地理空间相互关系的主要方面。[14]

地理空间的互补性是个非常复杂的系统，纵横交织，既包含着综合方面差异所形成的互补，也包含着具体单个要素的差异互补。从总体上看，如果两个地点之间的差异明显、反差很大，它们彼此的互补性也就相应增大，空间联系形成和发展的条件也就越充分。这如同所有的物理现象一样，两地之间差异越大，互补性就越强，空间联系随之也越强。东北和远东存在着较大的差异，因此互补性较大。

2. 空间运输联系和传播通道

基础设施是生产要素流动的载体，是公共物品，具有很强的经济外部性。充分良好的基础设施能够使得该地区经济的运行费用相对降低。交通运输和信息技术是世界经济发展的关键因素，也是劳动力流动的物质基础。亚当·斯密认为劳动生产力的发展取决于劳动分工，劳动分工的扩大受到市场范围的限制，而市场范围的扩大则依赖于交通运输的发展和运输费用的降低。长久以来，交通运输在劳动力和货物转移过程中占据着重要的地位。便利的交通为移民提供了流动的物质保障，拓展了更广阔的发展空间。空间联系必须要有工具，要有载体才能完成，即运输和传播。空间地理联系的前提条件是要有通道存在，没有通道，人、物、能和信息流就没有依托，"流"就无法形成。通道越密，通达性越好，空间联系就会越充分，地理空间的互补性才能充分发挥作用。运输和传播通道是地理空间联系存在的必要和充分条件，不可缺少。运输和传播通道的类型对于地理空间联系的影响非常巨大，不同类型的通道可运送的物质能量和信息不同。通道类型是运输和传播的"硬件基础"，对于整个空间联系的影响和作用关系极大，人员的输送对于联系通道的要求最高。

运输作为一种非常重要的人文地理现象，是地理空间行为的集中代表。运输持续不断地将大量的人、物和能进行空间移动，在消除地区差异和扩大地区交往中均有很大作用。交通优势是劳务合作的有利条件，中俄两地区之间具有便捷的通商渠道和便利的交通运输条件（表1-1）。俄西伯利亚与远东有五条铁路与东北亚国家相通。其中，有三条与中国相通，从北到南依次是：卡雷姆斯科耶—后贝加尔斯克—满洲里、乌苏里斯克—格罗捷科沃—绥芬河、克拉斯基诺—马哈林诺—珲春。远东地区有14条公路通向中国。有国际航空港哈巴罗夫斯克（伯力）、符拉迪沃斯托克、南萨哈林斯克等。主要航线有：哈巴罗夫斯克至哈尔滨、沈阳，符拉迪沃斯托克至哈尔滨、长春、大连，南萨哈林斯克至哈尔滨等。[15]

表1-1　中国东北与俄罗斯远东边界对应开放口岸一览表

序号	中方对应口岸	俄方口岸	运输方式
1	漠河	加林达	水、公路
2	孙吴	康斯坦丁诺夫卡	水路
3	黑河	布拉格维申斯克（海兰泡）	水、公路
4	逊克	波亚尔科沃	水、公路
5	嘉荫	巴斯科沃	水、公路
6	萝北	阿穆尔捷特	水、公路
7	同江	下列宁斯卡耶	水、公路
8	抚远	哈巴罗夫斯克	水、公路
9	饶河	波克罗夫卡	水、公路
10	虎林	马尔科沃	公路
11	密山	图里罗格	公路
12	绥芬河	波格拉尼奇内	公路
13	绥芬河	格罗捷科沃	铁路
14	东宁	波尔塔夫卡	公路
15	哈尔滨	哈巴罗夫斯克	航空
16	哈尔滨	哈巴罗夫斯克	水路
17	佳木斯	哈巴罗夫斯克	水路
18	佳木斯	哈巴罗夫斯克	水路
19	富锦	哈巴罗夫斯克	水路
20	珲春	克拉斯基诺	铁、公路
21	长春	符拉迪沃斯托克	航空
22	哈尔滨	雅库茨克	航空

资料来源：中国口岸协会. http：//www. caop. org. cn/webnews/openarticle. asp

为了拓展中俄经贸合作的通道，必须加强东北地区与远东地区的空间运输联系。中国应在原有的基础上，加快对俄出口通道建设。例如，建设绥芬河至格罗捷阔沃铁路复线和东宁至俄罗斯东方港铁路，绥芬河至下城子铁路复线，扩大哈尔滨至绥芬河、东宁及境外铁路运输能力；加快松花江、黑龙江航运设施改造，提高通航能力，扩大江海联运规模，提高江海联运效率；加强同俄协商，研究利用东方港、纳霍德卡港开展国际货物运输的途径，形成新的出海通道；进一步争取国家加大与俄罗斯谈判的力度，落实建设黑河—布拉戈维申斯克黑龙江大桥，形成畅通、迅捷、运输成本低的对俄贸易通道；加快综合交通运输网络建设，进一步优化交通布局，以主干铁路和国道、省道为重点，加快国际经贸大通道和公路交通网建设。东北地区应争取尽快启动建设东部铁路，形成新的出口通道；加快发展中俄间水路运输，扩大黑龙江下游江海联运；推进中俄界河大桥建设；强化哈尔滨机场的枢纽地位，完善齐齐哈尔、牡丹江、佳木斯、黑河等地的机场功能，建设漠河、鸡西、伊春等地的支线机场，开拓国际国内新航线。

2005 年 8 月 12～13 日，在北京召开的第七次中俄两国总理经贸合作分委会会议上，中国商务部部长薄熙来与俄罗斯联邦经济发展与贸易部部长格·奥·格列夫达成了包括修建新跨境铁路项目在内的多项合作协议。按照设计规划，这条新建铁路的两端分别是中国黑龙江省虎林市和俄罗斯远东地区的列索扎沃茨克市。其中，俄方负责修筑从列索扎沃茨克至边境约 20 公里长的铁路，中方负责修筑从虎林市至边境约 36 公里长的铁路，双方共同出资在 40 米宽的松阿察界河上修一座跨境桥，使两条铁路连接。在俄罗斯 2010～2015 年的交通战略中，提出了滨海 1 号（符拉迪沃斯托克、纳霍德卡、东方港至中国北方省份）和滨海 2 号（波谢特、扎鲁比诺至中国北方省份）的国际交通走廊计划，实现 100% 的跨境进出口和 78%～85% 的国内客货运输。为发展中俄有关部门之间的切实合作，双方签订了有关专题议定书，其中，很重要的一个就是要加强交通运输领域合作，使俄远东地区交通运输与亚太地区交通运输实现一体化。

3. 边境城市的促进作用

边境城市一般均地处国际交通要道，货物、人员通过十分便利。通过边境城市接壤的便利条件，发展国家间合作有着得天独厚的优势。按照边境优势理论，从功能上看，陆地边境既具有政治和军事功能，又具有经济和文化交流功能。从陆地边境的特殊性来看，陆地边境两侧往往存在着社会、经济和文化的差异，形成梯度势能。这种势能的存在促成了边境两侧的经济和文化交流，尤其是对相对落后的一方更有促进作用。东北和远东的社会和文化背景差异明显。

从经济区位上看，陆地边境口岸不仅要为相邻地区和国家服务，还要为过境的国际贸易服务，形成明显的区位优势。

城市是现代经济的载体，边境城市作为边境地区的发展中心与连接点，必然在边境合作中发挥桥梁与纽带的作用，促进区域合作的深入发展。在中俄区域合作中，边境城市的作用尤为重要。

第二章

中俄经贸合作基础——俄罗斯经济规划与要素配置

俄罗斯自经济转型以来，对区域及要素资源进行了重新配置。研究其配置特点，对于了解和分析其经济结构发展趋势以及中俄经贸合作的经济基础，制订正确的合作战略，具有重要的现实意义。

一、俄罗斯经济区划新进展[①]

经济区划是指根据社会劳动地域分工的规律，区域经济发展的水平、特征的相似性和经济联系的密切程度，或者依据国家经济社会的发展目标与任务分工，对国土进行的战略性区划。19世纪末20世纪初，欧美国家以区位论为理论依据，开展经济区划的研究。他们强调市场在区域构成中的作用，偏重于部门经济区划的研究。列宁是运用马克思主义观点研究经济区划问题的奠基人。他在《俄国资本主义的发展》（1899）一书中结合俄国的实际，提出了经济区划的基本思想。十月革命以后，列宁在领导编制《全俄电气化委员会计划》（1920）时，通过划分经济区把全俄电气化计划和各地区的具体条件因地制宜地结合起来，有力地推动了经济区划理论的发展。与此同时，苏联一些经济地理学家如 H. H. 巴兰斯基、H. H. 科洛索夫斯基等，对经济区划的理论、原则、方法以及类型等做了大量研究，从而形成了经济区划的理论体系。

苏联是最早研究经济区划并进行经济区划实践的国家。在当代俄罗斯市场经济的转型时期，其经济区划具有新的背景、结构和原则。随着俄罗斯集权化的巩固和联邦化的发展，如何在全国范围内合理布局生产力，改变联邦各主体原有的经济部门和地域结构，使不同水平的区域综合发展并鲜明表现其市场专业化水平，进行科学的经济区划，是俄罗斯经济地理所面临的主要任务。

俄罗斯在向市场经济转型的过程中，不仅社会体制、经济体制和政治体制发生了巨大变革，而且与之密不可分的经济区划也发生了重大变化。在新的条件下进行科学区划，研究新形势下的生产力布局、地域社会-经济系统的形成及功能，全国及各地区的自然资源潜力、人口、劳动力资源、移民系统以及各部门经济的分布和发展，对巩固联邦制的进程，明确中央及地区在管理功能方面

---

① 本节2004年9月发表于《世界地理研究》，原文名称为《当代俄罗斯经济区划研究》

的分工，加强联邦中央同各地区的有效联系，实现国家的战略发展目标，具有非常重要的意义。经济区划是地区管理的重要科学工具。俄罗斯不仅继承了苏联经济区划理论的丰富遗产，而且具有经济区划的宝贵实践经验。经济区划并不是一成不变的，它应根据国家经济发展进程中许多要素的变化而加以改变和完善。要了解俄罗斯的现代经济区划，我们首先应回顾一下俄罗斯经济区划的历史。

（一）对俄罗斯经济区划历史的简要回顾

在经济区划方面最早的著作是 X. A. 切波达列夫的《俄帝国地理方法描述》（1776），这本书根据地理位置把沙俄帝国划分为北部省、南部省、东部省和西部省四部分。18 世纪末，C. M. 普列谢夫的著作《沙俄帝国评论》（1786）则把国家分成三个部分，即北部、中部和南部。19 世纪，随着资本主义的发展，经济区划理论有了很大进展。十二月党人提出为了国家的改革，必须重视其经济特性。1920 年 2 月成立的国家电气化委员会，以大机器工业的电气化为基础，制定出国民经济社会主义改革的国家计划。根据该计划，苏联分成了 8 个区，即北部区、中央工业区、南方区、伏尔加流域区、乌拉尔区、高加索区、西伯利亚区和土库曼区。在电气化计划中，苏联曾试图以发展国家的动力为基础进行国家的经济区划，然而，这时的区划只是针对一部分领土，未包括东西伯利亚和远东地区。1921～1922 年的区划方案分成了 21 个区：中央工业区、中央黑土区、西北区、东北区、维亚特卡—维特鲁日区、中伏尔加区、下伏尔加区、西部区、西南区、南部矿产工业区、高加索区、乌拉尔区、奥勃斯基区、库茨涅斯—阿尔泰区、叶尼塞区、棱斯克—贝加尔区、雅库特区、远东区、西哈萨克区、东哈萨克区、中亚区。这种区划以地域结构和经济水平为基础，使经济区的发展有了鲜明而完整的目标，其不足之处是经济区未保持民族分布地域的完整。1938～1940 年制订的新的经济区网络，反映了各加盟共和国、经济区及苏联整体国民经济发展的成就。该网络将苏联划分为 13 个大经济区：中央区、西北区、欧洲北部区、伏尔加河流域区、北高加索和下顿河区、乌拉尔区、西西伯利亚区、东西伯利亚区、远东区、南方区（乌克兰和摩尔多维亚）、西部区（白俄罗斯、立陶宛、拉脱维亚、爱沙尼亚）、高加索区（格鲁吉亚、阿塞拜疆、亚美尼亚）、中亚和哈萨克斯坦区（哈萨克斯坦、乌兹别克斯坦、吉尔吉斯斯坦、塔吉克斯坦和土库曼斯坦）。各经济区成功地实现了燃料开采、生产资料和生活资料的供应，保证了为大工业区就地提供燃料和不适于长途运输的产品，加速了工业增长和城市人口的迅速增加。第二次世界大战后，专业化和经济综合发展使经济区划进一步完善。1963 年，在区域自然及经济特性的基础上，又把整个国家划分成 18 个大经济区，其中俄罗斯有 10 个，乌克兰有 3 个，沿波罗的海共和国和加里宁州构成了一个沿波罗的海经济区，高加索共和国为高加索区，中亚共和国为中亚区，哈萨克斯坦和白俄罗斯成为一个独立的大经济区，摩尔达维亚构成了单独的经济行政区，这些经济区同时还是包括几个州（边区）或共和国的巨大的地域生产综合体。1982 年西北区被分为两部分（西北和北部），这样，苏联的最后经济区划网络包括 19 个大经济区，其中，11 个在俄罗斯领土上，它们是：西北区、北方区、中央区、中央黑土区、伏尔加—维亚特卡区、伏尔加河流域区、北高加索区、乌拉尔区、西西伯利亚区、东西伯利亚区、远东区。苏联解体后，俄罗斯根据其劳动地域分工、经济地理位置、自然与社会经济条件、专业化及综合经营特点，对经济区在原有基础上进行了一些修改，在以前 11 个区的基础上，又加上了加里宁格勒州经济区，使经济区增加到 12 个。

（二）当代俄罗斯经济区划的现状

1. 当代经济区划产生的背景

当代经济区划产生于近 30～40 年。存在于 2000 年前的各种经济区划曾在生产力布局等方面起了较大的推动作用。但随着条件的变化，它已无法为加强联邦制、创建俄罗斯市场、完善管理而服务，无法解决各种形式的市场关系问题，即已不适应于市场经济转型时期的实际需要。因而应在考虑俄罗斯各区差别的情况下，对经济区科学的定义和现存体系进行重新审视。俄罗斯正处于向市场经济转型的改革时期，其经济地理学的方法论基础是市场经济规律，市场在资源配置中的作用越来越大。俄罗斯的宪法、法律，与生产力相关的经济地域组织，国家区域政策及战略，联邦中心及各区域的相互关系，都是为了巩固国家性，实现政权的合理集中。当代俄罗斯具有国家和区域水平的社会规划意义重大，制订完整的、经济的、部门及区域的规划是管理市场经济的最重要手段，它是为国家各部门及区域经济发展的远景服务的。当代生产力和综合体布局问题越来越复杂，而在多种形式所有制的市场条件下，部门及地域联系越来越难以调控，进行有目的的规划，并使其在发展中实现自我调控整体方向性原则的结合，是国家直接作用于地区市场经济的手段。

20世纪90年代初的区划，曾导致中央政府威信急剧下降，政治形势动荡，联邦化水平降低。90年代末期，为了建立经济间的相互联系，出现了区域的联合。它改变了过去的经济区划方式，为社会经济综合发展做了必要的准备。2000年5月，在经济相互作用的七个联合区的基础上，建立了七个联邦区，为当代俄罗斯经济区划的根本变化奠定了基础。俄总统令《俄罗斯联邦总统驻联邦区的全权代表条例》（2000年5月13日849号）和《保证俄总统全权代表全体人员在联邦区活动问题条例》（2000年6月21日149号），表明经济区划的主要目的是巩固国家性，预防国家衰退，限制联邦主体的过度主权。扩大区域范围，减少区域数量，使其直接从属于总统，形成联邦区，实现有效的国家集权，以创建管理地域发展的有效体系，制止了衰退。各联邦区都由总统任命全权代表，形成自己的管理机构，解决以下问题：

①协调联邦执行权力机构同区域机构、地方管理机构、政党及其他社会组织的活动；②为促进地域社会经济发展，制订联邦区内的经济计划；③组织和监督联邦计划在区域内的实施；④对联邦主体的干部进行任免；⑤对联邦和在区域内的联邦主体的国家权力机关进行组织和协调。

在社会经济发展和生产力布局方面，俄罗斯面临着巩固区域同各联邦主体间的相互联系，保证区域内居民需求，加强区域内的市场专业化，创建发达的生产和社会体系，巩固同其他区域及国外经济联系的任务。

2. 经济区划结构

（1）行政区划结构

实现经济区划与行政区划的统一，是俄罗斯进行综合经济区划所遵循的原则之一。按照地域统一及自然资源潜力充分自给的原则，2000年5月普京执政后，将联邦区按如下结构进行行政区划（也是经济区划的结构），如表2-1所示。

表2-1　俄罗斯联邦区及其构成

区	联邦主体
中央区	别尔哥罗德州、布良斯克州、弗拉基米尔州、瓦洛涅日州、伊万诺沃州、卡卢加州、科斯特罗马州、库尔斯克州、利佩茨克州、莫斯科州、奥廖尔州、梁赞州、斯摩棱斯克州、坦波夫州、特维尔州、图拉州、雅罗斯拉夫尔州、莫斯科自治市

续表

区	联邦主体
西北区	卡累利阿共和国、科米共和国、阿尔汉格尔斯克州、沃洛格达州、加里宁格勒州、列宁格勒州、摩尔曼斯克州、诺沃哥罗德州、普斯科夫州、涅涅茨自治区、圣彼得堡自治市
南方区	阿迪格共和国、达吉斯坦共和国、印古什共和国、卡巴尔达—巴尔卡尔共和国、卡尔梅克共和国、卡拉洽耶夫—切尔克斯共和国、北奥塞梯—阿拉尼亚共和国、车臣共和国、克拉斯诺达尔边疆区、斯塔夫罗波尔边疆区、阿斯特拉罕州、伏尔加格勒州、罗斯托夫州
伏尔加河流域区	巴什科尔斯坦共和国、马里埃尔共和国、摩尔多维亚共和国、鞑靼斯坦共和国、乌德穆尔特共和国、楚瓦什共和国、基洛夫州、下哥罗德州、奥伦堡州、奔萨州、彼尔姆边疆区、萨马尔州、萨拉托夫州、乌里扬诺夫斯克州、科米彼尔米亚克自治区
乌拉尔区	库尔干州、斯维尔德洛夫斯克州、秋明州、车里亚宾斯克州、汉特—曼西斯克自治区、亚马尔—涅涅茨自治区
西伯利亚区	阿尔泰共和国、布里亚特共和国、图瓦共和国、哈卡斯共和国、阿尔泰边疆区、克拉斯诺亚尔斯克边疆区、伊尔库茨克州、柯麦罗沃州、新西伯利亚州、鄂姆斯克州、托木斯克州、赤塔州、阿加布里亚特自治区、泰梅尔（多尔干—涅涅茨）自治区、乌斯季—奥尔登斯基布里亚特自治区、埃文基自治区
远东区	萨哈（雅库特）共和国、滨海边疆区、哈巴罗夫斯克边疆区、阿穆尔州、堪察加州、马加丹州、萨哈林州、犹太自治州、科里亚克自治区、楚科奇自治区

注：2007 年，堪察加州与科里亚克自治区合并为堪察加边疆区

（2）地域结构

俄罗斯在地域上可以分成两个经济带，即西部（俄罗斯欧洲部分）和东部（乌拉尔、西伯利亚和远东地区）。每个经济区以其所具有的共同的自然条件、经济特征、发展潜力和趋势，联合成大经济区或经济带，并在大经济带中清晰地反映出它们共有的区域问题。

（3）部门结构

除完整的经济区划外，俄罗斯还存在着部门经济区：

①重工业区。包括如柯麦罗沃州、车里亚宾斯克州、叶卡捷琳堡州、罗斯托夫州、图拉州、克拉斯诺亚尔斯克边疆区的大城市煤钢工业区；②国防综合体集中区。包括莫斯科市、圣彼得堡市、莫斯科州、列宁格勒州、车里亚宾斯克州、斯维尔德罗夫斯克州、彼尔木斯克州、图拉州、乌德穆尔特共和国等；③北方以生产基地为主的单独的工业枢纽；④黑色金属基地及交通、农机制造及其他工业部门的布局地区。

农业区划方面，预计随着市场经济的发展，将来可以分成五个农业区：

①以私有财产为主的农场区（非黑土地带的基本部分、东西伯利亚和远东

南部的农业耕作地区）；②以集体经济为主的大农场区域（中央黑土区、伏尔加河流域、北高加索南部山区、南乌拉尔、西西伯利亚南部地区）；③山地区（北高加索共和国、阿尔泰共和国）；④畜牧区（卡尔梅克共和国、图瓦共和国、布里亚特共和国、赤塔州）；⑤欠发达的土地耕作及利用区（北方地带的基本部分）。

3. 经济区划的层次

俄罗斯的现代经济区划包括三个基本层次（分类单位）：高层次区——联邦区，中等层次区——边疆区、州、共和国，低层次区——行政经济区、城乡区。经济区划的每个层次都解决与之相应的地域发展问题。

（1）高层次区

每个联邦区都是高层次的经济区，是巨大的地域生产综合体。该区行使共和国中央机关的权力，在区域范围内进行经济管理。联邦区以其拥有的广大地域、众多人口、丰富的自然资源潜力，清晰地反映广泛的专业化（5～7个部门内）生产轮廓，在俄罗斯的劳动分工中起着重要作用。

（2）中等层次区

中等层次区的任务是领导各经济部门和州、边疆区、共和国范围内的社会工作。

目前，在发展市场经济的条件下可以把俄罗斯中等层次区分成三种形式：①劳动过剩区——北高加索共和国、斯塔夫罗波尔边疆区和克拉斯诺达尔边疆区、罗斯托夫州；②国防工业区——圣彼得堡市、莫斯科市、下城州、乌拉尔地区、西伯利亚地区南部的工业枢纽；③萧条区——北部大部分地带的区域。

（3）低层次区

它是经济区划中分类的初级环节，是初级的地域生产综合体。它在实现地区经济发展和社会文化建设的远景及年度计划，生产和加工农产品、地方工业品、生活服务、贸易和食品布局以及企业专业化布局方面发挥着重要作用。

高层次区、中等层次区和低层次区为市场提供的要素和所起的作用是不同的。在市场经济条件下，经济利益是自由市场同国家及区域调控的结合点。

4. 划分经济区的基本原则

经济区的形成是劳动地域分工发展过程的客观表现。不同的国家由于其经济体制、社会环境、区划的具体目的不同，所遵循的区划原则也不尽相同。科学的经济区划须以各区域自然资源潜力为基础，以建立和发展市场经济，进行地域管理为目的，以影响区域及国家生产力整体布局和有效发展为目标。

当代俄罗斯进行经济区划所遵循的原则有经济原则、社会原则、行政原则等。

（1）经济原则

该原则旨在把区域作为国民经济综合体的专业化部分同生产及服务相联系的手段。根据这一原则，要使区域内耗费的劳动、生产产品的成本以及同其他区相比运到消费者手中的运费降到最低，获取区域专门化的经济效益。要充分利用区域资源，形成更完整的全国范围内的劳动地域分工体系。

（2）社会原则

即区域人口的社会构成、劳动和生产的历史形成特性。

（3）行政原则

即经济区同政治行政地域的统一。这一原则为区域有效独立发展，加强俄罗斯的劳动地域分工创造了条件。

以上原则是俄罗斯当代经济区划的理论及实践基础。除此之外，拥有大量的能源、高密度的人口、丰富的劳动经验等是现代经济区形成的重要因素，价格、关税、税收、贷款、投资等市场调节手段也对其形成有很大的影响。

（三）俄罗斯区域发展的现存问题及解决途径

1. 区域发展的现存问题

当前，俄罗斯正处于向市场经济的转型时期。根据其经济及地域发展的现状，其区域经济发展所存在的问题可以归结为以下几方面。

①工业结构落后，军工和民用部门结构老化，生态环境恶化，私有化实行不利；②非黑土区、南乌拉尔区、西伯利亚、远东农工区域农业不发达，生活条件落后，社会形势仍很严峻；③人口数量减少，出生率下降。人口问题已成为影响区域发展的主要因素；④区域间交通、通信、信息体系不发达，影响了地域经济运动和区域经济的有效发展；⑤民族间的矛盾和冲突仍然存在。

2. 解决区域问题的途径

针对当前区域发展所存在的问题，俄罗斯区域政策主要应解决的是创建社会经济机制，对不同发展水平的区域进行重新布局，对全国劳动地域分工和统一的市场空间的发展施加力所能及的影响，克服单独的经济和政治活动导致的社会衰退，提高区域生活水平，合理利用区域的自然潜力和区域经济联系的优势，巩固国家政权。其具体措施包括以下几个方面。

（1）制订相应政策

加速工业结构的更新、改造和军工及民用企业的现代化进程。在保护和利用自然资源方面进行一系列改革，对生态环境严格保护，综合利用，使其走上健康化轨道，为私有化的顺利进行创造空间。

（2）解决对粮食进口的依赖

开发荒芜的农业用地，加快非黑土区和南方地区的农业集约化。对于脆弱和严酷的新开发区域，条件恶劣的北方地带以及结构性失业区域（如北高加索地区）和财政经济基础薄弱地区（外贝加尔边疆区、图瓦共和国、卡尔梅克共和国、达吉斯坦共和国），应该从共和国的联邦基金中给予支持。

（3）提高生活水平

创造鼓励人口增长的社会经济条件，并为潜在的移民和东欧国家及苏联加盟共和国的退役军人提供就业机会。

（4）组建自由经济区和技术中心区

在条件优良的地区，利用国际和国内的先进科学技术，改善交通、通信及信息条件，以加速经济的流动、发展和社会进步。

（5）加强伙伴关系

促进民族间和谐、信任和各民族的伙伴关系，消除民族矛盾和冲突产生的起因，使各民族本着信任和平等的原则共同发展。

进行经济区划，是为了兼顾劳动资源等社会因素的地域特性，提高人民的生活水平。经济地理最重要的任务就是研究更有利于生产力地域组织的国家经济区划问题。要保障国家性和有效的权力集中，建立科学的显示系统，设计出更合理的地域组织，促进区域的社会经济发展，没有科学的经济区划是不行的。现阶段俄罗斯经济地理进行改革的任务是如何使经济摆脱危机，缩小各区域发展水平和生活条件的差距，为全国的繁荣和稳定创造条件。因此，完善社会经济系统理论以及以此为基础的实证分析，重视综合发展和劳动地域分工机制，实行市场专业化，创建区域市场，科学分析生态和人口问题，合理利用自然资源，协调自然与社会的关系，制订出完整的部门及区域发展规划，是当今俄罗斯经济地理科学所面临的主要问题。

二、俄罗斯生产力布局的演变①

生产力布局是物质生产的空间分布，不同的经济体制具有不同的布局原则和规律。生产力布局也称生产力配置、生产分布，是指生产力诸要素、各种生产活动以及生产组织为实现特定目的而进行的空间配置。苏联经济地理学的学术思想，对计划经济条件下生产力布局的研究做出了很大贡献。中国生产力布局的形式与方法大多来源于具有计划经济特色的苏联模式。苏联解体后，传统的计划经济被市场经济所取代，俄罗斯的经济地理学按照市场经济规律，发展了生产力布局理论。

（一）苏联计划经济时期生产力布局理论

苏联作为世界上第一个社会主义制度的国家，为了避免在资本主义无政府、无计划状态下形成的生产力布局的不平衡性造成的生产力严重浪费和破坏，巩固国家的国防实力，许多经济地理学家都表述了自己关于生产力布局的理论。其中有的将该理论表述为生产力布局原则（如 Я. Г. 费根和 А. Т. 赫鲁晓夫），有的表述为生产力布局规律（如 А. Е. 普罗勃斯特和 Ф. Я. 基林），有的表述为生产力布局规律性（如 Б. А. 图特欣和 А. Н. 拉夫里舍夫）。这些论述，形成了计划经济时期苏联生产力布局的理论。可以概括为：有计划、合理地平衡布局和发展生产，尽可能均匀地在全国配置生产力；加速国内原来比较落后的民族地区的经济和文化的发展，使国内所有共和国和地区的经济发展水平逐步接近；在全国有计划地配置工业，并尽一切可能发展专业化和协作化；在工业配置上要求工业尽可能接近原料、燃料产地和成品消费区，以便缩短过度远程运输和各种不合理运输；在考虑自然条件和自然资源在社会主义生产力配置中的影响的同时，有计划和合理地利用自然资源，加速开发储量最丰富和开采条件最有利的自然资源；国家的生产配置要考虑保证社会主义国家之间的广泛的经济合作和在世界社会主义经济体系中合理的劳动分工，在社会主义体系内部使国际

---

① 本节 2006 年 12 月发表于《经济地理》，原文名称为《俄罗斯生产力布局的演变及对我国的借鉴意义》

劳动地域分工达到最高形式——生产的专业化和协作化；在合理配置生产力的基础上巩固国家的国防能力。

根据以上布局理论，在一定时期内，苏联的经济发展取得了较好的效果，达到了集中人力、物力和财力战胜国内外困难的目的。但计划经济时期最主要的缺点就是忽视生产力布局的经济效益，并将均衡配置作为国内生产力配置的主要规律。计划配置资源的不合理，造成了人力、物力资源的闲置和浪费。这种不重视经济效益，强调均衡布局，以及在布局上对国防能力的重视和在国际劳动分工中局限于社会主义经济体系中经济合作的做法，随着时间的推移，导致了一系列的问题和矛盾，阻碍了社会生产力的发展。

（二）市场经济时期俄罗斯生产力布局理论的新发展

计划经济体制结束后，随着向市场经济的转型，俄罗斯经济地理学的具体任务也随之发生了变化。该时期的任务是明确中央和地方的管理分工，巩固联邦制，使俄联邦同各地区的利益能够最有效地结合。为了在新的情况下解决市场经济条件下不断突出的地域问题，俄罗斯经济地理学以市场经济规律、俄联邦法律法规、国家和地区在经济地域组织方面的政策等为基础，根据生产力发展及布局的规律和原则，研究如何科学合理地布局生产力问题。许多地理学家提出，应改变分散型开发模式，区域政策从分散型开发向集中型开发转变，注重集聚效应，不强调均衡布局，将重点向老工业区和更有价值的地区转变。这一时期的生产力布局理论，发展了苏联时期生产力布局理论，把布局原则和规律合一的做法，将生产力布局规律和原则明确区分开来。

1. 俄罗斯生产力布局的规律

在经济发展的不同时期，生产力布局应遵循不同的规律。在经济体制改革的现阶段，俄罗斯生产力布局的目的是为了实现经济社会化，缩小俄联邦各个地区经济发展水平的差距，完善经济的地域结构，为各联邦主体（各共和国和自治区）国民教育、经济和社会发展创造有利条件。同时，改善其经济综合体的相互关系，使各个地域生产综合体和工业枢纽综合发展，合理开发自然资源和经济资源。由此可见，俄罗斯市场经济条件下的现代生产力布局以经济效益为主，同时强调综合合理地利用自然资源潜力，保护和改善生态环境，提高社会和生态效益。

（1）更合理、更有效地布局生产力

这一规律要求在社会生产的各个阶段尽可能节省生产费用。①交通要素意义较大。交通条件影响资源的流动和空间稀缺性。由于俄罗斯地域广阔，自然资源分布极不平衡，对于不同的自然资源地区，应根据资源储量的大小、埋藏的地质矿产条件等，布局交通要素。②运费在生产布局中也有很大的影响。应该使燃料和能源产业接近于能源地，缩短大宗物品的远距离运输。③合作生产、联合生产、技术革新、工艺进步和节约也是生产力合理布局的重要条件。④在开采矿产资源、恢复林地、保护和利用土地资源等方面，应注意保护自然资源，改善生态环境。

（2）综合发展各经济区、各联邦主体的经济

经济区是经济综合体和完整的地域经济系统。俄罗斯的各个经济区自然资源潜力不同，经济和社会条件差异较大。当前，俄罗斯处于地域生产综合体系统中市场经济发展的初级阶段，这一系统由联邦区制订，分为大、中、小三种地域生产综合体。俄罗斯是在各部门综合体（燃料、能源、机器制造、化学、建筑、森林、农工等）、各共和国、各地区综合体基础上发展而成的统一经济综合体。现代俄罗斯经济综合体部门结构复杂，它是市场专业化同生产和社会结构（交通、通信、流动资金、服务行业等）的合理组合，应根据其差异，综合发展。

（3）各地区合理分工

这是市场经济条件下有效布局生产力的必需条件。对俄罗斯这样一个地域辽阔、自然资源丰富的国家来说，实现地区间的合理分工具有特殊的意义。各共和国和各地区具有经济、自然资源和历史条件的特殊性，经济发展的水平也不尽相同，应根据其特性进行分工。例如，在中央区、乌拉尔区和西伯利亚区建设全国的钢铁专业化基地，在乌拉尔区、沿伏尔加流域、西北区建设石油天然气基地。它们在向全国各地区的市场提供本地区产品的同时，也同样从俄罗斯其他地区获得了本地区所必需的产品。在经济发展的现阶段，在市场经济形成和发展的条件下，最重要的是通过联合和协调工作，使各地区间的劳动地域分工继续得到完善，使国家利益同每个地区的利益相结合。劳动地域分工和各地区市场专业化水平程度的提高，将促进生产的扩大和效率的提高，提高经济水平。

（4）缩小各地区经济和社会发展水平的差距

在保证市场经济条件下经济有效发展的同时，缩小国内各地区社会经济发

展水平差距的意义重大，它是生产力布局的最重要规律。俄罗斯通过生产力布局，要使落后地区和整个国家加快发展速度。根据这一原则，俄政府认为当前应首先发展的是落后地区，因为在这些地区最可能会出现紧张局势，从而加剧全国的不稳定。为此，国家从财政中拨出专项资金作为补充，并制订其发展的总体规划，以缩小这些地区同先进地区的社会经济发展水平差距。

2. 俄罗斯生产力布局的原则

生产力布局原则具体体现于国家经济发展的一定时期内生产的空间分配关系上。在生产力的布局中，布局原则同布局规律起着同等重要的作用。市场经济条件下俄罗斯生产力布局原则最基本的出发点是科学布局，它是在研究和利用市场经济国家的经验和模式的基础上，根据本国的经济政策制订的。现阶段俄罗斯生产力布局继承了苏联计划经济时期生产力布局理论的合理性，并在新形势下以经济效益为目标。具体原则如下所述。

（1）生产接近原料、燃料、能源和需求地

按照该原则，要求在生产力布局中减少和消除远距离的不合理运输，降低生产成本，提高经济效益。主要是使能源需求量大的生产接近于燃料和能源地，如有色金属等（生产铝和化工的生产接近于原料来源地，黑色金属、重型机械制造、轻工业品和食品工业的生产接近于需求地，高科技部门接近于能提供高素质劳动力资源的地区）。

（2）更有效地优先开发和综合利用自然资源

在发展市场经济的条件下，更有效地优先开发和综合利用自然资源的原则显得特别重要。为此，应制订和发展以地域生产综合体为目的的规划，如以石油和天然气为基础的西西伯利亚地域生产综合体，以天然气为基础的奥伦堡工业综合体，以铁矿为基础的科马地域生产综合体，以特有矿产为基础的康斯克—阿金斯基和南雅库特地域生产综合体等。

（3）采取有效措施保护自然和合理利用自然资源，恢复生态环境

在市场经济条件下，各地区生产力布局都面临着如何利用和管理自然资源的问题。国内外经验表明，要综合系统地解决现代条件下区域发展的生态和资源问题，必须杜绝生产破坏自然环境和污染生态的产品，以及由于俄罗斯同国际相比自然资源价格低廉而严重浪费的现象。为了在有效利用自然资源时保持良好的生态环境，应采取以下经济调控手段：①以管理经济活动的法律和标准

为基础,在地区范围内实现生产力的有效配置;②实行对破坏生态环境的行业征税和为使用自然资源付费制度,鼓励合理利用自然资源,保护生态;③限制对资源的利用,对排放污染物、废弃物以及利用自然资源制订出具体的指标和措施。例如,在煤炭和钢铁基地、森工综合体、有色金属等部门鼓励采用废物处理技术等。

(4)根据国际劳动分工的经济利益原则,恢复和发展同各国的经济联系

该原则在俄罗斯市场经济的形成和发展时期具有特殊的意义。国际劳动分工影响着国民经济各部门和地域结构,同国外的合作能够保证充分利用本国资源,合理有效地发展生产力。任何国家的生产力布局都应该在国际劳动分工的框架内实现,国家间的相互关系应建立在完全平等、互信、互利、尊重主权的原则之上。

生产力布局还要考虑其他因素,例如,限制大城市增长,积极发展中小城市以及经济要素、自然要素、人口要素、科技进步要素等。在生产力的布局中,只有将以上各要素综合起来,才能起到应有的作用。

总之,俄罗斯在市场经济条件下,生产力布局以经济效益为中心,力求各要素综合布局,达到更有效地利用自然资源潜力、促进区域综合发展的目的。

(三)俄罗斯生产力布局理论对中国的借鉴意义

1. 中国当前生产力布局现状

当前,中国处于社会主义市场经济阶段。市场经济与原来集中计划经济的不同之处在于它不是以国家为主,通过集中计划,自上而下的用行政办法配置社会资源;而是把市场作为配置社会资源的基础,以市场为中心组织社会经济活动,国家通过宏观政策和经济、法律等手段对经济活动进行间接调控。但市场调节具有短期性、微观性特征,不能展示社会经济发展的长期性,它也存在着自身无法克服的缺陷,如资源的浪费、竞争导致的垄断等,因此,对于特殊的社会发展目标仍要依靠国家的宏观计划和政策来解决。这样的社会分工前景,对中国经济地理的研究提出了新的要求。一方面,经济地理研究应以市场环境中的企业和消费者作为经济活动主体,讨论其决定的空间经济布局;另一方面,经济地理应以政府作为市场经济环境的调控者,研究政府政策对经济布局的影响。

　　中国当前生产力布局的原则是：生产地靠近自然资源地、人力与技术资源地、消费地，节约劳动与运输消耗，提高经济效益；必要的集中与适当分散相结合，兼顾经济与政治效益；区域生产专业化与多样化相结合，发挥区域优势，建立合理的经济结构；协调区域间发展关系，在保证加速发展先进地区经济的同时促进生产力平衡发展；保护环境，防止污染，维护生态平衡。

　　中国生产力布局在实践中仍存在着一些问题，主要是生产力布局经历了从平衡到倾斜的转变。改革前三十年，我们照搬苏联的生产布局理论，把生产不平衡布局视为资本主义生产力布局规律，而把平衡布局视为社会主义的生产力布局规律。以这种理论为背景，将生产力和投资重点置于较落后的中西部地区，忽视了经济效益目标。改革开放后，生产力布局的梯度推移战略成为区域经济发展理论与实践的主流。中国按照东中西递减的格局，提高了资源配置效率，奠定了取得成就的重要基础。但片面强调效率，忽视平衡目标，也产生了一系列问题和矛盾，使区域经济发展差距扩大，区域产业结构严重失调，经济结构趋同加剧，区际利益冲突日益尖锐。中国地域广阔，资源不足，自然条件差异大，经济发展极不平衡，区域经济不可能在没有合理布局的构架中长期保持较高的生产要素配置效率和社会经济的稳定。如何摆脱生产力布局上的平衡或倾斜，确立合理的布局，兼顾效率和平衡，不断缩小区域间差距，使之适度化，成为当前中国生产力布局所面临的重大问题。

　　2. 俄罗斯生产力布局理论对中国的借鉴意义

　　中国当今处于社会经济转型和生产的空间形式转换时期，所面临的情况与俄罗斯有许多相同或相近之处。研究当前俄罗斯生产力布局理论，对于中国的生产力布局具有一定的借鉴意义。

　　（1）强调提高开发和综合利用自然资源的能力

　　自然资源是国民经济和社会发展的重要物质基础。随着工业化的发展和人口的增长，人类对自然资源的巨大需求和大规模开采消耗已导致资源基础的削弱、退化、枯竭。中国的基本国情是人口众多、资源相对不足，单纯的消耗资源和追求经济数量增长的传统发展模式，正在严重地威胁着自然资源的可持续利用。目前，中国在一些重要的自然资源可持续利用和保护方面正面临着严峻的挑战。这种挑战表现在两个方面：一是中国的人均资源占有量相对较小，为了争抢资源恶性竞争，甚至以邻为壑。这不仅造成了极大浪费，而且为可持续发展埋下了严重隐患；二是随着人口的大量增长和经济发展对资源需求的过分依赖，自然资源的日益短缺将成为社会经济持续、快速、健康发展的重要制约因素。在对资源的开发和利用上，出于地方利益和本位主义，各地区程度不同地做出只顾眼前、不计长远的选择。因此，必须进行宏观规划、指导，及早防范、纠正已经和可能出现的问题，将提高和综合利用自然资源的能力作为生产力布局的主要原则，以保证最大限度地提高资源的利用效率，促使资源合理开发和综合利用，为经济增长提供物质支撑。

（2）促进落后地区发展，尽量缩小地区差距

俄罗斯经济地理学把缩小地区差距，平衡发展生产力作为生产力布局的最重要规律。在这方面俄政府优先关注的是落后地区，担心在这些地区可能会出现紧张局势，加剧全国的不稳定。而中国采取的是在保证加速发展先进地区经济的同时促进生产力平衡，致力于共同致富的措施。按照梯度推移战略，中国划分为东、中、西三大经济地带，重点发展东部，让中部为东部提供能源、原材料，并对沿海实施了一系列的倾斜发展政策。通过振兴沿海工业基地，保证投资效益高的先进地区经济发展更快，以加速全国经济发展速度，具备一定实力后，国家从政策和基础设施建设上再向落后地区倾斜，有步骤地推进落后地区发展，缩小区域差别。这一战略的实施虽使沿海经济迅速崛起，但也使中西部与东部的差距迅速拉大，地区发展的不平衡问题日益突出。正确处理先进地区和落后地区的关系，缩小差距水平，将是中国面临的长期问题。当沿海地区发展到一定程度时，应借鉴俄罗斯发展落后地区的做法，重点提出和研究、解决这一问题，并应采取持续有效的措施，支持贫困地区的发展，避免社会矛盾和不和谐问题的产生。

（3）发挥区域比较优势，明确地域分工

早在 20 世纪 30 年代初，苏联就提出过地区生产专业化问题。60 年代以后，随着社会分工的加深和生产力布局理论的发展，苏联把地区生产专业化从农业和采掘工业扩展到所有物质生产部门。地区专业化和综合发展，是地区经济发展不可分割的两个方面，在地区经济的发展中起着不同的作用。地区生产专业化是地区经济发展的主导方向，它建立在合理利用当地最优越的自然条件和经济条件的基础之上，决定着地区在全国经济中所占有的地位和作用，决定着地区经济体系和各地区之间的经济联系。中国地域辽阔，自然条件差异很大，应

借鉴俄罗斯生产力布局理论中有关地域分工的原则，根据各地区不同的经济、自然资源和历史条件等特性，合理布局生产力，充分发挥区域的比较优势，明确地域分工，实行地区生产专业化。同时，加强和促进地区间专业化分工与协作，避免经济结构趋同，建立起全国开放性的统一大市场的格局。

（4）落实保护环境，维护生态平衡的原则

恢复生态环境，采取有效措施保护自然和合理利用自然资源，是苏联和俄罗斯生产力布局中一贯强调的原则。中国提出"可持续发展能力不断增强，生态环境得到改善，资源利用效率显著提高，促进人与自然的和谐，推动整个社会走上生产发展、生活富裕、生态良好的文明发展道路"的重要目标，要求不但需要提高经济总量，而且要建设良好的生态环境，满足人们对环境质量日益提高的要求，实现经济发展和生态保护的"双赢"。生产力布局应当从环境资源禀赋出发，充分考虑环境容量、资源地理分布差异的特点，以实现经济利益的最大化和生态成本的最小化，使生态系统保持平衡。虽然中国也把保持环境、防止污染作为生产力布局的一项原则，但在实际与经济效益出现矛盾时，一些人则主张先解决经济增长和发展，再解决环境治理问题。这样做从长远看，经济损失要远小于因得到了这部分经济利益而失去的社会、生态效益方面的损失，况且有些社会、生态方面的效益是无法用金钱来衡量和补偿的。在实际中正确处理经济效益和生态、社会效益的关系，不仅要求在市场经济社会中决策者和全民树立生态意识，而且国家也应采取各种行之有效的监督和保护措施。俄罗斯在修建俄日、俄中石油管线时产生的安大、泰纳线之争的焦点之一就是保护贝加尔湖的生态，其注重生态环境的做法值得中国借鉴和学习。

（5）在经济全球化进程中，积极参与国际劳动地域分工

随着经济全球化的进一步发展，积极参与国际劳动地域分工对中国同样具有特殊意义。国际劳动分工对国民经济的部门和地域结构具有较大的影响，国际分工、国际贸易和生产要素国际流动的不断发展，使各国经济相互联系和相互依赖关系日益加深。同国外的合作能够保证合理有效地发展生产力和利用本国资源。正如克鲁格曼所指出的，即使考虑到规模经济的影响，区际交换的总格局也与基于比较利益的交换格局相近。目前反映国家之间经济关系的主要是市场价格机制。随着中国经济与世界经济联系的日益增强，就更需要把国内市场和国际市场的联系运作、互相反应联系在一起，从市场价格机制角度把国内

各个地区的资源稀缺性与其他国家相比较，进而分析国内区域经济如何受国际经济的影响，并采取相应的措施。由此可见，在经济全球化进程中，中国应积极参与国际劳动地域分工，并将其作为中国生产力布局应遵循的一项原则。

总之，中国正处于由计划经济体制向市场经济体制的转型时期，市场经济体制正在逐步建立和完善。这就要求经济学者顺应市场经济的发展，对经济地理的未来方向进行崭新的思考。在引进西方现有空间市场机制理论的同时，更多地了解现代经济空间布局的理论，结合中国特殊的国情和发展道路，兼容并蓄，研究其科学性、合理性和局限性，并在科学借鉴、比较之中，对其加以发展、完善和创新。

三、俄罗斯对外直接投资的特征、优势及前景①

在经济一体化加速发展的背景下，转型国家正越来越深地融入经济全球化的浪潮中。伴随着经济的持续增长，俄罗斯在制订积极的政策引进外资的同时，采取各种鼓励对外投资的政策，促进对外直接投资（Foreign Direct Investment，FDI）的发展，使其对外直接投资出现了增长势头。本书通过深入分析俄罗斯对外投资发展模式，重点剖析影响其对外投资发展的因素以及对外投资过程中出现的积极变化。通过分析对外直接投资的利弊、特征、存在的问题、社会经济优势及国家在法律和权利范围内解决问题的具体方案和支持措施，探索在经济转型与经济全球化双重挑战下俄罗斯对外投资的特点及方式变化关系，以及与世界经济一体化的融合路径。

对外直接投资作为全球化最重要的因素及动力，具有长期的战略意义。尽管一直以来发达国家的跨国公司仍是对外直接投资最主要的来源，但是，近年来开始呈多样化趋势，发展中及转型国家和地区的跨国企业正在迅速崛起，新兴市场国家作为对外直接投资来源的作用正在提高，其私有企业和国有企业越来越成为国际舞台上的重要角色，在全球投资浪潮中向西方发起挑战。俄罗斯自

---

① 本节 2010 年 8 月发表于《俄罗斯中亚东欧研究》，原文名称为《转型国家对外直接投资问题研究——俄罗斯对外直接投资的特征优势及前景》

1999 年以来经济出现的恢复性增长，国际市场有利的价格形势使其积累了大量资金，为其对外直接投资创造了雄厚的基础。俄罗斯对外直接投资增长速度不断加快，已超过了中国、巴西、新加坡和韩国，成为经济转型国家中的对外投资大国。

（一）　全球对外直接投资广泛增长下的俄罗斯对外直接投资

1. 全球经济中的对外直接投资新趋势

（1）全球对外直接投资总体呈持续上升趋势

2005 年，全球对外直接投资流入量增长 29%，达 9 160 亿美元，比 2004 年增长 27%。2006 年，全球对外直接投资增加到 13 060 亿美元。2007 年，全球对外直接投资再增 30%，达到 18 330 亿美元。2008 年，全球对外直接投资总额估计在 1.6 万亿~2 万亿美元之间。尽管 2007 年下半年开始发生信贷危机和金融危机，但从整体上来看，对全球对外直接投资并未产生明显的削弱影响。在三大类经济体——发达国家、发展中国家以及转型经济体中，对外直接投资的流入量都在继续增长。越来越多的发展中经济体和转型期经济体的公司认识到需要探索海外投资机会，以便维护或形成竞争地位，因此，继续进行海外拓展。发展中国家经济体中，中国香港居首位，而转型期经济体中，俄罗斯领先。据联合国贸易和发展会议的数据，2005 年俄联邦外向投资总量为 120 亿美元，2006 年为 235 亿美元，2007 年达 478 亿美元，2008 年达 538 亿美元，截至 2009 年 9 月底，俄累计境外投资额为 655.62 亿美元。

（2）跨国并购成为主要投资方式

跨国并购自 20 世纪 80 年代初成为全球对外直接投资的主要方式，刺激了资本的流动，其规模和数量的增加影响了全球经济的增长趋势，支撑了目前全球对外直接投资的上升。2006 年，跨国并购交易在金额（比 2005 年提高 23%，达到 8 800 亿美元）和数量上（比 2005 年提高 14%，达到 6 974 笔）均显著增长。2007 年，此类交易的金额达到 16 370 亿美元，比 2000 年的创纪录水平增长了 21%。发展中经济体和转型期经济体的公司也越来越多地参与到此类交易中，其跨国公司的数量在过去 15 年的增速已经超过了发达国家。通过跨国兼并和收购（并购）继续进行的整合大大推动了对外直接投资的全球增长。俄罗斯许多对国家有重要价值的企业，通过兼并和收购，资产迅速膨胀，在国内形成垄断巨头，在国际上也进入了排名雄居前列的强大实体。

（3）绿地投资增长迅速

绿地投资有助于直接提高东道国的生产能力，增加其资本基础和就业机会。1987～2006年全球投资新建生产和现代化项目比例已超过总投资的15%，跨国公司越来越多地通过"绿地"模式进入新市场，许多新兴市场的跨国公司通过并购或投资"绿地"扩大市场。绿地投资和再投资收益推动了对外直接投资，流出量亦创新高。几乎所有这些对外直接投资都反映了俄罗斯跨国公司的境外扩张，特别是一些以资源为基础的大型公司力图成为全球性公司，一些银行也已扩展到独联体的其他国家。

（4）集团投资成为当代国际金融市场的最新趋势

主权财富基金作为直接投资者的出现是全球对外直接投资的一个新特征，传统工业企业的大型跨境投资已被集团投资以各种金融投资基金方式所代替。2006年，集团投资登记金额达1 580亿美元，占所有跨国并购的18%。与其他大多数区域一样，转型国家的对外直接投资流入量和流出量也攀升至前所未有的高度。2007年，对外直接投资流入量连续第7年增长，达到860亿美元，比2006年增长了50%。在此方式下，俄罗斯跨国公司的势力已经延伸到增加原材料供应和战略初级商品的获得地——非洲。这些举措支持了其跨国公司在能源产业下游势力的加强，增加了在发达国家金属行业的生产增殖活动。

2. 俄罗斯对外直接投资迅速增长的国内因素

原则上有寻求市场、效率、资源和现成资产四大动机影响跨国公司的投资决策。获得新的销售市场，扩大原料基地，减少在地区一体化结合中税率和非税率性限制，经营多样化，降低生产成本，获得附加竞争优势等驱动因素是拉动俄罗斯跨国公司进入东道国的强大力量。俄罗斯不断健全的宏观经济政策（外债减少、货币稳定、外汇管制放宽等），一系列法律和行政措施，使其在国际市场的投资具有超过其他国家跨国公司的竞争优势，投资者迅速有效地在对其他发展中国家和发达国家来说风险较大的市场得以积极扩张，应对全球化的威胁与机遇，并同发达国家的对手直接竞争。

（1）具备了对外投资的资金能力

经过20余年的转轨，俄罗斯经济呈现出增长势头，具备一定的外汇储备能力。俄罗斯拥有庞大的自然资源，是仅次于沙特阿拉伯的世界第二大产油国，近年来石油出口盈余大增，外汇储备迅速增长。大量的剩余资金缺少在境内扩大投资的机会，而企业的规模和层面优势，使他们能够充当并购主体，在政府的鼓励扶持下，有条件、有能力的企业通过对外投资获得收益。

（2）市场和原料来源新的准入条件

变化中的全球供应链对产品的追溯显得越来越重要，随之而来的是对信息技术越来越高的要求。市场准入最低标准的提高，使新兴国家和公司越来越难进入发达国家的市场。随着私营标准和公众标准的不断提高，新公司与这些标准的差距越来越大。由于俄罗斯已达到一定标准，面对标准的不断提高，只需做出小幅调整。

（3）先进的管理、设计和技术水平

虽然从技术的总体水平来看，俄罗斯与发达国家仍有一定的差距，但是，在某些领域，其技术水平已经有了长足的进步，适合于到国外投资。俄罗斯拥有很大的工业生产潜力和科研潜力，拥有规模庞大、种类齐全和分支众多的生产部门，在某些世界尖端的技术领域保持着优势地位。

（4）具备新兴市场必要的应变能力

俄罗斯具备强大但灵活的公司结构和较大的扩张野心，这些特点使俄罗斯在对其他发展中国家和发达国家的投资者来说风险较大的市场上，能够采取迅速和有效的适应措施。

（二）俄罗斯对外直接投资利弊分析

1. 俄罗斯对外直接投资特点

与发达国家的跨国公司相比，复杂的所有制结构，有限的管理能力，缺乏对现代标准的环境、安全与保障的了解，使俄罗斯对外直接投资呈现出以下特点。

（1）对外直接投资虽高速增长，但规模仍小

随着经济全球化进程的加快和本国经济的快速发展，企业对外投资步伐进一步加快，规模保持扩大趋势。近年来，俄罗斯的公司正越来越多进入国外市场，为促进货物、服务、知识产权和投资外国市场创造了更多的条件。2000年至今，俄罗斯作为对外直接投资来源地，已经从新兴市场中的第12位上升到第3位。但如图2-1所示，俄罗斯还不是一个投资大国，与发达国家相比还有很大差距，俄罗斯跨国公司一般资产国际化指数也远远低于国际上发达和发展中国

家相同的指数。

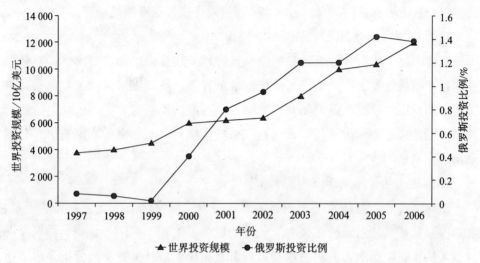

图2-1　俄罗斯对外直接投资量占全球的比重

资料来源：联合国贸易和发展会议《2006年世界投资报告》

（2）领域进一步拓宽

从部门的角度看，俄罗斯以第一产业（石油、天然气、矿业）和资源型制造业（有色金属、钢铁）的大型跨国公司为主。2008年1～5月，主要投资行业为冶金业。在此期间，俄罗斯的投资者获得62亿美元海外企业资产。居第二位的是石油和天然气（22亿美元），第三位是建筑业（1.2亿美元）。俄罗斯25个最大规模的企业在2006年年底拥有外国资产约600亿美元，营业额2000亿美元，在国外工作人员总数130 000人，以上三项指标比2004年增加了一倍多（表2-2）。俄罗斯在国外工业部门规模企业的主要竞争优势为：石油和天然气部门占国外资产的一半以上，钢铁和采矿业占1/4，运输占11%，电信和零售业占8%，机械占1%，农业化学占1%，电力所占比例小于1%。

表2-2　2006年俄罗斯10大企业在国外的MNI指数

序号	公司名称	部门	国外资产/百万美元	总资产/百万美元	MNI指数
1	Лукойл	石油、天然气	18 921	48 237	0.46
2	Газпром	石油、天然气	10 572	204 228	0.29
3	Северсталь	钢铁、矿业	4 546	18 806	0.31

续表

序号	公司名称	部门	国外资产/百万美元	总资产/百万美元	MNI 指数
4	Русал	钢铁、矿业	4 150	14 200	0.41
5	Совкомфлот	交通	2 530	2 601	0.66
6	Норникель	矿业	2 427	16 279	0.36
7	АФК	通信、零售	2 290	20 131	0.16
8	Вымпелком	通信、零售	2 103	8 437	0.23
9	Новошип	交通	1 797	1 999	0.60
10	THK-BP	石油、天然气	1 601	23 600	0.27

注：MNI 指数是指总资产数量、国外资产数量及雇员人数的百分比

资料来源：联合国贸易和发展会议《2006 年世界投资报告》

（3）对外投资管理体制正日趋完善

1991～2005 年，俄罗斯签署了 57 项政府间关于相互鼓励和保护投资的双边协定。2006 年，俄罗斯外汇管理自由化法规开始生效。俄罗斯的贸易投资主管部门为俄罗斯联邦政府经济发展贸易部，该部负责管理贸易投资事务，主要职能包括研究、制订和实施国家统一的对外经济政策，对俄罗斯联邦的对外经济活动进行国家宏观调控，保障进出口贸易的正常秩序，吸引外国投资等。正在优化的国际合作的制度性介质标志着对外投资管理体制日趋完善。

（4）缺乏管理跨国公司的人才

从资本市场上并购国外企业仅仅是企业海外发展战略的第一步，对并购的企业如何进行有效管理则是关系并购后企业经济效益的首要问题。国内应该派出具有很高专业水平，精通外语，熟悉当地法律规范、风土人情的"复合型"人才，这对于海外子公司的运转是极为重要的。而俄罗斯的人才培养并没有未雨绸缪，所以在对外投资的同时，人才匮乏是跨国并购企业面临的主要问题。

（5）直接投资流出量与流入量基本持平

近几年来，俄罗斯吸引直接投资和对外直接投资均快速增长，2007 年对外直接投资数量和规模都超过历史纪录，比 2006 年增长 57.5%，占国内生产总值的 3.5%（2006 年为 2.8%），超过了中国的相应指数，居世界第 7 位，在发展中国家居第 3 位。2005～2007 年，俄罗斯吸引外资增加了 2.9 倍，而流出量增加了 3.8 倍。这是一个独特的现象，因为在其他发展中国家，都是流入量大于流出量。

2. 俄罗斯对外直接投资的地理构成

随着时间的推移，全球对外直接投资的地理构成发生了一定的变化。一般认为，俄罗斯企业在国外业务的发展主要集中在独联体国家。但恰恰相反，其对外投资的主要区域是欧盟，投资金额占俄罗斯 25 家大公司对外资产总额的60% 以上，而独联体国家仅占 20%。同时，俄罗斯企业出现了在美洲、非洲和亚洲市场扩大业务的趋势。2003～2008 年 5 月，对俄罗斯投资者最有吸引力的国家是加拿大（67 亿美元），另九个投资额较高的国家依次是：乌克兰（61 亿美元）、美国（53 亿美元）、瑞士（47 亿美元）、哈萨克斯坦（38 亿美元）、土耳其（34 亿美元）、英国（28 亿美元）、意大利（20 亿美元）、法国（16 亿美元）和中国（15 亿美元）。[①]

自 2006 年以来，俄罗斯对美国的投资已经超过 30 亿美元。按部门分类包括以卢克石油公司为首的石油、天然气及能源部门和以能源设备公司为首的在美国合资生产俄罗斯 RD-180 火箭发动机的航空航天工业部门。有色金属方面，谢韦尔钢铁公司在 2004 年年底获得收购美国鲁日工业公司（Rouge Industries）及其从事钢铁生产的主要子公司——美国鲁日钢铁公司（Rouge Steel）资产的手续，从而使谢韦尔北美分公司成为美国第五大钢铁企业。黑色金属方面，诺里尔斯克镍业公司 2003 年获得美国 Stillvoter 挖掘公司 51% 的股份，该企业的计划是 2007 年收购世界上最大的钴和镍化工产品基地美国 OM 集团公司，交易额为4.08 亿美元。空运方面，俄罗斯在美国注册的伏尔加—第聂伯航运公司，现在几乎完全占领了美国的这一服务部门，成为其来自国外的主要竞争对手。

独联体为俄罗斯继欧盟之后的第二大对外直接投资地区，约占俄对外直接投资的三分之一。为了降低劳动和运输成本而恢复苏联时期旧的生产关系或调整新的生产关系，俄罗斯的直接投资主要投向有色冶金和石油天然气开发等领域，特别是拥有巨大的出口潜力，且在近些年积累了投资资源的工业企业，如石油、天然气、有色金属和动力企业等。俄罗斯企业对独联体国家的直接投资

---

① 根据中华人民共和国驻俄罗斯联邦大使馆经济商务参赞处的消息，2008 年俄对外投资前十大受资国累积吸收俄投资 343.91 亿美元，占俄全部对外投资累积额的 89.7%。其中，吸收俄直接投资 147.77亿美元，占俄对外直接投资累积额的 86.8%。十大受资国比例分别为：荷兰 108.54 亿美元（28.3%），塞浦路斯 104.31 亿美元（27.2%），英属维尔京群岛 41.51 亿美元（10.8%），德国 26 亿美元（6.8%），奥地利 14.13 亿美元（3.7%），白俄罗斯 13.53 亿美元（3.5%），美国 11.85 亿美元（3.1%），英国8.61 亿美元（2.3%），乌克兰 8.5 亿美元（2.2%），瑞士 6.93 亿美元（1.8%）

是为了迅速占领市场潜力大而竞争力不强的领域和销售市场，主要选择了移动电话等通信领域。在扩大其市场占有率和获取自然资源方面，乌克兰、白俄罗斯、乌兹别克斯坦和哈萨克斯坦是其主要目标国。2010 年 6 月 1 日，俄罗斯天然气工业股份公司已拥有与白俄罗斯建立的合资企业 50% 的股份。乌克兰是一个与俄罗斯有重大经济合作潜力的国家，截至 2008 年 1 月 1 日，俄罗斯在乌克兰投资 14 620 万美元，占其对外直接投资总额的 5%。俄罗斯首选的是基础产业，如燃料和能源综合体、化工、冶金、机器制造和金属加工，以及银行和金融部门。俄罗斯还是亚美尼亚对外直接投资来源排在第一位的国家。2007 年，俄罗斯对亚美尼亚投资 44 936 万美元，与 2006 年相比，投资增长了 2.1 倍，49.2% 的资产（22 090 万美元）集中在电力生产和分配以及冶金行业。俄罗斯对乌兹别克斯坦的投资主要在大规模的联合项目、燃料和能源综合体，包括联合勘探和开发乌兹别克斯坦境内的油气矿藏和运输等，农业领域的合作也稳步发展。

3. 俄罗斯对外直接投资的利弊分析

跨国公司不仅能从资金流动、技术和技能投资等多方面对东道经济体产生影响，还能通过市场扩展或降低成本使母国从中受益。俄罗斯对外直接投资的积极影响包括以下几个方面。

（1）巩固国家的地缘政治和经济地位

俄罗斯跨国公司从采矿和原材料加工到最终建立具有高附加值产品的完整生产链，不断巩固了企业的地位，形成了从原料加工过渡到高科技产品、服务以及知识产权出口为主的经济创新模式。全球金融市场为俄罗斯企业跨国经营提供了更多的机会，增强了资本化。此外，还激励俄罗斯企业获得建立新的生产体系所需的技术和工业资源。海外的大型投资战略，能够维护俄罗斯的国家利益，确保国家的经济稳定发展，加强地缘政治稳定，为参加国际贸易规则的制订创造先决条件。

（2）克服国际贸易壁垒障碍

俄罗斯尚未入世，这给俄罗斯跨国公司对其他一些国家和地区（如美国、欧盟）市场的配额和反倾销调查造成了较大的障碍。克服这些障碍的一个重要方法，就是收购在这些国家出口产品的资产。目前，大多数俄罗斯公司仍处于廉价的、技术原始的产品生产阶段。因此，俄罗斯的跨国公司通过进行海外投资能获得专利技术和高品质产品。

（3）提高本国企业和产业的国际竞争力

随着对国际竞争开放程度的扩大，俄罗斯在国内和国外市场上都越来越多地参与竞争，对外直接投资可以构成产业战略的重要组成部分。这种竞争反过来又推动它们改善经营，促进公司竞争优势的发展，从而提高在国外市场上的竞争能力。跨国公司是俄罗斯市场引入现代管理技术的渠道。通过联合研究和开发，可以提高企业效率，降低生产成本，获得低利率贷款。通过被收购资产国的营销渠道，增加货物和服务的出口，提高企业及相关产业的整体竞争力。

（4）提高俄罗斯大型企业的透明度

目前，有很大一部分俄罗斯企业没有公开不要求披露的信息。此外，俄罗斯公司大量的投资并不是直接的，而是通过在其国外的子公司和在俄罗斯登记的境外实体公司实现。购买外国资产时，国内企业将根据国际标准被实施问责制，从而提高它们的责任感，在提高燃料能源综合企业商业经营的透明度方面尤为明显。

（5）促进中小型企业的发展

俄罗斯跨国公司通过与东道国企业建立经济和技术联系，包括技术升级、建立品牌、学习新的管理技能、挂靠全球价值链，以及沿价值链上升到更先进的活动，增加经营收入，实现多样化生产。据格兰特桑顿咨询公司2007年的评估，俄罗斯中小型企业数量在接受调查的113个国家中处于第18位（2006年处于第29位），比他们的竞争者（印度、中国和巴西）增长更快。

俄罗斯对外直接投资在具有以上积极方面影响的同时，由于母经济体与东道经济体之间存在文化、社会和体制上的差异以及伴随而来的组织和环境复杂性等，会对母公司产生潜在的不利影响。对俄罗斯国内经济产生的负面影响包括以下几个方面。

（1）削弱了国内企业的竞争力

2005年俄罗斯的对外投资达到约120亿美元，投资额比2004年增加1/4，而国内一些行业（特别是冶金、电力工程）由于资金短缺而导致技术升级滞后。

（2）减少了俄罗斯国家的税收基数

外商投资企业在国内减少的税收，使俄罗斯的预算收入水平下降，这导致国内产业生产成本下降的压力增大，在社会领域包括就业机会方面也造成了不利影响，失业人数增加。

（3）私营企业借贷外债增长速度加快

2007年年初，俄罗斯包括银行在内的公司债务超过2 600亿美元，其中相当数量的借款用于兼并和收购的融资交易，而非用于生产技术基础领域的发展。

（三）俄罗斯对外直接投资的优先方向

国际市场上俄罗斯企业之间的无序竞争，特别是在参与国际招标方面的竞争，导致潜在订单的大量损失。避免国内企业参与海外项目的无序竞争，主要依靠政府的支持。俄罗斯扩大企业投资的国家政策尚不健全，完整性和连续性不够，导致俄罗斯企业与其他国家竞争对手相比，缺少了利用国家支持的机会。要确定俄罗斯支持海外投资的机制、形式、标准和水平，就需要详细的分析、研究实施国家支持的过程和对策选择。为此，应确立关键领域的国家政策支持，包括在俄罗斯完善税收和投资的立法。在此基础上，制订一系列的立法、行政、执法和组织措施，以协调联邦政府和公司的行动，顺应新层面的经济发展和全球竞争。[17]

俄罗斯的主要企业与国家采取协调一致的行动，提高企业在国际市场业务效率，最终将有利于国家社会经济的发展。俄罗斯的优先政策包括：支持国内企业海外投资，促进国家的经济发展现代化、出口结构多样化，提高满足国内市场商品和服务工业原材料的能力，恢复俄罗斯公司在国际市场上失去的阵地，减少赤字和污染，减少在外国的金融债务等。这些优先政策符合国家利益的长期可持续发展。同时，应以更加负责任的态度选择企业和项目，创造新市场，扩大原料基地，消除关税和非关税贸易壁垒，降低生产成本。

国家政策优先支持的俄罗斯企业对外投资主要方向包括：投资者和接受投资国家更紧密的利益调整；保护本国和外国投资者的相互权利，从而降低非商业风险概率；消除外国投资者和国内投资者从事外国投资的双重征税；国家政府和私营公司合作，参与国外的项目，包括通过海外房地产及其他资产或临时转让的管理，提供贷款担保；建立促进外国投资的金融机构等。

俄罗斯国家对企业对外直接投资的支持表现在以下几个方面。

1. 拟建立俄罗斯海外投资专门机构

对于对外直接投资，每一个母国都需要采取和执行适合具体情况的政策，这取决于许多因素，包括企业部门的能力，以及投资公司与经济其他部分的联系。应利用由对外直接投资而可能带来的国外市场准入、资源和战略资产的变化，使企业具备本土化能力。在金融和商业风险方面，保护俄罗斯的海外投资，协调和鼓励外国投资和出口信用保险。这种做法在奥地利、法国、匈牙利、意大利、美国、日本、挪威、斯洛文尼亚、西班牙和其他国家都已实施。一些国家的政府在积极鼓励公司向海外投资的同时，采取各种支持措施，包括提供信息、配对服务、金融或财税鼓励办法，以及对海外投资提供保险。

2. 发展与外国在贸易、经济和科学技术合作领域政府间双边关系

促进俄罗斯的引资和投资，使国内出口商和制造商提高新技术和竞争力，不断增加双边贸易额。俄罗斯与大多数国家一些机构间常设委员会就所涉及的问题成立特设工作组，在国内企业中增长最快的领域拓展世界市场，形成过渡到商品创新经济模式的基础。发展和加强双边经济关系，并加强信息分析，确保俄罗斯外交部及其他政府部门为投资者提供东道国的对外经济政策，促进俄罗斯商品和服务出口的多样化，以利于实现竞争优势，协助利益相关者获得外贸订单的供应货物、工程和服务，包括贸易信息和知识产权，以及通过招标等方式促进俄罗斯在国外的项目投资。

3. 政府建立非盈利性开发基金，促进俄罗斯的对外投资，改善形象，维护国内企业在国外的利益

2007 年，俄罗斯卫生部制订了两个改善投资形象的文件草案，提高国内外市场商品和服务的非价格竞争力，支持国家、区域、集团和私人品牌的商品和服务，加强知识产权保护，促进国家和区域品牌、产品和服务的提高，改善投资形象。由俄罗斯联邦政府的内政部和经济发展部制订目标计划，消除那些侵犯知识产权和伪造产品等阻碍对外投资的现象；主要通过广告、媒体及商业活动和展览等手段，宣传有关的国家经济政策的成就和成果，推动海外市场营销和投资。

4. 制订支持俄罗斯企业国外投资的原则、法规

随着国际市场竞争的加剧，各种保护主义日益盛行，国外投资不仅具有商业风险，而且会遇到各种不可抗力，包括政治性因素。因此，对外投资离不开

政府外交、经济、政策和信息等各方面的支持。俄罗斯的支持力度日益加强。

俄罗斯跨国公司的出现是更广泛的经济全球化的组成部分。尽管俄罗斯的跨国公司进入国际市场较晚，但得益于石油市场的条件，其扩张非常迅速。尽管全球化涵盖了从以前拥有国家资产的国有巨头公司、私有公司和拥有外国股东新公司的所有范围，但俄罗斯的全球扩张仍主要局限于石油、天然气、冶金、采矿和电信部门，即在俄罗斯具有竞争优势的部门。不过，向海外的投资趋势正在逐步涵盖其他经济领域。在区域上，从独联体国家和东欧国家开始，俄罗斯的公司正在迅速进入非洲，并越来越有兴趣地致力于向欧洲、美国和澳大利亚的发达市场进行投资。

实际上，进行对外直接投资，不仅是俄罗斯在更高层次上实行对外开放和参与国际分工的战略需要，同时也是推进产业升级、实现国民经济持续稳定发展的战略需要。从国际比较来看，虽然俄罗斯对外直接投资获得了较快的发展，但投资的数额距离其投资潜力还相差很远。俄罗斯面临着加速发展本国经济、积极参与世界经济一体化的重任，在这一进程中，对外经济联系将日益紧密，对世界经济发展格局的影响将更大，作用也更加突出。

四、俄罗斯对外贸易结构：中俄贸易期待提速①

中俄两国政府 2005 年 11 月签署的《关于 2010 年前中俄经贸合作纲要的备忘录》和 2006 年 11 月签署的《2006 年至 2010 年俄中经贸合作发展规划》，都提出到 2010 年两国贸易额达到 600 亿～800 亿美元的目标。用俄罗斯驻华商务代表谢尔盖·齐普拉科夫（2009）的话说，这"是一个相当具有野心的目标，但是经济数学分析表明，在采取一定措施的条件下，这个目标还是可以实现的"。就当前俄罗斯外贸进出口商品结构、地理结构、中俄贸易额及增长速度看，要实现这一目标，尚需付出很多努力。

近 10 年来，随着世界经济的稳步发展，各国对自然资源及能源的需求不断增加。在这样的背景下，俄罗斯通过发展国际贸易，增加自然资源、能源的出

---

① 本节 2007 年 8 月发表于《对外经贸实务》，原文名称为《中俄贸易距离 600 亿美元有多远》

口，促进了本国国民经济的恢复与发展。1999 年俄罗斯商品出口仅为 730 亿美元，2007 年出口额跃升到 3 525 亿美元，增长了 4 倍。俄罗斯在世界出口总额中的份额在此期间扩大了一倍，上升到 2.6%。由于出口成倍增长，俄罗斯的外汇储备从 1999 年的 125 亿美元跃升到 2007 年年底的 4 764 亿美元，也就是说，增加了 37 倍。国家财政收入大幅度增长，其中，关税收入 2007 年为 1 272 亿美元，而 1999 年仅为 76 亿美元，当时联邦全部财政收入只有 250 亿美元。俄罗斯对外经贸增长的最根本的原因是俄罗斯最重要的出口商品价格提升。首先是能源载体，钢铁、有色金属、贵金属、圆木、氨和氮肥等产品的价格飞速上升。例如，俄产石油每吨价格 2007 年比 1999 年提高了 3.5 倍，生铁提高 3.5 倍，铜提高 3.7 倍，镍提高 5.4 倍，天然气提高 3.2 倍，圆木提高 0.9 倍。在 2003～2007 年间价格变化持续稳定且幅度较大。在 2000～2007 年间俄罗斯平均出口价格指数增长了 1.8 倍。2007 年 12 月发往远邻国家的石油价格是每吨 632.5 美元，比年初时价格提高 0.7 倍。正是借助于国际市场特别有利的行情，加上实际出口数量的增长，俄罗斯的 GDP 才得以实现 1/3～1/2 的增长。需要特别提出的是，俄罗斯平均进口商品价格下降，即使上涨也极有限，使俄罗斯获得与外界进行贸易交换极为有利的条件并赢得巨额顺差。2000～2007 年，俄罗斯平均进口价格指数几乎没有变化（2000～2002 年有所降低，之后又缓慢回升），然而在此期间与其类似的出口价格指数却几乎增长了 2 倍。出现这种形势的主要原因是食品、日用品、民用信息通信技术产品及其他大部分俄罗斯主要工业进口产品，由于在国际市场上供大于求，市场竞争剧烈，从而形成对俄罗斯极为有利的市场形势。

随着中国经济的快速发展，资源相对短缺的瓶颈因素日益凸显，尤其是对能源和部分战略性资源的进口依存度大大增加，已构成国家经济安全的隐患。俄罗斯不仅自然资源丰富，而且地理位置邻近，开发成本较低，互补效益明显。目前，西方跨国公司正利用其强大的资本运营实力和丰富的合作开发经验，加紧对俄能源和其他主要原材料部门进行渗透和控制，中国如再不抓紧进入，未来的合作条件将更加不利。因此，国内有关部门应及早着手，将对俄资源开发合作纳入国家整体经济发展规划中加以通盘考虑，通过制订政策和给予资金扶持，鼓励有实力的企业以投资、参股或购买开采权、参与产品分成等方式加紧进入俄资源产品的实质性生产领域，促成包括油、气管道在内的两国大型资源开发合作项目尽快启动实施。

（一）中俄贸易并非持续高速增长

1. 两国贸易增长不稳定

近年来，中俄两国贸易范围逐渐扩大，贸易额不断上升，但这种上升并不是迅速而稳固的。双边贸易自 2003 年在连续 3 年取得 30% 以上的增幅后，2006 年急剧下降到 14.7%，在经历了 2007 年、2008 年的增长后，2009 年受金融危机的滞后效应影响而大幅下降（表 2-3）。这种贸易规模的波动性大和发展的不稳定表明，双方贸易方式过于单一，双边贸易对市场需求的变化敏感，两国多年积累的矛盾正在逐渐显现出来，传统的商品贸易结构已不适应市场需求的变化。这些问题已影响到两国贸易的发展，也会使未来双边贸易呈现曲折增长态势。如果两国贸易的年增长率不能达到 2001～2005 年的高速度，就会加大实现预定目标的难度。

表 2-3　近年中俄贸易额及增幅

年份	贸易额/亿美元	增幅/%
2000	80.0	39.8
2001	106.7	33.3
2002	119.3	11.8
2003	157.6	32.1
2004	212.3	34.7
2005	291.0	37.0
2006	333.9	14.7
2007	481.6	30.5
2008	568.3	15.3
2009	175.1	−224

注：引自俄罗斯原文数据，其中有一些与实际计算不符，因数字无法擅自修改，特此说明
资料来源：根据中国海关网 http：//www. chinacustomsstat. com 数据整理

2. 俄罗斯的进口商品结构对中国增加出口未有较大影响

在俄罗斯 2006 年的进口结构中，机器设备增加最快，占 47.4%，比 2005 年增加 6%。机器、设备和交通工具的进口额比上年增加 52.3%。其中，电子技术和家用电器持续增加，移动电话进口比去年同期增长了 3.3 倍（近 1 900 万部），总值增加了 12.75 倍，达 28.4 亿美元。占第二位的是化工产品，进口额为 211 亿美元，化学和石化产品的进口主要包括塑料制品、颜料材料、合成树

脂以及保护植物的化学物质等。农产品和农业原料占第三位，其进口总量从
1995 年的 17.5% 减少到 1996 年的 15.3%。轻工业品的进口额为 48 亿美元，比
上年增加 158.4%。纺织品和鞋类快速增加，皮革制品、毛皮及制品的进口增加
63.1%，珠宝等增加了 26.7%（表 2-4）。中国对俄扩大了机电产品的出口规
模，也是俄罗斯皮革制品、箱包和纺织服装类商品的最大供应国。但由于贸易
结构未有本质性变化，中国商品价格不具优势，劳动密集型商品贸易比例高，
机电产品和高科技产品比重较低，因此，制约着双方贸易规模的扩大。

表 2-4　2006 年俄罗斯进口商品结构 　　　　（单位:%）

机器、设备及交通工具	橡胶工业品	农产品及原料	钢铁制品	纺织品及鞋类	其他商品	木材及纸制品	矿产品	能源商品	毛皮及制品	珠宝等
47.4	15.9	15.3	7.3	3.7	3.2	2.8	2.4	1.4	0.1	0.2

资料来源：根据俄罗斯联邦统计局数据整理

3. 俄罗斯出口商品贸易结构制约中俄贸易发展

双边贸易结构性矛盾依然突出。在贸易商品结构中，质量与技术水平低的
产品所占比重大，质量高、技术含量高与附加值高的产品所占比重小。在中俄
两国经贸合作中，传统货物贸易偏重、现代服务贸易偏轻，贸易多、投资少。
集中表现为进出口商品结构单一，中方出口以轻纺产品为主，机电产品比例有
所增加；俄方出口以原材料为主，而机电产品则呈下降趋势。这种商品结构大
致符合目前两国经济的实际水平，重要的是要改变思维方式，实现优势互补，
互利双赢。在 2006 年俄罗斯的出口总额中，能源比重持续增加（表 2-5）。石
油、石油产品及天然气的增加值为 33.6%，其他产品为 12.7%。金属及其制品
占第二位，俄罗斯作为世界上最大的金属出口国，其产品具有较强的竞争力，
所占比重为 13.9%，出口额为 401 亿美元（相当于 2005 年的 121.7%）。由于许
多国家特别是亚洲地区国家对俄罗斯进口金属产品的限制，使黑色金属的出口
下降。对亚洲的出口几乎减少了 80%（到中国的出口减少了 93.5%），型材减
少了 60%（到中国的出口减少了 20%）。机器和设备出口呈高速增长之势，出
口额比上年增加 29.7%。尽管如此，机器、设备和交通运输工具在俄罗斯的出
口规模水平仍很低，仅占 5.5%（2005 年为 5.3%）。由此可见，俄罗斯出口的
主要问题仍是出口商品的结构问题。另外，化工产品的出口稳定增长。化工产
品的生产占出口部门企业的 1/3。俄罗斯出口的主要产品是化肥（32%）、合成

橡胶（9.5%）、液态氨（6%）、芳香碳氢化合物（5.3%）、汽车轮胎（5.3%）、塑料和合成树脂（5.1%）等。化工和石化品的出口额为11.6亿美元，为2005年的103%。森林、造纸（包括家具）和棉布的出口增长速度有所下降，2006年为9.3亿美元（为2005年的114.3%），其中，原木的出口增长为106.9%（2005年为115.7%），锯材的出口增长为107.8%（2005年为117%），胶合板的出口增长为102.9%（2005年为107%）。[18]我国自俄进口仍以原材料和资源性产品为主，占中国进口总量的90%以上，其中，石油为1300万吨，这一趋势将保持下去。高新技术产品进口明显下降，机电产品进口及其所占比重继续下滑，只占中国自俄进口总量的1.4%。这种建立在单一化贸易结构基础上的贸易是脆弱的，而过分依赖原料出口则阻碍了俄中贸易额的增长。这种单一的出口结构，成为扩大两国经贸合作的严重障碍之一。

表2-5　2006年俄罗斯出口商品结构　　　　　　　　（单位:%）

矿产品	金属及制品	机器、设备及交通工具	化工产品	木材、纸浆	贵重金属及制品	仪器及农业原料	纺织品及鞋类	皮革原料	其他商品
66.2	13.9	5.5	5.5	3.2	2.6	1.7	0.2	0.1	1.0

资料来源：根据俄罗斯联邦统计局数据整理。

4. 在俄罗斯对外贸易地理结构中，中国难以挑战其他伙伴国的地位

2006年，欧盟仍是俄罗斯的主要贸易地区，占俄罗斯贸易额的52.7%。仅从出口额看，德国为429亿美元（为2005年的130.1%）；荷兰为385亿美元（为2005年的145.1%）；意大利为308亿美元（为2005年的131.4%）；中国仅为158亿美元，占中国对外贸易总额的1.9%。由于俄罗斯的消费中心大多集中在其欧洲部分，中国短期内在经贸关系上很难挑战这些国家在俄罗斯对外贸易中的地位，与前三位国家的贸易额相差甚远。同时，中国在亚太地区的贸易地位又受到日本、韩国的挑战。目前，尽管中国仍是俄罗斯在亚太地区的第一大贸易伙伴，中俄贸易占俄对外贸易的比重为7.2%，但俄日贸易及俄韩贸易已出现大幅增长，尤其是俄自日、韩的进口急剧增长。2006年日、韩已进入俄五大进口国之列。特别是在汽车及消费类电子产品方面，中国对俄出口面临来自日本和韩国的激烈竞争，日本的机动车辆、无线电话产品和韩国优质价廉的产品，已成为中国在对俄市场上的主要竞争对手。

5. 未来两国贸易额增长受制于其他因素

国际市场上的价格行情等一些因素是两国所无法左右的。2005年，受国际

市场原材料价格上涨大环境的影响，中俄进出口商品贸易额增加了近30亿美元，占当年贸易额增量的55.14%。2006年，国际市场石油价格的攀升，使俄罗斯燃料能源综合体产品的国际价格比上年同期增长了25%；同时，由于黑色和有色金属储量的减少、需求的增加和原料产品价格的提高，国际市场所有有色金属的国际价格达到了13年以来的最高水平，特别是铝、镍和铜的价格为1994年以来的最高。2006年年底，国际石油价格下降，俄罗斯的出口额也随之减少。未来几年，一旦原材料商品价格下跌，中俄贸易规模也会随之下降，从而导致双边贸易发展的不稳定。

（二）中俄贸易潜力远未发挥

中俄经贸现状相对于两大经济体所具有的潜力，无论是结构、规模还是水平都显得很不对称，两国经贸合作的潜力还远远没有发挥出来，其增长具有广阔的潜力和空间。

1. 两国贸易发展不平衡

这种不平衡首先表现在交往中官方与民间不平衡。官方交往需以两国民众广泛的认同和交往来支撑，但目前二者的发展不相适应，主要表现在民间往来尚未成为交往的主体；其次，政治与经济发展不平衡。良好的政治关系无疑为各方面的交流与合作奠定了坚实的基础，但不能代替其他方面的关系。只有强调中俄交往中民众层面和经济层面的合作，遵循WTO的共同原则和国际惯例，解决阻碍两国贸易发展中的制度性障碍，消除对中俄经济合作的消极影响，才能为两国贸易创造良好的环境，规范贸易秩序，最终使中俄贸易持续健康发展。

2. 能源合作存在广阔空间

随着中国经济的迅速发展，对能源的需求日益增加。中国在能源进口方面采取多元化战略，从俄罗斯进口是这一战略中的重点，进口的规模将会不断扩大。中俄两国在能源领域互补性很强，合作拥有巨大潜力和诸多优势。目前，由于国际竞争与干扰以及两国能源政策与文化上的差异等，双方的能源合作规模仍然有限，协议较多而实际进展较少，能源合作进展缓慢。

3. 贸易结构有待不断升级

近年来，随着中俄双边贸易的发展，双方交易的商品品种逐年增加，交易范围日益扩大。中国海关统计数据显示，2007年1~10月，在19大类主要进出口商品中，中国对俄出口货值超过 1 亿美元的商品共有 15 类，占总量的 79%；自俄进口货值超过 1 亿美元的商品有 8 类，占总量的 42.1%。

尽管中俄双边贸易商品的互补性和依赖性在逐渐加强，行业内水平分工得到了进一步发展，中俄两国贸易竞争力指数大于 0.5 的商品正在逐年增多，但中俄贸易商品结构一直未发生实质性变化。中国主要对俄出口纺织品、服装、鞋类、家电等日用消费品，自俄进口多是能源、钢材、化肥、原木以及有色金属等原材料商品，中俄两国贸易仍处在以产业垂直分工为主、水平分工为辅的粗放型发展阶段，中俄贸易结构不平衡成为制约两国经贸合作良性发展的突出因素。随着俄经济发展和居民生活水平的提高，俄国内市场对汽车、家电、通信设备、机床及加工设备、农用机械、食品和包装设备的需求将会有较大幅度增加，而中国在上述产品领域均具有一定的国际比较优势。中国则对俄的能源产品、动力机械、核电站设备、航空航天设备、运输机械、船舶、矿山采掘设备、机床及金属加工设备、仪器及电子产品等会有一定的需求。中俄两国间的机电产品贸易规模与两国各自机电产品进出口的状况相距甚远，反映出在这一领域还存在着很大的发展潜力。只有改善贸易商品结构，才能培育新的贸易增长点。

4. 投资对贸易的拉动尚不明显

在当前和未来一个时期内，中俄经贸合作中商品货物贸易的拓展空间相对有限。只有大幅提高相互投资，通过投资带动贸易发展，贸易规模才能有较大的突破，未来两国的贸易规模才有可能进一步扩大。总体上看，双方投资领域单一，规模较小，缺乏支撑性的大项目。目前，双方的投资合作处于初始阶段，相互投资不足，极大地制约了两国贸易的发展。

（三）以超常措施促进中俄贸易高强度增长

如表 2-6 所示，要实现两国确定的目标，即使不考虑中俄两国统计的误差，也必须要保持双方长期规划中确定的 20%～25% 的年均增速，而按照 2006 年的增长速度显然是难以实现的。

表 2-6　对中俄贸易额增长的预测　　　　　（单位：亿美元）

年份	以 15% 的增速	以 25% 的增速
2007	384.1	417.5
2008	441.7	521.8

年份	以 15% 的增速	以 25% 的增速
2009	507.9	652.3
2010	584.1	815.4

注：以 2006 年中国统计数字 334 亿美元为基数

资料来源：根据中国海关统计数据整理

中俄贸易额从 1992 年的 46.3 亿美元发展到 2008 年的 568 亿美元，绝对规模扩大了 12.3 倍。从纵向上看，相对规模却在缩小，1993 年中俄贸易额占中国对外贸易总额的 3.9%，14 年后的 2006 年却跌到了不足 1.9%。如果剔除石油涨价的因素，那么中俄之间的贸易额还远远达不到这种规模。再从横向比较来看，据中国商务部统计，2008 年 1～10 月中国的对外贸易额已达到 21 886.7 亿美元，而中俄双边贸易额只有 568 亿美元，占中国对外贸易总额的 2.5%。由此可见，中俄贸易水平还远远低于中国与其他主要贸易伙伴的贸易水平。中俄两国政界、实业界和学术界也都表现出了双方进一步合作的愿望。2004 年 9 月，中俄两国总理提出了 2010 年双边贸易额达到 600 亿~800 亿美元，要想达到这个目标，双方就不得不采取积极有效的措施推动两国的贸易增长，针对当前中俄经贸现状，我们既应尊重经济与贸易的发展规律，又要积极主动采取措施，培育新的贸易增长点，促进中俄贸易的跨越式发展。

五、金融危机下的俄罗斯资本市场：动荡及调整[①]

2007 年美国次贷危机引发的金融市场动荡，加大了各经济实体的衰退风险。在经济全球化、区域化的国际环境下，由于金融危机的传递不可避免，势必会导致全球资本流向发生变化，带来全球资本市场的调整。然而，值得关注的是，在金融市场上近年来历次受国际影响的俄罗斯，在此次危机中受到的冲击却相对较小，受损的程度也相对轻微。这种状况，除了其强劲的经济增长外，也与其金融领域采取的一系列措施密切相关。

---

① 本节 2008 年 6 月发表于《西伯利亚研究》，原文名称为《美国金融危机对俄罗斯资本市场的影响及对策》，略有改动

2007 年，受投资推动和油价上涨的影响，俄罗斯的经济保持较快增长。然而，从俄罗斯金融市场的发展可以看出，2007 年 8 月起，美国金融动荡开始影响俄罗斯的资本市场。此部分内容通过分析金融危机初期俄罗斯资金市场的特点、发展方向及与俄罗斯资金市场的相互关系，研究转型时期俄罗斯资金市场及采取的稳定对策，对同处于转型时期的中国具有一定的借鉴意义。

（一）俄罗斯资金市场较稳定

1. 财政金融形势较好

2007 年，俄罗斯银行业获得了较好的发展，资产规模大幅度增长，营业利润明显增加，证券市场也同样获得了较好的发展，国际储备呈现增长趋势（图 2-2、图 2-3）。增长的主要原因是其出口商品首先是石油价格创历史新高，以及私人资本的大规模流入。2007 年年底，俄联邦国际储备规模创历史纪录，为 4 764 亿美元（比 2006 年增长 56.8%）。2007 年 1 月 1 日基础资金为 41 亿卢布，联邦资金在上年基础增长了 14 亿卢布，达到 55 亿卢布，增长了 33.7%。2007 年现金规模增长 34.5%，其中俄联邦中央银行国际储备增长了 56.8%。2008 年 1 月 1 日达到 4 764 亿美元。尽管如此，与一些发达国家和发展中国家相比，其国内生产总值仍然偏低，对货币的需求增长仍相当迅速。

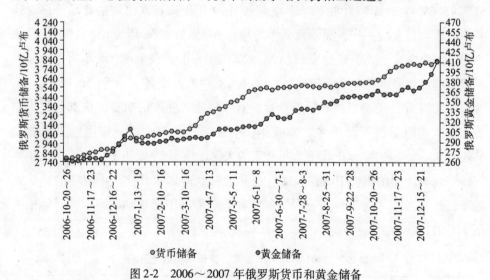

图 2-2　2006～2007 年俄罗斯货币和黄金储备

资料来源：根据俄罗斯联邦中央银行统计数据整理

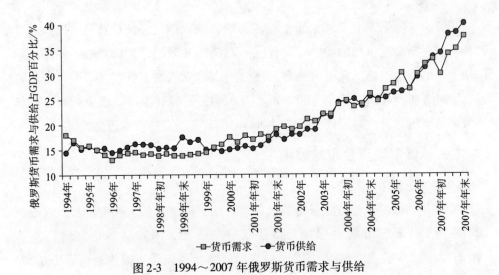

图 2-3　1994～2007 年俄罗斯货币需求与供给

资料来源：根据俄罗斯联邦中央银行统计数据整理

2. 通货膨胀率有所上升，但影响不大

2007 年，由于货币供应增长过快、石油美元收入大幅增加、服务价格上涨较快、国际资本流入较多等原因，俄通胀控制难度较大。实际通货膨胀率超过了政府在年初确定的控制在 8% 以下的目标，达到了 11.9%。其中，食品价格上涨了 15.6%（2006 年为 8.7%），成为自 1999 年以来首次出现的食品价格对通货膨胀影响最大的一年，而非食品平均增长 6.5%（2006 年为 6%）。增长最快的是居民服务支出，服务业为 13.3%（2006 年为 13.9%），2006 年通货膨胀大幅增长的主要原因是粮食、建筑材料、汽油及一系列服务支出等的价格的上涨。2004～2007 年，铁路运费和学前教育费上涨是通货膨胀的重要组成部分，两项支出在此期间增长了两倍多。2008 年，中央银行计划把通货膨胀水平降低到6%～7%。如果根据 2007 年下半年通胀的大幅加快和 2008 年不现实的补充预算支出，较合理的预测为 10%～12%。与其他独联体国家相比，俄罗斯的通货膨胀率仍然相当高（表 2-7）。但由于居民收入水平高于通货膨胀率，其对居民生活水平的影响不大。

表 2-7　2004～2007 年居民消费价格指数上升率　　　　（单位:%）

2004 年	2005 年	2006 年	2007 年	2004～2007 年
11.7	10.9	9.0	11.9	51.1

资料来源：根据俄罗斯联邦国家统计局统计数据整理

（二）国际收支平衡状况继续改善

2007 年，俄罗斯依靠能源产品创纪录的出口规模，使其国际收支平衡趋于稳定。从 2002 年起，贸易和收支平衡的盈余首次减少到 7.6% 和 18.7%。在能源高价格的背景下，出口额增加了 16%，但增加的幅度由于 2007 年年初石油价格的下降比 2006 年减少了 1/3。同时，联邦中央银行继续积累国际储备。2007 年收支盈余为 766 亿美元，比 2006 年减少 18.7%，其中贸易盈余由 1 392 亿美元减少到 1 287 亿美元，减少 7.6%；商品出口由 303.9 亿美元增加到 354 亿美元，增加了 16.5%；进口由 1 647 亿美元增加到 2 253 亿美元，增加了 36.8%。多年来贸易平衡仍在很大程度上依赖于能源等俄罗斯主要出口商品的国际价格变动。如图 2-4 所示，国际石油价格和俄罗斯贸易平衡是相互联系的。在吸引外资方面，2007 年的外资投入步伐进一步加快，全年吸引外资达 1 869 亿美元，比上年的 705 亿美元增加了 165%。除第三季度受 8 月份美国次贷危机影响有所减少外，其他三个季度均呈上升趋势。资本流出量有所上升，从 2006 年外贸总额的 2.9% 上升到 5.1%，最多的发生在第三季度。

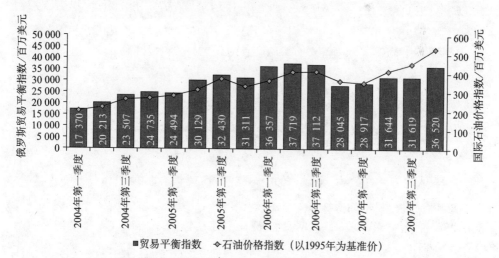

图 2-4　2004～2007 年俄罗斯贸易平衡与国际石油价格指数

资料来源：俄罗斯联邦中央银行、转型经济研究所统计

（三）美国金融危机对俄罗斯资金市场的影响

爆发于 2007 年 8 月的美国次贷危机，使美国及一系列发达国家财政部门的

问题限制了流向发展中国家（包括俄罗斯）信贷、基金等自由资本的总量，资本向国外的流动和信贷机构在吸引国外市场的资金时出现的困难影响了俄罗斯财政部门，2007年秋季开始，俄罗斯通货膨胀加快，8～11月间出现了各银行货币市场的短缺，消费物价指数达到1998年俄罗斯大规模财政危机后较高的一年。以上现象也表现了俄罗斯财政体系对于改变资本流动的脆弱性。[19]

1. 资本流出增加

国际资本市场不确定性的增加，促进了资本从俄罗斯的流出，作为"危机外逃"，意味着银行客户为了获得外汇而使资本流出国外对于卢布资金需求的增长（图2-5）和资本流大幅度的波动（图2-6）。

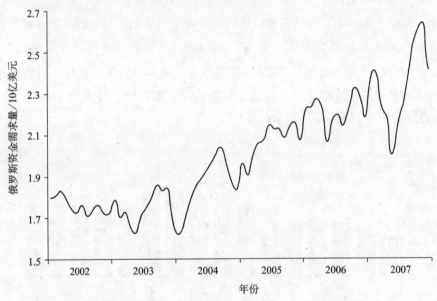

图2-5　2002～2007年俄罗斯对资金需求的增加

资料来源：俄罗斯联邦中央银行、转型经济研究所统计

2. 再融资利率降低

2007年，俄罗斯银行以更大规模和相对较低的利率实现了大银行的再融资，以利于从整体上支持银行部门的偿还水平。在此情况下给予银行一些利率赢利方面的差别，可使银行部门保持相对稳定的状态。

俄罗斯对资金的需求大多数是通过中央银行贷款实现的，特别是通过直接回购业务。在危机情况下，这种贷款对银行是具有一定吸引力的，当然俄罗斯

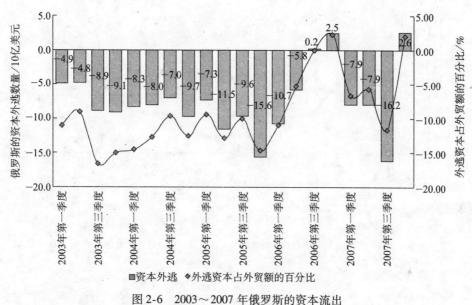

图 2-6　2003～2007 年俄罗斯的资本流出

资料来源：俄罗斯联邦中央银行、转型经济研究所统计

银行的利息对货币市场具有更大的影响，这种情况证明了俄罗斯中央银行在实施财政信贷政策方面提高利率是有效的。在此情况下，联邦中央银行国际市场大量扩大作为保证回购业务的有价证券的清单，降低保证金的贴现率，扩大直接回购股票的数量。上述所有措施增加了中央银行贷款的供应。换言之，2007年8～11月直接回购业务规模的急剧扩大，不仅增加了信贷组织方面再融资的需求，而且增加了中央银行贷款市场的供给。在 2004 年流动资金的危机时期，俄联邦银行市场的直接回购业务规模不超过每天 400 亿卢布，而 2007 年秋季则达到每天 3 000 亿卢布。

　　尽管中央银行信贷供应的可能性增大，外汇业务税率下降，储备金标准减少，但一直到 12 月份，俄罗斯银行间贷款市场的情况持续紧张。每月底银行间贷款市场利率就像直接回购业务规模一样急剧增长（图2-7），特别是 11 月底直接回购业务规模超过了 8 月的水平。在此情况下，从 10 月起，俄罗斯银行开始不仅以抵押债券形式发放贷款，而且以期票和要求贷款协议的形式发行信用卡，稳定银行间贷款市场的态势，使得 12 月上旬俄罗斯发展银行拨出的资金进入市场。

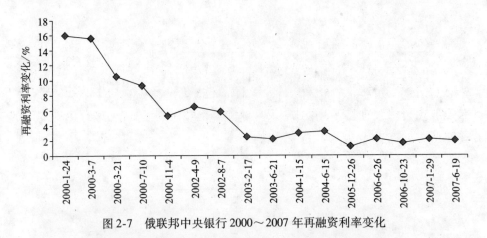

图 2-7　俄联邦中央银行 2000～2007 年再融资利率变化

资料来源：根据俄罗斯联邦中央银行、俄罗斯联邦国家统计局统计数据整理

3. 外债增加

2007 年 1 月 1 日，俄罗斯外债为 3 097 亿美元（占 GDP 的 30.4%），而私人债务为 2 611 亿美元（占 GDP 的 25.6%）。10 月 1 日，国家外债规模减少到 527 亿美元（占 GDP 的 4.3%），而私人债务为 3 781 亿美元（占 GDP 的 30.8%）。继之国家总外债增加到 4 309 亿美元（占 GDP 的 35.1%），这种外债水平按照国际标准来说是稳定合理的，但相当一部分私人债务带有国家性质：2007 年 10 月 1 日带有大量国家参与的公司债务为 1 327 亿美元，或比个人外债部门增加 35%。因此，这种债务的增加也增大了俄罗斯经济的风险。国际金融市场出现的宏观经济波动，俄罗斯尽管具有充足的准备金和保持支付平衡盈余所需大量的资本来源，但仍产生了一定的影响。

从 2006 年起，经常账目下的货币盈余不再是国家补充流动资金的主要来源。当前，这一作用主要由资本和财政手段业务计算差额完成。业务计算的差额由 2006 年第一季度的 305 亿美元下降到 2007 年第四季度的 220 亿美元，俄联邦稳定基金在这一时期从 176 亿美元增长到 228 亿美元。可见，在经济中靠当前业务计算差额的货币化所完成的清偿力在 2006 年年底实际上停止了。

在由于流入资本规模不稳定而使当前业务计算差额继续减少的情况下，产生了对银行体系再融资新的工具要求。在此情况下，稳定基金将继续充实，并以此消除经济中的清偿力。在私人资本流出的情况下，这种形成稳定基金的充实可能以清偿的手段在提供经济包括银行体系方面增加了困难。

4. 增加了通货膨胀预期

近年来卢布汇率的稳定，是俄罗斯国内外期待进一步降低美元对卢布汇率的经济动因。它不仅刺激了短期资本流入到俄罗斯，促进了货币供给的增长，提高了通货膨胀预期，而且为降低价格上涨速度增加了难度。从 2006 年与 2007 年俄联邦通货膨胀进程可以看出，从 4 月份开始物价只是低幅上升，而到了 9 月份上升幅度明显加快（图 2-8）。

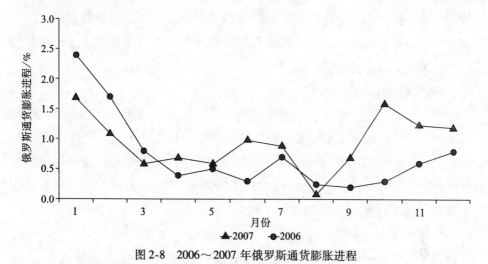

图 2-8　2006～2007 年俄罗斯通货膨胀进程

资料来源：根据俄罗斯联邦国家统计局统计数据整理

为此，俄中央银行逐渐提高再融资的成本，以应对税率上升的压力，刺激贷款机构实行更适宜的贷款政策。除此之外；在俄罗斯银行部门降低外债增长速度的背景下，由于国际金融市场的不稳定性，可能导致一些贷款组织负债而限制外国贷款，从而导致外汇风险的降低。近几年来，发展收支平衡要实现的几个计划表，其中之一是与计算收支平衡当前账目的正盈余相关。而一旦能源价格出现下降，则计划表中保持支付平衡计算正盈余（因为它的减少不大）也完全可能下降，从而导致在卢布稳定背景下的进口增加，以及国内公司到国外支付份额的增长。

（四）俄罗斯金融信贷政策方面的主要措施

1997 年 10 月～1998 年 8 月，俄罗斯罗斯共经历了三次金融危机，其根本原因均是俄罗斯的经济虚弱所导致的。2007 年，俄罗斯国民经济继续快速增长，对外贸易规模持续扩大，外资进入步伐不断加快，银行业获得较大发展，资产规模大幅度提高，营业利润明显增加，从而使其资本市场免受美国金融危机的严重冲击。同时，以下措施使俄银行体系较安全地度过了金融危机期。

1. 公布居民消费支出的基本结构

2007 年年初，俄罗斯联邦统计局第二次公布了居民消费支出的基本结构，该数据是为计算消费物价指数提供透明性的重要依据。公布的资料表明，2007 年粮食产品的比重将由于非粮食产品和居民服务消费的增加而减少。这种变化反映了居民支出的真实结构。

2. 俄中央银行逐步提高欧元比重

2005 年，俄罗斯中央银行放弃卢布只与美元挂钩的政策，开始采用盯住美元和欧元的双货币篮子货币政策，根据国际金融形势的变化加以调整。2007 年 2 月 8 日，俄中央银行再一次改变了对美元篮子结构，并使其作为俄罗斯银行进行外汇政策的业务方向。在篮子中，欧元的比重从 40% 上升到 45%，而美元的比重则相应地从 60% 减少到 55%。

3. 力促卢布成为国际结算工具

随着卢布汇率的坚挺和加速升值，俄政府希望能使卢布成为国际结算工具。从 2007 年 2 月 12 日起，俄卢布被列入到比利时第五大银行 Euroclear（欧洲银行票据交换所）国际结算的国际托管和结算中心的支付货币。除此之外，经纪公司（英国毅联汇业集团）ICAP 2 月 14 日通过了在现贷经纪系统 EBS（电子经纪服务有限公司）平台上的电子商务中放行俄罗斯卢布的决定，允许美元与卢布两种货币在同一天内完成支付业务。这一进程反映了市场参与者对卢布业务需求的增长，也必然会导致卢布作为流动性支付手段的提高。

4. 继续公布黄金外汇储备管理结构和统计结果

2007 年，为了提高俄罗斯银行业务的透明度，俄中央银行继续公布黄金外汇储备管理结构和统计结果，以更全面地反映管理储备资产的结果。2006 年 4 月~2007 年 3 月，俄罗斯银行的储备资产增加了 1 294 亿美元，其中包括利息收入和重估债券的 109 亿美元（占总增长的 8%）。在大规模外汇进入俄罗斯的条件下，汇率收入对于改变黄金美元储备是微不足道的。但在外贸形势不利和资本来源减少的情况下，管理储备的结果毫无疑问地将起更大的作用。同时，监管储备资产的业务收入分别占美元的 5.3%、欧元的 3.1%、英镑的 4.2% 和日元的 0.3%。

5. 俄罗斯银行两次降低再融资利率

2007 年秋，在银行间贷款市场情况不利的条件下，商业银行对俄罗斯银行贷款商业需求急剧增加，导致提高俄联邦中央银行利率政策意义增大。鉴于国际金融市场上危机的出现，秋季贷款机构对中央银行的需求急剧上升，而再融资利率的增长阻碍了银行增加的借债，俄罗斯在银行间借贷市场可能加速货币供应的程度相对缓和。俄罗斯银行将再融资利率分别于 2007 年 6 月 29 日从 11% 下降到 10.5%，又于 7 月 19 日降为 10%，这一手段提高了利率在货币政策中的作用。而再融资利率降低的同时，俄联邦中央银行贷款准备金率不断提高。

6. 把抑制通货膨胀作为中央银行的主要目标

2007 年 7 月 1 日，俄联邦国家杜马发布《2008 年国家统一货币政策的主要方向》的文件，指出俄罗斯银行未来两年的主要任务是更有效地实施货币政策，降低通货膨胀率（预计 2008 年为 6%～7%，2009 年为 5.5%～6.5%，2010 年为 5%～6%），鉴于 2007 年秋通货膨胀率的急剧升高，2008 年消费物价指数达到 8.5%。

7. 提高商业银行的准备金率

2007 年下半年，俄罗斯银行针对其面临的流动性资金短缺问题，不得不采取一系列措施稳定银行部门。2006 年秋，俄罗斯银行已经根据信贷机构的义务把政府银行准备金的标准从 2% 提高到 3.5%，平均增加了 0.2%～0.3%。从 2007 年 7 月 1 日起，根据各信贷机构所承担的义务，又相应提高了俄联邦商业银行的准备金率，将俄联邦的美元和外币的义务标准定为 4.5%，个人义务定为 4%。中央银行试图以此减少国内贷款的急剧增长并降低通货膨胀的压力。

中俄两国具有相似的发展背景和转型经历，同样面临着从计划经济向市场经济转型的挑战，如何在转型过程中采取有效的措施，减少国际金融危机的冲击，成为两国所共同面临的重大课题。金融危机势必会通过传递机制对中俄等新兴经济体产生连带影响，使其不能再只依靠出口和大宗商品价格上涨来推动经济增长。根据俄罗斯应对美国金融危机的措施而得到的启示，立足于更为审慎的财政和货币政策，建立稳定的宏观经济体系和具有一定规模、能力、稳定性储备及调控机制的银行体系，加强流动性管理，保持适当的汇率，应是中国未来货币政策的正确选择。

六、传统问题新视点——俄罗斯粮食安全问题①

2010年持续整个夏天的干旱和史上最大规模的火灾，使作为世界第四大小麦出口国和第二大大麦出口国的俄罗斯粮食产量大打折扣。俄农业部统计，2010年粮食减产达1/3。

近年来，"粮食安全"一词在俄罗斯已充斥各种媒体，国家如何在受到国内外威胁的情况下，提供与人口数量相应的粮食资源，已引起民众普遍的关注。俄罗斯农业综合体的低效率，国际市场食品价格的上涨，国内紧张的政治局势和对进口的高度依赖等，严重威胁了俄罗斯的粮食安全。不少经济学家认为，俄罗斯不能只靠出口能源换取外汇，再用外汇从国外进口粮食。这样做的危险性在于，一旦爆发全球性的粮食危机或战争，俄罗斯国家安全将面临严峻挑战。

粮食安全是指人们能够拥有足够安全和营养的粮食来维持健康和有活力生活的物质和经济方式。"粮食安全"一词于1974年由粮农组织在某主办的世界粮食会议上首次提出。由于时代、国家、经济发展水平及看待问题的角度不同等原因，该概念一直处于不断演变中，至今对其内涵尚无一个统一的概念和明确的解释，但其最基本的内容是保证全世界的人都有权利得到最起码的营养。国际上对粮食安全状况通行的界定指标有两个：①粮食储存量，即至下一个收获期国家的粮食储存量。一般将这个时间定为60天（2个月）；②人均粮食生产量。一些俄罗斯经济专家对于"粮食安全"概念的理解是，粮食安全是一个国家在不受内部和外部条件影响的情况下，以粮食资源、粮食生产潜力为保障，能够满足全体国民需求的高质量、配套、健康的食物、饮用水及其他食品。其中包含的第一个含义，是系统维持国内食物生产的水平足以确保人口健康，而国内粮食占多少百分比并不重要。另一个含义，是国内粮食生产数量下降是粮

---

① 本节2010年6月发表于《俄罗斯中亚东欧市场》，原文名称为《俄罗斯粮食安全问题与中俄食品贸易》

食安全受到威胁的标志。粮食安全的标准是主要食品总量的75%~80%为国内生产，这意味着维持粮食安全的主要产品是国内生产，因此应调动国内资源，满足社会经济需要的能力，并制订确保此方面需要的工农业方面的政策。俄罗斯经济专家认为，一个国家从外国进口粮食和食品的品种不能超过总体需求的20%，依赖进口的总数不能超过30%。而近年来俄罗斯从美国、加拿大、哈萨克斯坦等国的粮食和食品进口都超过了这个指数，因此可以认为俄罗斯现在正面临粮食不能自给的状况。除此之外，一些学者还关注到与民族健康、营养保健相关的食品质量问题，这也是粮食安全的组成部分。

（一）俄罗斯粮食安全问题

1. 俄罗斯粮食安全现状

俄罗斯自古以来就流传着"粮食乃重中之重"这样一句谚语，它反映了农业和粮食生产对于俄罗斯所具有的重要意义。农业资源是生活的重要资源，能否保障农业的发展成为衡量生活质量高低的首要标准。近年来，随着对粮食需求的急剧增加，稳定的粮食供应和可靠的粮食获取途径对于许多发展中国家来说是保持社会经济稳定的重要因素。据专家预测，到2030年世界粮食需求将会提高30%~40%，这表明国际社会无力避免未来新一轮粮食危机的重演。对于俄罗斯来说，粮食生产是一个传统领域，其发展不仅由谷物产品决定，还受到畜牧业的影响，粮食生产获得的收入在农业生产的利润中占有重要份额。近年来，高度依赖进口成为俄罗斯粮食安全的主要威胁，国外因素对俄罗斯粮食安全的影响越来越大，俄罗斯的年人均生产量为43公斤肉和194公斤牛奶，而人均生理消费量为81公斤肉和392公斤牛奶。俄罗斯的食品只能满足国内人口需要的约50%，进口的食品约占其总需求的30%~50%（不同的统计所占的比例不同）。俄罗斯政府每年花费约220亿~260亿美元进口食品，而且此预算还在逐年增长。不只是粮食短缺通过进口来满足，一些食品原料也是从国外进口，如2007年，进口食品原料占13.7%，达23.3亿美元（图2-9、图2-10、表2-8、表2-9）。造成这种情况最主要的原因是越来越多的农产品超过所容许的进口限制，并已直接威胁到国家安全。从俄罗斯对粮食产品的需求数量可以看出，在粮食正日益成为任何国家政治和社会经济稳定重要因素的背景下，俄罗斯实现粮食安全稳定的任务十分艰巨。

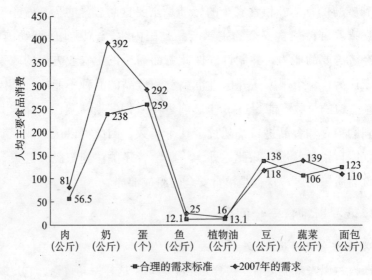

图 2-9　俄罗斯人均主要食品消费

资料来源：根据 2009 年俄罗斯联邦经济部统计数据整理

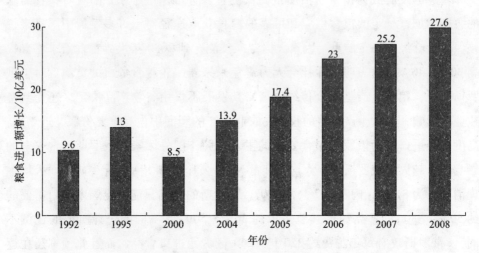

图 2-10　俄罗斯粮食进口额的增长

资料来源：根据 2009 年俄罗斯联邦经济部统计数据整理

表 2-8　俄罗斯对主要粮食产品的需求

产品类型	需求量/（万吨/年）
粮食	13 500
向日葵种子	380

续表

产品类型	需求量/（万吨/年）
甜菜	4 550
蔬菜	16～1 900
牲畜和家禽	2 400～3 000
牛奶	6 000～6 500
肉	400～450
砂糖	400
植物油	120
人造黄油	1
鱼产品	0.45

资料来源：根据 2009 年俄罗斯联邦经济部统计数据整理

表 2-9　俄罗斯进口食品种类及数量　　　　（单位：千吨）

产品种类 ＼ 年份	1995	2000	2004	2005	2006	2007
鲜冻肉	730	517	1 031	1 340	1 410	1 308
禽肉	826	694	1 084	1 329	1 290	1 136
乳制品	86	77	127	146	147	115
奶油	241	71	148	133	170	119
植物油	283	150	161	131	98	121
肉类罐头	296	26	45	42	35	36
原糖	1 252	4 547	2 586	2 893	2 400	3 242
白糖	1 779	467	613	625	405	279
谷物	2 712	4 677	2 898	1 449	1 850	995
面粉	569	175	129	148	150	155
面食	344	36	83	79	75	76
马铃薯	58	359	262	393	350	387
鲜冻鱼	314	328	682	787	810	742
果菜汁	360	125	216	274	290	310

资料来源：根据 2009 年俄罗斯联邦经济部统计数据整理

2. 俄罗斯有关粮食安全的法律法规

粮食安全作为国家安全组成部分的观点已成为俄罗斯社会的普遍共识，粮食安全问题对于俄罗斯来说在国家安全中是至关重要的。事实上，有关粮食安全的法律早在苏联时期便开始酝酿。在石油价格刚刚开始下降的 1982 年，苏联即开始制订粮食计划，当时的主要任务是：为保持本国收成超过进口的 2～3 倍，必须依靠集约化，生产 25 000～25 500 万吨粮食。然而，这一任务并未完成。至 20 世纪 80 年代末，俄罗斯的粮食年均产量仅为 10 400 万吨，1991 年为

8 900 万吨，1994 年为 8 100 万吨。1986 年石油危机爆发时，苏联的商场中几乎所有的商品都荡然无存。1996 年 6 月，俄罗斯国家杜马通过了《粮食安全法》草案；2001 年 5 月，在杜马举行的"有关进口粮食食品质量"的听证会上就粮食安全问题和审议《粮食安全法》问题再次进行了讨论；2003 年后组成了专家组，对法案重新修改，准备提交杜马。目前俄罗斯在该领域现行的法律有：《消费者权益保护法》、《食品质量与安全法》、《商品市场竞争和限制垄断性经营法》、《居民卫生保健法》等。拟研究制订的法律有：《消费需求法》、《社会标准法》（确定人们对商品需求和服务的标准，因为人类的基本活动正是体现在对既定食品、商品和服务的需求方面）、《饮用水法》等。1999 年，在独联体 14 个成员国议会大会全体会议通过了一项粮食安全法，其中一些议题是如何促进区域间合作生产和农产品供给，减少粮食市场的内外部负面影响因素。俄罗斯粮食安全法于 1999 年和 2005 年两次提出，均未获批准。近年来，随着俄罗斯政治、经济形势的不断变化，调整农业政策、出台《粮食安全法》的呼声日盛，经济学家和主管部门的要员都在积极呼吁尽快就粮食安全立法。2008 年 3 月，俄罗斯财政部和经济发展贸易部恢复对其进行研究。颁布于 2008 年 12 月的总统令，通过了国家粮食安全的原则，确定了确保国家安全的粮食安全水平标准和指标体系。

3. 俄罗斯粮食安全问题的主要成因

俄罗斯粮食安全问题的产生主要是由于国内农业发展的不佳状况造成的。由于缺少对农业的投入和政策的倾斜，俄罗斯的农业发展受到了很大制约，尤其是近几年，经济的发展主要依靠能源的出口，缺乏对农业的重视，使农业的发展潜力受到严重破坏，致使粮食进口依存度增加，居民的营养状况恶化，农工综合体问题严重。尽管近 8 年来农产品产量增长了 40%，但由于农业生产成本年均增长了 23%，使很多农业生产者仍无力进行简单再生产和扩大再生产，俄罗斯农工综合体亏损企业的比例达 27%，盈利的仅占 73%。

虽然国家对农业采取了一系列措施，但农工综合体的潜力仍未充分发挥。目前，尽管俄罗斯农业生产和食品工业出现了发展趋势，然而粮食生产价格仍在继续上涨。2009 年初，农业生产价格上涨了 25.4%。价格上涨最多的是葵花籽，达 89%；牛奶上涨了 46%；玉米上涨了 42%。究其原因，俄罗斯的政治家们把所有的困难归结为全球金融危机，农业部部长阿列克谢·格尔杰耶夫认为，金融市场的问题影响了农业的发展，而由于政府缺乏对农工综合体的支持，导致价格上涨的相关客观因素还包括：农业结构和技术现代化进展缓慢，俄罗斯农业高度依赖土壤和气候等自然条件，资源垄断价格导致的工农业产品价格剪刀差进一步扩大，农业生产的低收益和大量易货交易，农业组织拖欠贷款的增加（其数额超过本年度销售收入的 10%），区域经济和农工综合体发展不协调，由于生活水平和低工资（比工业地区低 1/2）造成的农村技能人才短缺，以及紧急情况下基本食品及所需的原料战略储备规模不足等。

4. 俄罗斯积极应对粮食安全问题

农业作为俄罗斯经济的重要组成部分，其产值占国内生产总值的 10%，农民人口占有劳动能力人口的比例为 15%。俄罗斯的农业发展走过了一条坎坷的道路。1992 年，俄罗斯开始经济自由化进程，效仿西方推行私人农场的经营模式，将土地分给了农民。但是，由于俄罗斯农民不具备西方家庭农场主的生产条件、技术装备和转入市场经济的思想准备及独立经营能力，加之俄罗斯整体经济环境恶化，以及国内市场受到进口食品的冲击，俄罗斯农业一度走到了崩溃的边缘。随着大农业企业率先在农业危机中站住了脚，进口食品大量减少，为俄农业发展提供了契机，一些实业家开始涉足农业，对农业的民间投资大幅增长，出现了种植、养殖、加工、销售一体化的大企业集团，俄罗斯目前已经有 80 多个这样的企业集团。凭借雄厚的资金实力、先进的技术装备和较丰富的市场经验，这些企业集团成为农业的重要支柱，俄罗斯农业开始走上规模化和效益化的发展道路。近三年来俄罗斯农业生产总值累计增长了 20%。由此可见，俄罗斯为了保证粮食安全，必须实现农业机械现代化和装备现代农业技术。[21]

（1）转变生产结构

俄罗斯土地的耕种面积占全世界可耕种面积的 14%，但在世界粮食生产中所占份额仅约为 5%。有效利用土地潜能和气候地带特点，转变生产结构成为一项重要任务。只有发掘自身丰富的农业潜力，才能把粮食生产总量提高到一个新水平，使俄罗斯可以与其他农业大国一同在保障粮食安全方面发挥重要作用。俄罗斯的科学家所研究的高产小麦和其他作物品种、高收益的牲畜和高产蛋鸡等家禽品种的产量不逊于西方国家。俄罗斯还采取了其他提高农业生产效率的措施，包括为农产品创新和生产创造有利的土地和资金条件，对农业创新领域的长期投资提供支持，推广高效农业生产方法和粮食种植技术，提高谷物的平均产量。

（2）统一规划生产

中央区及联邦各主体采取协调一致的行动，根据不同地区的自然气候条件，生产不同的粮食品种。俄罗斯计划扩大粮食供应地的分布范围，其中，包括向东南亚国家拓展新的市场。实行出口多样化，在出口产品中增加粮食作物的加工产品。农业作物的生产只有在具备相应的存放和运输设施时才能够获得最高产量。

（3）积极支持基础设施建设

基础设施建设包括农业现代化和建设新的大型粮仓，发展交通运输体系，提高海港和河港的转运能力。国家积极支持这些建设计划的一个方法是建立"联合粮食公司"，该公司将与其他公司一样在粮食市场中运作。为此，国家还开展了一些其他工作，例如，开展国际经贸活动，在政府间协议的框架内供应粮食等。

（4）对农业的财政支持

根据国家 2008～2010 年的农业发展计划，将从联邦预算 54 430 亿卢布分配出 5 513 亿卢布归入各主体预算。例如，国家以利息补贴方式鼓励商业银行向农业贷款，成立国家农机租赁公司，以解决农机匮乏问题。另外，俄政府还干预粮食市场，以保护粮价。近几年来，国家和私人的资金投入使农业取得了主要成就。在国家"农业发展历程"项目实施时期，私人公司投资到农业企业的已达 2 000 亿卢布。重要的是取消了 2009～2012 年在私人投资农工综合体的缴纳利润税，国家可以在粮食、肉类贸易及乳制品市场进行干预。

（5）实施农业发展长期规划

这一规划的主要目标是在克拉斯诺达尔边疆区、斯塔夫罗波尔边疆区、列宁格勒州、沃洛格达州、车里雅宾斯克州和远东地区进行以下活动：发展农村社会基础设施和工程，安置农村移民，维持土壤肥力，培训农业专家，支持农工综合体的科学研究，优先发展畜牧业，发展种植业产业，增加信贷供应，发展农业技术和现代化工艺，降低农业风险等。上述地区在该计划实施的两年中取得了良好效果，如斯塔夫罗波尔在 2007 年农业收获达创纪录的 720 万吨，其中 120 万吨（占 16.7%）为农场农民收获的粮食作物。车里雅宾斯克乳品业取得了积极势头，停止了牛奶产量和牲畜减少的情况。2005 年牛奶产量为 3 100 万吨，2007 年增长到 3 220 万吨。2008 年俄罗斯作物收获为过去 15 年来的纪录，超过 1 亿吨。按农业部长阿列克谢·格尔杰耶夫的说法，每公顷收益总额超过 22 吨，创俄罗斯历史纪录，对其农业稳定发展起到了积极作用。

（二）中俄食品贸易问题

俄罗斯的粮食年需求量高达 7 000～7 500 万吨，但其粮食产量却长期在低水平徘徊，因而不得不依靠进口。食品作为俄罗斯传统大宗进口商品，进口额占进口总额的 1/4 强（美国不允许粮食进口超过 17%）。在所有大类进口商品中仅次于机械设备和运输工具（约占进口总额的 35%），位居第二。尽管俄政府认识到，为确保国家的粮食安全，应逐步减少对进口的依赖，提高国内制造商在食品市场的份额。但是，根据俄罗斯的权威专家预测，要达到粮食安全的边界，至少还需要 15～20 年的时间。

1. 中俄食品贸易面临质量问题

俄罗斯在从国外进口大量食物时，出现了严重的质量问题，如大量的劣质肉类，以及十分之一的鱼、鱼产品和一半的水果、浆果均为转基因产品。急剧恶化的质量问题在很大程度上影响了俄罗斯人的健康和寿命，俄罗斯有近 80%的消费者一年中至少有 3 次买到质量不合格甚至可能危及生命的食品，这种情况日趋严重。尤其是在全球金融危机影响下，俄食品质量不合格现象越来越常见，已危及民众的健康，并引起有关部门的高度关注。

中国作为传统的农业大国，在食品出口方面，自 2001 年加入世贸组织以来，根据世贸组织的非歧视性原则，各个成员国原来针对中国农产品和食品出口的一些歧视性规定已经取消，中国食品产品进入国际贸易市场的门槛大大降低。但是，仍有一些国家和国际组织凭借其在科技、管理和环保等方面的领先优势，通过一些以安全法规、相关技术标准及合格评定程度等为主要内容的技术贸易壁垒，对中国的农产食品出口设置了苛刻的市场准入条件。近年来，中国的出口农产食品因不符合国外制订的相关技术标准被退货的事情屡有发生，给我国农产品在国际上的声誉造成一定的负面影响。当今国际食品竞争的焦点主要集中于各种农药、化学物质、重金属等残留的限制，各国纷纷出台各种旨在限制外国食品进入国内的标准和规定。

食品标准的不一致与食品质量也成为中俄食品贸易的主要问题。根据 2000 年俄罗斯通过的《食品质量和安全法》规定，俄罗斯国家监督和控制机构同联邦各主体的行政机构合作组织实施食品质量和安全的监测。由于在中国的儿童牛奶中含有三聚氰胺导致的中毒事件，2009 年 9 月 30 日，俄罗斯实行了对所有中国制造含有牛奶的产品的禁令，认为"中国的情况迫使我们采取极端的措施禁止从中国进口包含奶粉配方的所有食品，包括饼干、糖果等超过 1 000 种产品。"俄罗斯《消息报》一篇关于食品质量的文章称，"来自中国、土耳其和印度不合格的商品比别的国家多"。中国出口食品在俄曾因质量问题造成消极影响，尽管目前中国食品质量已大有提高，但俄传媒对中国食品质量的批评仍时有出现，俄消费者对中国食品质量仍心存疑虑。进一步加强对出口食品的质量检验，严防质量不合格及过期产品出口，减少直至杜绝我出口食品在俄出现质量问题。

2. 俄罗斯食品市场的准入情况

面对食品质量问题，俄罗斯认识到必须建立现代化的工具和方法，控制食品质量和安全。俄罗斯农产品及食品进口政策主要有关税政策、检验政策和许可证制度三个方面。根据俄联邦的有关法律，从国外进口的食品必须符合俄罗斯国家规定的安全标准。出口商除了提供出口国检验机构出具的检验证书之外，俄口岸检验机构还要对进口商品进行复检。进口商品进入流通环节，必须获得由专门检验机构出具的证书。俄罗斯 2000 年 1 月 2 日颁布第 29 号《食品质量与安全法》，之后又进行了多次修改和调整。该法阐明了俄罗斯在保障食品品质和安全方面的有关规定与要求，对食品市场的准入也做出了较为明确的规定，即符合俄法律法规要求并按照法律规定程序进行国家注册的食用产品、材料和制品才能进入流通领域。确定保证食品质量与安全的国家标准包括：根据国家标准确定对食品质量、安全保障、包装、标志、生产过程中保证质量与安全的监督、检测程序、确定符合标准文件、测试和认证方法及技术文件、质量系统的要求；食品国家注册和认证制度，对食品质量与安全的国家监督和检查，对保证食品质量与安全的总要求，对输入到俄罗斯联邦境内的食品、材料和制品的质量和安全的要求，质量不合格和危险的食用产品、材料、制品退出流通领域等。

3. 中俄加强食品安全合作

中国相关部门对出口食品实施严格的监督与检验，确保了99%以上的出口产品能满足进口方的要求。通过多年的努力，中国在食品出口方面的标准已经与世界接轨。中俄两国之间的贸易，包括食品贸易，曾经出现过问题和摩擦，为此双方应建立标准互认制度和第三方检验机制。应在食品进口方面建立资料库，将合格与不合格的产品纳入其中，为进口商提供参考。双方应针对出现的问题举行定期会晤。针对俄罗斯企业在进口中国食品时往往感觉到对中国企业缺乏了解的现象，双方应进一步加强交流与合作，为增进了解可以邀请进口方到出口企业实地考察，以打消在产品质量上的疑虑。在保障食品安全方面，中俄两国近期迈出了相同的步伐。俄罗斯总统梅德韦杰夫责成政府尽快制订关于切实加强食品安全方面的方针政策，而中国国务院食品安全委员会也于2010年2月正式成立，此措施为两国开展该领域的进一步合作奠定了坚实的基础。

七、竞争、选择与价格——俄罗斯高等教育市场化改革①

人文交流与合作是中俄战略协作伙伴关系的重要组成部分，中俄扩大人文领域交流与合作对增进中俄睦邻友好，推动两国关系全面深入发展，巩固两国关系的社会基础具有重要意义。通过跨文化交流，不仅可以把人文交流提升到国家战略的层面，还能够增进两国人民传统友谊，推动中俄战略协作伙伴关系持续、稳定、健康向前发展。

教育合作是人文合作的重要组成部分，通过了解转型期俄罗斯高等教育市场化改革的特点，探索中俄高等教育合作的重点领域和有效途径，推进高等教育合作行动框架与合作机制的构建，开展务实合作，最终使高等教育合作成为两国全面合作的重要动力。

由于俄罗斯社会经济的快速发展而产生的对高等人才和国民接受高等教

① 本节2007年5月发表于《俄罗斯中亚东欧市场》，原文名称为《俄罗斯高等教育市场现状》

育强烈愿望需求的增长，使市场化不断渗入到高等教育的各个环节和层面。研究俄罗斯高等教育市场，对于扩大中俄人文领域的合作空间，具有重要意义。

苏联时期的高等教育是免费的。近年来，在经济改革的影响下，俄罗斯的高等院校也出现了转型。主要表现在作为对免费教育的补充，付费教育服务市场迅猛发展。而高校数量的增加和规模的扩大，使接受高等教育的人数猛增。目前，俄罗斯高等学校的入学条件和国家及公民所能接受的付费形式，成为近年来媒体、科学机构、政府管理部门和各高校关注的焦点。收费制使高等教育成为一项产业，被推向俄罗斯的市场。

（一）近年来俄罗斯高等教育市场需求发展的特点

1. 公民对高等教育的重视程度不断提高

近年来，大多数俄罗斯公民都越来越重视高等教育。根据 2002～2003 年进行的调查资料统计，近 63% 的 13～20 岁孩子的家长和 73% 的 16～17 岁孩子的家长希望他们的子女接受高等教育。2002～2003 年，有 82%～83% 的中学、74%～80% 的中等技术学校和 39%～60% 的职业技术学校的毕业生想考大学。

高等教育的重要性也在人们为受高等教育所花的学费中得到了证明。据统计，2001 年高等职业教育支出占所有家庭教育支出的 58.8%，2002 年居民教育支出达 729 亿卢布，占国内生产总值的 0.67%。家庭收入水平越高，在高等教育上的花费越多。在教育总支出中，20% 的最贫困人口在高等教育上的支出仅占 23%，而 20% 的最富人口则占了 62.2%。

2. 高等学校的数量快速增加

尽管俄罗斯继承了苏联社会由国家为公民支付高等职业教育费用的发达体系，但这并未能满足社会不断增长的需求。为了确保教育的大众化，从 1992 年起，俄罗斯开始实行国立与私立大专院校并举的教育体制，20 世纪 90 年代新建了 500 多所大学，基本上都是私立的（表 2-10）。①

---

① 在本书中，公立大学是指由国家财政拨款提供教育经费的国立大学和由地区财政预算办学的地方大学；私立大学是指由学校自己解决经费来源的大学

表 2-10　俄罗斯高等学校数量　　　　　　（单位：所）

	1992 年	1993 年	1995 年	1996 年	1998 年	1999 年	2000 年	2001 年	2002 年
公立	535	548	569	573	580	590	607	621	655
私立		78	193	244	334	349	358	387	384

资料来源：俄罗斯联邦国家统计局.2002 年数字俄罗斯统计文集.莫斯科，2002；俄罗斯联邦国家统计局.2003 年俄罗斯联邦教育统计文集.莫斯科，2003

3. 入学人数快速增长

随着高等学校数量的增加，大学生人数在这一时期增加了两倍（表 2-11）。就是说，1990 年每 10 000 人有 190 名大学生，到 2002 年则增加到了 414 人。1993～2003 年，高等学校的招生人数比中学毕业生的人数增加得快。2001 年这两项指数是持平的。而到了 2002～2003 年，考入公立和私立大学的人数超过了中学的毕业人数（表 2-12）（2002 年的中学毕业生中，考入大学的占 65%，考入中等专业学校的占 24.8%，考入职业技术学校的占 4.6%）。但高等学校的这种增加趋势不会保持很长时间。预计到 2015 年，中学毕业生的人数减少 1/2，即从 2003 年的 136 万减少到 2015 年的 71.5 万。由于潜在的大学应届毕业生人数下降，致使 2004 年公立高等学校的学生人数在改革后十年以来第一次出现了与上年持平而未增加的情况。

表 2-11　1992～2002 年俄罗斯高等学校学生人数　　（单位：千人）

	1992 年	1993 年	1994 年	1995 年	1996 年	1997 年	1998 年	1999 年	2000 年	2001 年	2002 年
公立	2 638	2 543	2 534	2 665	2 802	3 046	3 347	3 728	4 271	4 997	5 229
私立		70	111	136	163	202	251	345	471	630	719

资料来源：2003 年俄罗斯联邦教育统计文集.莫斯科，2003

表 2-12　1992～2002 年俄罗斯中学毕业和大学入学人数（单位：千人）

	1992 年	1993 年	1994 年	1995 年	1996 年	1997 年	1998 年	1999 年	2000 年	2001 年	2002 年
中学	1 050	987	995	1 045	1 105	1 159	1 254	1 346	1 458	1 461	1 473
大学	521	590	627	681	729	814	913	1 059	1 292	1 461	1 477

资料来源：俄罗斯联邦国家统计局.2002 年俄罗斯统计年鉴.莫斯科，2002；俄罗斯联邦国家统计局.2003 年俄罗斯联邦教育统计文集.莫斯科，2003

4. 学习方式呈多样化趋势

近年来，公立和私立大学的学习方式发生了变化（表 2-13、表 2-14），以面授方式学习的大学生数量减少，而以函授方式学习的学生数量不断增加。这种变化说明了高等教育收费的广泛性和可接受性。[22]

表 2-13　公立和私立大学学习方式的构成　　　　　（单位:%）

	面授	面授兼函授	函授	校外考生
1993 年公立大学	63.9	6.69	29.41	
1993 年私立大学	52.82	7.14	31.43	8.57
2002 年公立大学	54.73	5.71	37.74	1.82
2002 年私立大学	33.7	6.6	59.3	

资料来源:俄罗斯联邦国家统计局.2002 年数字俄罗斯统计文集.莫斯科,2002;俄罗斯联邦国家统计局.2002 年俄罗斯统计年鉴.莫斯科,2002

表 2-14　公立大学计划内和自费生学习方式构成　　　　（单位:%）

	面授	面授兼函授	函授	校外考生
1998 年计划内学生	66	6	28	0
1998 年自费学生	41	7	51	1
2001 年计划内学生	65	6	28	1
2001 年自费学生	37	5	55	3

资料来源:俄罗斯联邦国家统计局.2002 年数字俄罗斯统计文集.莫斯科,2002;俄罗斯联邦国家统计局.2002 年俄罗斯统计年鉴.莫斯科,2002

从 1993 年起,出现了一种新的学习形式——校外考生制度。尽管该形式暂未普及,但在公立高等学校中,1995 年校外考生的学习占校内大学生的近0.004%,2002 年占到 1.81%;而在私立学校学习的学生则在减少,1993 年占近 8.57%,2002 年减少到 0.38%。

俄罗斯的私立大学早就有函授和面授兼函授的学习形式。由于高校之间竞争加剧,函授形式同面授相比赢利更多,因此,公立大学以面授形式学习的大学生近期有可能减少。

(二) 高等教育资金来源的变化

到目前为止,在俄罗斯只有国立大学和市立大学能获得国家的预算资金拨款。大多数(78%)国立大学属于俄罗斯所有,并从联邦预算拨款中获得相应资金,2001~2002 年由地区或市预算拨款的近 12%。在地区(基本上是师范学院或大学)大学中由地区或市财政预算拨款就更少了。在 2002~2003 学年中,由联邦预算提供资金的学生占 55%,由联邦各主体的财政提供资金的学生占1%,由地方财政预算拨款的占 0.2%。

1. 国家对高等教育的投入不断增加

为了发展教育,1998~2003 年,每年俄联邦都拨出国家预算的约 3%~4%

（占国内生产总值的0.6%～0.7%）投入到教育中。用在高等教育上的费用占联邦所有教育费用的55%～62%，即占联邦预算的近2%或国内生产总值的0.4%。从2000年起，俄罗斯投入到高等职业教育上的预算有所增加（表2-15）。而1995～2003年，国家对高等教育的投资比例大约从77%减少到47%。由此可见，高等学校的资金来源是多种多样的（表2-16）。

表2-15 俄罗斯国家对高等教育的投入（以1998年为100%计算）

年份	1998	1999	2000	2001	2002	2003
百分比	100	95	117	137	175	194

资料来源：俄罗斯联邦财政部和俄罗斯联邦国家统计局统计资料

表2-16 高等学校中国家预算资金所占比例 （单位:%）

年份	1995	2000	2001	2002	2003
所有高校	82	47	44	47	52
公立高校	77	43	40	43	47

资料来源：根据俄罗斯联邦教育部统计资料整理

2. 公立大学中自费生学费快速增长

2002年，在俄罗斯教育部所属的大学中学习的学生占所有公立大学学生总数的69%，其中自费学生占近66%。2004年，自费学生占近79%。

公立大学中非国家预算投入的增加速度1998～2001年超过高等职业教育领域预算资金的增长速度。由此可见，公立大学开始逐渐将培养专家的费用转到培养公民方向，即由精英教育向人人可接受的大众教育发展。[23]在公立大学学习的自费生的平均学费高于计划内学生的学费（表2-17）。

表2-17 2000～2005学年公立大学公费学生和自费学生的平均学费

（单位：卢布）

学年	2000	2001	2002	2003	2004	2005
公费生	5 300	7 900	11 200	17 000	19 809	21 375
自费生	12 345	14 067	17 070	21 241	25 000	28 000

资料来源：根据俄罗斯联邦教育部2003年统计资料整理

3. 公立大学中自费学生的增长速度超过了计划内学生

1995年，自费学生占公立学校大学生人数的15%。从2002年开始，公立学校自费生超过计划内入学人数（表2-18）。公立和私立大学自费学生人数十年来几乎增加了18倍（从1993年的16.67万增加到2002年的302.77万），而作为预算内的公费大学生人数只增加了 1.23 倍（从 1993 年的 244.63 万增加到 2002 年的 291.98 万人）。可见，靠财政资金学习的大学生逐渐减少，1993 年占 93.62%，2003 年占到 50.9%（表 2-19）。公立大学中的自费生 2002 学年达到 44%（表 2-20）。公立大学中自费学生占所有大学生人数的近 76%。

表 2-18　2001～2003 学年公立大学自费生和公费生比例　（单位：%）

学年	2001	2002	2003
公费生	50	46	45
自费生	50	54	55

资料来源：俄罗斯联邦国家统计局.2003 年俄罗斯联邦教育统计文集.莫斯科，2003；俄罗斯联邦国家统计局.2002 年数字俄罗斯统计文集.莫斯科，2002

表 2-19　1993～2003 学年公费和自费生比例　（单位：%）

学年	1993	1995	1997	1999	2001	2003
自费生	6.38	13.1	20.8	33.5	47.58	49.1
公费生	93.62	86.9	79.2	66.5	52.42	50.9

资料来源：俄罗斯联邦国家统计局.2003 年俄罗斯联邦教育统计文集.莫斯科，2003；俄罗斯联邦国家统计局.2002 年数字俄罗斯统计文集.莫斯科，2002

表 2-20　公立大学计划内公费生和自费生比例　（单位：%）

学年	1993	1995	1996	1998	2000	2002
自费生	3.8	8.61	15.57	27.4	40.7	44
公费生	92.6	91.39	84.43	72.6	59.3	56

资料来源：俄罗斯联邦国家统计局.2003 年俄罗斯联邦教育统计文集.莫斯科，2003；俄罗斯联邦国家统计局.2002 年数字俄罗斯统计文集.莫斯科，2002

4. 私立高校的专业设置根据社会需要不断进行调整

为了适应政治经济形势的发展，俄罗斯各私立高校对所设专业不断进行调整，取消了一些不适应形势的学科，设置了信息、经济、商务、法律、外语等在公立大学不能满足需要的专业。

在培养人才的规模上，私立学校也欲与公立大学一争高下。1993/1994 学年私立高等学校的学生数量占大学生总数的不到 3%，而 2002/2003 学年已达到了 12%。

5. 私立大学的学费增幅趋缓

总体来说，私立大学的学费高于公立大学的自费生学费（表 2-21）。但在一部分私立大学中，学费比公立大学的自费生则低得多。这主要是由于在威望和专业质量方面私立大学不可能同公立大学竞争，因此它们确定了极低的学费。一些私立大学 2002/2003 学年的学费降到 0.9 万～1.2 万卢布，2003/2004 学年为 1.2 万～1.5 万卢布。

表 2-21　公立大学中自费生和私立大学的学费　　（单位：卢布）

学年	1999/2000	2000/2001	2001/2002	2002/2003	2003/2004
私立	15 345	16 621	19 061	22 663	26 000
公立	12 344	14 067	17 070	21 241	25 000

数据来源：俄罗斯联邦国家统计局.2003 年俄罗斯联邦教育统计文集.莫斯科，2003；俄罗斯联邦国家统计局.2002 年数字俄罗斯统计文集.莫斯科，2002

尽管在这些大学中相对不高的学费使高等教育为更多的人接受，但专家认为，这样的大学所提供的低质量的教育服务，破坏了私立高等教育的整体威望。在俄罗斯，由于大多数私立院校在提供教育的威望方面不及公立大学，因此，并未受到足够的重视，仅有不到 10% 的公立大学把私立大学作为自己的竞争对手。随着潜在的中学应届毕业生的减少和各高校间竞争的激烈，私立大学在未来十年的状况可能会越来越差。[24]

通过以上对转型时期俄罗斯高等教育市场发展现状的分析，展示了其教育改革道路取得的进展和面临的困难，也为中俄教育合作提供可供参考的依据。

第三章

中俄经贸合作的主要产业

中俄两国于 2009 年 6 月共同批准的《中俄投资合作规划纲要》，把发展中俄投资合作的主要目的确定为发展中俄互补性强的经济领域，推动落实面向中、俄及第三国市场的高附加值产品生产和服务投资项目，在一些资源、技术和能力方面取长补短，在俄罗斯境内建立对俄罗斯原材料深加工的企业，开展可加快两国经济社会发展的基础设施项目投资，为当地人民创造就业机会，使其掌握新的专业技能，提高熟练程度。双方认为，中方应对俄产品深加工、逐步深化生产环节、提高国际市场竞争力方面优先投资，支持并积极配合中方在下列方向优先开展对俄投资合作：机械制造业、建筑材料生产、轻工业、运输与物流、农业、建筑业、信息技术与电信业、银行和保险业、创新与应用科学开发、能源领域、林业等。该纲要对充实两国务实合作内容，提升中俄合作整体水平，实现经济互补和地区共同繁荣有着重要的现实作用和深远影响。作者选取林业、农业、渔业和能源等四个产业，并结合环渤海地区与俄罗斯油气资源合作案例，分析中俄两国发展经贸合作的明显优势、广阔前景、存在问题与解决途径。

一、中俄林业合作

俄罗斯是中国最大的木材进口国，中俄在林业领域具有较强的互补性，合作潜力巨大。近十年来，中俄林业合作取得了积极的进展，已成为中俄经贸合作的重要内容之一。

中俄两国政府对两国林业合作高度重视。2000 年《中俄政府关于共同开发森林资源合作的协定》的签署，为此项合作的长远发展奠定了坚实的基础。双方在中俄总理定期会晤委员会经贸合作分委会下设立中俄森林资源开发与利用常设工作小组，具体负责协定的实施工作。目前，小组中方组长单位为中华人民共和国商务部，副组长单位为国家林业局；俄方组长单位为俄罗斯联邦工业和能源部。中俄林业的两大合作重点：一是森林资源开发领域，包括森林采伐、运输、锯材加工、木片生产等，并辅之以森林更新、病虫害防治、森林防火等；二是木材深加工领域，各类地板、细木工板、中密度板、胶合板、刨花板、集成材、实木门及木制家具产品的生产加工和制浆造纸等，主要分布在俄哈巴罗夫斯克边区、滨海边区、赤塔州、托姆斯克州等地。为使中俄林业合作能够长期、稳定、健康发展，中俄双方政府积极开展林业合作规划的编制工作，第一期规划已编制完毕。按照规划，中俄两国企业将在俄托姆斯克州投资 7.2 亿美元，生产加工木材 400 万立方米，形成以纸浆厂为核心，包括家具、集成材和密度板生产的森工综合体。该规划的实施，将在综合开发利用、长期经营的基础上，实现资源开发与保护的和谐发展[25]。

中国与俄罗斯林业及木业合作是中俄经贸合作的重要内容，近年来快速发展，成绩显著，成为弥补中国国内木业产品市场紧缺的重要来源。从目前及长远看，作为世界上第一森林大国，拥有 700 亿立方米木材蓄积量的俄罗斯，应该成为中国进口木材的首选。中俄林业合作既符合国际贸易中的资源禀赋理论，又符合两国之间经济社会发展的战略利益和毗邻地区经贸合作的优先发展方向。由于中俄林业及木业合作的地理区域主要集中在俄罗斯的东部，即西伯利亚与远东地区，因此本书重点分析中国与俄罗斯远东地区的林业合作问题。

（一）俄罗斯远东的森林工业特点

远东是俄罗斯最丰富的林区之一，其森林资源储量仅次于东西伯利亚，居俄罗斯第二位，森林总面积约为 3.16 亿公顷，森林覆盖率为 40.7%，木材蓄积量为 223.1 亿立方米，成熟林和过熟林占该地区木材总蓄积量的 70% 以上。远东地区的森林资源在俄罗斯经济中占有重要地位。

远东地区的森林工业包括森林采伐和木材加工。远东地区拥有五大森林经济区（表3-1），即哈巴罗夫斯克边疆区森林经济区、滨海边疆区森林经济区、阿穆尔州森林经济区、萨哈林州森林经济区以及包括堪察加州、马加丹州和萨哈共和国在内的东北森林经济区。

表3-1　远东地区森林情况统计表

森林经济区	森林面积/万公顷	覆盖率/%
哈巴罗夫斯克边疆区	17 000	77.4
滨海边疆区	1 077	74.0
阿穆尔州	3 800	67.6
萨哈林州	1 300	66.7
东北森林经济区	13 221	61.6

资料来源：Т. Г. Морозова. Экономическая география. Москва：UNITY. 2002：213

作为该地区具有较强实力的传统经济部门，森林工业已经成为远东地区的三大支柱产业部门之一，在地区经济中发挥着重要作用，在俄罗斯经济中也具有显著地位。但由于经济长期下滑，远东地区每年的采伐量只有约 3 000 万立方米，占俄罗斯木材采伐量的 10% 左右，大量的过熟林烂在山中。远东地区的木材加工业也十分薄弱，每年只有 47% 的木材制成加工品。当前，远东地区林业与木材加工业主要面临着以下几个问题：

1）俄罗斯国内运输费用和能源价格急剧上涨，远东林业综合体同其传统市场的联系基本被隔断

在新形势下，一些原来应当向俄罗斯中央地区和东欧、中亚地区输出的木材和木材加工产品只能转向东北亚地区和邻近地区。

2）林业生产大幅度减少，林业和木材加工业在远东地区工业总产值中的比重明显降低

远东地区是俄罗斯重要的林业和木材加工业生产基地。苏联解体前，远东地区的木材采伐量约占全国总采伐量的 11%。苏联解体后，远东地区的林业和木材加工生产急剧下滑。远东地区在全国林业和木材加工业生产中的地位也因此下降。

3）林业和木材加工业企业的固定资产投资严重不足，生产工艺设备落后远东地区依靠外资推动本地区林业和木材加工业生产升级换代的构想难以实现

目前，远东的森林采伐和木材加工企业仅能勉强维持眼前的生产，拿不出足够的资金引进先进设备、改造旧的生产体系。远东地区的木材加工业与森林采伐业不能同步、协调发展。木材加工业相对落后，木材深加工业不发达是远东地区长期存在的问题。

4）远东地区林业综合体采育比例严重失调

远东地区林业综合体长期以森林采伐为主，重视采伐环节，忽略森林抚育工作，伐多育少，重采轻育，是当前远东地区森林资源不断减少、林业生产潜力受到威胁的主要原因。为尽快将自身资源转化为经济优势，俄提出愿与中国企业合作开发森林资源。

5）缺少劳动力

林业区人口流失严重，目前林业职工仅有 54 万多人，占远东有劳动能力人口的 12%。此外，远东林区近年来连续发生森林大火，数百万公顷的过火林地得不到及时采伐，不仅造成木材损失，而且导致森林病虫害蔓延。在这种情况下，远东各州、边疆区都积极寻找国外合作伙伴，希望他们能向远东地区森林工业注入资金，带来先进设备、技术和管理经验，开发新产品，为社会提供就

业岗位。同时把紧急采伐过火林的希望寄托于劳动力富裕且价格便宜的中国。

尽管远东地区的林业和木材加工业陷入严重的危机中，至今没有摆脱不景气状态，但俄罗斯远东地区的森林工业仍拥有巨大的发展潜力。

（二）中国的森林资源与林业政策

中国森林资源缺乏，森林覆盖率仅为 14%，木材短缺严重。随着中国经济建设的快速发展和 1997 年天然林保护工程的实施，木材供应更趋紧张。中国是木材需求大国，年需求各类木材总量达 1.3 亿立方米。国家大幅度削减木材的年采伐量，致使年木材缺口高达 4 500 万～5 000 万立方米，国有森工企业面临严重的生存问题。受此影响，东北地区森林工业出现设备闲置、工人下岗的局面，林业处于森林资源危机和林业经济发展资金危困的"两危"境地。例如，吉林省林业用地面积为 972 万公顷，其中，林业面积为 798 万公顷，木材总蓄积量 8.4 亿立方米。从 1988 年开始，吉林省的林业逐渐出现资源危机、资金短缺的两难局面，主要表现在设备闲置和林业工人大量富余，林木产量调减，生产设备闲置 30%～50%，下岗职工增加。

中俄两国政府对开展林业合作极为重视，在近年的两国总理定期会晤期间均涉及双方加强林业合作的内容，并就此签订协议。1999 年朱镕基总理访俄时，同俄方签订的 16 项经济技术合作协议中，就包括有中方在俄境内采伐森林和建立木材加工企业的协议。2000 年 11 月，俄总理卡西亚诺夫访华时，中俄两国政府又签订了共同开发森林资源的合作协议。2001 年 9 月，朱镕基总理再次访俄，又就两国林业合作进一步磋商，双方政府签订了《中华人民共和国政府和俄罗斯联邦政府关于共同开发森林资源的协定》。2006 年普京总统访华时，也谈到了将深化森林工业等领域的合作，推动大项目的落实。

中国政府为了鼓励木材进口，制订了一些相关的优惠政策。例如，在 1999 年取消了木材进口关税和边境小额贸易的进口关税，进口环节增值税按法定税法减半征收等政策；2003 年，为了支持在俄罗斯开办林业加工企业，开始对在俄罗斯投资于林业的企业进行贴息政策。这些优惠政策对中俄进行林业合作起到了积极的促进作用。

（三）中俄林业合作特点

针对目前林业领域存在的问题，俄罗斯政府为积极吸引外资，分别在 1993

年和 2003 年两次制订的《远东与外贝加尔 1996～2005 年经济与社会发展联邦纲要》中提出，建立法律基础和良好的投资环境，以吸引外资在森林领域建立独资、合资和租让制企业。1996 年和 2004 年俄罗斯联邦政府又出台了《租让法》和《新租让法》，对外国投资者租让包括森林在内的自然资源产地。1999年《俄罗斯联邦外国投资法》出台，进一步为外国投资者营造了更为稳定的投资环境，并为其企业活动提供了法律保障，从而为俄罗斯森林工业提供了稳定的市场，使两国林业领域的合作成为可能。但是，中俄在林业领域的合作方式上，至今仍停留在较原始的初级阶段，没有像日、韩那样形成投资和加工规模。中俄林业领域的合作方式主要有以下几种。

1. 以设备投资等方式到俄投资办厂

主要是发展林产品初加工和精深加工。远东各州、区都在积极寻求国外合作伙伴，希望他们带来资金、设备、技术、劳动力和管理经验。截至 2004 年年底，中俄双方林业合作项目为 43 个。中方企业共采伐木材 192.36 万立方米，比2003 年增加了 32.4%；投资近 1 亿美元，同比增长 20.3%。黑龙江省在俄有 16家森林采伐和木材加工企业，正在进行的森林采伐项目 7 个，合同总金额达8 561万美元，在俄获得采伐权的林木总量已达 600 万立方米以上。已开展的大型林业合作项目主要有：黑龙江华诚公司在赤塔州采伐项目、黑龙江新洲木业公司收购哈巴罗夫斯克边疆区穆辛林场项目、鹤北林业局在犹太自治州采伐和加工项目等。

2. 租赁或承包俄林地进行采伐更新

从育林到防虫、治病、防火进行全面承包。这种合作方式是中方向俄林业局或林场租赁或承包林地，自带采运设备或租赁俄方设备进行森林采伐和木材初加工，产品运回国内销售。吉林省在通过租赁或承包俄方森林的方式同俄合作过程中，于 1992 年承担俄布列特水电站库区的清林工程，俄方以采伐下来的全部林木作为劳务费。中方在俄罗斯投资最大的项目是吉林省大石头林业局的森林采伐项目。大石头林业局 1996 年开始着手此项目合作的前期准备，进行了一系列的考察。1998 年派 300 人、50 辆运材车、30 台拖拉机和吊车及相关器材到俄罗斯赤塔州承租森林，投资大约 4 000 万人民币，合同金额 1 450 万美元，并规定采伐一年过火林后，方可承租鲜活林。一年后，与俄方签订年采伐量为30 万立方米的合同，最多派出人数达 450 人，各种机械设备 100 多台。而伊春市的乌马河林业局仅劳务输出一项，每年就有 400 万元至 500 万元的收入，相当于乌马河每年少砍 5 万立方米左右的树木。而购买常青公司 40% 股权完成后，按年采伐 30 万立方米木材、平均售价 700 元计算，销售收入为 2.1 亿元，去掉 1.1 亿元成本，利润为 1 亿元，乌马河可分得利润 4 000 万元。

3. 与俄合作在俄境内建立木材加工厂和纸浆厂

近期大力推进的项目有乌苏里斯克（双城子）中俄吉信木材加工厂、鹤北林业局犹太自治州森林采伐、林源—哈巴木材加工厂、龙江商联—滨海木材加工厂、赤塔州阿马扎尔斯达纸浆厂、组建布拉茨克及乌兹其纸浆厂、建设俄罗斯远东纸浆厂等。2003 年 7 月 7 日，俄罗斯政府通过了 1999 年 9 月 3 日第 1358 号决定、12 月 9 日第 1364 号决议的部分修改意见。根据决议的附件，俄罗斯政府取消部分林产品的出口税，其中包括木屑、细刨花、木粉、铅笔坯、中密度板、箱子、盒子、包装箱、包装桶、三层地板块、艺术地板块、纸浆棉、草浆制的纸和硬纸板等。与此同时，还鼓励俄罗斯境内的森工企业产品出口和吸引外商投资其森林加工业。吉林省在俄罗斯已经获得中国商务部批准的林业企业有 12 家，其中 11 家为木材加工企业，总投资额为 2 376 万美元（不包括追加投资）。这些企业多数建立在俄罗斯滨海边疆区。投资额比较大的有吉林心愿股份有限公司、珲春光华木制品贸易有限公司、珲春林业有限公司、敦化市金海木业有限公司、长春北林实业有限公司、长春盛铭实业有限公司等。目前，吉林省最大、最有实力的林业公司——中国吉林森工集团，2003 年也组织了 100 人左右自带设备去俄罗斯远东进行森林采伐。中方独资企业成功木材厂 2004 年竞标成功并签署了长达 49 年、年采运量为 5.3 万立方米的泽伊斯克区斯涅日格尔斯克林场租赁合同。这些企业通常短期租赁林场，在进行木材采运的同时还从事木材采购业务。俄方认为，应在互利合作的基础上采取更严格的措施降低向中国的原木出口量，增加木材加工产品的出口量，中资企业与下列稳定发展的木材采运企业进行合作是深化两国在该领域合作的优先方向，如腾达木材厂、泽伊斯克木材加工厂、塔尔当木材加工厂。据俄罗斯新闻通讯社网站报道，俄罗斯森林综合体实际上已经制订了发展木材深加工专项计划构想。2005 年，俄罗斯林业职能部门的工作方向之一是激励外国投资，促进俄罗斯森林工业的发展。在木材加工业和纸浆工业设备进口关税下调的基础上，这一举措得到了实施。2005 年，俄罗斯森林工业的投资总额从 2004 年的 311 亿卢布增长到了 390

亿卢布。俄罗斯的木材深加工产品产量增加，得益于取消了木材产品，特别是纸浆的出口关税，以及新的生产能力的投产，从而使得 2005 年的出口额增长到了 90 亿美元，较 2004 年增加了 20 亿美元。

4. 通过林业合作带动林业劳务人员输出

苏联解体后，俄罗斯远东地区人口流失 100 多万，林业人口流失更为严重。此外，远东林区近年来连续发生森林大火，数百万公顷过火林地得不到及时采伐，不仅造成木材损失，而且导致森林病虫害蔓延，解决这个问题需要大量劳动力。中国东北地区仅吉林省林业人口就有 73 万，其中林业职工 33.4 万人。随着调减木材产量，森工企业在岗富余人员急剧增加，社会负担明显加重，如何妥善分流安置这些企业的富余人员，成为当前振兴老工业基地必须解决的问题之一。吉林省每年通过各外贸窗口公司以及林业劳务形式赴俄的林业劳务人员约 1 500 人左右（包括大型林业合作）。例如，1995～2002 年吉林省农业合作公司和国际合作公司每年派出 50～80 名劳务人员赴俄滨海边疆区从事森林采伐与木材初加工，俄方以实物（多为木材）形式支付劳务费。一般情况下，中俄分成比例为 7:3 或 6:4。虽然工作和生活条件非常艰苦，但每个劳务人员的年纯收入为 1 万～2 万元人民币。吉林省工程建设有限公司承包了赤塔州过火林采伐项目，派出 500 名劳务人员。这个项目期限为 20 年，年木材采伐量为 30 万立方米，合同总金额达到 1 200 万美元。黑龙江省鹤岗市名山镇与俄犹太自治州阿穆尔捷特区的林木开采合作也正在进行。

（四）中俄林业合作的问题与制约因素

1. 难觅有实力的合作伙伴

俄私有化改革致使其森工企业的结构发生重大变化，大批私人林业企业实力不强，规模小，生产不规范，其拥有的林地面积也不大，不适合大规模机械化采伐。俄企业目前面临的状况，为中方投资者寻觅有实力的合作伙伴带来困难。在这种情况下，中方到俄进行林业合作稍有不慎便会难以收回投资。

2. 缺乏周密调查研究，合作陷入两难境地

截至 2008 年，吉林省同俄罗斯合同金额最大（1 450 万美元）的林业合作项目——吉林省大石头林业局同俄赤塔州的林业合作项目，已陷入进退两难境地。大石头林业局在投入大量资金（4 000 万元人民币）后方发现所选择的俄方

林地不理想、距运输线路远，并因此造成成本提高，且俄方支付手段弱等弊端，致使合作双方矛盾重重。究其原因，无疑与双方林业合作的前期工作准备不足，缺乏周密的调查研究有关。

3. 资金缺乏且无投资风险保障机制

中国参与对俄林业合作的前期项目需要大量资金，而森工企业却大多亏损、财务状况恶化，账面流动资金仅能用于维持目前的生产和支付业内人士的基本工资与退休金，很难筹措到大笔资金用于对俄林业合作。即使筹措到资金，企业又会顾及在投入合作项目后的风险保障问题。西方国家为在国外大规模投资的项目设置投资风险保险基金的做法，令企业的合作无后顾之忧。而目前中国无此项机制，在开展对俄林业合作中缺少国家和省份的优惠政策和贷款支持。

4. 运输不畅的瓶颈效应

在中俄林业合作中，从俄方运回木材的价格很大程度上受制于运费的高低。在俄从事林业合作的中国企业通过铁路从俄方运回木材时受阻或不畅的现象时有发生，终到站不能顺利接运，木材长期滞压，造成降质降价，企业亏本等。

（五）加强中俄林业合作的对策

受国际金融危机影响，2008 年中国自俄进口原木量减少了 26%。在这种背景下，加强中俄木材深加工合作将是中俄间林业合作的重点。2009 年在第 20 届中国哈尔滨国际经济贸易洽谈会上举办的俄罗斯商务日中俄木材深加工合作项目推介会，将中俄林业在木材深加工方面的合作作为今后在黑龙江与俄罗斯合作的重点方向。在首届木业合作交易洽谈会上，俄罗斯哈巴罗夫斯克副市长卡扎钦科披露，作为全球木材总蓄积量居世界首位的俄罗斯，现大多只对原木做简便的粗加工处理，因此，俄木材深加工领域可谓商机无限。他指出，木材加工业在俄远东地区工业结构中占有很大的比重。据不完全统计，每年出口木材约 1.2 亿立方米，主要出口到中国与日本。卡扎钦科认为，中国尤其是香港，有雄厚的资金，有很强的投资能力，有先进的工艺设备和专业技术人才，他们特别希望港商到俄罗斯从事木材深加工业，当地将给予最优惠的政策。中国驻哈巴罗夫斯克领事馆经济商务参赞罗伟东认为，到俄罗斯投资应该以资源开发为重点，尽快启动一些森林综合开发和纸浆生产等示范项目，森林综合开发和纸浆生产具有很大商机。

为了进一步加强中俄林业合作，在此提出以下对策。

1. 组建调研和咨询机构

1999 年 2 月，中俄总理第四次定期会晤期间，双方商定在经贸分委会下成立林业合作常设工作小组。2001 年 4 月，小组第一次会议举行，至今已召开四次会议。小组主要工作内容包括制订和实施《中俄森林资源开发利用合作长期规划》。俄罗斯总统驻远东联邦区全权代表康斯坦丁·普里科夫斯基同中国副总理吴仪会晤时强调，要大力发展俄罗斯与中国林业的合作。为使中俄合作得以良性发展，必须对俄罗斯特别是远东地区的森林资源进行全面考察，并提出有科学根据的建议；成立由政府相关部门如商务厅牵头，森工总局、科研院所参加的对俄林业合作领导咨询机构，负责对俄地方政府和相关企业洽谈合作项目；研究俄政策法规，考察森林资源，搜集项目资料，建立数据库，组织项目论证；为企业对俄开展林业合作提供咨询，参加每年在俄远东举办的森林资源租让招标会议和林业合作国际会议，以及时捕捉信息，指导对俄林业合作。

2. 政府支持在长远基础上实现互利合作

中国政府一贯主张引导企业在开展木材贸易、实施木材采伐项目的同时，加大投资力度，开展木材深加工领域的合作，以提高两国林业合作的整体水平，并为俄罗斯地区经济的发展带来切实的利益。俄罗斯也是如此，滨海边疆区副行政长官阿·戈尔杰耶夫就曾指出，为了进口更多的加工木材而不是原料，中国的公司必须建立木材加工厂。目前，已有一些中国企业计划在俄建设纸浆厂、木材加工厂、家具厂等。同时，应建立对俄投资风险保障机制，对企业在俄大规模的投资项目给予投资风险保障。2003 年中国政府为支持林业合作已出台了相应的财政扶持政策，吉林省商务厅帮助省内具备条件的企业申请国家对俄森林采伐及加工贴息资金、国家对俄专项资金。吉林省对俄进行森林采伐和木材加工的企业贷款给予全额贴息，对于到俄罗斯搞境外加工的企业，将享受国家给予的减税和免税政策。对于开展对俄贸易比较大的企业，省政府给予奖励。

3. 改善运输条件解决运输瓶颈问题

中俄双方地方政府可通过定期会晤和联合工作机构解决林业合作中的运输问题，争取国家批准边境小额贸易经海上运输过货，如果能允许边境小额贸易项下进口的木材从远东港口装船出运，可直达中国南方港口，或直接销往国外。双方地方政府可根据需要实施畅通工程，辟设临时过境通道，改善运输条件，解决林业合作中出现的运输瓶颈问题。

4. 推进大型合作项目落实

目前，中俄之间正在运行的森林采伐及木材加工项目大多规模不大。今后，双方应致力于推动大型合作项目的启动实施，充分发挥大项目的示范效用，提升中俄林业合作的整体水平。中国政府一贯支持有实力的企业"走出去"赴俄投资，也希望俄罗斯方面在原料林地供应、基础设施建设、税收、人员入境及居留等方面给予更多的支持，共同为推进项目实施创造良好的外部环境，从而真正实现通过"走出去"的途径，达到"拿回来"的目的。同时，在远东建设纸浆厂，更可靠地巩固地区利益，在阿穆尔州、托姆斯克州、犹太州和哈巴罗夫斯克边疆区加工木材，然后将产品运往中国。吉林省利用劳动力和技术上的优势，积极组织森工集团下属的松江河林业局、露水河林业局、泉阳林业局、临江林业局等大型森工企业赴俄从事森林采伐和木材加工，围绕生态建设和天保工程的实施，鼓励资源型产业向俄转移，并鼓励石砚造纸厂、吉林造纸厂等大型企业在俄滨海边疆区的伊曼、阿尔乔姆和哈巴罗夫斯克边疆区的阿穆尔斯克城、共青城等地兴建新企业。

二、中俄农业合作

农业对于中国和俄罗斯都是亟待发展的国民经济部门。中国是农业大国，实施农业"走出去"战略具有重要意义。俄罗斯农业资源丰富，双方开展农业合作互补性强，优势明显，前景广阔。目前，中国与俄罗斯农业合作已经起步，由于各方面原因，合作项目不多，规模不大，两国的农业资源具有极为互补和互通的特性，农业合作具有较大的发展潜力。

当前中国经济发展最大的制约因素之一是人多地少，在可以预见的未来，这种状况将难以改变。就中俄两国农业生产条件来看，具有较强互补性，双方农业合作有很大潜力。俄罗斯有丰富的农业资源，人均耕地面积 0.83 公顷，是中国的 8 倍；俄罗斯可耕地利用率不高，多数地区土壤肥沃，而中国可耕地基本开垦完毕，地力下降严重；俄罗斯劳动力缺乏，而中国精壮农业人口众多；俄罗斯地广人稀，是世界上最典型的地多人少国家，长期以来，农业劳动报酬较低，农村劳动力短缺成为制约俄农业发展的重要因素。

（一）中俄农业合作的必要性

1. 中国农业发展现状

自改革开放以来，中国农业取得了令世人赞叹的成就。目前，主要农产品供需基本平衡、丰年有余的格局已趋于稳定。然而，前景并不乐观。

（1）农业生产资源日益匮乏

中国农业发展所依赖的农业资源总量位居世界前列，但是人均占有量却大大低于世界平均水平，耕地资源不断减少，前景堪忧。水资源紧缺，灾害性气象的影响作用依然很大，成为影响粮食及其他农作物生产的重要因素。

（2）基础设施差，科技水平低

农田水利基本设施老化、破坏现象比较普遍。农业科技进步贡献率较低，远低于发达国家的水平。

（3）经营规模小，效率低，农业对外依存度在上升

合作项目普遍存在分散、不突出等问题，合作层次有待于提升。

由此可见，在经济全球化的背景下，充分发挥自身资源优势，与其他国家建立长期稳定的资源合作关系，以保障农业资源安全，是中国的必然选择。[26]

2. 俄罗斯农业发展现状

俄罗斯农业土地资源丰富。20 世纪 90 年代以来，俄罗斯对农业实行大规模改革。随着农业改革的推进，旨在稳定和发展农业政策措施的实施，促使俄罗斯农业得到了进一步发展。

（1）土地资源丰富

俄罗斯的农业用地约 2.2 亿公顷，拥有世界上面积最大的黑土带。

（2）转型使生产潜力遭受巨大破坏

总耕地面积、总播种面积和代表农业技术水平的重要指标——拖拉机数量都呈现持续下滑的趋势。

（3）农业人口危机

劳动力尤其是有技能劳动力的缺乏正在成为俄罗斯经济发展的最大障碍之一。此外，俄罗斯农村人口外流也是人口减少的一个原因。由于俄罗斯农村的破败、城乡差别的扩大，农村中最有能力的人，尤其是年轻人都愿意进城工作

或转向其他行业，而不愿意从事农业生产。

俄罗斯农村人口减少所造成的后果正在显现。长此以往，俄罗斯农业劳动力的数量将越来越少，质量也将越来越差，难以为继。总体来看，俄罗斯的农业劳动力短缺的状况在相当长的时期内不会有根本改观。对于俄罗斯的农业安全来说，这将是最为重大的隐患。

（二）中俄农业合作的可行性

俄罗斯资源丰富，但农业发展缺乏资金、技术，农业基础设施陈旧、落后，正需要大量的资金和技术合作，这对于中国来说正是机遇。中国应抓住时机，争取在俄罗斯农业振兴的过程中发挥更大作用，利用俄罗斯的资源优势，保障中国的农业安全，尤其是粮食安全。

1. 中俄农业的合作空间

农业资源主要包括地理位置、自然资源、劳动力资源、资金和技术四个要素。在这四个方面，东北和远东两地区不但有极其明显的互补性，而且有良好的互通性。这主要体现在以下几个方面。

（1）地理位置方面

远东地区与中国东北地区毗邻，交通便利。地理位置邻近，是农业经济合作非常有利的一个条件。相邻地区的自然条件、气候条件相近，为开展农业合作创造了良好的客观条件，便于劳动力和其他资源的运输。

（2）自然资源方面

远东地区有丰富的土地、水力、电力、矿产和渔产品，能为中国提供大量的资源性产品。

（3）劳动力资源方面

中国向俄输出劳动力有最好的条件：一是东北地区劳动力总量大，特别是农村有庞大而相对廉价的剩余劳动力，这是周边国家难以竞争的；二是中国劳动力更能适应俄罗斯高纬度的北方地区气候；三是中国东北地区有很多大型的国有农场，农场工人素质很好，熟悉那里的农业项目，善于使用大型的机器设备，经过短期培训，就可以成为中国对俄劳务合作的骨干力量。

（4）资金和技术方面

开发俄罗斯远东的农业，需要大量的资金。在这一点上，随着中国社会经济的快速发展，已积累了大量经济合作的资金基础。同时，在农业技术方面，我国在许多领域已居于较领先地位。

2. 中俄农业合作重点区域——远东地区

（1）远东地区的农业概况

远东地区的农业包括种植业和畜牧业。现有农业用地 660 万公顷，其中耕地有 280 万公顷，约占地区总面积的 1%。80% 的耕地位于南部的滨海边疆区、萨哈共和国和阿穆尔州。粮食、大豆、马铃薯和蔬菜在种植业中占主要地位。粮食以春小麦为主，黑麦和燕麦也占一定的比重。主要经济作物是大豆。粮食作物播种面积占 32%，经济作物占 21%，马铃薯和蔬菜占 6%，饲料作物占 41%。南部的自然和气候条件较好，全年气温 ≥ 10℃，积温约为 1 500～2 500℃，气候属于强大陆性，年降水量 250～500mm。在远东的农业中畜牧业居于次要地位，以乳肉兼用养牛业为主。远东畜牧业分布的特点是：牛、羊、猪、家禽的饲养主要集中在南部地区，北部地区主要饲养鹿、马。养殖业发展十分缓慢，畜牧业产品无法满足本地区的需要。从事农业生产的劳动力资源贫乏，仅占全部就业人数的 8%。

（2）远东地区的农业困境

从 20 世纪 80 年代中期开始，苏联农业由于体制上的原因，农业生产不计成本，高投入、低产出的消耗性发展，使农业发展困难重重，出现了停滞。90 年代以后，俄罗斯经济在向市场经济过渡的同时，对农业实行以土地私有化为中心，彻底改组国有农场和集体农庄的一系列激进改革，远东农业失去了中央政府的巨额补贴，农业陷入了危机。近十年来，远东地区居民人口减少 10%，其中农业人口减少了 8.4%，现有耕地 226.1 万公顷，2003 年播种面积只有 130.6 万公顷，占 57.8%。1990～2003 年俄罗斯粮食播种面积下降 28%，远东地区更下降 61%，俄罗斯粮食产量下降 38%，而远东则为 76%。畜牧业方面，远东地区牛羊存栏数下降 88%，猪存栏数下降 91%，家禽下降 76%；俄罗斯牛奶产量下降 44%，远东则为 58%；俄罗斯肉产量下降 55%，远东下降 75%；俄罗斯鸡蛋产量下降 29%，远东下降 67%。这种状况使远东农业生产的恢复和发展更加艰难。

近年来，随着俄总体经济的恢复发展，远东地区农业逐步摆脱衰退，生产缓慢回升，但仍不够稳定。2004 年远东地区农业总产值 463.871 亿卢布（约合

15.9 亿美元)，较 2003 年增长 1.1%。生产肉类屠宰量 14.41 万吨，蛋 99.02 万吨，大豆 33.57 万吨，均较上年有所增长。较 2003 年下降的有：奶 60.99 万吨，下降 3.1%；粮食 26.94 万吨，下降 17%；马铃薯 167.01 万吨，下降 6.3%；蔬菜 57.13 万吨，基本与上年持平。农业主产区是阿穆尔州、滨海边疆区和哈巴罗夫斯克边疆区，仅阿穆尔州就集中了远东地区农业用地的 39% 和耕地的 53%。其他部分州区通过大力扶持农业，近年取得了一定成效。如萨哈共和国农业产值不断攀升，2003 年产值 90.64 亿卢布，2004 年达到 104.489 亿卢布。

（3）远东地区农业存在的主要问题

俄罗斯远东地区总统全权代表康斯坦丁·普里柯夫斯基在评价远东的农业时认为，实现现代化是远东农业的发展目标。复杂的自然条件，远离主要物质生产基地，交通和能源费用的上涨，低工资造成的生产者劳动兴趣的下降和干部外流，都限制了远东农业的发展，集中表现在投入不足，对外依存度高。由于中央政府对农业投入的减少，农业资金短缺，导致技术设备老化达 90%~95%，化肥施加量大幅减少，育种环节薄弱；加之农业扶助体系不健全，政府财力拮据，商业信贷、融资成本高，保险体系尚未完善，农业劳动力短缺，劳动生产率远低于俄罗斯平均水平。尽管远东农业近年来有所发展，但距离实现自给自足还十分遥远，仅马铃薯和大豆两个品种可满足自身需要，其他均需由外部供应。据远东海关统计，2004 年远东进口肉类 2.99 万吨，价值 2 840 万美元，其中，从中国进口 1.47 万吨，从美国进口 1.52 万吨，自己生产 2.54 万吨。进口蔬菜总值 4 340 万美元，其中，从中国进口 21.28 万吨，从美国进口 2 800 吨。进口水果和坚果 8.35 万吨，价值 3 280 万美元，主要进口地为中国。进口粮食（面、米、饲料类）115.39 万吨，其中，自中国进口大米 12.69 万吨，进口玉米 6 000 吨。中国已成为远东居民日常食品消费的重要供应者，特别是蔬菜、水果、粮食及肉类。

（三）中俄农业合作的特点与问题

当前，中国耕地面积远远不能满足农民耕种需求，而俄罗斯耕地面积相对劳动力明显不足，特别是远东和西伯利亚地区更为严重。随着俄农业经济复苏，劳动力不足的问题会越来越突出。对俄进行劳务输出能够为中国农村剩余劳动力提供就业岗位，为农民就业拓宽途径。发展对俄罗斯农业合作宜以商务部、农业部、财政部《关于加快实施农业"走出去"战略的若干意见》为指导，将对俄罗斯农业合作纳入中国农业开拓国际市场的总体进程。

1. 中俄农业合作的形式

（1）中俄互补，收入按比例分成

由中方种植，直接承包土地，提供部分设备、技术、种子，负责种植、管理和收获。由俄方提供土地、部分农业机械，并负责销售，销售收入双方按一定比例分成。1994 年，黑龙江垦区的绥滨、二九〇、嘉荫等农场开始尝试赴俄进行农业开发。到 2002 年，垦区在俄罗斯种地面积已达 10 万亩，宝泉岭、建三江两个分局初步探索出了"分局组织、农场扶持、家庭农场承包"的经营模式。2004 年，垦区与俄罗斯犹太自治州签订了租种 100 万亩土地的协议，这个项目已被农业部列入国家境外农业开发"南胶北豆"规划。2004 年 6 月 9 日，黑龙江农垦总局与俄犹太自治州、俄联邦资源厅在中俄两国政府远东投资促进会议上正式签署了项目协议。东宁国际公司也与俄十月区政府签订了合同期达 15 年的承包 1 000 公顷土地的种植项目，在俄从事蔬菜种植业的东宁县农村劳动力近 2 000 人，年总收入 2 000 多万元。2005 年，垦区进一步加大了在俄农业开发的力度，已过境设备 952 台套，输出劳务 1 318 人，累计投资 8 900 万元，其中，宝泉岭分局成立了远东农业开发有限公司和管理机构，确定了境外土地承包的管理形式、管理机构、管理人员和技术人员，并在 10 个所属农场内筹集资金 400 万元，在俄种地 15 万亩。建三江分局成立了东方建龙经贸公司，增加了作物品种，种植土地 17 万亩。2005 年，有 7 个分局 23 个农场在俄罗斯远东地区种地 58.1 万亩。

（2）兴办综合开发型小农场

以在俄承包、租赁或生产经营的农场为基地，兴办了一些种、加一体，产供销一条龙的综合开发型小农场，从事粮食、果菜种植和畜禽饲养及加工，这是适合于远东地区具体情况的做法。俄畜牧业的劳动力市场也吸引着中国人，中方在当地租赁了畜牧场。如黑龙江省绥滨县粮食局在哈巴罗夫斯克租赁了猪舍，从国内把种猪和饲料运至俄方，然后派饲养员到俄方饲养，获得了可观的经济效益。在这一领域加强劳务合作，同时可带动中国饲料的出口。黑龙江省东宁县政府与毗邻的俄十月区政府签订了关于租用 1 000 公顷土地的 5 年合同，建立了多种经营体系，不仅种植瓜菜，搞养殖，而且还拓展了建筑装修、森林采伐、木材加工、商业服务等多元化的劳务合作模式，拓宽了劳务合作的领域。他们以"温室—大棚—大田"移栽的三级管理模式，增加科技含量。中长期合作项目增多，不仅有利于提高合作质量，而且有利于建立稳定的双边合作关系，扩大再生产。

（3）建立跨国农业合作示范区

扩大与俄农业科研部门的交流和生产合作。黑龙江省垦区与俄罗斯有 800 多公里长的边境线，有 38 个农场与俄罗斯隔江相望，其中有 10 个农场地处边境口岸周边，对俄经济贸易合作的区位优势得天独厚。黑龙江省黑河市在阿穆尔州坦波夫卡开发了 5 000 公顷土地建立蔬菜生产基地。

（4）建立农民–农场主经济合作组织

2000 年年初，家庭农场式的合作形式开始进入俄罗斯。黑龙江省有数个农业家庭举家（连同农机设备）进入俄远东地区。这样做便于农民对农田进行家族式管理，并且减少了多次往返的费用，客观上也增加了经济效益。

尽管如此，现阶段中国和俄罗斯的农业合作仍处于较低的水平，仍局限于初级农产品贸易和农业资源合作开发，而且农产品贸易规模与两国的市场规模也还远不相称。

2. 中俄农业合作中存在的问题

中俄两国的农业劳务合作有了一定的进展，但目前仍处在低水平的阶段，多限于劳动力输出这种单一形式。中俄农业合作项目普遍存在规模偏小、分散和不突出等问题，技术合作还远未深化。此外，两国合作还面临不少障碍，既有来自中方的，也有来自俄方的。

（1）长期缺乏国家的宏观指导

中俄农业合作至今没有一个长期的发展战略。在世界经济全球化的背景下，如果两国仍继续缺乏政府的发展战略指导，采取以前那种低水平、自发的合作，那么双方势必将对自己有利的市场拱手相让给其他竞争者，这种低水平的合作难以达到双赢的结果。

（2）损害中国的商业信誉

一些不良中国商人见利忘义，损害了中国的商业信誉，致使中国商品在俄罗斯的名声不佳，成为低质低价的代名词。一些在俄罗斯的中国劳动力文化、技术水平低，损害了中国人的形象。

（3）俄方的障碍

俄方的障碍既有观念层面的，又有制度层面的。就观念而言，一方面，俄罗斯历史上与中国有领土争端；另一方面，由于俄罗斯曾长期受计划经济的约束和影响，实行市场经济的时间非常短，一些俄罗斯人对于市场经济条件下的对外经济合作一直心存疑虑。"中国威胁论"就是这两种观念共同作用的极端体现。对领土安全的过度反应，表现为对经济合作的排斥。因此，俄罗斯一些个人、企业乃至地方政府对外资进入农业的态度比较保守，对吸纳中国劳动力心存芥蒂。在制度层面上，一方面，由于观念的作用，俄政府对外资鼓励、优惠的政策较少，怀疑、歧视的成分较多；另一方面，市场制度建设滞后，投资环境改善缓慢，主要体现在法制不够健全和透明，政策法规多变，行政效率低商业信用体系较落后，社会治安较差。由于西伯利亚和远东地广人稀、经济落后，俄联邦政府的行政能力薄弱，控制力遭到削弱乃至丧失，与外国合作开发一直是一个政治敏感问题，尤其是出于历史和地缘政治的考虑，对与中国合作更是顾虑重重。

（4）劳务输出难

俄罗斯规定，持旅游和商务护照者不允许在俄打工，而俄罗斯核发给中国的劳务护照和限额数量又很少，办照环节多、周期长、手续复杂，特别是劳务许可证和劳动大卡的办理，费用高、时间长、严重影响生产。

（5）农资购买、农机过关和维修难

俄远东地区购买化肥、油料、零配件等农用物资需提前申报计划。农机过关不仅手续繁多，而且检查非常严格，俄罗斯的农机配件同中国国内的农机配件不配套，一旦农机具零件损坏，就很难在俄罗斯维修。

（6）受季节及气候条件影响，利益不确定

例如，2003年吉林省九台县派往远东乌苏里斯克的农民，由于该地区遭受洪水造成灾害，农民被迫中途返回，前期费用等经济损失完全由农民个人承担。

（四）中俄农业合作前景及对策

目前，中国与俄罗斯农业领域的投资与合作已经起步。总体来看，合作项目较分散，突出的大项目不多，总体规模不大。合作主体以地方和中小企业为主，大企业参与较少，技术含量较低。目前中俄两国农业方面的投资与合作还没有得到应有的重视和发展，这同农业在中俄两国经济中所占的地位是很不相称的。

从中俄农业发展与合作的现有条件来看，其合作前景不断扩大和深化。中俄农产品进出口规模远远比不上中国与欧盟、东盟、美国、巴西和阿根廷等经济体的农产品贸易规模，大致相当于中国与澳大利亚的农产品贸易规模。中国政府和学术界都应该加强前瞻性研究，及时发现和预警。当前，应该进行以下几方面工作。

1. 采取双边和多边方式，逐步推进合作

政府首先要从战略的高度，继续增强两国的互相信任，并制订切实可行的合作战略，加强多边合作。中、俄、日，中、俄、韩等多边合作相对于双边合作有着不可替代的优势。在开发俄罗斯东部方面，日、韩是中国的竞争对手，但也可能成为合作伙伴。与日、韩相比，中国没有资金和技术优势，通过多边合作可以发挥中方之所长，有第三方甚至更多方的加入，可以有效地消除俄方对中方的顾虑。因此，多边合作是对双边合作的有利补充。中央和地区层面上缺乏长期合作的整体战略规划，是中俄农业合作水平低的关键。中俄关系是双方根据当前和未来可预见时期内的国际政治和经济格局、各自的国际地位和发展趋势做出的战略选择，具有长期性、稳定性和可预期性。稳定的政治关系提供可预期的经济环境，降低商业活动的政治风险，从而降低交易成本，促进经济关系的发展。

2. 利用俄罗斯开发西伯利亚和远东地区的战略选择

尽管开发远东地区的纲要曾被搁置了多年，但随着俄罗斯经济的振兴，其实施将进入"快车道"。如前所述，由于地理位置接近等因素，中俄两国农业合作首先是从西伯利亚和远东地区开始的。远东大开发战略恰好为中俄农业合作提供了良好的政策机遇。该地区丰富的人均农业用地、耕地、淡水等资源禀赋，为互利合作提供了物质基础。因而，从长期来看，双方农业合作不断扩大和深化的可能性较大，但这并不意味着只要放任自流，一切都会水到渠成。前面所阐述的合作障碍在近期乃至中期内都会制约双边合作的开展。中俄两国已经完全彻底地解决了历史遗留下来的两国边界划分问题，部分俄罗斯媒体以及远东地区领导人的"中国威胁论"态度势必有所改变，俄罗斯在吸引中国劳动力以

及地区合作等问题上的国内压力应该会大大减轻。因此，中方必须将长期利益与中近期策略相结合，既放眼未来，又着眼当前。

3. 加强中俄州省合作是农业合作的最佳切入点

充分利用州省领导人的定期会晤机制，开展符合对方实际需要的农业合作。农业种植是一年一次承包，短期行为的做法没有长期合作项目的支撑是难以进一步发展的。中国的独特优势主要体现在劳动力方面，但是这种优势具有暂时性。中国应当抓住这个机遇，尽量在俄农业复苏之前，力争使劳动力以较大的规模进入其市场。

4. 建立联系双方客商和劳务输出的纽带

依托边境重要口岸城市，筹建农业园区，使之成为联系双方客商和劳务输出的纽带。中国东北地区沿中俄边境分布着30多个城镇和十几个中等城市，在哈尔滨、长春、沈阳、符拉迪沃斯托克和哈巴罗夫斯克等大城市的辐射下，根据不同的地域优势和产业分工，可将它们进一步规划、整合，使之在农业合作中起不同的作用，成为地区合作链条中相互依存的整体，建立以边境口岸市县为主的农产品生产基地，主要生产洋葱、马铃薯、胡萝卜、甘蓝、黄瓜、西红柿、青椒、苹果等品种的果菜，以鲜菜、鲜果形式就近向俄出口。在滨海边疆区与中国的对外贸易交往中，吉林省占有重要的地位。俄驻华商务副代表卢卡申曾表示，俄许多企业愿意同吉林省共同开发农产品加工技术，可提供3 000公顷的土地，出租给吉林省企业从事农业生产和开发。

5. 实现绿色食品的分工、生产和经营国际化

随着人们对环境和保健越来越重视，各种绿色食品逐渐受到人们的青睐，在国际市场上供不应求。目前，中国绿色食品年出口约800万吨，仅占世界贸易额的不到1%。如果在俄建立绿色食品基地，向第三国出口绿色食品，可以提高农产品的竞争层次。例如，当前滨海边疆区在农业方面的主要任务是利用该地区的地域和生态优势，确立其在亚太地区市场作为合格绿色生态农产品生产者的地位。可在俄罗斯符拉迪沃斯托克、乌苏里斯克、哈巴罗夫斯克、比罗比詹、布拉戈维申斯克、克拉斯诺亚尔斯克等城市建立农产品销售网络，建立绿色食品基地，促进和扩大绿色食品的生产和出口，实现生产合作、经营合作和互为市场，增加双方就业，提高收入水平。

三、中俄渔业合作^①

海洋已成为人类 21 世纪的第二大生存和发展空间。在世界各国面临过度捕捞鱼类资源的压力与挑战的背景下，中国海洋渔业方面同样也面临着在复杂的国际渔业合作环境之中求生存和谋发展的问题。

（一）中国远洋渔业合作的现状

与渔业资源丰富的国家进行远洋渔业合作，是中国主动参与国际分工和对外经济合作的重要手段，也是中国发展远洋渔业实施"走出去"战略的重要组成部分。随着中国远洋渔业合作的深入发展，中国已先后同合作国家签署了 10 多个双边渔业合作协定，如同俄罗斯签订的《中俄政府间渔业合作协定》、《中俄两江渔业资源管理议定书》等。

俄罗斯所在的海域属于世界海洋中的渔业高产区，其特点是捕捞的主要地区距港口和加工综合体近，拥有大量的海洋生物资源潜力，生物资源种类构成独一无二，发展鱼产品加工的条件良好。1988 年中俄两国政府签订的《中苏渔业合作协定》规定在捕鱼管辖海域内组织捕捞生产，在共同渔场相互提供渔船和鱼产品运输方面的服务，发展水产养殖业，在修船及造船方面进行合作，研究海产品的加工技术等，双方还成立了渔业合作混合委员会。2006 年的《中俄联合声明》还指出"双方将扩大海产品深加工合作"。尽管如此，由于种种原因，当前中俄渔业合作尚未形成规模，仍未成为双方的主要合作领域。

中国与俄罗斯的主要合作地区东北地区水产品产量约占全国产量的 10%，其中海产品产量占全国的 11%，主要产自辽宁。2004 年，辽宁省渔业总产值 500 亿元。在水产养殖方面，辽宁省不断扩展养殖区域，继续做大海参、海蜇、海蟹、对虾、河鲀等名优精品规模，海参养殖在大连形成热潮并已推广到全省沿海各市。在海洋捕捞方面，大力发展远洋渔业，压缩近海捕捞强度，使远洋渔业稳步推进，近年产量约 22.6 万吨，产值 16.5 亿元。《中韩渔业协定》工作

---

① 本节 2010 年 8 月发表于《俄罗斯中亚东欧市场》，原文名称为《中国与俄罗斯渔业合作的潜力分析》

实施顺利，取得了较好的生产效益。2004 年辽宁省共有 680 艘渔船获得入渔韩国专属经济区水域作业资格，入渔率为 69%，配额完成率为 30%，均居全国前列。渔船生产效益良好，创产值 2 亿多元。在水产品加工方面，加工渔业增势强劲。辽宁省完成水产加工品 99 万吨，产值 76.9 亿元，水产品精深加工能力进一步增强。加工项目打破传统加工方式，运用现代食品加工技术，提高了加工技术含量，提升了加工水平。加工品种不断翻新，先后开发出即食海产品、冷冻调理食品、调味干制品、超低温金枪鱼制品等 4 大系列 20 多个品种，加工产品种类已达 230 多个。在市场与进出口贸易创汇方面，渔业再攀新高，立足资源，挖掘潜力，扩大水产品来进料加工贸易，积极发展养殖水产品出口，全方位开拓国际市场。随着捕捞渔民转产转业工作的推进，辽宁省共拆解渔船 750 多艘，减少渔船功率 2 万多千瓦，向渔民发放补助资金 3 000 多万元，转产渔民 4 000 余人，举办转产渔民培训班 23 期，培训转产渔民 2 400 人。转产渔民为东北地区同远东渔业合作提供了充足的劳动力资源。

（二）俄罗斯远东地区的海洋及渔业资源评述

俄罗斯远东地区拥有发展渔业的得天独厚的条件，海洋资源开发及水产加工领域是该地区不可或缺的产业。符拉迪沃斯托克是俄罗斯远东地区的经济中心，符拉迪沃斯托克的食品工业生产，包括水产品在内，占滨海边疆区食品生产的一半。符拉迪沃斯托克有俄罗斯最大的捕鱼、修船、仪器制造企业。其中，较大的有远东海洋航运公司、远东海洋产品公司、远东修船厂和远东仪器厂等。

远东的捕鱼业位居俄罗斯各区的第一位，水产加工业是市场专业化的主要部门，捕捞量占全国的近 65%，其海洋鱼量占全国的 90% 以上，船队的费用占远东渔业基本资金的 80% 以上。

俄罗斯远东海域是俄罗斯最重要的捕鱼区，俄罗斯四大温水海区中的三个位于该海域。包括白令海、鄂霍茨克海和日本海在内，是俄罗斯捕鱼量最大的海域，年捕鱼量 300 万吨左右，占俄罗斯总捕鱼量的 50%。主要捕捞对象为鳕类鱼、鲱类鱼、鲑鱼类（西伯利亚鲑鱼、大马哈鱼）、鳟类鱼、鲽鱼、海蟹、抹香鲸、海兽（海狗、海獭、海豹）、青鱼、比目鱼、鲔鱼、秋刀鱼、鲭鱼、鲽鱼、鲈鱼等。远洋捕鱼主要捕捞智利竹荚鱼、太平洋竹荚鱼、无须鳕、澳洲鳕等。俄罗斯远东海洋渔船队总部就设在邻近中国的滨海边疆区首府符拉迪沃斯托克。该地区在捕鲸和捕蟹方面也具有重要地位，主要捕捞海域在鄂霍茨克海、日本海、白令海和太平洋的东部，近年来远东的捕捞船还到印度洋和太平洋南部捕鱼。远东海岸有许多优良的港湾可供渔业利用，主要的渔港有符拉迪沃斯托克、苏维埃港、马加丹、南萨哈林斯克、科尔萨科夫、霍尔姆斯克、涅维尔斯克、亚历山德罗夫斯克等。较大的水产加工中心有堪察加—彼得罗巴甫洛夫斯克、堪察加—乌斯季、涅维尔斯克、霍姆斯克、柯尔萨克夫、南库里斯克、纳霍德卡、阿穆尔尼古拉耶夫斯克（庙街）和鄂霍斯克等。在堪察加—彼得罗巴甫洛夫斯克和阿穆尔尼古拉耶夫斯克有冷冻联合加工厂。

远东地区具有俄罗斯各经济区中最好的渔业原材料基础，其特点是捕捞的主要地区距港口和加工综合体近，拥有大量的海洋生物资源潜力，生物资源种类构成独一无二，发展鱼产品加工的条件良好，太平洋北部和远东地区所在的海域属于世界海洋中的一个高产区。远东所捕的蟹类和海参占俄罗斯的100%，鲑鱼类占99%，鲽鱼和藻类占90%，软体动物占60%，鲭鱼占40%以上。所有这些，都决定了远东水域在俄罗斯渔业中的重要地位。远东20海里的水域内有鱼类和海产品资源近3 000万吨，该地区渔业资源密度大、品种多，集中了太平洋大陆架近17%的生物资源储量。但渔船的建设和维修（价格、质量和期限）与国外（包括同中国）相比则缺少竞争力。十多年来，滨海的鱼类和海产品捕捞从1990年的183万吨减少到2002年的58万吨，水产品加工减少1/6。

（三）中俄渔业领域合作的可行性

远东地区渔业与国民经济其他部门一样经受了前所未有的严重危机，这是激进经济改革带来的必然结果。

1. 远东地区渔业存在的问题

（1）捕捞船和沿岸企业的基础设施快速老化导致生产费用高

捕捞船和基础设施损耗水平高于60%，超过服务正常期限的捕鱼船超过70%，平均每个船主有2～2.3只船，在现代条件下无法按照航海安全法的要求提供所需的资金进行修理和更新。

（2）当地捕鱼公司丧失了以前在世界海洋捕捞中的主要地位

目前远东渔民实际不在世界海洋的公海部分捕捞，80年代在专有的经济区不少于捕捞量的50%，而现在实际在整体上停止了作为重要捕鱼环节的新的海洋产品的勘测。

（3）缺乏竞争力

捕鱼船建设和维修体系越来越缺乏竞争力（价格＋质量＋期限），同国外生产相比（包括中国），实际上已不进行有关船只新的加工质量和损耗的方案研究。

（4）分配鱼类生物资源机制和方法失误

分配鱼类生物资源机制和方法失误导致远东的大多数企业只能作为日本和韩国渔业加工公司的承包人而工作，加大了对外国渔业加工的行业依赖。而缺少鱼类批发市场导致大量影子经济的出现。

2. 俄罗斯渔业开始复苏

要摆脱危机，有赖于俄罗斯经济状况的好转和理顺新体制下的各种关系，同时渔业部门本身也要继续深化改革，在国家的支持下，通过自身能力克服目前存在的困难。十多年来，俄罗斯的水产品工业已经被习惯性地看成国内经济板块中问题最多和最棘手的行业。但是从 2005 年年初开始，在政府的有效调节和相对利好的自然因素作用下，该行业已经显现出开始赢利的良好势头，2006年被看做是对于远东地区的渔业比较有利的年份。在经历了近几年的艰难摸索之后，俄罗斯的水产工业终于开始赢利，用俄媒体的话说，"终于可以成为国家财政的供血者了"。[27]若干年来权力混乱和行业内部无规章可循的状况终于得到改善，该地区各水产企业首次能够提早规划自己的工作计划，并且避免此前在发放捕捞许可上遭遇的困难。在稳定并且部分增加可捕捞区域的条件下，远东地区的水产品捕捞数量大幅增加，从 2005 年 3 月份开始行业指标就以 30% 的速度增长。统计结果显示，2005 年第一季度，水产工业 7 年来首次在同各经济行业的对比中增长速度拔得头筹，而其中成绩最优异的当属滨海边疆区，捕捞量的实际涨幅达到 37.7%。

3. 远东地区渔业发展的目标和措施

（1）发展目标

远东地区渔业的结构性改革要从主要捕捞一两个品种转变到综合捕捞。扩大捕捞品种有利于海洋生物资源的再生产，使渔业的长期发展有资源保障。从单纯的海洋捕捞转变到捕捞与人工养殖相结合。发展人工养殖可以增加产量，还可以减缓海洋资源状况变化对渔业生产的制约。改变渔船队的结构，使大、中、小型船只恰当搭配，捕捞、加工、运输船只合理配备，以使船只数量和船队结构适应海洋资源状况。发展陆地加工业，增加鱼和海产品深加工数量，改变单纯出售简单加工品或半成品的状况，并根据市场变化随时调整鱼类产品的生产结构。在地区经济中，使效率水平增长速度和国际竞争力达到主导地位，使捕捞量稳定、合理，提高质量，扩大国际渔业市场的份额。为此，到2010年相对于2002年要达到以下指标：生产量增长2.3～2.4倍，增加高水平加工鱼类产品1.6～1.8倍，从业人数增加40%～50%，在国内生产总值中，所占比例增加2.8～3倍。

（2）发展措施

国家利用价格调节来促进渔业复苏。许多国家都根据价格集中和放开的程度把鱼产品价格分为国家价格、合同价格和自由价格。这些国家的经验证明，只有把这几种价格合理匹配，才能使渔业部门有利可图，使居民以可接受的价格消费鱼产品。当然，这也需要国家拿出一定的补贴。由于未实行质量标准制度，远东的鱼产品只能以低于世界市场价格出口，据估算，仅1994年对日、韩出口俄方就损失了鱼产品总值的10%～15%，达1.5亿～2亿美元。建立独立的鱼产品质量标准制度，能增强产品的竞争力、提高出口价格。

俄政府认识到国家在恢复渔业中的重要作用，于1995年通过了《俄罗斯联邦2000年前渔业发展的联邦纲要》（简称《纲要》）。《纲要》规定渔业部门要在国家的支持下最大限度地利用自有资金和借贷的财政资金，稳定渔业生产，为渔业的长远发展创造客观条件，扩大居民对鱼和海产品的消费，增加鱼和海产品的品种。《纲要》指出，对渔业投资的70%将用于捕鱼船队以及辅助技术船队的更新上，对大型船只进行改造，重点补充中小型船只。就是说，用于沿岸地区和内陆水域作业的小型船队将得到较大发展。运输船队将发展中型冷藏船和有冷藏船的小型运输船，还要建造投资少、功能多，可在江河、湖泊、水库上作业的小型冷藏船。同时俄政府还批准了《1996～2005年远东和外贝加尔地区经济与社会发展联邦专项纲要》。该纲要的子纲要"渔业综合体部分"规划了发展该部门经济的目标和步骤，并提出了相应的措施。它把远东渔业发展规划为两个互相联系的阶段。1996～2000年为第一阶段，要集中全部力量为本部门走出低谷创造条件，并为2000年之后的稳定发展奠定坚实基础。2001～2005年为第二阶段，要使生产稳定增长，取决于第一阶段渔业经济综合体建立的生产结构发挥作用的程度及该阶段所建立的物质和科学技术基础。子纲要规定渔业综合体的主要任务是到 2000 年将鱼类和海产品捕捞量增加到 350 万吨，到 2005 年增加到 380 万吨。其具体措施是：①发展科研部门，大力发展其科学技术潜力；②以具有国际水平的捕捞工具和技术设备的船只更新捕捞船队；③用最新技术设备和最先进的加工技术对鱼产品加工企业进行装备改造，以保证生产出符合国内外市场，特别是亚太地区市场质量要求的产品；④通过从根本上改革产品结构，组织生产生物活性物质及药品，以扩大该部门的出口潜力；⑤建立具有社会效益和经济效益的新的就业岗位，以防失业现象，缓和该部门中的社会紧张状况；⑥保护水产资源，保证其再生产；⑦促进各种所有制形式的企业和组织的发展；⑧制订当前吸引私人、国家和外国投资发展渔业综合体的纲要并付诸实施。

（四）中国与俄罗斯远东海洋领域的合作方式及对策

水产捕捞及鱼类加工业，是俄远东地区的重要工业部门，其产值占全区工业总产值的 19.7%，但苦于劳动力资源匮乏，制约了其扩大发展的规模。2004 年 8 月在长春召开的东北亚地区产业与发展第 11 次国际学术会议上，俄罗斯科学院院士、俄远东问题研究所所长季塔连科认为，中俄间优先发展的领域首先是渔业综合体，在西伯利亚和远东地区天然水塘中养殖水生物资源。2006 年的《中俄联合声明》中也强调要扩大海产品加工合作，更合理地开发海洋生物资源。鉴于渔业在远东地区特殊的经济地位和意义，因此，应将该领域的合作放在主要地位加以考虑。今后的合作方式和主要对策如下。

1. 坚持互利互惠，建立与国外合作方的双赢合作关系

远洋地区渔业企业的外部环境，对远洋渔业企业的发展十分重要，远洋地区企业要与当地政府和社会建立起一种和谐的关系，要尽可能同所在国的企业建立一些生产和经营方面的合作，在互惠互利的基础上密切双方的关系。要经常同所在国的政府保持接触，争取更为宽松的入渔政策，改善外部环境。例如，俄罗斯政府为了鼓励水产业的发展，规定从海产养殖业获利起若干年内减少对其利润税的征收，对海产养殖业免征土地税及其他有关税种。因此，中方企业可以通过承包俄方渔场、渔船，增加鱼产品进口，减少税款支出的方式与俄方合作，达到双方互利共赢。

2. 加大与俄罗斯远东的水产品贸易

2000 年 7～8 月，大连正升食品有限公司与俄罗斯伊亚宁·科特渔业公司成功合作了鲱鱼项目，贸易额为 30 万美元。通过这次成功合作，使得俄罗斯这家公司对其在大连的水产业充满信心，特地将其在中国的办事处迁到大连来，并且又相继进行了鳕鱼、鳕蟹、鲽鱼、马哈鱼等多项贸易合作。通过贸易，加深了解并带动其他合作方式的发展。

3. 合资办厂，以投资带动劳务出口

国家给高投入的海洋渔业以财政补贴是一项国际惯例，为了弥补资金不足，日本、韩国、加拿大、美国、挪威、西班牙等国都有针对性地规定了国家的援助措施。例如，创造条件在零售贸易中获取补充利润、制定相应的税收和关税政策，建立直接向渔民的补贴和优惠贷款制度等。目前俄政府无力向渔业部门提供大量财政资金，只能靠建立有效的鼓励投资机制。例如，保障对那些订购捕捞和加工船的业主实行税收优惠，对完成这类订货的本国造船企业也实行此项优惠；对进口船舶的配套设备和材料免征进口税和增值税；对完成国家订购任务所获部分利润，免征利润税；改善投资环境，制定优惠政策，吸引外资等。针对这一状况，我东北地区应利用俄远东地区鱼类、蛙类资源丰富的特点，鼓励大型食品企业赴远东采取合资、合作或独资形式，兴办加工生产企业，进行渔业资源开发合作，合作养殖、加工鱼产品和罐头等。例如，在 2004 年 9 月 10 日远东招商项目中，斯通有限责任公司对渔业新产品加工厂进行设备更新和改造一期工程就需要资金 1 275 万元。抓住机遇，有选择地投资合作，是促进劳务输出的有效途径。

4. 租赁承包俄方渔场、渔船，合作捕鱼

俄政府为了鼓励水产业的发展，规定从海产养殖业获利起若干年内减少对其利润税的征收，对海产养殖业免征土地税及其他有关税种。因此，中国可以与俄罗斯进行渔业劳务合作，搞好渔业加工人员的输出，以劳务换鱼产品，增加鱼产品进口，减少税款支出，这是一项较好的合作对策。

5. 输出从事船舶维修的劳务

远东船队的技术状况是近一半的渔船有 16 年以上船龄（服务的折旧期限一般为 18～24 年），40% 以上的船只都超过其正常的服务期。损耗更为严重的是加工船，55% 的加工船超过了正常期限，占水产加工的 30% 和冷冻的近 85%，由于缺少所需的资金而不能更新。由于缺少现代设备和新工艺，其出口只限于供原料和半成品，导致价格急剧下降，许多企业只有 40%～50% 的生产能力，或被迫出租。滨海的一些水产行业利用外国劳动力从事船舶维修。一些公司如远东海洋食品股份公司、符拉迪沃斯托克渔业联合加工股份公司、СУПЕР 股份公司、ОСТ АРТ 公司和 ТУРНИФ 公司等都需要大量维修工人。

6. 在大连建立水产品加工培训基地

在东北地区的外派劳务中，有大量要派往日本、韩国等国的水产品加工工人，要进行出国前的水产品加工业务培训。对于远东地区存在的劳动力严重短缺问题，可以有针对性地培训水产捕捞和水产品加工人员，以适应业务的需要。

四、中俄能源合作[①]

能源合作是中俄战略合作伙伴关系和两国经贸合作的重要内容，是双方互利共赢的现实选择，具有市场互补性强等优势。油气是俄罗斯的战略资源与经济命脉，由能源产业创造的产值约占俄 GDP 的 50%，其中四分之三依靠石油和天然气出口。目前，中俄两国在开展能源合作方面取得了比较大的进展，尤其是双方油气企业进行了一些有益的接触和探索。在这一进程之中，俄罗斯油气领域的现状和潜力成为我们密切关注的重要方面。在了解俄罗斯拥有丰富能源的同时，充分认识其油气领域存在的问题，对于我们制订中俄能源合作战略乃至总体能源发展规划显得尤为重要。

（一）俄罗斯石油地位的新变化

油气是俄罗斯经济的主要部门，在国家预算收入和国际贸易收支平衡中起着特殊重要的作用，石油在很大程度上影响和决定着俄罗斯经济的发展。俄罗斯经济自 1999 年以来保持了连续 8 年的高速增长，其根源既在于稳定的政治局势及持续攀升的国际能源价格。与此同时，俄罗斯的石油地位也发生了一系列

---

① 本节 2008 年 11 月发表于《俄罗斯中亚东欧市场》，原文名称为《俄罗斯石油地位的新变化与中俄石油贸易走势》

新的变化。

1. 俄罗斯石油地位的新特点

（1）石油收入在国家预算中的比重开始下降

2007 年，俄罗斯国内生产总值的增长率为 7.8%。不可否认，国内生产总值的不断提高，在很大程度上得益于全球能源价格的不断高涨。但从图 3-1 国际油价的波动中不难看出，1997 年俄罗斯经济危机发生时，国际石油价格是接近于多年平均水平的，1999 年俄经济在危机后开始复苏，在经历了五年发展后的 2004 年，国际石油价格只接近于 70～80 年代初的水平。由此得出的结论是，俄罗斯经济的增长不只是靠能源的拉动。

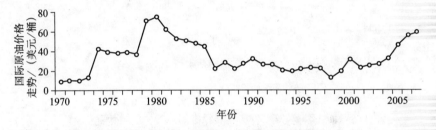

图 3-1　1970～2007 年国际原油价格走势

资料来源：IMF International financial Statistics；WT RG Economics

俄罗斯自 2000 年开始进行经济结构改革，通过税收和预算的法制化等手段，形成了保证经济增长的法律基础。如表 3-2 所示，近年来俄罗斯制造业的生产增长明显高于开采行业。但要指出的是，这种增长主要是数量扩张。服务业虽高速增长，但主要是以经贸为主的传统服务业，技术含量不高，因而未成为主要的经济增长点，这在很大程度上影响了俄罗斯的经济性质。从 2007 年俄罗斯经济发展可以看出，制造业（图 3-2）与开采工业相比呈绝对增长趋势（表 3-3）。工业生产为 6.3%，比 2006 年增长 2.4%。其中，加工业的规模扩大 9.3%，同比增长 1.9%。通过国内生产总值中结构种类、开采业与加工业的对比，可以看出，2002～2007 年对于经济结构和性质具有根本影响的是工业、建筑业和贸易的迅速发展。自 2007 年起，俄罗斯工业部门中增长最快的不是石油天然气，而是机器和电力设备，近 8 年来年均增长速度为 11%～15%。

表 3-2　2002～2007 年俄罗斯 GDP 中加工生产与开采工业的比重

（单位:%）

部门	2002 年	2003 年	2004 年	2005 年	2006 年	2007 年
开采业	6.0	5.9	8.4	9.6	9.5	9.0
加工业	15.6	14.9	15.8	16.3	15.6	16.4

注：加工业即正文中的制造业，此处为中俄两种不同的表述方式。中国表述为制造业，俄罗斯表述为加工业

资料来源：俄罗斯联邦国家统计局统计资料

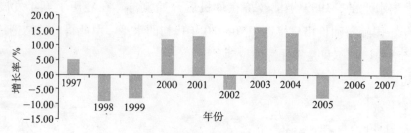

图 3-2　制造业在俄罗斯出口中的增长率

资料来源：俄罗斯联邦国家统计局统计资料

表 3-3　2002～2007 年各经济部门的生产增长率　　（单位:%）

部门	2000 年	2001 年	2002 年	2003 年	2004 年	2005 年	2006 年	2007 年
工业	108.7	102.9	103.1	108.9	108.3	104	103.9	106.3
矿产开采	106.4	106	106.8	108.7	106.8	101.3	102.3	101.9
能源矿产开采	104.9	106.1	107.3	110.3	107.7	101.8	102.5	101.9
加工业	110.9	102.0	101.1	110.3	110.5	105.7	104.4	109.3

注：加工业即正文中的制造业，此处为中俄两种不同的表述方式。中国表述为制造业，俄罗斯表述为加工业

资料来源：俄罗斯联邦国家统计局统计资料

　　经济结构不平衡被视为俄罗斯经济稳定增长的最大威胁。2002～2006 年，俄罗斯原料工业对国内生产总值的贡献率从 6% 增加到 9.5%，而同期制造业则在 15%～16% 之间徘徊。自 2005 年起，制造业的增长超过了开采业，但要说这意味着经济结构的稳定发展还为时过早。加工业（在俄罗斯为非传统出口业）在出口中所占比重下降到 6.8%，40% 的预算收入仍来源于传统产品的出口，从而使国家预算风险增高。之所以这样说，其原因是：首先，能源比其他产品价格波动大，原料价格的变化会使国家预算收入大幅度波动，如果不采取措施加以控制，未来经济长期依赖于原料收入，就会增加预算政策不平衡的风险。在出口国高价格时期，会使本国汇率大幅上升，降低民族产业在

国际市场的竞争力，增加非工业经济的风险；而原料出口国经济的脆弱性会增加国家的风险，降低对外资的吸引力。其次，对原料的依赖不利于提高经济部门的技术含量。原料生产部门所采用的技术相对简单，不利于提高制造业的高附加值，从而限制了整个经济规模劳动生产率的提高。最后，在一些原料出口依赖国中，国家的成本增大。矿产的开采会通过国家预算进行重新分配，而由于原料出口商不合理使用其出口资金，最终使其发展落后于原料资源稀缺国。因此，如何增强竞争优势，在经济结构中减少对燃料能源出口的依赖，成为俄罗斯面临的战略问题，也是 2020 年前其社会经济发展的长期核心问题。[28]

为了解决上述问题，俄联邦在预算中对石油和天然气收入的作用进行了调整。2007 年预算政策方面最大的事件是 4 月 26 日修改的预算法案。其中改变了许多与能源相关的条款，并把国家预算分为总预算和油气预算两部分。从 2008 年起，在《俄联邦稳定的资金》一款中加入了"利用联邦油气收入"一项。属于油气收入的有：开采煤炭矿藏的税收，油气及制品的出口关税等。从表 3-4 可以看出，自 2008 年起，石油收入在联邦预算中呈逐渐减少的趋势，证明预算对经济中原料的依赖程度在减少。同时我们也应该看到，尽管俄罗斯油气所占联邦预算的比重有所减少，但仍处于较高水平。

表 3-4 2008～2020 年俄罗斯国内生产总值的能源指标预测 （单位:%）

联邦预算收入	2008 年	2009 年	2010 年	2015 年	2020 年
石油收入	21.73	21.61	18.24	16.30	15.15
非石油收入	8.86	8.76	12.21	11.75	11.44

资料来源：俄罗斯联邦能源部初步预测

（2）石油生产的增长呈下降趋势

根据俄罗斯工业和能源部的统计，2006 年俄罗斯生产石油 4.81 亿吨，居世界第一位。2007 年，油气经济发展仍保持增长势头，原油产量达到 4.91 亿吨，比上年增长 2.1%（表 3-5、表 3-6）。增长的原因是出口量的增加，修建了波罗的海管道系统和更广泛地运用铁路运输，内需的增加以及开采加工能力的提高等，但增长的幅度开始下降。2003 年原油产量增幅达到 11.1% 之后，增势开始减缓，2002～2004 年，每年增幅为 8.9%～11%，2005～2007 年实际增长速度均不超过 3%，而 2007 年则只增加了 2.1%。

表 3-5　2000～2007 年俄罗斯石油生产及出口　（单位：百万吨）

	2000 年	2001 年	2002 年	2003 年	2004 年	2005 年	2006 年	2007 年
生产	323.2	348.1	379.6	421.4	458.8	470.0	480.5	491.3
出口	144.5	159.7	187.5	223.5	257.4	252.5	248.4	259.1

资料来源：俄罗斯联邦国家统计局统计资料

表 3-6　俄罗斯石油出口增长率　（单位：%）

2002 年	2003 年	2004 年	2005 年	2006 年	2007 年
113.9	117.8	115.0	98.4	98.0	104.3

资料来源：俄罗斯联邦国家统计局统计资料

近年来，尽管俄罗斯的原油生产与出口为政府和石油公司带来了丰厚的收入，但俄罗斯油气开采业的经济效益却在世界石油价格不断上涨的背景下下滑，各大石油公司的财务和经济指标并不尽如人意。其原因除了不合理的税收体制外，还有企业的运营和维修费用越来越高，原有的大型油田开始减产，新油田所处的恶劣地理和气候条件使开采费用大幅上涨等。所有这些因素都导致俄罗斯油气开采步伐放缓，新开采能力明显下降。2007 年为 27 000 个生产井数，比 2006 年减少 21%，达到近年来（除 2005 年受尤科斯和西伯利亚石油公司影响）最低。2007 年石油部门投资的减少是在没有任何重大事件和国际石油价格上涨的情况下出现的，主要原因有两方面：一是开采条件和现有税收政策的不利。新的开采地大多地质条件差，生产和交通条件要求更多的开采资金，而现有的税收体系不能保证降低新开采地的运费，支持新项目的投资。二是国家在能源方面的扩张和对私有资本的担心，明显降低了对私有石油公司长期投资的鼓励。因此，尽管有良好的国际油价条件，但石油开采量却是近年来最低的，对于 2005～2007 年石油生产影响最大的是燃料能源资源开采速度的下降，从 2003 年的 107.5% 下降到 2006 年的 102.5%。2007 年 1～11 月同上年同期相比，原油出口增长 4.3%，成品油增长 8.0%，而重油、柴油和汽油的进口规模增大，进口的汽油几乎是上年的 2 倍，原油只相当于上年的 0.04%。而出口的石油和石油制品占生产的 74.8%，其中出口石油为生产的 52.2%。

（3）石油及其制品的出口增长趋缓

俄罗斯作为继沙特阿拉伯之后的第二大石油出口国，2007 年出口的各类燃料能源产品中，原油 2.59 亿吨，占 34.4%，比 2006 年增加了 4.2%，石油出口量约占世界石油贸易量的 12%（图 3-3、表 3-7、表 3-8）。

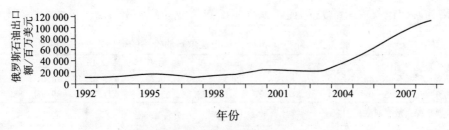

图 3-3　1992～2007 年俄罗斯石油出口额

资料来源：俄罗斯联邦国家统计局统计资料

表 3-7　2007 年俄罗斯出口商品结构 （单位：%）

能源产品	金属及其制品	机器、设备及交通工具	化工产品	粮食及农产品	其他商品
63	14	6	6	3	4

资料来源：俄罗斯联邦国家统计局统计资料

表 3-8　俄罗斯石油出口占石油生产的比重 （单位：%）

2000 年	2001 年	2002 年	2003 年	2004 年	2005 年	2006 年	2007 年
44.8	46.5	49.7	53.1	56.1	54.0	57.0	52.8

资料来源：俄罗斯联邦国家统计局统计资料

国际市场的高油价和对俄罗斯机器设备的需求，对于俄罗斯经济产生了 17 年来最为有利的影响，使石油出口额和出口速度不断增加，2004 年增加了 34.8%，2005 年增加了 33.1%，2006 年增加了 24.7%，2007 年增加了 16.9%。占第一位的出口产品仍是能源，占出口总量的 62%（2006 年为 65.4%，减少的主要原因是由于天然气量减少），2007 年为 2006 年的 94.2%。与 2006 年相比，石油及其制品的出口增长速度放慢，2007 年仅增长 4.2%。在出口商品结构中，机器产品的出口缓慢增加，比上年增加 13.1%。数据表明，俄罗斯石油工业出口绝对规模的扩大，在很大程度上同市场经济转型期国内需求的大幅减少有关。

2. 俄罗斯主动影响国际能源价格

俄罗斯 2002 年首次超过沙特阿拉伯，成为世界第一大能源出口国，其对全球能源安全具有举足轻重的作用。仅石油和天然气行业就占 GDP 的 1/4，国际能源价格的涨跌均会直接影响俄罗斯经济。据美国能源部估算，国际油价每桶每变化 1 美元，俄外贸收入就会变化 14 亿美元。2007 年的石油国际价格达到了历史最高，如表 3-9 所示，北海布伦特石油达到 92.6 美元/桶，乌拉尔石油达到近 90.0 美元/桶，尽管导致国际油价上升的原因很多，但同俄罗斯对国际石油价格的影响也有一定的关系。

表 3-9　2007 年布伦特和乌拉尔石油价格的变化（单位：美元/桶）

	1 月	2 月	3 月	4 月	5 月	6 月	7 月	8 月	9 月	10 月	11 月	12 月
布伦特	53.68	57.43	62.15	67.51	67.23	71.54	77.01	70.73	76.87	82.50	92.61	90.97
乌拉尔	50.00	54.06	58.84	63.81	64.02	67.66	73.88	69.04	73.65	79.47	89.98	88.28

资料来源：俄罗斯联邦国家统计局统计资料

　　油价的高低主要取决于石油生产和消费所发生的结构性变化。需求的持续增长，石油供应国生产扩张能力的不足，大部分产油国油田开采率的自然下降，油气资源开发难度加大，投资成本增高，欧佩克国家剩余产能接近极限，地缘政治风险的加大，都促进了国际油价的升高。随着近年来石油市场的大幅变化，俄罗斯在这一进程中发挥着越来越重要的作用。首先，俄罗斯拥有丰富的石油资源，天然气稳居世界第一位，2005 年石油开采量占世界的 6.2%，居世界第七位。如果没有俄罗斯的出口，国际油价会更高（表 3-10、表 3-11）。同时，由于俄国内石油生产的近 75% 以原油或成品油形式出口，一方面使国际石油价格水平成为决定俄罗斯石油工业收入和财政状况的主要因素；另一方面，俄罗斯也把油气看做是国家复兴的物质保障，在欧佩克国家石油产量接近饱和的今天，通过调控本国油气产量、出口流向和出口价格等措施，实施更加强硬的油气政策，逐步加大对国际油气市场的影响力，把限产保价作为其今后一段时间的对外能源合作方针。

表 3-10　2000～2007 年国际石油价格　　（单位：美元/桶）

	2000 年	2001 年	2002 年	2003 年	2004 年	2005 年	2006 年	2007 年
布伦特石油价格	28.5	24.44	25.02	28.83	38.21	54.38	65.16	72.52
乌拉尔石油价格	26.63	22.97	23.73	27.04	34.45	50.75	61.24	69.39
欧佩克石油价格	27.60	23.12	24.34	28.13	36.05	50.64	61.08	69.10

资料来源：OECD International Energy Agent，OPEC

表 3-11　1997～2007 年俄罗斯石油出口价格　　（单位：美元/吨）

1997 年	1998 年	1999 年	2000 年	2001 年	2002 年	2003 年	2004 年	2005 年	2006 年	2007 年
118.5	74.4	110.9	179.9	156.4	162.4	181.2	231.9	344.3	429.8	485.4

资料来源：俄罗斯联邦国家统计局统计资料

（二）中俄能源合作走势分析

　　近年来，重化工业发展和城市化进程加快，导致中国石油需求和进口量持续上升。中国作为第二大石油消费国和进口国，2007 年石油净进口量达到 1.835

亿吨，同比增长 14.8%，石油进口依存度达 49.85%。随着 GDP 的高幅增长，油品需求仍将保持旺盛增长态势。2010 年，国内石油消费量已达 4.25 亿吨，石油对外依存度达到 53.8%。预计到 2020 年，国内石油消费量和石油对外依存度将达到 5.72 亿吨和 66%。

1. 中俄石油贸易仍将持续增长

2007 年中国自俄进口石油 1 453 万吨（同比下降 9%），俄罗斯成为中国继沙特、安哥拉和伊朗后的第四大石油进口国，并成为中国能源进口多元化的重要方向之一。

中俄两国战略协作伙伴关系的确定，为两国石油贸易的发展提供了政治保障。俄罗斯政府为巩固其在亚太市场的地位，实施能源出口多元化战略，把对东方的能源出口作为一个战略方向，使亚洲市场的份额正在逐步扩大，而中国是其主要的增长市场。中国经济的迅速发展和由此带来的对油气长期稳定供应的需求，为俄罗斯大幅度增加向这一地区市场出口创造了极其良好的条件。俄罗斯借油气资源开发拉动远东地区经济发展的意图，也是促成双方在油气领域合作拓展的关键因素。当前实施的管道计划，特别是建设东西伯利亚—太平洋石油管道的中国支线，对于扩大俄罗斯石油出口的国际市场创造了必要的交通条件。

尽管近年来俄罗斯对华原油出口量大幅增加，但从俄罗斯的角度来看，由于石油产量巨大，对中国的石油出口量只占 5% 左右，所以，是否增加对中国的出口只是俄罗斯政治经济战略取向和国家利益最大化的问题。根据俄罗斯科学院西伯利亚分院的预测，中俄石油贸易 2010 年达 4 400 万吨（其中 2 000 万吨从西西伯利亚、东西伯利亚和萨哈共和国出口），2020 年将达近 13 500 万吨，2030 年将达 14 000 万吨。预计随着开采技术的进步和东西伯利亚油气产地的开发，到 2030 年，俄罗斯石油开采量可能会达到 6 亿吨，东西伯利亚和远东地区会成为中国和亚太各国的石油主要来源地。由此可见，尽管 2002～2006 年两国石油贸易呈跳跃式增长（图 3-4），而 2007 年则比上年有所下降，但其发展趋势仍会是持续增长。

2. 中俄石油贸易近期难有较大突破

中俄石油贸易前景比较广阔，但现实却存在一系列难以克服的问题。首先，俄罗斯未来的石油主要市场仍是占其出口总量 93% 的欧洲，西欧和东欧对石油

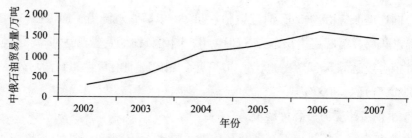

图 3-4　2002～2007 年中俄石油贸易量

资料来源：中国海关总署资料

需求增长和北海石油产量的下降，扩大了俄罗斯向欧洲国家出口的可能。其次，国际原油价格持续走高，俄罗斯对于供应给中国的石油价格产生了新的诉求。俄石油公司对目前向中国出口石油的价格表示不满，认为能够以更高的价格向西方出口，这也是导致 2007 年两国石油贸易下降的主要原因。再次，油源不足。多年来，东西伯利亚及远东地区油气资源丰富只是推测，由于其地质条件复杂，储量前景不明，同时，开发新油田需要巨额投资，但是俄国内投资能力不足，缺乏稳定的投资法与政策保障，也限制了国外投资，后备油气田的开发严重滞后，俄罗斯石油出口将受到扩大生产和开采客观条件的限制。最后，预测中国的需求不足。据俄专家预测，美国 GDP 每下降 1%，就会导致中国出口下降 4%，影响中国 GDP 的 0.5%，从而使中国减少对能源的需求。

3. 2030 年将成为中俄石油贸易的转折期

据俄罗斯能源专家的预测，到 2030 年前后，随着石油这种不可再生资源的开发利用，俄罗斯必将考虑本国对能源的需求而减少对石油的出口。而高油价以及对环境保护的需求，迫使人类去开发和使用更多的新能源，以替代石油的战略地位。对于中国、印度等能源消耗量大的发展中国家，大力发展新能源及可再生能源已成为国家主要产业政策。在产业政策推动和能源替代的大背景下，会出现能源合作由以石油贸易为主向能源技术合作为主合作方式的转变。因此，应制定中俄长期能源合作战略，从而实现能源合作中的双赢。

（三）普京的俄罗斯石油战略[①]

随着世界各国经济的迅速发展和对能源依赖程度的与日俱增，俄罗斯已成

---

① 本小节 2006 年 10 月发表于《东北亚论坛》，原文名称为《普京的俄罗斯石油战略及我国的对策》，略有改动

为影响石油市场价格甚至世界经济走向的一个重要能源大国。俄中两国不仅在能源供求上具有很好的互补性，而且具有得天独厚的地缘经济优势和政治基础。然而，在多变的国际形势及地缘政治格局的背景下，这一互补性并未充分转化为现实的可行性。只有认真研究俄罗斯的石油战略，从动态中把握其变化规律，才能充分挖掘中俄能源合作的潜力，使俄中能源合作迈出实质性的步伐。

1. 普京的石油战略

石油是国家发展和安全的物质基础。石油安全不是单纯的能源问题，也不仅仅是一个国家保障供应的经济问题，而是涉及国家安全、国家利益和对外战略等多方面的国家战略问题，是关乎国际能源供求和地缘政治的国际能源战略问题。

普京认为，石油作为国家的主要资源，对恢复俄罗斯的国内经济和国际地位具有极其重要的意义。"俄罗斯的自然资源不仅要保证国家的经济发展，也要服务于保证国家稳固的国际地位。"他不相信"全球化的市场力量能使俄罗斯从共产主义体制向欧式的现代经济和政治体制转型中获得所必需的良好经济和社会条件"，相反，他认为，经济全球化进程中把大多数资本转移到少数人手中的做法会给俄罗斯带来更大的困难。他在圣彼得堡国家矿业学院的学位论文《市场关系形成条件下矿产原料基地区域再生产战略规划》中，对这一问题进行了大量思考，并以此为基础形成了俄罗斯自然资源包括石油方面的战略。

（1）确定了石油加工工业在国家的优先地位

普京认为，"俄罗斯矿产原料综合体在国家生活活动的各个领域都起着重要作用。发达的原料领域能以其产品的出口创汇增加国家财政预算收入。"他强调，俄罗斯不能成为单纯的原料出口国，俄罗斯的经济不应简单依赖于原材料的出口，因为"发展国家的加工工业，是在相对短的时间内提高大多数人生活水平和将俄罗斯变成主要经济强国的重要后备力量。"要改变不合理的产业结构，从而解决过分依赖能源和原材料出口"有增长而无发展"的经济增长方式。

（2）支持国家控制下的自然资源领域的外资吸引

普京广泛地研究了原料综合体在国家总产品中的重要贡献和作为城市及地区就业主要来源的作用，指出，尽管俄罗斯自然资源储备丰富，但在较短时间内国家预算缺少能够投入到私人加工工业中的大量补充财政资金，因此，普京致力于发展俄罗斯同外国的能源合作，认为为了达到确定的目标，必须大力吸引西方公司向俄罗斯能源投资，他支持外国投资者到俄罗斯的开采领域，但他认为在这方面应完全由俄罗斯控制，"不能因为吸引外资投资而影响俄罗斯国家对石油和天然气资源的控制。"

（3）加强国家对资源开采领域的管理

普京认为，"自然资源，特别是矿产，不管它的所有权属于谁，国家都有权管理它的开采利用过程。为了协调整个社会和个人所有者的利益矛盾，需要国家权力机关的帮助。"普京详细地论述了国家在管理和调控自然资源方面的九个具体任务，包括：完善国家运用行政和经济（即市场）相结合的方法利用自然资源；形成国家在利用自然资源方面有效管理的体系机构，明确其经营活动的协调范围；为鼓励资源利用领域的投资过程而提供法律依据；扩大用于保护自然资源的资金来源；发展国家管理自然资源的进出口业务；为联邦机构和联邦主体在自然资源利用方面提供法律基础等。普京认为，以前实施的把战略资源的控制权交给个人手中的做法是一个严重的错误，应该改正，但是不一定要通过重新国有化的途径。他把自己作为私有财产的保护者，他的意思是不取消个人财产，而是要对其进行更有效的管理。"现代合理地利用资源战略不能绝对以市场为基础，这种情况只适合于经济发展的转型时期。"他认为，国家管理的体制应该为私人投资者提供法律和财政信贷的支持以及紧急状态及自然灾害时的保险，但主要的是国家应提供支持资源领域发展的体制和信息。为了保证国家的管理，应该制订用于管理俄罗斯资源，保证经济安全的国家计划。他认为，有许多种方法可以达到这一目的，包括国家调节、国家部分参股、国家对自然资源运输的监督等。总之，不管采用哪种方法，"俄罗斯国家对能源的控制权不能成为交易的对象。"

（4）健全法律法规，实行许可证制度

普京强调，应该明确划分国家和其他所有制形式对自然资源的管理范围，首先允许国家对于破坏法律的人采取更有效的行政和法律手段。健全管理自然资源的法律基础，建立开采许可证制度。普京强调政府应增加开采资源方面的许可证清单，并利用这一收入建立自然资源保护基金。

（5）对原料资源领域进行机构改革，组建国家参与的工业财团

成立包括各种经济成分（对俄罗斯最适合的是混合所有制形式，即部分国家部分私人参股）的能在"同西方跨国公司平等竞争中成长的"大财政-工业公

司，这些财团应该成为国家矿业原料和产品的稳定来源，提高利用矿原料的有效性，保证继续发展原料基地，支持和扩大国家的出口潜力，发展矿产原料的加工工业，特别是改造加工工业和制成品出口结构的任务，其活动应在国家确定的一定的框架内进行，以促进俄罗斯的公司同西方跨国公司的平等竞争。为了使这些公司有足够的竞争力，国家应采用市场机制对其行为加以调控。

普京承认市场机制的重要性和国家对私有财产的保护，但他同时表示个人的利益不应高于国家的利益，因为国家是以俄罗斯人民的名义进行监督，人民的集体利益要比个人重要。普京深知，俄罗斯石油和天然气资源是国家经济重新投资的原始来源和国际关系中的有效动力，他不想出让这一获利的部门和潜在的权力控制工具。

2. 普京石油战略的实践

普京在石油方面的战略构想，体现在他两任总统期间的一系列实践活动中。

（1）调整总统班子

在第一任总统期间，通过"尤科斯事件"加强对俄罗斯石油工业的管理。普京把巩固俄罗斯国家政权作为自己总统任期的优先任务。上任伊始，普京就对叶利钦执政时国家混乱的体制，特别是独立党的很多大业主和大商人等寡头不依赖于中央权力的做法表现出不满。当时，寡头们常常联合起来，影响和决定着俄罗斯的政治生活。1996年他们通过"交换股票"支付工资和退休金而挽救了叶利钦，使叶利钦保住了总统的位置。在2000年选举临近时，这些富翁联合起来，大大降低了共产党的影响，提高了国家的经济力量。普京当选总统后，寡头们力争和他建立像和叶利钦一样的关系。他们错误地认为在叶利钦时代他们能左右总统的政策，在新总统时期也能保持，但普京并不屈服。他和他们保持距离，并逐步改变了总统班子，把90年代在圣彼得堡的同党安排进来，以限制寡头对总统权力的接近。

许多主要利益集中在石油方面的寡头越来越富，像尤科斯和秋明石油公司，最高领导人的资产有数十亿美元。这些寡头们对自己的财富并不满足，而是希望自身的利益最大化，希望俄罗斯国家的发展方向能最大地促进他们的经济利益，因此，他们试图把政治和经济结合起来，使政治为其经济利益服务。他们为介入政治，参与到国家杜马和地方的权力机构中。在总统同他们的意见不一致时，他们就通过对各自由党派提供大量的财政支持来反对总统。这些人的活动有时是个人性质的，有时是集体的。为了同地方权力相结合，一些寡头甚至自己或让本公司的人担任当地的领导。如西伯利亚石油公司的董事长阿布拉莫维奇就担任楚科奇自治区区长，在任的几年间，他的个人收入成为这个接近北极、人口稀少的远东地区的主要财政来源。尤科斯、秋明石油公司和诺利尔镍业的最高领导人霍多尔科夫斯基、弗里德马和波塔宁也为了保护和实现自己的利益而致力于从政。

尤科斯与普京之间的斗争是俄罗斯石油领域未来发展的标志性事件。在关于外国投资问题上，普京和尤科斯的霍多尔科夫斯基等产生了分歧。分歧的焦点在于，俄罗斯石油加工工业的外国投资，应该同谁合作，同国家还是同石油公司。普京对西方到俄石油领域的投资持欢迎态度，他积极鼓励外国公司投资于工艺复杂的石油产品，也不反对向俄罗斯石油公司的投资。1999 年末普京就表示过他对与美国在能源方面的紧密合作感兴趣，也曾向西方有投资能力的公司介绍过俄罗斯的石油和天然气部门。2003 年普京鼓励秋明石油公司同英国石油公司联合，并希望其第二届总统任期内西方向俄罗斯的投资具有更广阔的前景。而霍氏在一些公开场合声称，他想利用自己所拥有的影响搞对立，限制总统的权力，把国家推向国会民主方向，不是由总统，而是由国会任命政府的首脑。寡头们相信，由他们提供财政支持下的国会会服务于他们的利益。普京则认为国会民主是俄罗斯发展的绝对错误的道路。2004 年 3 月 14 日，普京在第一轮选举中以 71% 的选票连任总统后，他将一些"自己人"换到重要领导岗位上，在第一任期中他完全明确了致力于发展俄罗斯的国家性，扩大总统全权。实际上逮捕霍氏是普京在能源战略方面的一个重要进程。普京在霍氏身上看到了两个问题：一是霍氏的政治抱负，二是尤科斯日益增强的国际化。简单地说，在普京的想法中是不允许像霍氏这样的人利用自己的地位谋取政治权力的。当霍氏表示他想成为杜马的候选人时，普京给了他三个选择：讲和、驱逐出境或被捕。普京是不会讲和的，他很清楚，如果他能赢得 2003 年的议会选举，霍氏出于气愤会利用个人的地位在普京的第二任期内达到自己的目标。而霍氏也是不认输的人，他宁可坐牢也不出境。虽然在逮捕前的几个月克里姆林宫发出明显的信号，对他来说明智的选择是"永远出国"，但霍氏对这个方案并不认可。

很明显，普京是想改变尤科斯政策的一些方面，以恢复国家对公司资产的控制，防止在他看来尤科斯的做法会对俄罗斯的国家利益所造成的威胁。普京不希望尤科斯操纵俄罗斯石油开采领域的优先权，而尤科斯如果能将自己的股票出让给谢夫隆德士古（Chevron Texaco）和埃克森美孚（Exxon Mobil），就会增大同西方的合作，那时将是尤科斯而不是俄罗斯政府去选择东西伯利亚石油管线的路线（尤科斯选择的是将管线从产地铺设到中国的大庆，而政府同意的是经纳霍特卡到日本）。那样的话，俄罗斯政府就会失去许多关系到国家石油和天然气开采方面的关键性话语权，从而将自己的特权让位给西方的石油公司。

（2）在第二任总统期间进行调整

整体上更换政府和负责石油及天然气集团的人员，重新核发许可证，提高石油出口税，组建天然气工业公司。普京提到了自己第二阶段的优先方向，是要全面形成统一标准的体系和法律保证，基本完善税收体系。他认为，国家在自然资源利用方面的管理应该是最有效的。在这一过程中，必须明确中央和各联邦主体之间的自然资源权力划分，使中央权力得到确认。普京在2004年9月提出的收回总统任命州长权力的建议，完全符合他第二阶段恢复国家控制自然资源开采目的的战略。

普京连任总统后，加速了符合自己能源构想方面的改革。在上任后的前几个星期内，他整体上更换政府和负责石油和天然气集团的人员，输入了新鲜血液，将石油开采工业的人员安排到政府和总统权力机构中。前副总理赫里斯坚柯被任命为工业和能源部长，前俄罗斯石油公司副总裁谢尔盖·奥卡涅西扬被任命为联邦能源通信代理处主任。普京于2000年和2003年9月出台了两个有关国有资源政策的文件，分别为《2010年前俄罗斯能源战略》和《2020年前俄罗斯能源战略》。这两个战略不仅研究了石油和天然气，而且还研究了煤炭和水能方面的问题，其中最重要的是2003年1月1日制定的新的税收体系。2004年8月，俄罗斯根据市场因素提高了石油出口税。财政部长库德林指出，税收的增加给俄罗斯国库带来的补充纯收入为每天1 000万美元（石油以每桶30美元计算）。石油和天然气出口税的提高，增加了国家的财政收入，刺激了同自然资源非相关领域经济的发展。而改变发放许可证的程序，则导致了对各公司收入潜力的重新评价。

如果说第一任期普京开始改革能源公司的话，那么第二期获选后他则是试图建立国家所有制的能源公司。普京的第二任期当选后，即开始加强组建在石油天然气方面国家控制的财政-工业公司。普京是想实现在论文中描述的国家性的公司，使其成为国家财政的支柱。普京着手的第一个公司是天然气工业公司，在改革这一公司方面，他显示了很高的能力，先是迫使苏联时期领导石油和天然气的官僚离职，再让"自己人"来担任该公司的领导。2004 年 9 月，天然气工业公司董事会宣布准备将自己的资产同俄罗斯石油公司联合，重组后，天然气工业公司的大量股权由政府控制。石油公司作为国家利益体现者的作用，为普京管理私有石油公司提供了顺从而有效的动力。

3. 对普京的石油战略评述

从以上普京发展和管理俄罗斯原料综合体的战略构想，分析近几年来普京涉及自然资源方面的一系列重要决定，可以更好地理解普京未来的优先发展方向。在开采自然资源的优先权方面，普京认为，在这一领域国家利益应高于个人或个体企业，普京绝不会把对外政策推向自由市场，他坚信，个人应该拥有财产，国家应为其提供法律保障，但个人的权力在这方面不是绝对优先的。同时，普京准备在国家对外政策中最大限度地发挥石油和天然气的作用。他会像以前一样致力于寻求同美国的能源伙伴关系和在石油、天然气方面同日本、中国以及西欧政府和公司的紧密合作，但这只有在他理顺了俄罗斯国内石油天然领域的关系以后才有可能实现。普京根本不想无界限地对外国在俄投资于石油和天然气工业的公司像西方观察家所想象的那样"打开大门"。反之，他想重新组织这一部门以加大俄罗斯的国家力量。只有在完成了重新组织和确定在这一战略中国家保护民族利益的重要方向后，西方国家才能被请入俄罗斯的地盘。

尽管当时在俄罗斯总统的权力属于普京个人，这一权力呈现越来越强大之势，但它并不是万能的。普京个人和他的石油战略构想也不是唯一能决定俄罗斯资源开发战略的因素，未来俄罗斯能源方面的关系将在许多方面依赖于外国同俄罗斯的友好关系和在普京第二任期内形成的同盟。

梅德韦杰夫接任总统职位后，在一定程度上延续了普京的能源政策并加以延伸，在降低欧洲作为俄罗斯能源消费者的专属性的同时，他希望中俄双方能够在能源深加工领域加强合作。

（四）中俄能源合作应采取的对策

能源合作是中俄经济利益融合的重要领域。俄罗斯政府认为能源问题不只是单纯的经济问题，更决定着一国的国际地位，并涉及国家安全。中俄油气合作正在演变成一场政治、安全、外交等错综复杂的大博弈，这种合作涉及俄中央与地方、中央与石油寡头、石油寡头之间的利益之争。俄罗斯力图通过能源优势，实现其亚洲地缘政治安全战略，即推动以能源合作为主的经济合作，形成中、日等国对俄罗斯的能源依赖，实现地缘政治关系向地缘经济相互依存关系的转化。根据普京的一系列石油方面的战略，我们应采取以下对策。

1. 制订对双方都有利的方案，真正贯彻互利共赢的原则

能源合作是中俄战略协作伙伴关系的基石之一，是巩固中俄战略协作伙伴关系的基础。发展中俄能源合作，有利于中俄之间的经济合作，有利于西伯利亚和远东地区的开发和发展，这是建立在政治协调和经济互利基础上的双赢和共赢。应以互利为前提，以共赢为目标，使两国在能源合作中获得发展机遇。石油领域巨大的互补性决定了两国可以找到互利性合作的途径和方式，只有进一步拓展经济合作的深度和广度，才能为两国的战略协作伙伴关系从经济上提供强有力的支撑。

2. 选择俄罗斯国有企业

针对俄罗斯一再强调的国家对自然资源领域的管理和对外资的控制这一政策，以及俄罗斯国家对能源掌控力度的不断增强，在选择合作伙伴时，应尽量选择俄罗斯国有控股石油公司，这样可以避免由于国家对私人公司的干预而给中国造成损失。

3. 未来俄罗斯能源合作将主要依赖于国家之间形成怎样的关系

只有加强政府的参与，不断深化中俄睦邻友好关系，才能为石油合作提供可靠的国家背景。尽管中俄两国是战略协作伙伴，边界问题的彻底解决，又清除了两国关系中的一个隐患，使能源合作不存在政治障碍，但是领土和历史问题争端的阴影是不会在短时间内消除的，影响双方关系的消极因素仍然存在。因此，应针对目前在俄罗斯存在的关于"中国威胁"的论调，多做释疑工作，争取在政治、经济和文化上全面深化中俄战略协作伙伴关系。"中国威胁论"在俄罗斯石油领域的表现是俄罗斯政界有相当一部分人害怕中石油等大型中国国有企业的介入收购会对俄罗斯国家石油安全构成威胁。如 2006 年中国的"俄罗斯年"，对俄罗斯经济、政治、文化的各方面进行宣传，增进两国民众的相互了解，这是中俄关系持久发展的重要基础。

4. 组织力量，加强对俄罗斯的国情国策研究

应组织能源、国际关系及国际贸易等方面的专家和学者研究俄罗斯的国情及其能源战略，跟踪前沿，把握动态，针对在中俄能源合作领域中不可预测的变化，及时采取必要的措施应对突发事件，选择适当的合作方式，并尽量争取在不断变化的俄罗斯石油政策中做出准确的预测。

尽管中俄双方地缘相近，经济上优势互补，中国庞大而稳固的油气市场对俄罗斯来说是巨大的商机，两国石油合作完全有可能成为战略协作伙伴关系的坚实基础。中俄石油方面的问题并不只是简单的经济问题，尽管它并不必然影响两国政治关系的发展，也不能动摇两国关系的坚实基础，但要使中俄石油合作顺利和稳步发展，达到共赢互利的目的，还需要在各方面做长期和艰苦的努力。

五、区域案例：环渤海的油气资源约束及与俄罗斯的合作前景①

2010 年 9 月 21 日下午，中俄合资年产 1 300 万吨的炼油项目在天津破土动工。这一重大项目的启动标志着中俄能源合作迈上新台阶，中俄战略协作伙伴关系内涵得到进一步充实，推动了产业链的进一步完善，表明了两国能源合作的不断深化、合作质量的提高，以及合作水平的不断提升，象征着两国能源合作迈上了新台阶。

我国环渤海地区石油、天然气等能源资源的储量和产量都居于全国前列，但由于人口密度大，城市产业集聚度高，地区整体产业结构重型化程度的加强等，给能源的开发和利用都带来了较大压力。随着经济的快速发展，对能源的需求也在快速增加，油气资源将成为环渤海地区经济进一步发展的重要制约因素。实施国际化战略，建立海外油气生产基地和供应渠道，是弥补油气供需的有效途径。俄罗斯拥有丰富的天然气和石油资源，我国环渤海地区具有与其合

---

① 本节 2007 年 8 月发表于《东北亚论坛》，原文名称为《环渤海的油气资源约束及与俄罗斯的合作前景》，略有改动

作的有利条件。加强与俄罗斯的能源合作，是环渤海地区面向东北亚开放的战略选择。

（一）环渤海地区的油气资源分布及开发现状

环渤海地区自然资源非常丰富，石油和天然气等能源资源在中国沿海地区是得天独厚的，分布十分密集，其中，石油储量非常丰富。从辽河平原一直到华北平原，是一个断陷地带，这个地带内已经查明是石油蕴藏的富集地区，是全国主要能源资源集中地带。作为一个中、新生代沉降盆地，渤海埋藏着丰富的油气资源，现已探明渤海湾石油储量达 6 亿多吨。现有的华北、胜利、大港、中原四个环渤海油田，原油产量占全国 43.1%，总产量仅次于大庆，居全国第二位，2004 年石油探明储量为 64 984 万吨，占全国石油总储量的 26.1%，天然气 1308 亿立方米，占全国石油总储量的 5.2%。由于渤海水浅浪小，气象条件较好，加上沿岸地区经济技术条件优越，对开发海洋石油资源极为有利。除沿海的四大油田外，渤海海域中沉积盆地面积有 5.1×10^4 公顷，新生界油层体为 2.4×10^4 公顷，远景储量达到 930 亿吨。在渤海沿岸有辽东、冀东、大港和胜利等油田环绕，这些油田向海延伸的部分，有效勘探面积约为 6×10^4 公顷。自 20 世纪 80 年代以来，对陆上油田向浅海延伸部分进行了石油勘探，发现了埕岛油田，该油田 90 年代探明储量 3.6×10^8 吨，并已配套建成了生产能力为 280×10^4 吨，2001 年产油 220×10^4 吨的油田。[29]

渤海海域石油资源量约 46×10^8 吨，目前已发现的油田主要有绥中油田、渤西区块、锦州 9-3、秦皇岛、南堡油田和渤南区块等。1995～2001 年年底在秦皇岛、南堡、曹妃甸、锦州、旅大、渤中、蓬莱新发现了 9 个油田，均为亿吨级和近亿吨级大油田，尤其是蓬莱 19-3 油田，已探明地质储量约 6×10^8 吨，是继大庆之后的最大整装油田。

从省市的分布看，天津市的能源储量相对丰富，在中国大中城市中具有比较优势，石油、天然气的开发在中国具有重要地位，渤海和大港两大油田已成为国家重点开发的油气田，年产原油近 1 000 万吨，天然气 9 亿立方米。河北省的年产原油近 1 443 万吨，天然气 8.3 亿立方米。辽宁省石油、天然气主要分布在辽东湾，石油资源量 1.25 亿吨，天然气 135 亿立方米。山东省是全国重要的能源基地之一，胜利油田是中国第二大石油生产基地，中原油田的重要采区也在山东，全省原油产量占全国的 1/3，原油产量 2 674 万吨，天然气 9.21 亿立方米。立足于自身自然资源优势特点，环渤海地区各主要区域按照能源的分布特点，形成了以能源采掘为基础，提炼加工相关产品为支柱的石油、石油化工与海洋化工等相关产业链。在产业结构方面，多为传统资源依托型，产品附加值低，技术含量不高，受资源约束强。

（二）环渤海经济发展的资源挑战与制约

资源约束对经济发展的限制作用，首先表现在资源约束制约着经济发展的规模和增长速度。资源短缺所造成的资源约束会使短期经济发展受到抑制，成为经济发展的"瓶颈"。同时，各种资源在结构上的特点或不平衡性形成了资源的结构约束。经济发展的结构就是经济发展的模式，或者说经济发展的模式以动态的方式决定着经济发展的结构。资源约束限制着经济发展模式的选择范围，资源在总量和结构上的约束条件共同决定着经济长期发展的规模、增长速度和模式选择。

1. 油气短缺成为中国未来时期能源安全的主要矛盾

经济的高速发展，使中国对油气资源的需求快速增长，消费增长速度明显高于产量的增长速度，供需缺口越来越大。从 1993 年起，中国成为石油净进口国。随着发电及运输行业的油品需求量激增，能源供需缺口逐年增加已成为无法回避的现实。2003 年，中国已经成为世界上仅次于美国的第二大石油消费国和仅次于美日的第三大石油进口国。目前，中国每年石油消费总量为 3.2 亿吨，而国内产油总量为 1.8 亿吨，另外 1.4 亿吨石油需通过进口解决，对外石油依存度高达 43.7%。2010 年，中国的石油消费总量达 3.8 亿吨，而国内的产油量达到 2.03 亿吨，石油进口高达 2.39 亿吨。到 2020 年，中国石油消费总量将达到 5 亿吨，国内产油 2.2 亿吨，石油缺口达 2.8 亿吨。环渤海地区是天然气消费主要市场和销售量增长最快的地区之一。2002 年，全国天然气终端消费量为 280 亿立方米。预计到 2010 年，仅辽宁省进口天然气将达到 53 亿立方米。据专家预测，在 2020 年前后，中国天然气生产将达到高峰产量，天然气供需缺口为 500 亿~700 亿立方米。作为战略性资源，中国的石油与天然气资源都是由国家统一配置的，全国的局势必然会对环渤海地区产生直接影响。

2. 油气储量增长和开发难度加大

油气资源作为不可再生资源，本身是有限的和不断减少的，产量将逐渐下降直至出现枯竭是其必然趋势。中国的最终石油可采资源量只占全球的 3.9%，人均拥有石油最终可采资源量和产量只有世界人均水平的 1/5 左右，而且，可采资源约有 3/5 有待探明。据推测，其中分布在中生界白垩系、新生界第三系的资源占总资源量的 70%，黏度大的重油和低渗透石油资源占总资源量的 43.6%，这些资源埋藏较深，工艺技术要求高。从近几年储量增长的构成看，约 65% 的增量来自于已开发油田的老区，增长潜力有限，储量接替难度较大。渤海油气资源分布较散，地质情况复杂，勘探开发难度较大。长期以来，由于对海域油气埋藏的特殊性认识不够，环渤海地区的海上油气勘探基本上仍依赖周边陆地的经验。近年来，陆上石油资源的勘探开发也一直未取得重大突破。同时，主力油田进入稳产后期，新区生产任务加重。原油生产的主力油田已进入高含水（88%）、高采出程度（75%）和高采油速度的"三高"阶段。各油田剩余可开采量日益减少，开采成本迅速上升，经济效益下降，致使油气资源面临短缺与锐减。

3. 油气资源相对不足

环渤海地区的石油和天然气与全国其他经济区相比，储量和产量都居于前列。但与此同时，由于地区人口密度大，从人均资源占有量的角度看，并无太大优势。据《中国统计年鉴》2005 年的数据，2004 年，环渤海地区人口达 2.272 3 亿，占全国人口比重的 17.5%，人口的密集度大幅度增加，平均密度为 435.6 人/平方千米，高于全国人均密度（321.7 人/平方千米）。天然气人均基础储量为 575 万立方米/万人口，与全国人均基础储量 1 945 万立方米/万人口相差很远；石油人均基础储量为 28 598 吨/万人，虽高于全国平均水平的 19 163 吨/万人，但尚未达到世界人均占有量的 50%。密集的人口对区域内资源的开发和利用都造成了极大压力。

4. 能源资源消耗高

长期以来，环渤海地区主要依靠粗放经营拉动经济增长，扩张的速度很快，但经济效益不理想。粗放经营的直接表现就是资源消耗高、产出低、效益差。环渤海地区的能源利用率只有 30%，单位国民生产总值能耗是发达国家的 3～4 倍。与此同时，由于环渤海地区各省市现有产业结构基础明显呈现出重工业的特征。例如，北京市将汽车制造、装备制造、石化新材料等传统制造业列为重点发展领域，天津市将以石化、汽车制造、钢管钢材等传统制造业为基础的现代制造业作为产业结构的主导部门，辽宁省以装备制造业为第一产业，河北省基本形成了以煤炭、纺织、冶金、建材、化工、机械、电子、石油、轻工、医药等产业为主体的资源加工型工业经济结构，山东省形成了多产业、多门类、多层次的工业体系。总之，汽车、钢铁和石化行业成为区域经济的支柱产业，致使能源消耗量不断增加。

（三）环渤海地区与俄罗斯的油气合作前景

环渤海地区经济发展面临的油气资源约束，使其区域的可持续发展受到制约和挑战。当前，整个世界经济都具有深刻的石油背景，争夺油气资源、市场和运输线路，决定着世界各国经济政策等多个层面的战略平衡，其中，俄罗斯是未来有力的石油战略竞争者之一。

1. 中国油气的国际化经营战略

针对日益严重的能源矛盾，中国制订了能源发展战略，即在立足国内资源勘探、开发和增加生产的同时，大踏步走向世界，充分利用两种资源、两个市场，建立全球油气供应体系，以满足中国经济对能源资源日益增长的需求。将能源战略置于全球大背景下，积极参与分享国外资源，采取多种手段发展国际油气贸易，建立长期安全稳定、全方位、多渠道的海外油气生产基地和供应渠道，以有效弥补国内供需缺口。作为中国的周边国家，俄罗斯距离最近，而且陆地相连，能源资源十分丰富，利用周边地缘政治经济，有利于中国加快发展海外油气业务。利用有利的地理位置，积极参与跨国区域能源合作，参与俄罗斯石油开采和天然气开发建设，可以实现中国多元化的能源资源战略。从能源供给的安全角度看，俄罗斯将成为未来中国能源的主要来源渠道。

2. 俄罗斯的油气资源及趋势

俄罗斯是一个油气储量十分丰富的国家，在其陆上和海上大约有30个富含油气盆地，含油气远景面积达1 290万平方公里，拥有世界13%的石油储量，远景石油资源量超过600亿吨，仅东西伯利亚的石油储量就高达175亿吨。俄罗斯拥有世界1/3的天然气储量，居世界第一，仅探明储量就高达47万亿立方米，是世界最大的天然气输出国和第二大石油输出国。随着世界各国经济的迅速发展和对能源依赖程度的与日俱增，俄罗斯已成为影响石油市场价格甚至世界经济走向的一个重要能源大国，能源产业成为俄罗斯的支柱产业。由于俄罗斯油气开发能力强，经济发展在很大程度上依赖于石油和天然气的出口，经济增长的近90%得益于石油的拉动。2006年，俄罗斯生产石油4.8亿吨，出口石油收入为967亿美元，开采天然气6 562亿立方米，出口天然气收入为428亿美元，石油开采的快速增长和大规模的出口保证了俄罗斯经济的发展。今后几年，俄罗斯仍将增加石油和天然气的出口。

尽管一直以来欧洲是俄罗斯石油出口的主要市场，约占俄罗斯出口原油的65.8%，但是鉴于亚太地区能源市场的庞大以及俄罗斯能源外交的战略，俄罗斯不会满意目前在该地区的微小市场份额。因而可以预料，亚太市场将是今后俄罗斯能源战略的发展重点。

俄罗斯对中国的出口产品主要集中在石油、天然气等能源产品领域。2004年，俄罗斯向中国出口原油772.23万吨，占其出口总比重的3.35%，至2005年已达1 278万吨，占中国进口原油总量的10.1%，预计到2020年，中国对俄罗斯天然气需求量将达到20亿立方米/年。俄罗斯已成为中国油气资源进口的重要来源地。

3. 环渤海地区与俄罗斯合作的可行性

中俄两国能源合作互补性强，选择能源资源丰富而距离较近的俄罗斯作为能源供应地，符合生产要素跨国优化组合规律，而自然资源开发的全球化趋势和俄罗斯开放自然资源开发市场的政策，也为此提供了难得的机遇。

环渤海地区与俄罗斯的能源合作具有良好的条件和背景。两国的能源主管部门支持两国企业投资开发油气资源，挖掘双方的能源潜力，积极推动从俄罗斯向中国出口原油、天然气的管道项目以及开展其他形式的互利合作，包括在石油天然气加工、石化等方面的合作。2006年3月21日两国签署的《中俄联合声明》强调，中俄在能源领域的合作是两国战略协作伙伴关系的重要组成部分，在能源领域，中俄双方均采取多元化战略。

从环渤海地区看，中国具有与俄罗斯能源合作的有利条件。首先，俄罗斯具有与环渤海地区发展油气合作的需求。发展与环渤海地区相邻的东西伯利亚和远东地区的油气工业，是俄罗斯2020年前能源战略的重要组成部分。其次，从地缘经济角度看，通过边境城市接壤的便利条件，发展国家间合作有着得天独厚的优势。内蒙古作为环渤海地区与俄罗斯接壤的省份，边境线中俄段共有1 040公里，占中国与俄罗斯边境线4 300公里的24%，拥有航空、水运、铁路、公路等多种运输途径与俄罗斯互联互通，区位优势明显。满洲里口岸作为中国最大的陆路口岸和对俄贸易最大的口岸，货运量一直居全国对俄口岸之首。统计数据表明，该口岸 2004 年进出口货运量 1 400 余万吨，占全国对俄口岸的62.9%。同时，环渤海的综合交通系统，也为资源提供了便捷的渠道和运输条件。作为重要的经济地理资源，在与俄罗斯的资源合作中具有重要作用，环渤海发达的铁海联运在"欧亚大陆桥"的国际运输中占据重要地位。在其港口群中，辽宁的锦州港和丹东港同俄罗斯开辟了海上航线，俄罗斯向山东省和东部沿海地区的出口可通过东方港至青岛、大连等口岸，而天津港作为中国北方国际航运中心、国际物流中心和北方地区的重要出海口，内陆腹地覆盖"三北"地区并辐射蒙古、俄罗斯远东和中亚各国及地区。

4. 合作对策

能源合作是中俄经济利益融合的重要领域。俄罗斯政府认为，能源问题不只是单纯的经济问题，更决定着一国的国际地位，并涉及国家安全。为加大力度推进环渤海地区与俄罗斯合作开发和利用油气资源，应采取以下对策。

（1）把推进与俄罗斯油气合作视为环渤海全方位对外开放的基本方针之一

应站在建立中国油气安全战略的高度，充分认识合作、开发、利用的重要意义。能源合作是中俄战略协作伙伴关系的基石之一，是巩固中俄战略协作伙伴关系的基础，油气领域巨大的互补性决定了双方可以找到互利性合作的途径和方式。只有进一步拓展经济合作的深度和广度，才能为两国的战略协作伙伴关系从经济上提供强有力的支撑。从油气地缘政治角度出发，充分利用上海合作组织的作用，加强资源国与消费国的合作。

（2）采用并购或控股等多种方式加大投资

2003 年 3 月 13 日，俄罗斯能源部《开展有前景国际项目条件下东西伯利亚和远东地区油气开发的基本方向》的报告中认为，未来中长期，俄罗斯石油出口依赖的主要产区是西西伯利亚、东西伯利亚和远东地区。该区域陆地及水域油气可开采资源量为 850 亿~900 亿吨油当量，但这些地区的经济发展与西部相比一直比较滞后，油田开发非常缓慢，足够的投资和引入外资是其顺利建设的保障。俄罗斯鼓励企业联合兼并、扩大规模实力、增强国际竞争力，因此，这也是环渤海众多能源企业"走出去"的主战场。应力争更多地了解俄方在吸引外资时决定转让给外国投资者开发利用的油气项目，并制订适合双方联合开发的规划。

（3）参与俄罗斯石油和天然气输出的管网建设

俄罗斯通向亚太地区的石油输送系统较薄弱，目前还没有石油运输管道，主要靠运力受到极大限制的铁路运输。输往中国的石油、天然气等产品主要依靠铁路和公路运输，但由于铁路、公路运输效率不高，大大限制了供应量的增长，出口量很难有较大突破。目前，俄罗斯已同意将石油、天然气输送管道延伸至中国边境。因此，应积极参与建设俄罗斯东西伯利亚至中国东北、环渤海地区的油气管道。只有这些项目具体实施，才能不断加强从俄罗斯进口石油和天然气的能力，大幅度提高进口效率。

（4）联合勘探俄罗斯西伯利亚和远东地区的油气资源

俄罗斯西伯利亚和远东地区资金短缺，地质勘探人员流失严重，勘探资金缺口制约了勘探工作发展，不能适应该地区能源发展的需要。应充分发挥和利用环渤海地区各油田在油气开发方面的人才和技术优势，从石油、天然气工业的上游即地质勘探入手，联合勘探开发，从而推进该领域的务实和深入合作。

（5）充分发挥环渤海的港口优势，提高口岸疏运能力

随着对俄罗斯能源资源开发力度的加大，面向国内市场需求的油气等能源产品运输量明显增加。基础设施建设滞后，将难以满足中俄开展长期经贸合作的需求。满洲里口岸已无力承担每年超过千万吨的原油、大宗的木材、成批的集装箱等货物的转运任务。应在把满洲里口岸建设成俄罗斯原油等资源产品的进口及加工基地的同时，加强环渤海地区与俄罗斯通航的港口（天津、青岛、大连、丹东、锦州）的建设，扩大运输能力，最终形成环渤海地区铁路、公路、航空及管道多种运输方式于一体，全方位的运输格局。

环渤海地区独特的地缘优势和经济条件，为其实行全方位的对外开放提供了有利的条件。为促进区域经济发展的能源资源实施国际化战略进行现实的定位分析，利用资源互补优势，重点选择俄罗斯作为合作伙伴，改善环渤海地区对外开放条件，完善对外开放格局，提高对外开放质量和层次，不仅能为中国的经济发展提供能源保障，而且能使其有效地参与东北亚区域经济的合作进程。

第四章

中俄劳务合作

劳动力流动是人类社会的必然现象之一，是人类社会政治经济发展不平衡的结果。从一定意义讲，是社会进步和人类自由的表现。对劳动力输出国在移民汇款、降低国内失业率、缓解国内就业压力方面具有明显的好处。对接收国而言，外国劳动力的进入缓解了接收国劳动力短缺的压力，丰富了接收国家的文化，增进了各民族间的理解和交流。然而，劳动力在国与国之间的流动存在许多障碍，同商品和资本贸易相比，其流动性要差得多。围绕着劳动力空间移动论题的讨论吸引了多个经济学与地理学分支学科，包括发展经济学、区域经济学、劳动经济学、制度经济学、人口地理学和国际关系地理学等的关注。它们从各自学科特性出发，对劳动力或其外延范畴，即人口的空间移动，提出了不同的解释。

俄罗斯自经济转轨以来，人口减少、劳动力短缺问题日渐严重，国内劳动力远远不足，已影响到其经济与社会的发展，使用外籍劳力成为其发展经济建设的一个重要方面。俄罗斯科学院西伯利亚分院库列绍夫院士指出，远东和西伯利亚地区的发展需要中国的参与，俄罗斯需要中国的劳动力和资金。

改革开放以来，中国的国际劳务合作有了较大发展，开始作为一个新兴产业登上了对外经济贸易的舞台，成为国际经济合作中的一个优势项目。中国具有丰富的劳动力资源，具备参加国际劳务合作的条件和优势。从 1978 年开始，中国劳务合作从无到有，从小到大，逐步发展壮大。目前，中国的对外劳务合作已遍及全球 189 个国家和地区。2009 年，中国对外劳务合作完成营业额 89.1 亿美元，同比增长 10.6%，新签合同额 74.7 亿美元。2009 年末，中国在外各类劳务人员 77.8 万人，对外劳务合作累计完成营业额 648 亿美元，累计派出各类劳务人员 502 万人。从中国人口与劳动力资源来看，确实可为俄罗斯提供部分劳动力。

自 20 世纪 90 年代初以来，中俄劳务合作取得了一定的成绩，同时也存在一些问题。面对风险与机遇并存的俄罗斯市场，尤其是远东市场，如何采取积极开拓和谨慎经营的方针，开辟新的劳务合作领域，探索新的劳务合作途径，不断提高劳务合作的层次，充分挖掘双方劳务合作的潜力，力争把中俄双方的劳务合作推上一个新台阶，成为当前面临的一个主要问题。

随着中俄劳务合作的进一步发展，其对社会的影响也越来越明显。为了解劳务合作的本质，有必要对与之相关的理论加以分析和讨论，以利于指导中俄劳务合作的实践。

一、国际劳务合作的相关理论阐释

劳务合作是一个综合性的贸易现象，是特殊的贸易形式。解释劳务合作的理论多种多样，单靠某一种理论不可能阐述清楚，只有综合运用贸易理论和相关学科的理论（经济学、地理学、人口学、社会学和政治学等），才有可能从各个角度、层面论述清楚，说明现象和本质，找到规律性，预测其未来发展趋势。

劳务，字义上即指劳动服务，是指以提供活劳动的形式满足他人某种需要并索取报酬的活动。随着国际分工的深化，劳务的输出与输入不断增加。目前，劳务的国际流动成为国际经济技术合作的一个重要领域。

劳务输出即劳务出口，是指劳动力从一国去另一国以提供劳务的方式获取报酬。劳务输入即劳务进口，是指一国从另一国进口劳务从事某项事业并支付报酬。输出劳务的国家称为劳务输出国，输入劳务的国家称为劳务输入国。劳务的输入与输出统称为劳务的国际流动或劳务贸易。由于劳务贸易是通过输出与输入无形的劳动或服务进行的，无法在海关的统计中反映出来，因而称之为无形贸易，以区别于有形的商品贸易。劳务输出一般是指劳务合作双方订立劳务合作合同，由劳务输出国派遣有关劳动者到劳务输入国开展有关项目的劳动服务并索取相应报酬。

中国经济理论界从中国自身角度出发，对国际劳务合作概念的内涵赋予了全新的理念。国际劳务合作不仅有劳务输出，而且应包括中国劳动力资源与国际生产要素相结合的各种其他类型，如在外商投资企业工作的中国雇员、为中国出口商品提供各种劳务服务的作业人员等。[30]

在以上分析的基础上，笔者对中俄劳务合作给出如下特别定义：主要是指中国劳动力为获取报酬，以有组织的形式到俄罗斯从事劳动或服务的单向性流动。当然，也有某些行业的俄罗斯人到中国工作，如1992年滨海边疆区的20多个企业和组织派出750名俄罗斯人到中国工作，其中，62人从事建筑，32人为服务员，8%为教师和医生。但此类的劳动力流动并不在本书的研究之内。

（一）经济学的相关理论

1. 亚当·斯密的绝对成本理论与分工学说

英国经济学家亚当·斯密（Adam Smith，1723～1790）在其代表作《国富论》中提出了绝对成本理论（Theory of Absolute Cost）与国际分工学说，用以解释国际分工产生的原因、方式及其效用，对国际贸易理论和国际分工学说做出了重要贡献。绝对成本理论认为，两国之间进行贸易的动机建立在成本的差异之上。亚当·斯密的绝对成本理论说明社会分工以及国际分工能使资源得到更有效的利用，这种强调绝对优势的理论暗含着一个前提，即贸易双方至少各拥有一种低成本的商品对外贸易，这与生产条件极为不同的国家和地区之间的分工和贸易状况是吻合的。优势的确定是通过生产成本的比较，优势的来源是自然禀赋（地理、环境、土壤、气候、矿产等自然条件）和民众特殊的技巧及生产工艺（后天获得）。据此他提出绝对优势理论——每个国家都有其适宜于生产某些特定产品的绝对有利的生产条件，因而生产这些产品的成本会绝对地低于他国。各国应按照绝对成本差异进行国际分工，然后进行贸易，这将会使各国的资源、劳动力和资本得到最有效率的利用，从而大大提高劳动生产率和增加各国的物质福利。他认为，分工可以提高劳动生产率。适用于国内不同职业之间、不同工种之间的分工原则，也适用于各国之间，从而形成其国际分工理论。国际分工的基础是有利的自然禀赋或后天有利的生产条件。国际分工将会大大提高劳动生产率和增加物质财富。[31]

笔者认为，亚当·斯密的绝对优势理论通过对社会经济现象的研究，从流通领域转到生产领域，对国际贸易问题提出了新的观点，这与重商主义相比是一大进步。他关于分工能够提高劳动生产率，参加国际分工、开展国际贸易对所有参加国都有利的见解，在当今仍具有重大的现实意义。以此理论解释中俄劳务合作，在生产力要素方面中国较俄罗斯具有绝对优势，符合绝对成本理论与分工学说。但是，该理论本身也有一定的局限性，它不能解释国际贸易的全部动因，而只说明了国际贸易中的一种特殊情形，即具有绝对优势的国家参加国际分工和国际贸易都能获益。

2. 大卫·李嘉图的比较成本理论

大卫·李嘉图（David Ricardo，1772～1823）是英国工业革命深入发展时期的经济学家，他的比较成本理论是在亚当·斯密的绝对成本理论的基础上发展起来的。大卫·李嘉图论证了更为广泛的国际贸易现象的客观必然性——建立在劳动价值论基础上的贸易互利性原理，据此提出了比较优势理论。比较优势理论是传统国际贸易理论的核心，也是新贸易理论的基础。比较优势理论的核心内容就是"两利取重，两害取轻"。比较利益是发生国际分工和国际贸易的基础，而产生比较利益的原因则是各国间劳动生产率的差异及由此产生的劳动成本的差别。按照比较成本理论的原则进行国际分工，可使劳动配置更合理，比较优势相差越大则发生贸易的可能性越大。

李嘉图的比较优势理论具有科学的成分和历史进步性。它提出了比较利益定律，从实证经济学的角度证明了国际贸易的产生不仅在于绝对成本的差异，而且在于比较成本的差异。一国只要按照比较优势原则参与国际分工和国际贸易，便可获得实际利益。这一理论为世界各国普遍参与国际分工和国际贸易提供了理论依据，成为国际贸易理论的一大基石。但是，比较优势理论仍有一定的局限性。李嘉图在泛泛地论证了按照比较优势原则开展专业化生产和贸易对所有参加国均有利之后，并未触及更复杂的问题，诸如引起各国劳动成本差异的原因、互利贸易利益的范围以及贸易利得的分配等。比较成本理论虽以劳动价值论为基础，但整体而言是不完全、不彻底的。

总之，亚当·斯密和大卫·李嘉图的成本学说，揭示了劳动生产率或生产成本是国际贸易的基础，一直是早期贸易理论的主流思想。然而，这些学说都是假设了资本与劳动力在国际间不能自由流动的情况。因此，笔者认为，单纯用古典贸易理论来解释劳务合作是难以说明问题的。它大大削弱了其适用性，导致传统自由贸易理论在从提出至今的漫长历史时期中，同国际贸易运作的现实始终有着本质上的矛盾。但是，不难看出，按该理论阐述的基本原理引申开来，只要两个国家或地区之间存在着劳动力成本与工资收益的可比性，并且两国或地区都存在开放的劳动力市场，政府不对劳动力流动或输入和输出做特别的限制，这种劳动力要素的转移就具有经济意义。按照李嘉图的对外贸易比较利益学说，劳动力要素的输入和输出实质上是一种以寻求比较利益为目的的要素禀赋在国际间的转移或让渡。古典经济学的国际贸易理论也同样适用于国际劳务合作之中，中国较之于俄罗斯具有劳动力要素方面的绝对和相对优势，具备国际分工的有利条件和发生贸易的可能性。

3. 瑞典经济学家赫克歇尔和俄林的要素禀赋理论

在国际分工与国际贸易中最重要的是效益和各国能更有效地利用各种生产要素。在国际分工条件下，各种生产要素的最有效利用将会比在闭关自守情况下得到更多的社会总产品。国际生产要素不能充分流动，遂使生产达不到理想结果，通过国际贸易可以部分解决国际间要素分配不均的缺陷。赫克歇尔-俄林（Heckscher-Ohlin）定理是把国际分工、国际贸易与生产要素差异（土地、劳动力、资本）联系起来，提出要素禀赋理论（Factor Endowment Theory）。他们认为，地域分工、国际贸易产生的原因是各国各地区生产要素禀赋差异，各国各地区在国家（地域）分工——国际贸易体系中应该立足于能够发挥各自生产要素优势而生产的产品。邻近的国家由于经济发展水平比较相近，政治、文化、宗教背景具有某些共同性，利益共同点比较多，互相间比较了解，比较节省谈判成本，交易容易达成共识。国际贸易的结果可以促使要素价格均等化。该定理的基本结论是生产要素禀赋差异是生产要素国际直接移动的基础，追逐更高的要素收益是进行要素国际直接移动的基本动力。俄林利用资源禀赋差异和要素比例，完成了他的贸易学说，指出要素禀赋差异的存在是产生国际贸易的重要原因。各国生产要素禀赋的差异性或各国在不同生产要素禀赋方面所具备的优势，使得生产要素在国际间进行直接移动、重新组合和优化配置成为可能。地域分工与贸易发生的直接原因是生产要素供给的不同，它决定了生产要素的价格差异。产品中较多的利用这种比较便宜的生产要素，就会降低产品成本。国际分工、国际贸易最重要的结果是各国能够有效地利用各种生产要素，然而这只有在各种生产要素能在国际间自由流动的情况下才能实现。

不难看出，赫克歇尔-俄林的要素禀赋理论将国际贸易的领域由产品拓展到生产要素，并认为正是由于各地区生产要素禀赋的不同决定了地区之间的贸易格局，而生产要素的流动能够改变地区要素禀赋之不足，提高生产效率。赫克歇尔-俄林的要素禀赋理论为区域经济合作奠定了基本的理论基础。笔者认为，该理论可以延伸到国际经济合作领域，即各国根据各自的要素禀赋，通过要素的流动，将各国具有优势的要素结合在一起，共同生产，形成优势，这样生产出来的产品能够较大限度地利用各国的生产要素禀赋，也就是借助生产要素的国际直接移动来配置各国的生产要素或资源，即进行国际经济合作。我们可以认为，包括劳务合作在内的国际合作的开展，可以通过生产要素的国际移动来解决一个国家的要素禀赋问题。就中国与俄罗斯相比较而言，由于目前俄罗斯人口状况呈减少趋势，特别是远东地区的人口不断外流，而中国的劳动力要素充裕，构成了同俄罗斯的劳动力要素的差异，从而依靠国际移动实现最佳配置，取得互利双赢效益。因此，两国的劳务合作符合赫克歇尔-俄林的要素禀赋理论学说的基本原理。

4. 迈克尔·波特的国家竞争优势理论

国家竞争优势理论（The Theory of Competitive of Nations）是由哈佛大学商学院的迈克尔·波特（Michel E. Porter）在其三部曲《竞争战略》（1980 年）、《竞争优势》（1985 年）和《国家竞争优势》（1990 年）中系统地提出来的。该理论与传统理论所描述的各国能按照比较优势参与国际分工并都能获益的模式相距甚远。波特认为，一国兴衰的根本原因在于能否在国际市场上取得竞争优势，而竞争优势形成的关键又在于能否使主导产业具有优势。波特的国家竞争优势理论内容十分丰富，对于国际贸易有重要影响。其钻石模型（Diamond Model）用于分析一个国家某种产业为什么会在国际上有较强的竞争力。波特认为，决定一个国家某种产业竞争力的要素有四个：生产要素，国内需求市场，相关产业和支持产业的表现，企业战略、结构和同业竞争的表现。这四个要素具有双向作用，从而综合形成钻石体系。除了上面四个基本因素外，机会和政府也被认为对形成国家竞争优势起着前拉和后推的辅助作用。竞争优势理论特别重视各国生产力的动态变化，强调主观努力在赢得优势地位中所起的重要作用。他将一国产业参与国际竞争划分为四个阶段，提出了产业竞争力四阶段学说，即产业国际竞争力的成长大致分为四个依次递进的阶段：要素驱动阶段、投资驱动阶段、创新驱动阶段和财富驱动阶段。

笔者认为，波特提出的竞争优势理论，是对传统的国际贸易理论的超越，是对当代国际贸易现实的接近。他关于竞争优势来源的论述，关于取得或保持竞争优势途径的探讨，对任何一个国家、行业和企业来说都具有重大的借鉴意义。其局限性在于过于集中在探讨成本、质量、顾客服务、营销等竞争优势上，反而忽略了企业"为什么"的问题。不足之处还表现在过多地强调了企业和市场的作用，而对政府在当代国际贸易中所扮演的角色的重要性认识不足，仅把政府作为一个辅助的因素。以波特的竞争优势理论来看，中俄劳务合作的内在动因依然符合其基本原理，但就目前状况而言，尚处于要素驱动阶段，应逐步向以资带劳的投资驱动阶段过渡。

（二）地理学的相关研究

1. 相互依赖理论

20 世纪中后期，随着世界范围内工业化程度的加深，产生了一系列足以影响全球经济社会生活的重大问题，比如人口问题、粮食问题、资源环境问题以及世界性经济危机等，使世界各国必须共同面对，立足全球安全，携起手来，寻求解决的途径。相互依赖理论便是应时而生的。西方经济学家在世界经济相互依赖的理论方面做了大量研究，特别是第二次世界大战后，就西方发达国家之间的相互依赖关系，"南北"之间、"南南"之间的相互依赖关系等，均在理论上进行了探索。他们通过建立一些复杂数学模型，设立了衡量相互依赖程度的指标，进行定量分析，研究了相互依赖的机制。这一机制主要包括：①生产力本身存在着一种内在的扩张力。随着生产力水平的提高，生产力的作用会超出原来的地域范围，而向新的地域转移、扩展、延伸，并且在新的区域再次聚集、发展；②交通通信手段的现代化大大缩短了世界的空间距离，使生产要素的流动更加便利，并且加深了相互之间的依赖程度，给社会生产力区域间的拓展创造了条件；③各国和各地区之间的差异性决定了各自发展模式的多样性，而任何一个国家或者地区在经济发展条件上总是互有长短，因此，彼此之间也就存在着相互需求。这是区域之间相互联合的内在经济动力；④资本的国际化。随着资本在国际间流动速度的加快，规模不断增加，造成了各国和各地区之间越来越相互依赖的经济环境。这一机制阐明了国家与国家之间、地区与地区之间经济社会发展不是独立的，而是彼此依存、相互联系的，因此各国、各地区之间应该积极开展经济合作，以便谋求共同发展。[32]

1986 年美国经济学家理查德·库珀出版了《相互依赖的经济》一书，首次系统阐述了国际相互依赖理论。国际相互依赖理论认为，世界各国生存在遍布全球的相互依赖网中，都有义务共同努力，建设一个建立在契约而不是地位、协商而不是强制的基础上的全球社会。

在世界范围内，没有相互依赖，经济和社会的发展就无法进行下去。相互依赖的影响并不完全表现为积极或消极，而可能是这两种影响同时存在、交织。积极的相互依赖有利于推动国家之间的经济交流、合作和一体化，相反，消极的相互依赖则会引发国家之间的经济冲突和矛盾。所以，需要有目的地采取措施、政策对相互依赖的内容和程度进行干预，促进相关国家的互惠互利，化解矛盾和冲突，推动世界经济的一体化进程。笔者认为，相互依赖理论所揭示的差异性是相互需求动力的观点，可普遍应用于国际劳务合作之中，并认为中国与俄罗斯作为相邻国家，其劳动力方面的差异，是相互依赖和需求的内因。

2. 新经济地理学的相关研究

新经济地理学是美国学者保罗·克鲁格曼（Paul Krugman）最先提出的，其理论形成于 20 世纪八九十年代，新经济地理学以空间因素的优势而在西方主流经济学中占有一席之地。克鲁格曼认为，大部分区域经济学以及一些城市经济学的研究对象，就是他所谓的经济地理，而国际经济学在很大程度上也可以看做是经济地理学的一个特例。新经济地理学研究有两个发展方向：一个是用新方法重新审视产业区位问题；另一个是以新方法为基础，用"空间"观点分析区际贸易与国际贸易。新经济地理学认为，经济地理学就是区位理论与国际贸易理论的有机整合。新经济地理学主要关注经济活动的空间集聚和区域增长集聚的动力分析。通过贸易理论，克鲁格曼发展了他的集聚经济观点，其理论基础仍然是收益递增。他的劳动力流动对区域发展影响的模型是：

假设：①两区域的工资水平差异将增加高工资区域劳动力的数量；②迁移成本存在，影响向高工资地区迁移的劳动力收入；③劳动力具有前瞻性，可以很好预见两区域未来的工资变化趋势。

在此假设下通过对劳动力移动的数学模型分析结果表明，工资发展的历史水平和期望对区域发展格局具有重要影响。在克鲁格曼的空间模型中，含有清楚的空间结构、区域间贸易成本、生产的规模经济和不完全竞争。公司和劳动力的区位决策导致空间均衡。劳动力和公司空间的均衡分布依赖于向心力（经济活动的地理集中）和离心力（经济活动的地理分散）。如果向心力占优，就将出现经济活动集聚的核心区和经济活动稀疏的边缘区。空间均衡的离心力来源于具有相对稀缺性不可流动的生产要素、不能进行运输的商品（房屋等）和集聚的外部不经济。区域经济增长所需的资源可分为自然资源和社会资源两大类，劳动力属于经济社会资源，劳动力资源是区域经济增长的关键性因素之一。从根本上讲，区域经济增长过程就是劳动力利用其他资源，创造财富的过程。他对要素流动的作用进行了如下阐述：在赫克歇尔-俄林的世界贸易模型中，要素可以通过替代方式来流动，关税及运输成本等对贸易的阻碍会减少要素的流动。但是，如果不进行贸易，只有在一个地区的人口可以向另一个地区移民的条件下，才可能得到同样的利益。如果现在出现了贸易障碍，它会刺激工人向已经有较大劳动力数量的地区移动。在报酬递增条件下，要素流动表现为出现一个人口聚集的过程。

20 世纪 90 年代初，克鲁格曼借鉴了狄克希特-斯蒂格利茨（Dixit-Stiglitz）的垄断竞争模型和萨缪尔森的"冰山交易"形式的运输成本，建立了一个一般均衡模型来考察产业集聚、城市集聚以及国际贸易的形成机理。由于假设劳动力可以在区域间依据工资的差异进行流动，从而使得经济活动的空间分布成为模型的内生结果。其模型在一定运输成本下所得到的结果是一个区域形成制造业的集聚核心，而另一个区域则没有制造业，该经济空间分布模式被称为"核心-边缘"模式，该研究方向被克鲁格曼称为"新经济地理学"。

新经济地理学关于劳动力迁移的动态模型比较简单。克鲁格曼将工人的总收入等于他们的工资减去迁移的成本。迁移的成本是二次函数 $Y = w_1 L_1 + w_2 L_2 - 1/2r\ (L_1)^2$（其中，$w_1$，$w_2$ 分别代表迁移前后的收入；L_1，L_2 分别代表迁移前后的劳动力流动）。因为正反馈的积累过程，某个区域的真实工资（消费者的效用水平）较高，这是引起劳动者迁移的唯一源泉。劳动者的迁移造成两种可能的结果：第一，劳动力的迁移使得两区域之间真实工资的差异逐渐缩小，直到两区域之间劳动力的工资完全相等为止。第二，劳动力流动可能并不会使真实工资差异缩小，这样劳动力就有不断流动的动力，并最终完全集中到了某个区域，从而形成核心-边缘模式。在这种情况下，经济均衡使劳动力的工资差异仍然存在。上面两种情况的发生；取决于运输成本的大小，即区域一体化对区域差异和劳动力流动有直接的影响。当运输成本较高时，每个地区倾向于自给自足，经济活动在空间均衡分布，则不存在劳动力的工资差异；而当运输成本较低时，积累因果循环开始起作用，并使经济活动集聚在某一地区，劳动力的工资差异也无法消除。

综上所述，新经济地理学把国家之间或区域之间的贸易壁垒抽象为包括了运输成本在内的贸易成本（trade cost）的一个变量，由此实现了在一个宽泛的空间概念下重新思考贸易（包括商品与要素流动）发生的原因，并实现了国际贸易与区际贸易的统一。在新经济地理学看来，要素禀赋差异、历史累计与需求等因素一起，促使一个地区获得了某种优势。在收益递增的作用下，商品与要素的流动使这种优势不断得到强化，地区之间的分工模式得以形成。新经济地理学从劳动力、贸易及要素流动方面研究了劳动力增长会产生的效应，对经济活动空间均衡的影响，从中我们可以推断出自由贸易和经济一体化能够使边境毗邻地区获得比以往更多的发展机会。将新经济地理学关于区域间劳动力工资和运输成本的思考应用于中国与俄罗斯的劳务合作中，可以将其作为区域劳务合作研究的一个理论渊源。

3. 新人文地理学的地理空间移动论

这一理论认为，地理空间移动是指人类及其物质和精神产物的空间位置变化过程。人的地理空间移动是大量、经常、普遍存在的，这既是人类基本的空间行为之一，也是人地关系的重要方面。人属于可动类的生物，他们的移动不是盲目的，既有十分简单的原因，也有相当复杂的多层次的缘由。人类自身及其产物的空间移动的结果是地理位置变化，地理位置变化有明确的地理含义。地理空间移动行为是在力的作用下产生的，行为产生的动力机制重点就是认识和分析推动空间移动的力是如何产生和如何作用的。推动空间移动的力可以分成内、外两种，不管是哪一种力，产生的物理原因按照牛顿第二定律取决于引力双方质量的大小。人口、商品、矿物、信息等都可视为质量，质量与引力之间成正比关系。影响引力大小的第二个因素是作用双方之间的距离，距离越远，引力越小；距离越近，引力越大。人口的分布是极不均匀的，就人口数量而言，人口多的地方具有较高的势能。这种势能是指它具有较强的向外流动的倾向和可能性，因为它的势能较高但又不稳定，势能极易转化成动能，产生移动。与此相反，人口少的地方，人口势能较低，且稳定性较好，不容易转化成动能，产生空间移动的推动力的可能性较低。

地理空间移动对人类社会及其与地理环境之间的关系具有非常重要的作用，可以概括为三方面：一是人类自身的空间移动，人类各种产物的空间移动，在满足人们的各种需求上，具有极其重要和不可替代的作用。二是地理空间移动在地表形成巨大的物质流和能量流，在维持与发展人类社会，调整和影响人地关系上，发挥了巨大作用。三是空间移动在消除和加强空间的不平衡性上有重大影响。大量人口、物质和能量的地理空间移动，在消除自然和人文现象的空间差异上，发挥着重要作用。所有的空间移动行为都遵循"距离衰减法则"，即空间移动出现的频率和强度随着距离的增加而衰减。

中俄两国是毗邻国家，按照新人文地理学的地理空间移动论，距离越近，引力越大。通过劳动力流动，可以调整和发展人地关系，消除空间差异。不难看出，新人文地理学为两国劳动力空间移动在距离、引力、势差的必然性方面提供了重要的理论支持。

（三）马克思主义劳动地域分工理论对人口流动动因的分析

马克思没有专门的论著阐述有关劳动力流动以及劳动力流动模型的理论，但他在《资本论》中已经明确提出了过剩人口、劳动力流动的一些理论观点。马克思的人口理论把人口作为社会经济制度的一种内在因素，坚持了劳动的基础地位，同时他也看到了雇佣人口只不过是雇佣劳动的表面现象，而相对过剩人口是雇佣劳动所特有的人口现象，即适应当时资本增值需要而产生的相对人口过剩。相对过剩人口是由资本积累所导致的资本有机构成逐步提高而产生的。过剩人口的产生，必然导致人口的迁移或者说劳动力的流动，换句话说，大工业的本性决定了劳动的变换、职能的变动和工人的全面流动性。马克思认为，社会分工是劳动力转移或流动的基础。分工不仅促进了社会生产的发展与生产工具的进步，引起社会的进一步分化，也必然导致劳动力从农业部门向非农业部门转移。

研究马克思主义的经济学家，在研究社会一般分工的基础上，吸取了比较成本学说中的"合理内核"，形成了自己的劳动地域分工理论，给地域分工理论赋予了科学的内涵。社会生产专业化以及商品生产各个阶段的专业化在空间上表现为地区专门化，导致地域分工。地域分工是在广阔的区域内，按照商品分工实行生产的专门化。这种分工把一定的生产固定在一定区域内。地域分工是生产力发展到一定阶段的产物。地域分工的进步意义在于节约社会劳动，促进生产力的发展。地域分工的作用取决于社会生产方式及其变革。区域比较利益、比较优势以及由此形成的地域分工，是多种因素综合作用的结果。马克思的劳动地域分工理论将地域分工的进步意义归结为可以节约社会劳动，促进生产力的发展。

马克思、恩格斯和列宁在对资本主义生产方式进行分析时，对人口流动的原因及动力进行了多角度的深刻分析。在他们看来，人口流动的根本动因在于社会分工和生产社会化。马克思认为，分工有两类：一类是自然分工，另一类是社会分工。自然分工是在纯生理的基础上产生的，是由人们的年龄、性别差异引起的，这种分工最初在家庭内部和生产单位内部进行；社会分工则是由原来不同而又互不依赖的生产领域之间的交换而产生。社会分工使得不同的人来分担物质活动和精神活动、享受和劳动、生产和消费，它需要有人口的流动。列宁也分析了社会分工和劳动社会化对人口流动产生的决定性作用。他指出："社会分工是商品经济的基础……商品经济的发展使单独的和独立的生产部门的数量增加……也就意味着愈来愈多的人口同农业分离，就是说工业人口增加，农业人口减少。"[33]

马克思主义经典作家的劳动地域分工理论和对人口流动因素的分析，尽管是从国内需求的角度出发，但同样适用于相邻国家的毗邻地区。从马克思主义关于劳动地域分工理论来看，地域分工不仅可以节约社会劳动，而且可以促进社会生产力的发展。这一理论对于指导我们根据中俄之间生产要素中的劳动力要素禀赋差异，正确认识中俄劳务合作具有重要意义。从社会分工方面看，俄罗斯的一些产业体力劳动者短缺，而中国当前存在大量的富余劳动力。中俄市场的扩大和交通通信技术的发展，标志着加快两国劳动力流动的"加速器"已经形成。

（四）国内外研究动态

1. 劳动力流动的"推-拉"理论

19 世纪，地理学家拉文斯坦（E. G. Ravenstein）在 1889 年出版的《人口迁移规律》中提出，人口流动的主要原因是经济因素。他的观点被认为是人口流动"推-拉"理论（Push-Pull Theory）的渊源。唐纳德·博格（D. J. Bogue）等在 20 世纪 50 年代末明确提出了人口流动的"推力-拉力"理论。唐纳德·博格认为，从运动学的观点看，人口流动是两种不同方向的力作用的结果，一种是促使人口流动的力量，即有利于人口流动的正面积极因素；另一种则是阻碍人口流动的力量，即不利于人口流动的负面消极因素。在人口流出地，存在着一种起主导作用的"推力"，把原居民推出其常居地。比较起来，流出地"推"的力量比"拉"的力量要大，占主导地位。同样，在流入地，存在着一种起主导作用的"拉"力把外地人口吸引过来。产生"拉"力的主要因素有较多的就业机会、较高的工资收入、较好的生活水平、较好的受教育的机会、较完善的文化设施和交通条件、较好的气候环境等。与此同时，流入地也存在一些不利于人口流入的"推"的因素，如流动可能带来的家庭分离、陌生的生产生活环境、激烈的竞争、生态环境质量下降等。综合起来，流入地的"拉"力比"推"力力量更大，占主导地位。

总之，拉文斯坦把流动同经济状况联系起来，使人们开始探讨劳动力流动的深层原因。这种理论被一些学者接受，并衍生成"推-拉"理论。"推-拉"理论分析了劳动力流动的动力机制，认为人们流动是在"推力"和"拉力"的共同作用下产生的。劳动力流动是个人经过周密计算经济机会而实施的行为，外部因素决定着流动方向。笔者认为，该理论从经济和地域的角度可以解释中俄劳务合作，但缺少对来自流入地社会文化等方面的"推力"解释。

2. 成本—收益理论

舒尔茨（Schultz）将个人和家庭适应于变换就业机会的迁移视为人力资本投资的五种途径之一。个人迁移行为决策取决于其迁移成本和收益（Cost-Benefit）的比较结果。迁移成本指为了实现迁移而花费的各种直接成本和机会成本；直接成本包括迁移信息搜寻、决策和迁移过程中支出的各种费用；机会成本包括整个迁移过程中和寻找新工作过程中损失的工作收入以及迁往新居住地适应新环境新工作的心理成本；迁移收益指迁移者在迁移后因为拥有更好的工作机会和环境而增加的收入。既然迁移是一种投资行为，迁移者在做出迁移决策时就必须考虑迁移成本与迁移收益问题，迁移行为决策取决于迁入地与迁出地的收入差是否大于迁移成本。根据这一理论，笔者认为，虽然从地理位置上中国到俄罗斯的迁移成本较少，但俄方在办理许可证及签证等方面增加的费用人为地增加了迁移成本，不利于劳动力的流动。

3. 新古典经济学观点

传统的古典经济学认为国际迁移是指个人希望通过迁移来获得收益极大化的超越国界的人口流动。在这里，预期收入被定义为原籍地与定居地的预期收入差距，是指迁移者预期收入减去所有因迁移所支出的成本，而得到的迁移净预期收益。如果这一收益为正数，则会促使迁移行为的发生。新古典派移民理论直接脱胎于D. 阿瑟·刘易斯"利用无穷劳动力资源来促进经济发展"的模型。按照刘易斯模型，移民是经济发展的一个关键机制，因为它开发了经济差异所蕴含的发展潜力。无论是传统部门还是现代部门，无论是输出人口还是输入人口，全都从移民这件事上获益匪浅。倘若一个国家或地区的劳动力相对于资本而短缺时，劳动力的价格，即工资水平就会相应高些，反之则劳动力的价格相对低些。其结果，人口就会从劳动力充足且工资较低的国家或地区，流向劳动力短缺而工资较高的国家或地区。如此的人口流动会促成生产要素在地域上的重新配置，从长远说还会拉平国与国之间的工资水平，进而缩小或消除经济差距。这一模型内容丰富，曾被用来研究人类行为的诸多方面，至今仍影响着经济学及社会科学其他领域。

近年来，在西方学术界中较有影响的相关学说，可以归纳如下。

（1）新古典主义经济理论，以拉里·萨斯塔（Larry Sjaastad）、迈克尔·托达洛（Michael Todaro）等为主要代表。该理论着重从经济学的角度分析移民行为产生的动因。萨斯塔等学者以定量分析移出国与移入国之间的工资差距为基础，认为国际移民取决于当事人对于付出与回报的估算，如果移民后的预期所得明显高于为移民而付出的代价时，移民行为就会发生。由此推导，移民将往收入最高的地方去，而移出地与移入地之间的收入差距将因移民行为而缩减直至弥合。该理论由于建立在比较具体的数据统计上而引起人们的兴趣。

（2）以奥迪·斯塔克（Oded Stark）、爱德华·泰勒（J. Edward Taylor）等为代表的新经济移民理论和以迈克尔·皮奥雷（Michaeel Piore）为代表的劳动力市场分割理论，从分析发达国家的市场结构探讨国际移民的起源问题。该理论强调劳动力市场的分割属性，强调制度和社会性因素对就业和劳动报酬的重要影响，认为工资决定机制、人力资本投资作用、劳动者本身素质和爱好等因素决定着进入市场的程度。

（3）在"双重市场理论"的基础上，艾勒占德罗·波特斯（Alejandro Porters）和罗伯特·巴赫（Robert Bach）再加上一个"族群聚集区"，进一步提出了"三重市场需求理论"。

新古典经济学认为人口流动会促成生产要素在地域上的重新配置，以及无论是输出还是输入人口国都会获益的观点，恰好符合中俄劳务合作的实际需要。但该观点对超越国界的人口流动的限制因素估计不足，未给予足够的重视。

4. 国内的相关研究

20世纪90年代初，我国实施对外开放战略，使国际经济合作领域中的劳务合作也从无到有，合作领域和规模迅速扩大，从而为边境地区经济振兴和社会进步带来了空前的契机。劳务合作作为经济合作的一种重要形式，其地域及经济外溢效应日益受到关注。随着经济的国际化进程和开发开放的加速，中俄睦邻友好关系的确定和发展，学术界及理论界对中俄劳务合作的研究不断加强。专家、学者分别从两国的政治、经济、法律、社会和文化及经济结构、贸易方式等多方面做了大量的研究和探讨。"地域优势"理论认为，经济利益已成为国家间关系第一位因素，像中俄这样的相邻国家利用地域接壤的区位优势加强合作，能以较小的投入获得较大的经济产出，达到双赢。"沿边开放势差论"的主要观点是，国内相邻地域的经济结构具有相关性和渐变性，而邻国边境地区的经济结构则构成断带即非连续性，因此与邻国接壤地区经济结构差所具有的潜在势能与国内相比要大得多。"边境效应论"认为，边境线作为国家间的分界线，若互不开放合作，就会成为一种非自然屏障，双方相互封闭，不仅商品生产要素在两国相邻地区间不发生转移，而且还要互相阻碍，增加经济负担，产生"边境负效应"。若边境开放合作，加强两国相邻地区间经济交往，优势互补，资源得到优化配置，就会产生"边境正效应"。开放的程度越大，"边境正效应"表现越为强烈。总之，归纳起来，国内对中俄劳务合作的理论观点主要有以下几种。

（1）"走出去"战略观点

该观点认为，中国人口众多与资源相对短缺的矛盾始终是中国长期可持续发展的制约因素。应从中国基本国情出发，利用优势，参与国际分工。在一个日益开放的国际市场环境下，应大力开发国内、国外两种资源，充分利用国内、国际两个市场，抓住全球经济国际化的机遇，积极参与国际竞争，发挥本国劳动力资源充裕的优势，分享世界资源。

（2）东北亚区域经济合作观点

该观点主要涉及东北亚区域国际经济合作发展模式，季崇威将东北亚国际合作模式概括为"取长补短、发挥各自的比较优势，促进生产要素的合理流动，以求共同发展和繁荣"。根据东北亚区域国际经济合作松散性、互补性、开放性、吸收性和渐进性的特点，认为东北亚区域合作的模式是多样的，主要包括以下四个方面：①由双边向多边发展，双边合作与多边合作并存；②民间合作向政府合作发展，民间合作政府合作并存；③由贸易合作向全面合作发展；④区域合作的内外结合。刘中树、王胜今等学者提出了目前东北亚国际经济合作的模式及其未来发展趋势：加强各国自主开发，同时发展双边与多边贸易以及建立类似于中国经济特区的开发区将是最佳的合作方式，特区建设以各自管理为主、国际协调为辅，以国际直接投资带动区域贸易的发展。学者们认为，东北亚特殊的政治及经济模式中，应以多元化利益为基础，谋求共同的政治和经济利益，谋求各地区共同繁荣和发展，坚持开放，反对排他，实行平等互利、多层次分工结构、相互交叉的各国相互依存、共同发展的模式。

（3）"大经贸"战略论

"大经贸"的初始内涵是外贸、外经、外资的结合，也称之为经贸结合。1992年中华人民共和国对外贸易经济合作部部长吴仪首次提出了"大经贸"发展战略，在1994年"90年代中国外经贸战略国际研讨会"上的主旨报告中，"大经贸"的战略构想被最终确定下来，即"我国对外经济贸易必须实行以进出口贸易为基础，商品、资金、技术、劳务合作与交流相互渗透，协调发展，外经贸、生产、科技、金融等部门共同参与的大经贸战略"，是按国际经济贸易的通行规则来管理和经营的高效益、高效率的具有较强的综合整体竞争能力的外经贸发展战略。该战略提出了适度超前增长（即对外经贸要保持适度超前增长，提高对经济增长贡献度，以弥补中国资源、资金和技术的缺口）、集约化发展、市场多元化（以亚太市场为重点，以周边市场为支撑，发达国家和发展中国家市场合理分布的市场结构）、地区分工合理化、实现良性循环等目标，主要是对外贸易、利用外资、对外承包工程与劳务合作、对外援助、对外投资和其他对外经济合作业务的相互渗透与融合，实现商品贸易、技术贸易和服务贸易的一体化协调发展。

（4）陆南泉等学者的研究

薛君度、路南泉从国际政治经济关系发展的角度，对远东与中国的区域经济合作进行了较系统的研究。[34]孙晓郁从资源与产业结构互补性的角度对中俄经贸进行了深入的调查与研讨，并提出了一系列旨在将中俄经贸关系推向战略高度的对策建议。[35]由于双方合作受地缘政治与地缘经济的影响，陈才、袁树人等学者早在20世纪80年代中期，即指出中苏间存在的生产要素互补性是两国经济合作基本动因的观点，进而提出了地缘经济区的概念，认为地缘经济区系统的复杂性来源于参与国间政治经济利益的不同、经济发展水平的差异以及地缘政治的强烈影响。[36]丁四保在考察自由经济区的发展历程和模式后，提出自由经贸区是中-俄边境区适宜的发展模式。[37]于国政在对一体化理论的分析基础上，对中国与邻国边境地区经济一体化的可能性进行了研究。[38]以上研究为中俄经济合作的模式及对策提供了可供借鉴的极有价值的理论及实践依据。

综上所述，西方经济地理学和新经济地理学、新人文地理学等社会科学的发展，为经济地理学在这一领域的研究提供了理论借鉴，使其系统、综合研究成为可能。上述众多的理论在解释劳动力流动时各有千秋，都不乏真知灼见。从中国方面来看，中国是劳动力的净剩国，而俄罗斯是劳动力的紧缺国家，由此可见，通过劳动力的国际移动，可以实现中俄两国的劳务合作，而这种合作从资源的优化配置角度分析是有利的。同时，这种合作也增进了两国的整体福利水平，在俄罗斯一方，引进劳动力，促进了生产发展，缓解了由于劳动力资源不足而导致的生产不足的状况；在中国一方，则通过输出劳动力，缓解了剩余劳动力的出路问题，也增进了福利水平。所以，劳动力的国际流动是中俄两国都迫切需要的。中国的劳动力较为丰裕，庞大的剩余劳动力如果没有充分利用，就是一种资源的浪费，同时，随着人口绝对数量的增加，国内就业压力越来越大，迫切需要有一个新的劳动力就业出路。与此相对应，目前俄罗斯尤其是远东地区劳动力严重不足，国内的劳动力调整又在相当时期内难以达到与可耕地的对称，因此，必须要有适度的劳动力国际流动，才能缓解严重短缺的状况。劳动力流动对中俄双方都具有经济上的正效用。[39]

二、俄罗斯的人口状况及普京的人口方针①

要了解中俄两国的劳务合作状况，应首先从人口和劳动力要素的互补现状入手进行分析。

（一）俄罗斯的人口现状分析

人口的数量和密度、年龄结构、民族、语言、家庭状况、教育等自然构成和社会构成，是促进社会发展的主要因素。从这几方面看，俄罗斯人口现状的特点如下所述。

1. 人口数量多年以来持续减少

据人口统计资料，2000 年 1 月 1 日，俄罗斯的人口总数为 1.45 亿，在世界

① 本节 2005 年 2 月发表于《东北亚论坛》，原文名称为《俄罗斯的人口现状与普京新方针的制定》

居第六位（前五位是中国12.1亿，印度9.19亿，美国2.61亿，印尼1.95亿，巴西1.54亿）。据俄罗斯联邦国家统计局服务处2004年8月21日发布的消息，截至2004年7月1日，俄罗斯总人口为1.438亿，2004年1～6月俄罗斯人口总数减少41.35万，占人口总数的0.2%。截至2009年1月1日，常住人口总数为14 190.39万，比2008年同期增加十多万（表4-1）。

表4-1　俄罗斯人口数量趋减　　　　　　　（单位：百万人）

1997年	1998年	2001年	2002年	2003年	2004年	2005年	2006年	2007年	2008年	2009年
147.1	147.4	144.7	143.8	143.2	144.2	143.5	145.0	142.2	141.8	141.9

资料来源：根据俄罗斯联邦国家统计局统计数据整理

自20世纪60年代开始，俄罗斯的人口数量呈现出下降态势。苏联解体后，这一态势更加明显。据俄罗斯的官方统计，1992年年初人口总数为1.487亿，到2003年已减少到1.445亿。经济改革时期（1992～1999年）俄罗斯的人口总数减少了310万。自然增长率从1992年的-1.5‰降低到1999年的-6.3‰。在俄罗斯的89个联邦主体中，居住着全国人口96.9%的82个主体出现了减少的现象。仅2004年上半年的滨海边疆区，其永久居民数量就减少了8 000人。俄罗斯国家统计局关于人口预测的一项研究表明：2000年俄罗斯的人口为1.46亿，2025年将减少到1.24亿，到2050年将减少到9 800万。近100年来俄罗斯的人口在世界上的地位变化很大。1897年的沙俄帝国时期人口为1.29亿，占当时世界人口的8%，现在只占2.4%，预计到21世纪中叶仅会达到1%～1.5%。人口数量减少导致开发西伯利亚和远东的人力资源不足。俄罗斯劳动和社会发展部认为，由于人口减少，现在劳动力的缺口达1 000万，特别是远东和西伯利亚地区的石油、天然气、木材、煤矿、黄金等生产领域，劳动力短缺近50%。劳动力不足和退休老人占总人口的比重相对增加，是导致俄罗斯经济增长缓慢的一个重要因素。它加剧了有劳动能力者的社会经济负担，拖累了俄罗斯的经济增长。

2. 人口密度低，分布不均匀

人口的分布是由社会生产力、经济、历史、自然地理等因素决定的。反过来，人口分布又在很大程度上影响着国家和地区的经济发展和布局，这种影响是通过在历史上形成的和在现代社会中发展起来的居民点的分布特点，以及生产和社会发展程度的集中来实现的。俄罗斯的人口地域结构在沿袭苏联时期基本格局的基础上，又呈现一些新的特点：人口密度小、分布不均衡、大部分人口集中在传统的较为发达的欧洲部分。其中中央区是俄罗斯的基础，有通往东西南北的贸易之路；欧洲部分是俄罗斯经济最发达的地带，资源丰富，开发历史悠久，交通便利，这些因素极大地刺激了人口的集聚；而欧洲北部、西伯利亚和远东地区由于自然地理要素等原因开发较差，因而影响了人口的集中。

俄罗斯人口的平均密度为 8.6 人/平方公里，低于世界上的大多数国家和除哈萨克斯坦（6.2 人/平方公里）和土库曼斯坦（7.7 人/平方公里）以外的所有独联体国家。从地区分布看，78.4% 的人口分布在俄罗斯的欧洲部分和乌拉尔地区（占全国领土总面积的 25.4%），其密度为 36.7 人/平方公里，是全国平均密度的 4 倍。而西伯利亚和远东地区领土面积占全国的 74.6%，人口仅占 21.6%，平均密度为 2.5 人/平方公里。中央区是俄罗斯的基础，有通往东西南北的贸易之路。这里的工业比边疆地区早开发很多年，各部门经济的发展促进了人口的大规模集中。而俄罗斯的欧洲部分北部、西伯利亚和远东地区由于自然地理要素等原因开发较差，影响了人口的集中。近年来，人口呈现流动现象，人口从主要自然资源地区尤其是北方、远东、西伯利亚地区大量外流。

城乡人口的分布是由地区社会经济发展水平、民族运动、移民运动、高度有效的农业生产和交通地理状况决定的。城市和农村居民点是国家和地区不同规模的区域分布和综合发展的原始环节。俄罗斯现有 1 087 个城市（其中百万人口以上的城市有 12 个），城市人口占总人口的 73%，处于世界发达国家水平。现有乡村 2 022 个，农村人口占 27%。农村人口的减少，则导致农村居民点数量的减少。

3. 性别结构失衡，人口寿命缩短

人口的性别构成对婚姻家庭状况的影响十分明显，并进一步影响到人口的增长、流动和其他人口构成要素。

总的说来，20 世纪 30 年代以前，俄罗斯男女比例为 104～107：100，性别构成基本持平。后来由于各种政治事件以及国内外战争和吸烟、酗酒等不良生活习惯，导致男性死亡率增高，现在的男性比例总体上低于 47%，女性比例一般高于 53%，性别结构不平衡。

低出生率和高死亡率是俄罗斯人口状况的特点。1999 年自然死亡率高于出生率 1.75 倍，死亡的原因主要是健康条件的恶化，生活水平下降，基本医疗条件差，自然和社会环境恶化。反映在人口寿命的指数上，1986～1987 年俄罗斯人口平均寿命为 70 岁（男 65 岁，女 75 岁），1999 年下降到 65.9 岁（男 59.8

岁，女 72.2 岁），低于世界上所有发达国家。从性别方面来看，俄罗斯人口构成的一个最显著特点就是性别比极低。国际上通常将男女的性别比在 102～107 之间视为正常值，而俄罗斯社会人口性别结构长期呈现女性多于男性的严重失衡的局面，1989 年性别比为 87.7，2004 年为 86.8，2007 年为 86.2，2008 年为 86.1，2009 年俄罗斯女性 7 629.2 万、男性是 6 571.7 万，女性人数整整超过男性 1 000 多万。事实上，各个年龄段的性别比例也不一样，2008 年人口统计表明，0～29 岁人口性别比例较为合理，但 30 岁及以上人口性别比例失衡，特别是 60 岁及其以上的老年女性人口数量相当于老年男性人口的 1.5 倍，而 70 岁及以上的高达 2.4 倍以上。

4. 民族构成复杂，民族矛盾突出

俄罗斯是一个多民族国家，现有一百多个民族，其中俄罗斯族占 82%。现阶段民族关系构成的特点是具有曾导致苏联解体的离心主义倾向，而各主权共和国的分立主义则表现在追求个别共和国和地区政治和经济的独立上。

由不同民族、不同语言、不同宗教形成的传统的经济和习俗地区（如北高加索），成为冲突最为激烈的地区。政治不稳定和经济危机导致民族间矛盾公开化，这种复杂的民族关系有深刻的历史根源。第二次世界大战时国家对待一些少数民族的不当政策造成许多民族间关系的尖锐化。现政权以对所有民族活动的一系列社会条件的影响为手段管理民族关系，现行的管理少数民族的任务主要是协调其在联邦框架内的关系。

5. 移民数量增加，已成为第二大移民国

苏联时期未发生大规模的移民活动。20 世纪 80 年代后半期，向国外移民的倾向增强，移民人数明显增加。随着苏联的解体，俄罗斯加入到国际移民运动中。1992～1999 年移出人数总共为 280 万。大多数移民的目的是为了改善物质生活条件，其中大部分是专家和高技能的工人，这就导致了俄罗斯国内劳动资源质量的下降。知识移民的增多给国家造成了巨大损失，加剧了国内的危机，不利于社会和经济发展。为了解决人口数量下降问题，俄罗斯也需要吸引大批移民补充本国高级人才和普通工人，为经济发展注入新的活力。在俄罗斯接纳的移民中，从远距离外国向俄罗斯移入的不到移民总数的 1%，基本是亚洲的非技能工人，男性，80% 在 40 岁以下，无家庭。阿富汗、伊拉克、索马里及其他国家的非法移民近年来已达到 600 万，来自中国和朝鲜的移民也占了较大的比

重。移民问题是俄罗斯的一个比较敏感的问题。劳动力短缺导致外来移民和外来劳动力大量涌入，一方面补充了劳动力的不足，另一方面又引起了一些社会问题。由于大量非法移民的存在，移民质量不高（移民中60%是心血管病、艾滋病、结核病患者和吸毒者）。在生活与工作中，由于时常与当地人发生竞争，导致当地居民的不满，刺激了一些人的排外情绪。

6. 劳动力资源呈减少趋势

实现各地区劳动力资源的合理利用，是俄罗斯社会经济综合发展的一项重要任务。为此要求客观评价劳动力资源，由社会来满足经济综合体对劳动力的需求，从全社会利益出发，对劳动力资源更有效更全面地加以利用。社会发展的主要生产力是具有体力、精神能力的最大年龄界限符合退休法规定的那部分人口。属于劳动资源的是处于劳动年龄的人口，劳动年龄男为16～59岁（44年），女为16～54岁（39年）。劳动人口具有数量和质量两种特性。劳动人口的数量是指劳动人口的总数，劳动人口的质量是指与其相关的健康状况、身体情况、社会教育和职业教育等条件。从俄罗斯的人口年龄结构看，低于劳动年龄的有2 900万人，处于劳动年龄的8 600万人，超过劳动年龄的有3 000万人。这些指数同改革前的1990年相比，低于劳动年龄的人数有所减少，而处于和超过劳动年龄的人数有所增加。当然，把人口分为以上三组并不能完全反映劳动力的规模，因为也有一些工作是未成年人和退休人员完成的，从而使劳动资源人数有所增加。但总体上说，从事经济活动的人口数量有减少趋势，其原因是国家的社会经济发展政策产生的消极影响。非劳动人数增加开始是由于是实行"休克疗法"后不是根据劳动，而是根据资本来分配收入，这就降低了劳动者特别是年轻人的劳动积极性。从业人数的减少和具备劳动能力的人不从业，这类人数的增多加深了俄罗斯各方面的危机。1999年同1992年相比，从事经济活动的人数减少了980万，导致轻工业、食品工业和军工综合体生产的大幅度下降。由此可见，俄罗斯政府在劳动力资源方面所面临的任务是：保证有效的从业人数，提高劳动力的质量和竞争力，关注经济结构改革过程中的劳动力市场，改善居民的物质及生活水平，降低儿童和劳动人口的死亡率，使人口保持良性的正常状态。

在社会发展过程中，人口因素既作为生产者又作为社会物质的消费者而存在。一个国家如果没有充足的人口来创造和供应国家权力的物质工具，它就不能成为一个大国。过多的人口也会产生不利的影响，人口的增长如果超出了国家所能承担的负荷，就会成为国家发展的障碍。对于人口要素，需要具体分析。人口中的年龄结构反映一个国家发展潜力如何。人口中受教育人口的比重反映一个国家人口的素质问题，尤其是在知识经济时代，人口素质的高低直接关系到国家的发展存亡问题。在所有因素都相同的情况下，一国人力的急剧减少标志着国家权力的下降，反之则意味着国家权力的增长。近20年来，俄罗斯的社会、经济变革使其社会动荡起伏，居民收入大幅度减少，生活水平高度贫困化，大规模失业，贫富差距拉大，卫生与社会保障体系滞后，从而使出生率不断下降；而医疗保健措施跟不上，一些传染病近年来又死灰复燃，加上社会转轨阶段生活压力增大，精神负担沉重，导致死亡率上升。俄罗斯的人口问题又引起劳动力资源不足，人口素质下降，移民问题严重，民族问题突出等一系列社会问题，威胁和制约着国家的存亡和发展。

总体上说，人口增长对物质生活水平有较强的依赖性。提高出生率最有效的措施就是提高经济增长率和居民福利待遇，提高人口生存的物质水平。有了这个基础，就可以做到民富国强，人口增长率自然会提高。俄罗斯的人口问题源于社会稳定和生活水平这两个主要因素。目前的俄罗斯经历过了改革时期，正处于转型时期，社会已日趋稳定。因此，只有通过提高生活质量和生活水平，才能刺激人口增长，并解决由此而引发的尖锐的社会和经济问题，促进其国内外目标的制订和实现。

人口问题不仅是俄罗斯人口专家和社会学家关注的课题，而且引起了政府部门及普京本人的担忧。普京曾说："死亡率连续十年超过出生率，数量持续减少，质量恶化，人口危机已成为威胁俄罗斯民族生存和发展的头号敌人。如不解决，将会动摇国家基础。"他警告说："如果目前趋势继续下去，俄罗斯将面临存亡威胁。"由此可见，如何刺激人口增长，已经成为俄罗斯政府的当务之急。

为了解决日益严重的人口危机，俄罗斯政府于2001年通过了《2015年俄罗斯人口发展纲要》，指出为了解决人口问题，必须提高出生率，减少死亡率，刺激人口增长。2001年11月24日俄政府正式实行了2015年人口发展构想，其主要目的是稳定人口数量，为人口增长创造前提条件。

（二）普京的人口方针

俄罗斯面临的人口危机，要求政府制订新的政策。普京责成政府成立了专门的"社会人口问题委员会"，为研究制订全新的人口政策提供翔实的数据。俄政府还决定，在 2003 年的财政预算中大幅增加社会开支，增加对生育妇女和家庭的补助，刺激人口出生率的增长，提高国民的医疗、社会福利和生活质量，降低人口的死亡率。

在 2004 年 5 月 26 日所做的国情咨文中，普京对人口问题给予了充分的重视。他指出：我们的目标是绝对明确的，即巩固俄罗斯在世界的地位。创造高水平、安全、自由和舒适的生活条件，最主要的是要大幅度提高国民的福利待遇。为了经济增长和社会发展，首先要改善人们的生活水平。国民是主要的竞争资本，是国家发展的主要源泉。要提高竞争力，使家强大和富有，必须尽力使每个人都享有正常的生活条件。人可以创造高度的物质文明，创造文明强国，创造新的国家。为了开发这种潜力，我们应该全力创造安全的生活条件，降低国内的犯罪率，改善俄罗斯民族的健康状况，控制吸毒人数的增长，避免儿童的流离失所。

在咨文中普京把很大的注意力放在了解决社会经济问题上。他认为，政府应该解决国民的最根本问题，即提高生活质量，提供能负担得起的住宅、教育、医疗服务。

1. 提出了解决住房问题的具体措施

普京认为，住房问题关系到大多数人的利益，良好的居住条件对于休息、工作和建立正常的家庭十分重要。因此，不仅要保证民众拥有住房，而且要提高其居住质量。当前，很多人还住在危房中，正在建筑的住房不仅数量少，而且不符合现代安全和质量标准，况且只有高收入人群才能买得起新住宅，年轻人靠工资是买不起的。因此，仍按以前的老方法解决不了问题，应该停止人们几年甚至几十年排队获得住房的状况。居民住宅的主要部分应靠市场解决，同时社会应保证低收入者的基本住房需求。政府、地区和地方努力在 2010 年使至少 1/3（而不是 1/10）的居民拥有符合现代要求的住房。其具体措施是：第一，改革财政机制，以利于住房问题的解决。应该以明确的法律条款保障发展长期住宅贷款及证券形式，解决中等收入人群的购房资金；第二，必须打破建筑市场的垄断。普京认为，俄罗斯公民没有义务为建筑市场支付过多的行政费用以及垄断的超级利润，应该简化建筑的审批程序，建立必要的工程—市政公用体系，以缩短建筑时间，减少费用。第三，保证住房拥有者的私有权是原则问题。

住宅市场的交易应是透明的、公开的。第四，要整顿社会住房领域的秩序，使真正需要人得到社会所提供的住房。除此之外，还应采取支持特殊公民特别是年轻家庭的补充措施。

2. 提出了改善医疗条件的主要目标

针对俄罗斯国民的健康状况落后于许多国家的现状，特别是劳动年龄人口的高死亡率和相当于发达国家 1.5～2 倍的儿童死亡率，普京提出健康条件的现代化问题，主要目的是改善国民的医疗条件。当前，俄罗斯面临的主要问题是所有的医疗服务体系的质量持续恶化，医疗费用高昂。免费的医疗保障只是一种口头的承诺，人们不知道能免费得到什么，应该为什么付费。因此，低收入人群不得不花费收入中的大部分去看病，或者根本不买最基本的药物。俄罗斯健康现代化的主要目标是提高广大民众的医疗质量和福利水平，首先保证免费医疗为每个病人提供必需的标准医疗服务，为病人确诊，提供必需的药物和最起码的医疗条件，每个俄罗斯的居民都应该享有这样的标准。病人应该承担的只是补充的医疗和高度舒适的医疗水平，这种支付应该与政府和国会医疗保险的法律基础相一致。应该建立国家保障的医疗和收费服务的个体医疗两种形式，以满足不同层次的医疗需求。

3. 提出了发展国民教育的基本方向

俄罗斯的教育基础世界闻名，这是一种宝贵的财富。普京认为，目前处于全球竞争中的俄罗斯应该加强教育在实际中的应用，这就意味着首先增加对职业教育的需求。当前教育的缺陷在于职业教育同劳动力市场没有固定的联系，一半以上的大学毕业生找不到符合自己专业的工作。而且，随着高等教育的大规模化，教育水平不断下降，入学率基本和中学毕业率相等，但对国家所必需的干部的培养却明显不足。更为严重的问题是低收入者特别是边远的城乡居民支付不起学费。为此，教育领域必须进行改革，应该根据教育质量来衡量其是否达到和符合劳动力市场的需要。

为此，应该做到以下三点：①中学毕业生不应该根据家庭条件，而应该根据其知识水平考入大学。为此要求入学时要有绝对透明和客观的知识评价体系。②应该努力使大多数毕业生按专业就业。在此普京建议从现在缺少的专业开始，同免费接受教育的大学毕业生签订按专业工作一段时间的协议，而不签的人就应该把国家花在他身上的钱退回来。普京认为，为了国家的经济发展，应更多地利用教育贷款培养国家所必需的经济专家。③必须制订与实际情况相符的教育标准，使教学内容达到国际标准。继续整合教育和科研活动，发展高校和大的科学教育中心，使俄罗斯的教育达到和超过世界水平。

由此可见，普京政府在经济的转型时期，已经充分认识到了人口问题对于整个国家的重要性，并根据人口问题的实际情况，制定了具体的解决措施。提高居民福利待遇，解决人口问题，是普京在竞选第二任总统时的承诺和主要奋斗目标，也成为俄罗斯一个连续的社会目标。因为像俄罗斯所面临的这样严峻的人口问题，是任何一个国家领袖和政府所无法回避，也是必须加以解决的问题。俄罗斯要圆强国之梦，没有一个强大的民族去实现是不可想象的。

尽管普京政府为改变人口的生活条件，刺激人口增长，制订并采取了一系列措施，但人口的增长并不是会在短期内见效的。同时，由于人的社会观念、生活习惯等原因，这些措施未必会起很大的作用。因此，解决俄罗斯的人口问题仍将是一项长期艰巨的任务。

三、俄罗斯劳动力资源评述

劳动力资源是指社会生产发展中具有劳动所需身体和精神能力人口的总和。它是一个国家或地区人口中现存和潜在的劳动力的总和，也是人口构成中最主要和最活跃的组成部分。正是因为劳动力把人口和经济发展紧密联系起来，因此，它是社会经济发展的一个主要因素。而劳动力资源利用程度的高低及劳动力就业结构的合理与否，又是社会经济能否顺利发展的一个重要原因。在俄罗斯，人口减少问题已成为令人担忧的社会问题。据人口专家预测，在未来数年间，俄罗斯人口还将继续减少，2006～2015 年，总人口还将减少 2 000 万人，而且在人口构成中，减少最多的是年轻人，增加最多的是老年人。由此可见，在俄罗斯的社会和经济发展中，劳动力已成为严重匮乏的资源。因此，如何保证国家劳动力资源的合理利用已成为俄罗斯社会经济发展的一个主要任务。为解决这一问题，就要求客观地评价现有的劳动力资源，从整个社会的利益出发，采取更加有效的措施，解决各地区面临的劳动力资源问题，使其得到合理开发和充分利用。

（一）俄罗斯劳动力资源现状①

劳动力人口受一定的年龄限制，是一个变量，通常由社会经济条件和人的生理特点决定。对法定劳动年龄的界限，世界各个国家由于其社会经济条件不同，都有各自的规定，但大部分国家都是把 15 岁作为法定劳动年龄的下限，把64 岁作为法定劳动年龄的上限，居于 15～64 岁之间的人口，被称为劳动力人口。俄罗斯劳动力资源总数包括以下两方面的人口：

（1）劳动适龄人口总数由劳动适龄人口减去 1、2 级伤残的非劳动人口以及正常退休的人口（俄罗斯劳动年龄人口状况见表4-2）。

（2）劳动适龄人口总数包括劳动年龄以外的正从业的未成年人和退休人员（俄罗斯从业人口数量状况见表4-3）。

表 4-2　年初劳动年龄人口状况

年份 年龄组	1992		1995		2000		2003		2004	
	人口/ 千人	比例/ %	人口/ 千人	比例/ %	人口/ 千人	比例/ %	人口/ 千人	比例/ %	人口/ 千人	比例/ %
总数	148 259	100	147 938	100	175 559	100	144 964	100	144 168	100
其中：低于劳动年龄的	35 720	24.1	33 948	22.9	29 053	19.9	26 115	18.0	250 14	17.3
适于劳动年龄的	83 892	56.5	84 059	56.9	86 330	59.3	89 206	61.5	89 896	62.4
高于劳动年龄的	28 714	19.4	29 931	20.2	30 176	20.8	29 643	20.5	29 258	20.3

注：引自俄罗斯原文数据，其中有一些与实际计算不符，因数字无法擅自修改，特此说明。

资料来源：俄罗斯联邦国家统计局．俄罗斯统计年鉴 2000.2000：59. 根据俄罗斯联邦国家统计局网站数字俄罗斯整理

表 4-3　从业人口数量的变化　　　　　　　　（单位：%）

年份 指数	1992	1995	1996	1997	1999	2004
经济人口总数	100	100	100	100	100	100
从业人口	94.8	90.6	90.7	88.2	87.0	90.7
失业人口	5.2	9.4	9.3	11.8	13.0	9.3

资料来源：俄罗斯联邦国家统计局．俄罗斯统计年鉴 2000.2000：105. 根据俄罗斯联邦国家统计局网站数字俄罗斯整理

人口总数是劳动力资源的基础，因为劳动力资源数量和结构的变化由人口的总数和年龄结构来决定，因此，研究适龄劳动人口的数量和质量是研究人口所有要素的出发点。

---

① 本小节 2005 年 1 月发表于《俄罗斯中亚东欧市场》，原文名称为《俄罗斯劳动力资源现状与对策》

俄罗斯人口年龄的结构如下：1992 年，总人口数量为 14 826 万人，低于劳动年龄的有 3 572 万人，处于劳动年龄的有 8 389 万，高于劳动年龄的 2 871 万。而 2004 年总人口数量为 14 417 万人，其中低于劳动年龄的有 2 501 万人，处于劳动年龄的有 8 990 万，高于劳动年龄的 2 926 万。女性在经济部门从业人数为 3 140 万，占 49%。

仅从以上三个年龄组并不能完全反映出劳动力的规模。在实际生活中，劳动力资源的潜在和实际利用是有区别的，因为有一部分低于劳动年龄的人仍在生产领域中工作，还有一部分退休人员也在就业，这就增加了劳动力资源的数量。由此可见，适龄劳动人口数量同劳动力资源数量并不相等。

（二）俄罗斯劳动力资源的变化

根据以上分析，可以总结出俄罗斯劳动力资源的以下变化。

1. 低于劳动年龄的人口数量有所减少

1992 年低于劳动年龄的人口数量占 24.1%，到 2004 年仅占 17.5%；而处于和高于劳动年龄的人口数量大幅度增加，从 75.9% 增加到 82.7%，增加了 6.8%，这种变化一方面表明俄罗斯人口面临不可忽视的进入老龄化的现实，另一方面也可以预期，未来俄罗斯劳动力的供给仍将面临严峻的问题。

2. 劳动力资源总量有减少趋势

1992～2000 年劳动力资源总量减少了 460 万（占 18.9%），2003～2004 年减少了 71 万，其中，男性占 58%。这一趋势对国家的社会经济发展产生了不利影响，使社会面临着从根本上提高和利用现有劳动力资源潜力的紧迫问题。

3. 失业人数有所增加

1992～2004 年失业人数从 5.2% 增加到 9.3%，最严重的是 1999 年，竟达到了 13%。近年来由于经济的恢复，失业人数才有所减少。从失业的经济行业分析，工业部门失业人数最多，分别占男性失业者的 25.2% 和女性失业者的 18.8%，其中建筑业的失业男性比女性多 4 倍，交通和通信行业多 2.7 倍，而教育、文化、艺术方面则呈相反趋势，女性比男性多 3 倍。

4. 经济积极从业人数呈现减少趋势

1999 年同 1992 年相比，积极从业人数减少 459.1 万，其中男性减少 233.1 万人，女性减少 226 万人。2004 年经济积极从业人数为 7 150 万人，已经有工作的为 6 490 万人，正在寻找或准备找工作的为 660 万。从事经济的人口数量及经济积极从业人数性别的变化，都表明男性人口数量正在不断减少。

俄罗斯在市场结构多元化的过程中，各行业的从业人员数量也随之发生了变化。1992～1999 年，从业人数从 7 210 万减少到 6 450 万（占 10.5%），这种减少是由于经济危机导致的大量亏损企业倒闭所造成的。企业从业人数从 4 970 万减少到 2 380 万（占 52.2%），其中，国有企业人数下降了 63%。与此同时，非国有企业的从事人数急剧增加，其比例从 18.3% 上升到 38.2%，增幅最高的是合资公司、企业及组织，人数由 750 万增加到 970 万（增加了 1.3 倍），私营企业人数从 1 320 万增加到 2 920 万（增加了 2.2 倍）。从表 4-4 可以看出部门从业劳动力在经济部门配置方面的变化。

表 4-4 俄罗斯各经济部门从业人数结构分析 （单位:%）

部门从业人数	1992 年	1995 年	1996 年	1997 年	1999 年	2003 年
经济部门从业总数	100.0	100.0	100.0	100.0	100.0	100.0
其中:						
工业	29.6	25.7	24.7	23.0	22.2	25.2
农业和林业	14.3	15.7	14.9	13.7	13.8	10.0
建筑业	11.0	9.7	9.5	8.7	7.7	6.2
交通和通信	7.8	7.9	7.9	7.9	7.9	8.8
贸易和社会餐饮、物质技术供给、采购	7.9	9.7	10.4	13.5	14.9	14.7
公共住宅、居民非生产性服务	4.1	4.9	5.0	5.2	5.3	5.0
健康保险、文体和运动、社会保障	5.9	6.7	6.9	6.8	7.1	6.9
教育、文化、艺术	10.4	11.3	11.3	11.1	11.1	11.8
科学和科学服务	3.2	2.5	2.4	2.2	2.0	1.2
信贷、金融、保险	0.7	1.2	1.2	1.2	1.1	1.3
管理机构	1.9	2.8	4.0	4.0	4.4	6.7
其他部门	3.0	2.1	2.7	2.7	2.8	2.2

注: 1992～2003 年:

(1) 工业部门（从 29.6% 下降到 25.2%）、建筑业（从 11.0% 下降到 6.2%）、农业和林业（从 14.3% 下降到 10.0%）、科学和科学服务（从 3.2% 下降到 1.2%）的从业人数有所下降

(2) 服务业从业人数有较大幅度的增长（从 45.1% 增加到 53.8%）

(3) 贸易和社会餐饮、物质技术供给、采购（从 7.9% 增加到 14.7%），信贷、金融、保险（从 0.7% 增加到 1.3%），管理机构（从 1.9% 增加到 6.7%）等

上述各领域的从业人数有所增加

资料来源: 俄罗斯联邦国家统计局. 俄罗斯统计汇编. 2000:81. 根据俄罗斯联邦国家统计局网站数字俄罗斯整理

　　以上发生在经济及其附属劳动领域从业人员结构的变化证明，在经济领域中市场的作用正不断扩大。从俄罗斯各部门从业人数的变化可以看出，社会经济危机对各部门的影响并不相同，轻工、食品、军工综合体生产的下降程度比较大，科学及科学服务业领域从业人数的减少更是史无前例，十年来这一领域的工作人数减少了2%（从3%减少到1%），而导致这一现象的原因是许多科研院所被关闭，俄罗斯国内脑力工作者大量流失，银行、金融、保险、其他商业部门工资远远高于科研部门和大学，政府对大学教师和科研工作者的财政政策无法从根本上改变科学潜力的利用情况等造成的。

四、俄罗斯社会经济发展战略中的劳务政策

　　解决劳动力资源的最主要问题是利用国家、地区、企业等的现有能力，形成能够有效管理劳动力资源的条件，在保证经济增长和人们生活质量和水平不断提高的前提下，根据具体地区的具体情况，使其得到充分和有效的利用。在每个地区的经济部门，管理劳动力资源已成为管理社会再生产的中心问题，因为人作为生产力的决定要素，始终对经济发展和社会总体进步起着决定的作用。劳动力资源管理包括劳动力的培训，提高生产者的物质和精神福利条件以保证更丰富地利用劳动时间，促进劳动生产力的增长等问题。

　　经贸合作是俄罗斯远东地区同中国经济合作规模最大、发展最迅猛的形式，俄罗斯远东地区在俄中贸易中占有十分重要的地位。2001年，远东在两国的贸易总额中占近26%。俄罗斯远东同中国的合作，特别是同中国东北三省的合作，不仅经济意义重大，而且双边合作扩大了双方本地区的狭窄市场。随着远东地区开发步伐的加快，其在农业生产、林业采伐、矿山开采、渔业生产、城市建筑等方面的劳动力短缺日益成为其经济发展的制约因素。由于俄罗斯人口分布的历史性和地域性，从俄罗斯西部迁移人口和靠其人口再生产来解决劳动力不足的可能性不大，外籍劳工参与建设势在必行。从20世纪90年代初期开始，中国劳务大军开始进军远东地区。2004年，远东地区得到的引进外国劳工的配额为4.12万人，就配额数量上在俄罗斯七个联邦区中排名第二，仅次于经济最发达的中部联邦区（5.84万人），而远远超过西伯利亚联邦区（2.47万人）和乌

拉尔联邦区（2万人）。在各联邦主体中，莫斯科市获得了最多的用工配额，为4.08万人，排在第二位的则是远东的滨海边疆区，为1.5万人。2003年滨海边疆区引进外籍劳务共15 496人。2004年上半年引进外籍劳务15 739人，其中中国劳务占到68%。据官方统计，截至2005年，大约有1.4万名中国人取得了在滨海边疆区的工作权。2006年，当局派发多达1.8万个工作机会。俄罗斯政府计划从2007～2012年向西伯利亚和远东地区移民几十万人，政府将拨款40亿～50亿卢布实施这一计划。

（一）更有效利用劳动力资源的措施

为了保证现有人口能够有效就业，提高劳动力资源的质量和竞争力，俄联邦在市场经济的改革进程中，对劳动力资源采取了以下措施。

（1）创造新的工作岗位，实施促进就业、防止大规模失业的基本政策，减少大规模劳动力失业给社会造成的不利后果。根据具体情况，采取多方面的措施，稳定现有工作岗位，创造新的工作岗位，组织临时性和公益性工作，避免大规模失业。

（2）为干部和个人创造必要的组织-财政机制条件，提供经费保障。

（3）采取适当的就业政策，打破劳动力个人流动的限制。

（二）制订针对社会领域现存问题的政策

（1）在劳动、休息、社会保障、教育、保健、文化、住宅等方面维护公民的宪法权力。

（2）增加社会预算，提高利用效率。

（3）明确划分出联邦、各主体以及市政部门在解决社会问题上的权力和责任。

（4）重新制订关于家庭方面的社会政策。

（5）改善人口的物质生活条件、人口现状并努力使其正常化，降低公民特别是低于劳动年龄的儿童的死亡率。

（6）从根本上改变社会培训结构。联邦的权力机构应保证培训体系继续发展，首先是对经济落后地区劳动力市场受失业威胁的人员进行重新培训。对已失业人员，就业机构可安排其参加职业培训、转业培训和技能提高培训等。

（三）制订加强管理、严格限制的移民政策

随着苏联的解体和市场经济改革，大批俄罗斯人迁居到经济发达地区，致使东部、北部的许多企业招不到工人，在此情况下，只能吸纳外国劳动力。据俄联邦劳动和社会发展部估计，目前在俄外籍劳工约800万人（主要来自苏联各加盟共和国），但仍无法满足需要。为了解决这一问题，俄政府把吸引外籍劳动力作为一项优先考虑的政策，并制定了有关移民的规定。

（1）提高对移民的素质要求。移民政策的主要原则是区别对待各领域的移民，特别是提高在高失业地区对吸引外国劳动力的素质要求。

（2）加强对移民的管理。外国移民在解决了俄罗斯经济发展所需劳动力的同时，也带来了一系列的社会问题。由于政府的管理不善，移民问题出现了一定程度的失控。因此，2002年7月国家杜马通过了《在俄罗斯联邦的外国公民法律地位法》，主要内容是实行移民配额制度、雇佣外国劳务许可证制度及外国人工作许可证制度。

（3）限制移民数量。政府每年将根据各州的申请确定外国移民配额。配额制度从2003年开始试行，当年的移民数量为53万人。俄政府认识到，只有限制移民的自发性发展，减少其对社会和国家的不良影响，才能提高移民的利用潜力。

五、中俄劳务合作现状及问题

为了缓解劳动力资源紧张的状况，俄罗斯在实行经济改革以后，不仅加强了同国外的经贸联系，而且加强了同国外的劳务合作。1993年，俄罗斯公布实施了《招收和使用外籍劳动力条例》，规定企业和个人均有权雇佣外籍劳务人员。从20世纪90年代初期开始，中国劳务大军开始进军远东地区。中俄劳务合作的起步是从建筑业和农业开始的，继而发展到林业、畜牧业和服务业。1994年，中俄两国政府达成协议，采用以企业为核心的国际劳务合作形式向俄罗斯输出劳务，即根据中国劳务公司与俄罗斯企业签订的劳务输出合同相应派出劳动力。2001年两国政府签订的《中华人民共和国政府和俄罗斯联邦政府关于中

华人民共和国公民在俄罗斯联邦和俄罗斯联邦公民在中华人民共和国的短期劳务协定》，为进一步加强中俄劳务合作奠定了法律基础。从 1994 年起，根据俄罗斯总统命令，移民局开始发放劳务许可证。

（一）　中国对外劳务合作现状分析[①]

1. 外派劳务总量偏低，规模偏小

据国际劳工组织（ILO）的统计，目前世界各国的外籍劳工达 8 090 万，国际劳务流动量为每年 3 000 万～3 500 万人次，中国输出人员总量在国际劳务市场的份额仅占 0.7%，约 40 万人（表 4-5）。这种规模不仅与中国劳务输出潜力不符，而且与其他主要劳动力输出国相比也有不小的差距。

表 4-5　2006～2009 年中国对外劳务合作营业额及外派劳务人数

项目＼年份	2006	2007	2008	2009
营业额/亿美元	53.7	67.61	80.6	89
劳务人数/万人	35.1	37.2	42.7	46.5

资料来源：根据《中国对外贸易年鉴》整理

2. 从收益看，营业额偏低

2007 年，中国货物出口总额达到 12 177.8 亿美元，同年外派劳务收入仅为 67.61 亿美元，而菲律宾仅 2004 年就向国内汇回 84 亿美元。输出的劳动力创汇额偏低，主要是因为智力型劳务输出太少，其外汇收入仅占总额的 0.5%。

3. 从地区看，主要集中于亚洲市场

中国对外劳务输出在亚洲市场的份额连续几年超过 70%。总体看，这种亚洲市场的格局将会长期保持。随着区域经济一体化程度加深，必将促使区域内相关国家政府减少对外来劳务的限制措施，中国在这一区域的外派劳务总体上会进一步增加，业务会越来越集中到亚洲市场，特别是周边国家和地区。而非洲、欧洲所占的比重只有 10% 和 5% 左右。

4. 从输出结构看，层次偏低

中国外派行业十分集中，劳务主要是通过研修生、承包工程、农业合作、

①　本小节 2005 年 8 月发表于《国际经济合作》，原文名称为《我国对外劳务合作存在的问题与对策》，略有改动

电子及缝纫等渠道去往国外。日本和韩国由于其对外籍劳动力进行限制，因而采用派遣研修生的方式。承包工程、农业、畜牧业等主要存在于对韩国和俄罗斯远东地区的劳务输出，塞班岛主要是缝纫，新加坡主要是电子和建筑。由此可见，中国参与国际分工的程度小，层次不高，处于国际经济体系和国际市场分工的中低水平，即主要输出劳动力的阶段。这与中国人口大国的地位、外向型经济的发展和缓解国内日益严峻的就业压力需要都极不相称。

5. 劳务输出渠道不规范

目前，中国劳务输出主要由全国性和地方性的国际经济技术合作公司专营。但除了这些合作公司外，还有很多以各种名义从事对外劳务输出活动的部门、单位和个人，这些部门、单位和个人的劳动力输出数量占到中国对外输出总数的一半以上。由于输出渠道不正规，在经营过程中缺乏长期规划，带有极大的盲目性，企业管理水平总体比较低，开拓国际市场能力不足。国际合作公司由于近年来其经营模式处于不断的探索与改制中，经营中的短期行为和无序、恶性竞争，使其不能适应国际劳务市场发展的新趋势。外派劳务公司准备金制度对规范外派公司的行为起到较好的制约作用，但无法从根本上改变外派公司的弊端。国际公司签订合同，但不具备实体，由于资金问题还要通过转包方式，因此难以去管理，从而造成违约事件不断发生，长此下去，必定会制约外派劳务事业的持续发展。

（二）区域案例：东北地区对外劳务合作的特点、影响因素与对策研究[①]

东北地区是中俄经贸合作的重点地区。改革开放以后，随着国家经济发展重心转向东南沿海省份，东北地区经济地位开始下滑，在经济结构调整和国有企业改革中大量职工下岗，再加上原有人口基数较大，使该地区劳动力供求矛盾达到前所未有的程度。国际劳务合作作为解决就业的手段之一，对东北地区起到了一定的作用，但是还存在一些问题。随着中国加入 WTO 和"走出去"战略的实施，国际劳务合作又具有了新的理念和思路。

---

① 本小节 2005 年 12 月发表于《人文地理》，原文名称为《东北地区劳动力国际流动的特点、影响因素与对策研究》，略有改动

1. 东北地区对外劳务合作的特点

（1）规模总量不大

2009 年辽宁省、吉林省和黑龙江省对外劳务输出人数分别为 20 123 人、15 707 人和 7 489 人，东北地区近年来在外人数约占全国劳务输出的 20%，数量基本稳定在 5 万人左右。作为人力资源大国，中国国际劳动力输出规模与传统的劳务输出大国印度、巴基斯坦每年数以百万劳务输出的规模相比，差距很大，而东北地区所占的输出份额更少。从国外的需求看，如 2006 年，中国在日本的研修生仅为 5.5 万人，与在日本合法外籍劳动人数所占的比例及日本劳动力缺口的需要相差甚远。由此可见，东北地区劳动力输出水平亟待提高。

（2）创汇额偏低

2001 年，中国累计外派劳务收入仅为 30 多亿美元，而同年商品出口总额达到 2 662 亿美元。东北地区的年收益不到全国的 10%，与派出的数量相比相差了近一半，与商品贸易相比就相差更多。

（3）流往地区主要集中于亚洲

东北地区所处的地理位置特点，使其劳动力流动方向表现出明显的地区性，主要目的国集中于韩国、日本、俄罗斯、蒙古以及新加坡和塞班岛。黑龙江省主要派往国家为俄罗斯、蒙古、日本；吉林省主要派往国家为韩国、日本、美国塞班、新加坡、俄罗斯；辽宁省主要派往国家为日本、韩国、新加坡、俄罗斯。从 1990 年开始，亚洲市场一直是中国及东北地区劳动力输出最多的地方。总体看，由于亚洲经济一体化程度的加深，促进了区域内相关国家减少对外来劳动力的限制措施，使东北地区劳动力输出主要是亚洲市场的格局将会长期保持。

（4）从涉及的行业看，主要集中于制造业、建筑业、农林牧渔业及交通业

东北地区劳务主要是通过研修生、承包工程、农业合作、电子及缝纫等渠道去往国外的。流入国不同，所从事的行业也有所不同。由于日本和韩国对外籍劳动力进行限制，因而对其采用派遣研修生的方式。承包工程、农业、畜牧业等主要存在于对韩国和俄罗斯远东地区的劳务输出。如 2009 年通过签订承包合同，黑龙江省黑河市向俄派出劳务人员 1.5 万人次，过境农业机械 760 台（件），实现销售收入 2.3 亿元，人均收入 1.2 万元。

（5）劳动力国际流动的信息十分缺乏

长期以来，对外劳务合作市场存在着信息不灵，市场过分集中的被动局面。

东北地区至今尚未建立一个搜集、传递国际劳务信息的网络，没有统一的信息处理机构，劳务信息极为匮乏。区内劳动力的供给情况、国外紧缺的劳动力需求商情、东道国的政策导向等信息出现的障碍，势必会影响劳动力输出的发展。

2. 东北地区劳动力国际流动的影响因素

东北地区劳动力国际流动的上述特点，既具有本地区的特殊性，又在某种程度上反映出中国劳动力国际流动的总体特点和态势。这种状况的产生，其影响因素是多方面的。

(1) 和平的国际和地区形势提供了良好的政治环境

随着世界经济全球化和区域经济一体化的不断深化，以及冷战结束后，东北地区所毗邻的东北亚各国间政治关系的明显改善，中、日、韩、俄各国和平的国际环境，宽松的政策环境和意识形态冲突的减弱，都为劳动力的国际流动提供了必要的政治环境保障。

(2) 地区经济水平和劳动力资源差异是东北地区劳动力国际流动的动力

地区经济差异表现在经济结构的调整方面。目的国劳动力从制造业向服务业转移，而东北地区劳动力因产业调整而出现富余。劳动力资源差异表现在中国劳动力过剩，而俄、日、韩、新等国不同程度地存在劳动力结构性短缺及人口的老龄化问题。由此可见，差异和互补成为劳动力流动的动力。

(3) 中国加入 WTO 和实施"走出去"战略的推进作用

加入 WTO 后，中国可无条件地享有成员中的劳务输出国给予其他国家的市场准入机会，并可得到成员国的国民待遇，特别是在专业服务和高级劳务方面，市场准入机会将扩大，这有助于中国劳动力流动方式与国际惯例接轨。中国实施的"走出去"战略，使对外劳动力合作同货物贸易和国际投资一样，成为其重要的组成部分，这也促进了劳动力的国际流动。

(4) 东北地区独特的人文条件为劳动力国际流动提供了"人缘"优势

语言、文化背景和社会生活习惯的相近或相似，能使经济往来和信息交流渠道广泛而灵通。中、日、韩三国同属汉字、儒教文化圈，新加坡也是华语国家，塞班岛的成衣企业大多由韩国人经营。对韩国和塞班岛的企业来说，东北地区有 200 多万朝鲜族人口，没有语言障碍，会极大减少管理成本。在东北与日本的经济合作中，辽宁省的地位比较突出，大连市以其独特的地理位置优势，建有全国最大的日语人才培训基地，黑龙江省有大量的俄侨，这些都是该地区劳动力国际流动良好的人文条件。

（5）国家制定了一系列行之有效的政策和制度

为了适应劳动力市场的需求，中国把提高劳动力素质作为调整劳动力政策的重点。随着国家对教育的重视，劳动力素质将不断提高，这就为劳动力外流提供了素质保证。同时，商务部承包商会实施的外派劳务公司准备金制度和基地乡建设成为促进劳动力流动的保障。借鉴国外劳动力输出国政府对输出机构申请劳务营业许可证交纳担保金的做法，中国外派劳务公司准备金制度的实施对规范经营公司的行为起到了制约作用，基地乡建设规范了劳动力的来源渠道和有效管理。

（6）地缘政治的影响

东北地区的劳动力国际流动主要集中在东北亚地区。而东北亚国家由于历史、社会制度、经济发展水平等诸多方面的不同，目前仍是世界上各种矛盾最集中的地区之一。冷战思维的阴影仍然存在，仍有制度和体制上的差异。这些都成为制约劳动力流动的最主要因素。

（7）接收国对外来劳动力设定的苛刻条件

一般说来，劳务接收国的政策往往是直接影响劳务合作发展状况的主要因素。日本、韩国和俄罗斯劳动力市场需要大量的外籍劳工，但各国政府通过各种政策法规来限制。这种政策导向不利于东北地区的劳动力输出。

（8）劳动力输入国的社会心理因素

主要社会问题是非法劳动力移民问题。日本和韩国的严重非法移民为其带来了各种社会问题，因此，两国均对外来劳动力采取谨慎态度。俄罗斯在吸收外来劳动力上更担心在远东产生新的民族问题。目前出现的"黄祸论"、"中国威胁论"直接影响着劳动力流动的规模和趋向。由于俄地方官员大造中国领土扩张、中国变相移民的舆论，致使俄远东地区居民排外、反华情绪上升，东北地区劳动力输出的困难也随之增加。

（9）加入 WTO 的消极影响

加入 WTO 后，随着国外的一些产业加速向中国的转移，现有的国外劳动力市场将失去吸引力。目前中国外派劳动力中有相当一部分是从事纺织服务行业的，如较集中的塞班岛，主要是派工人到利用当地产品出口到欧美免配额的优惠条件建立的外资工厂从事制衣工作。一旦这些工厂向中国转移，向这些地区输出的劳务将直接减少。同时，外国人才中介机构也会凭借其资金、管理、信息、市场网络及人才方面的优势登陆中国人才市场从事招聘、培训及输出活动。这会增加国内外经济合作公司的经营成本，对其构成巨大威胁。

（10）培训机构在劳动力国际流动中未能发挥应有的作用

在中国已派和潜在外派劳务人员当中，主要是农村剩余劳动力和城镇下岗工人，这些人技术含量低，外语水平差，绝大多数只能从事非技术性工作。虽然中国已实行了外派劳务培训制度，但由于组织、执行以及其他原因等，对劳务人员素质的提高并没有起到应有的作用。如吉林省目前共有 7 家出国人员培训中心，但培训人员本身无资格。根据对外贸易经济合作部的规定，培训教师应具备大专学历，这明显与现代的需求不相适应。培训实施过程中存在的诸多问题，致使外派劳务培训流于形式，取得的效果甚微，导致对外劳务合作行业缺少品牌，整体竞争力不强。

3. 促进东北地区劳动力国际流动的对策

（1）充分发挥东北地区地缘和产业优势，促进劳动力国际流动

东北地区地处东北亚的中心地带，同东北亚各国都有共同的边境线或出海口，便利的条件为劳动力国际流动提供了不可多得的地缘条件。东北地区也是中国的主要粮食产区，农业发展具有一定的优势，因此可以通过农业合作来促进劳务合作。目前，虽然东北地区在农业领域的对外劳务合作，特别是黑龙江省同俄罗斯的远东地区已有所发展，但同其他国家的劳务输出比例相比还相当低，尤其是与日本的农业劳务合作非常少。日本有 544 万公顷的可耕土地，而农业人口只有 882 万人，是严重缺少劳动力的领域，这为双方在农业方面开展劳务合作提供了条件。东北地区应充分发挥其在国际劳务合作中的地缘优势和潜在产业优势，促进劳动力的国际流动。

（2）发挥国家和政府在促进、组织、管理劳动力流动方面的作用

劳动力的国际流动在一定程度上受输出国相关政策的影响。中国政府应把向外输出劳动力作为解决剩余劳动力的主要对策，把劳动力外流作为政府的发展目标之一，积极制订向外输出劳动力的相关政策。菲律宾 1974 年颁布的《菲律宾劳工法令》将向外输出劳工作为转移国内剩余劳动力的主要策略，印尼政府在"六五发展计划"中把劳工向外流动作为获取外汇和减少失业的重要途径。中国政府也应积极制订向外输出劳动力的相关政策措施，保证、鼓励和促进对

外劳务输出的发展；应制订相关法规，建立合法的劳动力流动机制，通过有效的外交和政治途径，保障本国公民在外的合法权益；应加强同输入国政府的协调，保证劳务的工作和生活条件以及社会人身安全；通过签订双边和多边的劳务合作协议，扩大输出。当前，中国振兴东北老工业基地战略的制订和实施，为东北地区的对外劳务合作提供了良好的政策环境，国家也应在政策方面给予必要的支持，在劳务输出方面提高政策法规的灵活性，并根据具体情况给予一定的优惠政策，如对从事国际劳务合作的机构给予必要的税收优惠，对新项目的开发给予资金扶持等。

（3）在发挥传统优势的同时，实现经营理念的转变

东北地区劳动力资源的特点是数量大，素质低，适合于传统产业和 3D（danger，dirty，difficult）行业的工作，专业技术人员和管理人员少，外派劳务结构不合理。如日本可供接收的工种有 220 多个，中国的研修生主要集中在建筑、市政施工、纺织加工、软件设计、中医药、服务等第二、第三产业，而高级劳动力人才供应不足。因此，劳动力输出行业应创新业务模式，有针对性地拓展新的市场和业务，应该在条件具备的情况下，注重技术密集型和资本密集型的劳动力输出，实现从数量型向收益型的转变。向发达国家输出急需的高科技人员，如计算机操作人员、医护人员、高级海员等，在一定程度上改善了劳动力输出结构，提升了东北地区外派劳务层次。

（4）成立对外劳务合作中心，实现资源整合

由东北三省的政府和经营公司共同建立对外劳务合作中心，将商务部系统框架下的对外劳务合作管理体制和劳动部系统下的境外就业管理体制合为一体，规范劳动力输出制度，使经营主体由"窗口型"向"实体型"转变。这样，既可以避免许多私营的劳动力输出公司和代理机构在国外招揽业务时彼此竞争、相互杀价所导致的资源浪费，又可以发挥优势，形成合力，促进其健康发展。由中心负责对市场国进行详细的调查和分析，制订战略，有的放矢地开拓业务；在中心建立东北地区劳动力信息网络，及时做好信息的搜集、整理、传递、发布以及反馈工作，交流劳动力需求信息；由中心建立外派劳务基地乡和劳动力输出人员库，进行境外管理以及家属慰问工作；中心统一对出国劳务人员进行技能、语言、涉外知识、所在国法律和风俗人情习惯等方面的培训，提高外派人员的业务素质。在经营上，中心应改变经营公司以往传统的业务运作方式，

适应现代业务发展的需要，建立具有多元化的经营方针和灵活自主的经营策略的跨国公司，提高国际竞争力。

（5）对不同的国家和地区市场，选择不同的对策

在稳步发展东北地区传统的劳动力国际流动市场的同时，创造条件，努力探索开拓新的目的国。

对于以研修制为主的日本和韩国，为适应其向雇佣制过渡，应由对外劳务合作中心建立中介机构开发劳务市场，并通过与日韩建立合资企业形式派遣研修生，绕过两国限制劳工输入的政策壁垒，争取开拓与日韩的第三国劳务合作渠道。对主要从事建筑业、电子加工和制造业的新加坡市场，应抓住新加坡人力资源部实行的对熟练工人来源国、最长雇佣期限和年龄无限制的"S"准证机遇，大力推进市场。随着美国即将取消纺织品进口配额，塞班纺织品的竞争优势将受到削弱，制衣业劳务前景不容乐观，对塞班岛应有针对性地拓展新的市场和业务。对于资源丰富、劳动力缺少的俄罗斯远东及西伯利亚地区应加强区域互补优势，实施"大经贸"战略，通过对外投资和工程承包扩大劳动力合作。对发达国家及未开发的目的国，应及时利用国家提供的信息和条件，克服盲目性，有针对性地进行市场开发，加强探索新的输出形式，寻找新的外派渠道和增长点。

综上所述，在振兴东北经济的过程中，东北地区应该抓住机遇，充分发挥地缘优势和比较利益差别，加大力度，积极开拓市场，努力消除制约因素，及时探讨与解决东北地区劳动力国际流动中出现的问题，在认识上把劳务国际合作提高到与国际贸易和投资同等重要的地位，以促进其稳定、快速、高效、健康地发展。

（三）中俄劳务合作现状及存在的问题

1. 中俄劳务合作层次低，规模不大

据中国商务部统计，2001 年对俄派出劳务人员 1.25 万，比 2000 年下降 15%；2004 年 1～11 月派出 1.18 万人；2005 年中国对俄派出 1.8 万人，截至 2005 年年底，在俄罗斯的中国劳务人员达 2.2 万；2007 年年底，在俄罗斯的中国劳务人员为 3.1 万。

2. 派出劳务教育程度不高

派出劳务多集中在农业、林业、畜牧业和采掘业等领域，从事的多是低技

术含量的繁重体力劳动。造成这种局面的主要原因既有俄方作为劳务目标国的主观因素，也有中方作为劳务输出国自身因素。

3. 俄法律法规不断变化造成负面影响

俄罗斯的法律法规经常变化，朝令夕改。俄实行劳务许可证制度以后，抑制了来自远邻国家的劳务输入，增加了中方对俄劳务输出的难度。另外，俄方一些合作者缺乏信誉。从中方来看，中国国内政策对外派劳务的影响较大。

4. 中方在资金等方面缺乏市场竞争力

20世纪90年代初期，中国凭借地缘优势迅速抢占俄劳动力市场，特别是占据了俄远东地区承包工程和农业等劳动力市场的大部分份额。但是，自从1994年中国实行税制改革、汇率并轨和提高出口税以及对十几种与劳务合作有关的商品实行许可证制度和配额控制政策以来，外派劳务的工作难度越来越大，公司开展出口劳务业务的积极性受到抑制。此外，中国对外劳务合作尚无国家立法，只是依靠商务部门颁布的部门规定进行管理。劳务合作的宏观管理体制不够完善，对外派劳务人员的合法权益缺乏有效保护手段，对劳务合作缺乏相应的促进和扶持政策。中国无论从项目规模、承包方式、结算方式，还是从技术和管理水平等方面都存在一些问题。由于中方企业资金和融资能力及技术水平薄弱，难以在俄市场上承担大项目，客观上为其他国家和地区抢占俄劳务市场提供了机会。[40]

六、俄罗斯入世对中俄劳务合作的影响①

随着经济全球化趋势的到来，融入世界经济空间，形成开放式的市场经济，加入世界贸易组织已成为当今俄罗斯经济发展的必然选择。作为世界贸易组织之外的最大经济体，俄罗斯已将入世定为振兴经济和强国富民的一个重要战略步骤。

在WTO协定中，至今尚未有关于劳动力流动的条款。为推动各国产业的进步和升级，1994年关贸总协定各成员方签署了《服务贸易总协定》（General

---

① 本节2006年5月发表于《国际经济合作》，原文名称为《我国劳务合作应对俄罗斯入世的思考》，略有改动

Agreement on Trade in Service，GATS），使服务贸易自由化成为国际多边贸易机制努力的目标。在关于自然人流动的附件中，允许成员方政府谈判适用于提供服务人员临时逗留的具体承诺，但不适用于以移民为目的寻求在一国长期居住或长期就业的人员。凡是在具体承诺内的自然人，应被允许根据具体承诺的条件提供服务。同时，该附件不应阻止成员实施相应措施对自然人进入临时居留其境内进行管理，包括为保护其边境的完整和确保自然人有秩序跨境流动所必需的措施。只要这类措施不致损害或阻碍依据具体承诺的规定和条件予以任何成员的利益。

规定不仅要求给予外国服务产品以最惠国待遇和国民待遇，而且还要求给予外国服务者（法人和自然人）提供上述待遇。因此，服务贸易的总目标是更加广泛和全面地开放市场，即开放服务产品市场、服务行业的投资市场和服务业劳动力市场，进而在更大程度上消除贸易障碍。

与货物贸易不同，服务贸易作为无形贸易，东道国不能通过海关进行监管，也不能用减税措施加以控制。因此，服务贸易自由化的实现手段不是削减关税，而是通过谈判谋求缔约方政府修改国内法律法规，减少对服务贸易的限制，在这个过程中不仅服务业市场要与国际接轨，而且各国的法律和法规也需要在自由化中得到修订。需要指出的是，伴随全球信息技术的迅猛发展和在服务贸易中的广泛应用，那些关系一国经济命脉、国家安全和社会稳定的服务领域在纳入《服务贸易总协定》的开放范围后，加深了贸易自由化与各国经济发展战略之间的关联度。

俄罗斯作为世贸组织之外的最大经济体，加入世贸组织，形成开放式的市场经济，已成为其振兴经济和富国强民的必然选择。2004 年 10 月 14 日中俄两国签署的《中华人民共和国与俄罗斯联邦关于俄罗斯加入世贸组织的市场准入协议》，有助于两国的产品与服务进入彼此的市场，并在 WTO 贸易规则下解决彼此的分歧以及战略协作，从而进一步提升两国经贸合作水平。

（一）入世对俄罗斯劳务市场产生的影响

1. 劳动移民仍将持续增加

当前，在俄罗斯经济积极人口数量持续减少的条件下，要使国内生产总值翻两番，国内生产总值必须保持 4%～5% 的增长速度，即以 2001 年为基准，从

2006 年 1.177 倍增长到 2010 年的 1.234 倍，使国民收入从 2001 年的 3 100 亿美元增加到 2010 年的 6 200 亿美元。要实现这种增长，途径有提高劳动生产率和增加就业。研究表明，如果劳动生产率以每年 5% 的速度增长，那么到 2010 年国内生产总值只能增长 40%，因此就业人口应增加 60%，达到 10 350 万。如果劳动力人数不增加，年均劳动生产率的增长就应达到 9%，而这在俄罗斯显然是不可能的。计算资料表明，解决俄罗斯社会经济问题和保持地缘政治利益直接依赖于人口的数量。即使人口不增加，也应该保持稳定（这一目标已在《2015 年前俄罗斯联邦人口发展纲要》中形成）。要解决俄罗斯国民经济增长中面临的劳动力问题，就只能靠国外的劳动力移民。近 8～10 年，劳动力资源不足已成为俄罗斯重返发达国家行列的决定性制约因素。解决的一个方式就是扩大国际移民规模。国外移民数量应根据俄罗斯劳动人口自然减少的规模而增加，否则经济发展中的劳动潜力水平就会失去平衡。

2. GATS 拓展了第三产业市场的发展空间

尽管劳务移民问题目前不是世贸组织的最热点问题，但鉴于劳务问题对俄罗斯十分重要，因此，有必要研究世贸组织涉及服务行业工作的有关自然人的 GATS 协议条款。

确定提供服务自然人的来往的 GATS 附录的第 2 点提到，协议不适应对寻找进入世贸组织成员国家劳务市场的自然人的措施，以及国籍、居住或者在固定基础上安置工作的措施。同时，GATS 不阻碍成员国家签订使劳务市场结合的国际协议。世界贸易组织关于自然人来往制度的必要性已有规定，GATS 第 2 条规定给提供服务的自然人与法律人以优惠贸易的制度。[41] 这些规定确定的目的是通过自然人的往来在 GATS 范围里得到更高水平的世界贸易组织成员国家的义务。

由于第三产业发展迅速，所以世界贸易组织的服务贸易会议组成受到 GATS 调整的服务分类清单的限制，还有几个 GATS 附录也包括在调整服务项目领域内。最近 10 年在俄罗斯滨海边区第三产业的发展很快。俄罗斯加入世界贸易组织与服务行业自由化以后，将会进一步开放提供服务自然人的市场，使在这个市场工作的外国自然人能被当做服务提供者来对待，这就为俄中第三产业的合作提供了很好的前景。

3. 法制的健全将保障劳务的权利和利益

当前，在俄罗斯对待国际劳动移民方面有以下几种观点：①保守派。他们将劳务移民同绝对消极后果相联系，其对待移民政策的思想是控制移民，必须使国家停止劳动移民，并加强对边境地区的控制。②自由移民方案。其基本观点是俄罗斯不可避免地要利用和吸纳外国劳务，主要原因是在经济增长条件下，国内劳动力不足。他们认为，俄罗斯可能从近邻国家（包括中国）获得劳动力，国家不应对劳动移民设限，不赞成对劳务限额，认为没有国界的市场经济会促进大量劳务移民的流入。如果有人来到俄罗斯，就说明这里能挣到钱并适合工作，因此主张劳动力自由流动，靠市场经济对其进行调整。③赞成谨慎地对待移民的态度。他们认为，必须确定劳动力需要的范围并使其直接同国家的社会经济发展前景相联系；必须在整个国家目标、确保俄罗斯人的安全和福利及建设强大独立国家的背景下，实施在保证经济发展的同时，控制外国移民的战略；应关注国家的人口发展现状，保证国家的社会发展和地缘政治安全，使移民成为社会中稳定的团体。从俄罗斯人口发展的战略角度出发，加大国外移民流入，以补充国内人口的自然损失和满足劳动力市场刻不容缓的需求。这一思想在普京总统 2005 年 4 月 25 日的联邦国会致辞中清楚地体现出来："人口数量的增长应伴随着有理性的移民政策。我们感兴趣的是有技能的合格劳动力资源的流入。"为了有序有效地解决移民管理问题，必须在考虑地缘政治、经济、人口利益的同时，制订科学的移民政策，并使其成为俄罗斯国家人口发展战略的一个组成部分。

（二）俄罗斯完善移民政策的措施

（1）首先要吸引近邻的独联体国家居民到俄罗斯定居（人数不少于人口自然减少的规模）。

（2）从符合俄罗斯经济和地缘政治利益的国家吸引劳动移民（规模应与劳动市场短缺的劳动力资源持平）。

（3）保证俄罗斯国内的人口移民，即要巩固国家重要的地缘政治地区的常住人口（首先是西伯利亚地区和远东的边境地区）。

（4）减少从俄罗斯到国外的高素质人才的外流。

当前，俄罗斯的移民法律、高关税以及地方黑社会等都成为劳动力移民的障碍。为了吸引大量的人口，俄罗斯政府面临着来自于中国方面的修改吸引劳动力法律政策的压力，如常驻俄罗斯的中国人要有选举权和被选举权等。

在世贸组织的框架内，越来越经常地讨论跨国劳动力移民自由化的可能性这一问题。在取消劳动力交流的壁垒方面，俄罗斯的立场与西方发达国家而不是发展中国家相接近。一旦俄罗斯入世，就要达到中国提出的要求，即完全拆除劳动力流动的所有障碍。俄罗斯政府已许诺规范劳务合作市场，使中方劳务有序地进入俄罗斯市场。如果俄罗斯同意中国的要求，中国的劳务人数将大量增加，这为东北亚各国特别是中国劳动力的转移提供了良好机遇。随着俄罗斯石油和天然气的开发及有中国资本参与的森林采伐业的发展，俄罗斯需要成千上万的中国劳务。可以预料，在中国今后稳定发展的几十年中，到俄罗斯的劳动移民将会增加，但由于受种种原因影响，速度并不会很快。

俄罗斯加入世贸组织后，其经贸条件、伙伴关系、投资环境、相关法律的规则等都将发生明显变化，中国具有优势的服务业如工程承包与劳务合作等可抓住机遇，扩大出口。因此，应及时有针对性地制订中国应对俄罗斯入世后劳务合作的有效对策。

第五章

中俄经贸合作影响的
理性分析

　　经贸合作的影响是多方面的，既有经济方面的，也有政治和社会方面的。研究结果显示，国际经贸合作带来了不可思议的巨大收益。目前，中俄两国均处于向市场经济过渡的转型时期，经贸合作缺乏成熟的经验、政策和措施。尤其是俄罗斯，有时只看到经贸合作带来和可能引起的不良后果，缺乏综合判断和公正评价。

　　在这方面，本书重点分析劳务合作的影响问题。一般来说，劳务合作对世界经济产生了积极影响。劳务的输出和输入不仅加深了生产的国际化，促进了国际贸易的发展，而且还加快了资金的国际流动，加速了先进科学技术的转移，促进了劳务输出国与输入国的经济发展。在和平的条件下，移民还可以消除各国和各民族之间的界限和隔阂，对于加强世界或地区人们的联系，有着重要的作用，有利于科学技术的传播以及不同政治文化的交流和融合，最终有利于世界的多元化和时代进步。劳动力的流动会对劳动力市场产生影响，进而影响一国经济的发展。具体表现在以下六个方面。

　　一是劳动力国际流动对财政的影响。移民流出前，在本国就业需要向本国纳税，同时享用本国种种社会福利与公共设施。移民流出后则不再向本国纳税，也不再享用本国种种社会福利与公共设施，而是按输入国标准纳税，并享用输入国的社会福利与公共设施。这样，移民将对两国财政收支情况产生影响。就目前中俄劳务合作而言，由于流动人数较少，因而对两国的财政收入并未产生重大影响。

　　二是劳动力国际流动对就业市场的影响。首先，主要表现为满足国内对劳动力的需求，改善劳动力的供给结构，并节省大量劳动力培训费用。其次，劳动力国际流动对输出国就业市场的影响主要表现为缓解就业压力，产生人才外流。在中俄劳务合作中，由于中方劳务对俄方就业市场是补缺而非替代关系，因而未影响俄就业市场。同时，由于中方输出的是闲置生产要素，因而缓解了就业压力。

　　三是对国际贸易和资本国际流动的影响。劳动力国际流动在一定程度上扩大了国际贸易量，促进了国际贸易的发展，加速了资本的国际流动，使资本国际流动的范围更为广泛。在中俄贸易中，劳务贸易与商品贸易和资本流动呈正相关。

　　四是对世界经济发展的影响。劳动力国际流动可以使生产要素在世界范围内进行更合理的配置，达到比较优化的程度。而资源十分丰富的国家和地区，国外劳动力的流入，可以加速这些资源的开发。俄罗斯的远东地区即是如此。

五是对国际收支平衡的影响。在劳动力国际流动的同时，会出现一个与劳动力国际流动方向相反的货币流，对于外汇短缺的劳动力输出国来说，无疑会有利于改善本国的国际收支状况。由于中俄劳务合作营业额低，且两国金融领域的合作不健全，因而外汇收入并未在很大程度上影响收支平衡。

六是其他影响。国际间劳动力的流动是十分复杂的问题。美国著名经济学家巴格瓦蒂（J. N. Bhagwati）认为，在资本、商品和劳动力三者的国际流动中，劳动力的国际流动是最困难的。由于流动劳动力为输入国带来了新的文化，他们的文化既不属于输出国，也不属于输入国，在某种程度上体现了文化的"断裂"。人类历史必然经历"断裂"，不存在一帆风顺的发展路径。吉登斯就曾谈到过与现代时期有关的特殊"断裂"，并指出劳动力流动表现出了深刻的断裂特征。[42]人口移动在实现均衡的过程中不断地打破旧有的平衡，从而引发了多层面的摩擦，这一社会整合过程从长远看有利于增强社会的活力，从短期看，则有可能带来社会问题，如文化冲突、犯罪等。而在另一些情况下，则可能导致社会冲突。[43]

国家和地区之间的劳动力流动，不仅对一些国家的社会经济发展有着十分重要的影响，甚至还影响着国家之间的关系和地区的安全。在新的条件下，劳动力流动可以从彼失我得的"零和竞局"（Zero Sum）走向双赢（Win-Win），为流出国和流入国都带来积极的影响。在此基础上，笔者要着意探讨新的背景下中国与俄罗斯劳务合作在各方面的影响。

一、俄罗斯的外国移民问题

笔者认为，之所以要讨论移民问题，是因为在俄罗斯常常将经贸合作中的外国劳务和移民的概念混淆，从而将非法移民与合法输入的劳动力的影响交织在一起，进而限制了经贸合作的进入和开展，成为制约经贸合作正常开展的重要因素。

（一）中俄对"移民"概念的不同理解

世界各国对"移民"一词的理解各不相同。在美国，被准许暂时性进入的人员称为"非移民"。根据南非的移民管理制度，一个外国人经过5年的暂时性居住，就可以逐步变为永久性居住。而在加拿大，移民政策考虑的是永久性居民的接纳和定居。

中俄在移民问题上分歧较大，一个重要的原因是双方对于"移民"这个核心概念的认识有相当大的差异。在《现代汉语词典》中，"移民"是指迁移到外地或外国落户的人。而俄罗斯的学者常常将"人口流动"与"移民"这两个概念混为一谈，他们把各种形式的人口迁移，如在居住地之外的工作和学习、出差、休假等都划入"移民"范围。在俄语中，"移民"（миграция）一词具有以下四个含义：①具有社会意义的所有包括改变工作地和居住地的人口流动形式；②阶段性或临时性的工作或学习迁移；③出差、休假等形式；④形成新的地域结构的人口迁移。

由于中俄不同的文化背景和对概念理解的差异，因此，在统计方法和对待劳务的态度与政策上出现了很大的偏差。本章所论述的劳务输出只是俄语中对"移民"这一概念第二种含义的理解，即阶段性（季节性）或临时性的工作迁移。

（二）俄罗斯的外国移民现状评述

俄罗斯由于其特殊的人口及劳动力现状，使扩大利用外国劳动力成为其现代经济中就业方面的一个典型特点。

1. 俄罗斯外国移民的原因

俄罗斯吸引和使用劳动力的主要原因是经济利益的驱动。具体来说，包括以下几种。

（1）俄罗斯出现了大量工作岗位

工作岗位主要是一些在当前社会经济条件下对当地居民吸引力小的行业和不能从国内其他地区提供的劳动岗位（繁重的体力劳动、低工资等），这种情况更经常地出现在开采业、建筑业和农业中。俄罗斯联邦国家就业局滨海司仅2001年上半年就收到要求补充的岗位54 446个，比2000年同期增加8.6%，缺少高水平技术工人成为企业发展的障碍。长期得不到满足的是船舶维修业、建筑工业、公共服务业等。

（2）外资企业数量的增加

2001 年在外资企业中就有 170 万人就业。2001 年有 39% 的外国劳务在俄罗斯国内建立的外国贸易或租赁公司工作。

（3）当地工人的业务能力低下

特别是在建筑业和农业行业，当地工人专业经验不足、年龄偏大，而中国的工人劳动生产率则相对较高。

（4）外国移民在本国内不能找到工作

中国特别是东北地区由于地区经济结构调整，导致部分行业失业人数增加，成为劳动力外流的强大推力。

（5）对收入较满意

尽管工资比当地的工人低，但比移民在国内的收入要高。

（6）适应生活条件

外国工人很容易适应俄罗斯的生活条件，他们对生活很多方面的要求并不苛刻。

（7）成本较低

中国进入其他国家市场，会产生复杂性和高成本的问题，而进入俄罗斯市场则由于地理位置相近，壁垒较少，因而较容易。

在移民过程中，移民和俄罗斯的企业家双方都是获利者。移民可以获得比在本国更高的收入，企业家雇用外国劳务比雇用当地劳动力节省了工资和税款。

2. 俄罗斯移民的构成

从 1994 年开始，俄罗斯正式吸纳来自 100 多个国家的外国劳务。其中来自独联体国家的最多，约占 48.8%，来自乌克兰的占其中的 66.8%。其他国家中土耳其的最多。从 2000 年起，中国的人数超过了土耳其。吸纳的劳务性别和年龄构成是：90% 以上为男性，其中 40 岁以下的占 59%～69%。主要行业是建筑业（1995 年占 55%，1998 年占 52%，2001 年占 39%），第二位是商业贸易活动（2001 年占 23%），主要是越南和中国的移民，2001 年这两个国家的移民占这一经济领域正式吸纳人数的 65%。俄罗斯最大的劳动力进口地区有五个，它们是莫斯科市、汉特—曼西斯克自治区、亚马尔—涅涅茨自治区、滨海边疆区和莫斯科州，近年来这些地区吸纳的移民占吸纳总数的一半以上。有关移民的详细情况见图 5-1～图 5-4 和表 5-1、表 5-2。

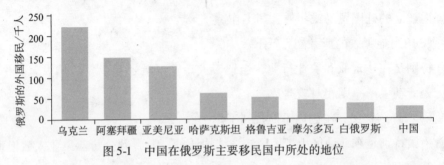

图 5-1　中国在俄罗斯主要移民国中所处的地位

资料来源：根据俄罗斯联邦国家统计局统计数据整理

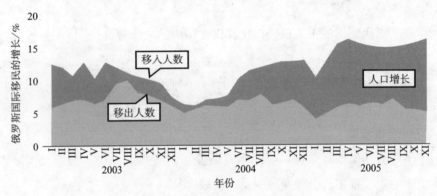

图 5-2　俄罗斯国际移民的增长

资料来源：根据俄罗斯联邦国家统计局统计数据整理

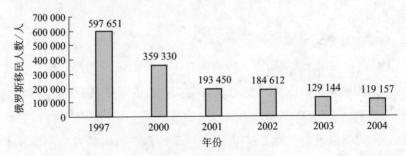

图 5-3　俄罗斯移民人数统计

资料来源：根据俄罗斯联邦国家统计局统计数据整理

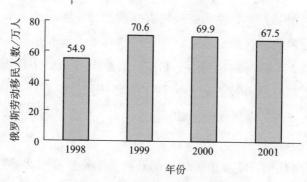

图 5-4　俄罗斯的劳动移民总数

资料来源：根据俄罗斯联邦国家统计局统计数据整理

表 5-1　俄罗斯劳务的主要进口国

国家	2000 年		2004 年		2004 年与 2000 年之比
	总数	比例/%	总数	比例/%	
总数	213 293	100	460 364	100	2.16
中国	26 222	12.29	94 064	20.4	3.59
土耳其	17 847	8.37	48 007	10.4	2.69
越南	13 256	6.21	41 816	9.1	3.15
朝鲜	8 700	4.08	14 736	3.2	1.69

资料来源：俄罗斯联邦国家统计局数字俄罗斯

表 5-2　中国人在俄罗斯从事劳务的主要行业　　　　（单位：%）

行业	比例/%
贸易	46
学习	40
就职工作	14
翻译、教师	3
公司就职	5
建筑	4
农业	2

资料来源：Стратегия Социально-Экономического Развития Приморского Крааяна 2004 – 2010гг. Владивосток，2003：131

（三）俄罗斯远东地区的中国移民问题

1. 中国移民问题的由来

据文字记载，俄罗斯对中国劳动力的正式引入始于 1861 年 3 月 26 日颁布的《俄国人与外国人在阿穆尔省和滨海省定居条例》。清代后期，中国人口急剧膨胀，土地状况日益紧张，人口迁移活动十分频繁。俄远东地区与中国东北地区仅江水之隔，阿穆尔和滨海地区被辟为重点移民开发区，成为华工流动的一个目标。华工赴远东地区一般是通过俄驻中国代办处组织起来的，也有自己单独行动的，乘船或火车经满洲里到达远东，一般是季节工。自19世纪中叶开始，中国劳务在俄东部移民开发过程中发挥了重要作用。但有些人从事非法活动，如出售假冒伪劣商品、走私有色金属和珍贵木材，损害了远东地方经济的发展。

2. 俄罗斯中国移民现状

20世纪90年代初，随着边境地区的开放，主要来自东北各省，即黑龙江、吉林和辽宁省的中国人开始进入远东地区。根据联邦移民局和滨海边疆区签证和许可处的资料，2001年常驻俄罗斯的中国人近2万（包括合同工人和经商人员），中国合同劳务人员较少，仅为6 000人。每年在滨海定居的有3 000～4 000名中国公民。[44]（这是官方的数字，实际上更多。）2005年，在23 268名外籍劳务人员中，中国人有22 311名，占总数的95.9%（表5-3、图5-5）。

表5-3　到达俄罗斯滨海边疆区的中国人数　　　　　　　（单位：人）

年份	护照签证总人数	目的		
		工作	短期访问	旅游
1994	39 276	7 002	13 705	18 569
1995	35 267	6 715	10 217	18 335
1996	36 924	5 853	9 584	21 505
1997	52 979	5 965	8 763	39 095
1998	73 547	2 926	9 159	61 396
1999	120 000	2 410	6 192	77 000
2000	150 000	3 165	1 835	100 000
2001	93 878	6 789		

资料来源：Комсомольская правда, 18 декабря 2001

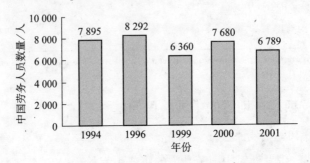

图5-5　在远东地区登记的中国劳务

资料来源：Стратегия Социально-Экономического Развития Приморского Краяна 2004 - 2010гг. Владивосток, 2003：104

（1）1990～2002 年滨海边疆区的中国移民

根据滨海边疆区的统计资料，边疆区的人口从 2001 年年初到 2001 年 10 月 1 日减少了 13 300 人，下降到了 2 144 400 人。经济从业人数为 1 077 300 人（占滨海总人口的 48%），在国家就业局登记的失业人数为 23 600 人，人口总数和经济从业人数减少的趋势在继续。

63%～69% 的中国工人集中于滨海边疆区的大城市，如符拉迪沃斯托克、乌苏里斯克、纳霍德卡、阿尔乔姆、阿尔谢耶夫、游击队员城等。

（2）中国劳动力在远东的部门从业结构

1994 年 4 月中旬联邦移民局下发了 421 个许可证以使用外国劳动力，其中 251 个用于来自中国的 15 000 人，远东占 8 500 人，西伯利亚有 4 000 人，其他的到乌拉尔和欧洲部分。1994 年的前 8 个月从中国吸引了 27 879 人（占俄罗斯外国劳动力总数的 21.5%，仅次于乌克兰）。俄方用以支付的是中国缺少的木材、化肥、鱼类、石油和石油产品、有色金属、钢铁等。

1997 年，进入俄罗斯的大部分中国人从事建筑业（42.9%），第二位是农业（占 31.9%），从事贸易的占 10%。2001 年，从事建筑业的中国人占 10%，从事农业的占 22.6%，从事非法贸易的占 46%。就外国人在滨海边疆区的人数来说，中国稳居第一位。1995 ～ 1998 年外国劳务按国别比例如下：中国占 69.5%，朝鲜占 20.6%，独联体国家占 6.5%，越南占 1.2%，韩国占 0.6%。2001 年中国人已经占到 82%。2005 年，在滨海边疆区的 34 062 名外籍劳务人员中，有 22 311 名中国人，占总数的 65.5%（表 5-4、图 5-6）。

表 5-4　1999～2005 年滨海经济部门中国劳动移民的分配

（单位：人）

时间	工业	农业	林业	建筑业	饮食服务	经商	渔业
1999 年	878	1 758	32	925	1 620	999	148
2000 年	641	1 752	36	746	2 289	2 153	63
2005 年 6 月	436	1 539	11	703	2 137	17	47

资料来源：Стратегия Социально-Экономического Развития Приморского Краяна 2004 – 2010гг. Владивосток，2006：96

（3）滨海边疆区对劳动移民的管理措施

由于中俄双方有着共同的利益（经济、政治、人口、安全边界等），中国的劳动移民是不可避免也无法禁止的，因此对限额、入境、到达和活动结果进行管理，便成为俄罗斯经济战略的一个组成部分。滨海边疆区的管理和调控机关

图 5-6　2005 年滨海边疆区外籍劳务的部门分配

资料来源：Миграционная Политика ЗАпадных СТран. Альтернативы для России. Москва：2006：163

是滨海边疆区移民局。为了保护本国的劳动力市场，有效发挥中国劳动力的积极作用，俄联邦和地方政府制定了以下法案：1993 年 12 月 16 日 2145 号总统令《移民措施》、1993 年 12 月 16 日 2146 号总统令《关于在俄罗斯吸引和使用外国劳务》、滨海边疆区州长 1994 年 4 月 25 日 511 号决议《关于在符拉迪沃斯托克吸引和使用外国劳务》、滨海边疆区杜马 1995 年 11 月 23 日 219 号决议《外国人到滨海边疆区的规章》、1996 年 7 月 18 日执行的《俄联邦进出入规则》、1997 年 10 月 15 日 429 号滨海边疆区州长决议《关于对服务和贸易领域吸引和使用外国劳务的管理措施》、滨海边疆区州长 1999 年 11 月 4 日 508 号决议《关于确定 1999—2000 年滨海边疆区移民程序》、2000 年 1 月 31 日 105 号滨海边疆区符拉迪沃斯托克市行政管理机关《关于确定吸引外国劳务 2000 年到符拉迪沃斯托克定额的决议》、滨海边疆区州长 2000 年 9 月 1 日 598 号决议《关于预防非法外国公民和无国籍人员到滨海边疆区的措施》等。

　　对俄罗斯来说，移民是具有重大的经济意义的因素之一。预计到 21 世纪中期，在俄罗斯劳动资源的移民份额将不少于 20%。如果每年从滨海边疆区移出 2 万俄罗斯人（占居民人口的 1%）的话，那么外国劳动移民份额还将大幅度增加。

二、中俄经贸合作的经济影响

　　国际贸易对参与贸易的国家乃至世界经济发展的作用，具体表现在以下几方面：一是调节各国市场的供求关系，互通有无。二是促进生产要素的充分利用。通过国际贸易，采取国际劳务贸易、资本转移、土地租赁、技术贸易等方式，将国内富余的生产要素与其他国家交换国内短缺的生产要素，使短缺生产要素的制约得以缓解或消除，富余生产要素得以充分利用，扩大生产规模，加速经济发展。三是发挥比较优势，提高生产效率。各国参与国际贸易的重要基础是比较利益和比较优势。扩大优势商品生产，缩小劣势商品生产，并出口优势产品从国外换回本国居于劣势的商品，可在社会生产力不变的前提下提高生产要素的效能，提高生产效率，获得更大的经济效益。四是提高生产技术水平，优化国内产业结构。通过国际贸易，使国内的产业结构逐步协调和完善，促使整个国民经济协调发展。五是增加财政收入，提高国民福利水平。国际贸易的发展，可为一国政府开辟财政收入的来源。六是加强各国经济联系，促进经济发展。国际市场的竞争活动，促使世界总体的生产力发展进一步加快。这不仅促进了发达国家经济的进一步发展，也促进了不发达国家和地区的经济发展。

由于上述商品贸易的意义是众所周知的，对所有贸易参与国都是有效的，对中俄两国也是如此。因此本书不对此进行过多分析，而是重点分析中俄经贸合作的主要内容之一——中俄劳务合作的经济影响，试图通过此分析，预测其未来发展趋势，并提出促进合作的相应对策。

（一）中俄劳务合作对中国的经济影响

在分析劳务合作的影响时，首先应该分析的是经济影响。经济影响包括宏观影响和微观影响两个方面。宏观影响包括对国家和地区经济发展的影响，微观影响则主要包括对劳务个人及家庭的影响等。

从人口经济学角度来看，社会为了保持一定的发展速度，总是要保持与其社会发展阶段相适应的人口数量和人口结构，即所谓适度人口。如果经济实际人口超过适度人口，不仅会使社会产品供应总量短缺，还会导致大量失业，形成政治压力甚至社会动荡；而实际人口低于适度人口，同样会由于劳动力短缺，不能充分利用社会经济资源和发展机遇，影响总体发展速度。近年来，随着中国企业改制和就业人口的增加，就业形势更为严峻，作为俄罗斯的劳务输出地，中国东北劳动力的流动成为促进区域发展的典型模式。

1. 有利于缓解就业压力，提高劳动力资源的利用效率

东北地区作为老工业基地，在经过了多年的工业化发展之后，出现了很多

资源枯竭型城市，使得那些以资源为依托的产业失去了基础和再发展的空间，加之自经济结构调整以来，特别是东北地区一直受失业的困扰，就业压力非常突出。另外，东北地区也是农业比较发达的地区，随着科技进步以及耕地的不断减少，农业劳动力过剩问题日趋显现。这些劳动力从农村中转移出来进入城市，使得本已供过于求的城市劳动力市场雪上加霜。东北地区所面临的前所未有的就业问题已成为影响东北社会稳定的关键性因素。开展劳务合作可以在一定程度上缓解失业问题，增加就业机会。

2. 有利于加快劳动力资源开发，提高劳动力素质

国际劳务合作是加快劳动力资源开发和提高劳动力素质的重要途径。通过专业培训和技术教育，提高劳务人员的知识结构、技术素养和敬业精神，可以不断提高劳动者的技术含量。

3. 劳务输出也增加了劳务人员的个人收入，提高了生活水平

对个人和家庭而言，劳动力流动使他们有了改善生活的可能。一般来说，劳务人员到国外从事生产或提供服务所获得的报酬要高于其在国内的收入水平。这部分劳动收入一方面用于生活开支以提高其生活水平，从而增加消费，在一定程度上刺激社会需求的增加；另一方面，也有相当一部分收入会进行积累，转化为投资，从事扩大再生产或经营活动，增加用于投资的存款。

总之，不管是从长期还是从短期来看，从中国这样的劳动力剩余国家向国外输出劳务对经济发展都是有利的。

（二）引进劳务对俄罗斯的经济影响

1. 有关劳动力流动的理论模型

在有关劳动力流动的理论模型中，刘易斯从两类部门的"二元经济"入手，从工资、边际生产力和劳动力转移的角度，创造了"刘易斯模型"（图5-7）。费景汉和拉尼斯分析了人口因素对劳动力转移的影响。舒尔茨从成本和效益的角度分析劳动力的流动，认为人口的流动要看收益与成本之比。不同地区、不同职业间经济活动的效益非均衡是形成预期收入的前提。预期收入越大，"拉动"劳动力流动的作用力也就越强。流动的成本由三部分组成，一是直接成本即交通和交易费用；二是机会成本即放弃原来职业的收益；三是心理成本即付出的精神代价。在收益分析曲线图（图5-8）中，从纯经济学角度看，只要 $E_0 < E_1$，劳动力就会做

出流动的决定。而出行距离作为一个很重要的因素，对区域的贡献也有很大的关系（图5-9）[45]。

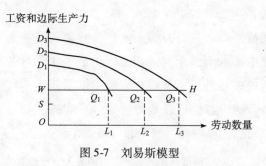

图 5-7　刘易斯模型

资料来源：侯景新，尹卫红．区域经济分析方法．北京：商务印书馆，2005：179

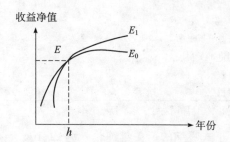

图 5-8　劳动力流动与不流动的收益分析

资料来源：侯景新，尹卫红．区域经济分析方法．北京：商务印书馆，2005：179

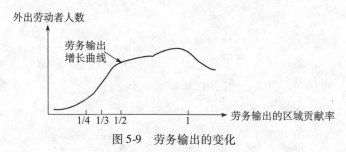

图 5-9　劳务输出的变化

资料来源：侯景新，尹卫红．区域经济分析方法．北京：商务印书馆，2005：179

　　尽管上述有关劳动力流动的理论模型具有区域属性，但不难看出，它们同样可以应用于劳动力的国际流动。通过"刘易斯模型"可以判断，在中俄劳务合作中，工资和边际生产力是劳动力流动的动因；从收益与成本的比较看，俄罗斯的预期收入对中国的劳动力构成了"拉力"，使劳务作出了流动的决定；而劳动力通过流动，不仅使其本人取得了预期收益，同时，随着劳动力输出的增长，其区域贡献率不断提高。

2. 经济利益分析

单纯从经济利益来看，劳动力输入地是受益者，劳务人员拿着比本地人更低的工资，从事着本地人不愿干的工作，既满足了他们对劳动力的需求，又为当地资本实现利润最大化创造了条件。特别是俄罗斯远东这样的劳动力短缺地区，更是如此。由于缺少数据信息是分析这一影响的主要障碍，我们只能够从这些有限的资料中描绘出影响的大致轮廓（表5-5）。

表5-5　俄罗斯正式吸纳劳务的收入支出计算（单位：百万卢布）

序号	支出项目	2003年	2004年上半年
1	正式吸纳的人数/千人	378	323
2	支付工资	26 100	22 300
3	扣税款（30%）	7 830	6 690
4	办理许可关税	1 512	1 292
5	预算收入额（3＋4）	9 342	7 982
6	所得税（13%）和附加税（35.8%）	12 740	10 900

资料来源：俄罗斯联邦国家统计局网站数字俄罗斯

以2007年为例，正式吸纳的劳务年纯收入为21 164卢布，而俄罗斯人各行业的年平均收入为82 008卢布。由此可见，劳务的收入远远低于俄罗斯当地就业人口的收入，而其缴纳的各种税款则增加了俄政府的税款和预算收入，减少了财政支出。

3. 劳务与本地劳动力之间的补缺关系

从理论上说，各个国家都存在主要劳动力市场和次要劳动力市场。主要市场资金密集，提供长期工作，并且以生产技术保持稳定为特征。次要部门则劳动力密集，生产技术相对经常变化，提供不稳定的工作，以适应产品需求变化产生的波动和不确定性。当地居民和外国劳动力具有互换性和互补性。当地劳动力分为技术高的和技术低的，同时从事生产工作；如果流入的劳动力是低技术的，当地技术低的工人会受到不利的影响。如果低技术的劳动力是高技术劳动力和资金的补充，则劳动力的流入会产生有利的影响。外国劳动力的流入会导致低技术工人的失业率提高，工资降低，而对高技术工人则恰好相反（表5-6）。外国劳动力刚到达时不仅是低技术者，而且缺乏在所在国必需的特定知识和技巧，包括语言、工作现场的行动准则、提供就业信息的单位等。之后，随着时间的推移，他们逐渐获得所在国的知识和生存技巧，个人素质和收入也会随之提高。一般来说，俄罗斯人不愿意从事次要劳动力市场提供的工作，需要国外劳动力来填补次要劳动力市场，因此不是由于外国劳动力的压力，才使得工资处于低水平，而是那些工作待遇低下，对当地居民没有吸引力。据调查，在俄罗斯的中国劳务从事的工种主要是森林采伐、木材加工、建筑、农业、渔业等 3D 职业。在俄罗斯，外来劳动力与本地劳动力之间的就业关系，总体上主要表现为补缺关系，而不是替代关系。首先，第一产业外来劳动力不能形成替代影响，而能够形成替代影响的主要是第二、三产业及其相应的职业。其次，流向制造加工业、手工业领域和职种的外来劳动力可能对本地劳动力产生一定的影响。当然，由于外来劳动力从事建筑施工、加工制造、手工业等第二产业，加之外来劳动力从事的就业方向主要是非国有经济部门甚至是个人部门，即从事这些行业的外来劳动力主要是以个体雇用以为主，因此对本地劳动力不会形成替代影响。外国劳动力对劳动力市场的影响是人们关心的焦点。劳动力所在国的劳动力市场价格与世界劳动力市场存在着差异，是劳动力流动的关键原因。如果外国劳动力被阻止进入该国，所在国的工资和就业就会保持不变；如果允许外国劳动力自由流入，那么当地的平均工资便会下降，外来劳动力会替代当地居民，进入劳动力市场。确切地说，在其他条件保持不变的情况下，如果劳动力流入增加，则该国的失业率就会升高，就业率就会降低。假定短期内资金保持不变，劳动力的流入增加了就业，工资就会降低，利润率相应会提高。因此，大量使用外国工人的国家的利润和工资比率会提高。外国劳动力的到来，增加了劳动力市场的区域竞争强度。外国劳动力大多从事的是 3D 职业，按照各国劳动力市场的划分，他们从事的是本国人不愿意从事的工作，如社会地位低下的服务行业，或者非常艰苦的建筑或种植行业，使本地下层人民在就业上遇到强劲的对手。

表 5-6 俄罗斯各经济行业劳动力的月平均收入

项目	1992 年/卢布	1995 年/卢布	2000 年/卢布	2001 年/卢布	2002 年/卢布	2003 年/卢布	2004 年/卢布
各行业平均收入	6.0	472.4	2 223.4	3 240.4	4 360.3	5 498.5	6 831.8
工业	7.1	528.8	2 735.7	4 016.0	5 128.6	6 439.1	8 060.8
能源电力	13.2	985.8	4 013.8	5 599.7	7 354.1	9 090.3	10 961.2
燃料工业	17.4	1 210.4	6 624.8	10 441.7	12 578.4	15 504.7	19 345.0
石油开采	20.2	1 426.2	9 064.2	14 271.3	17 073.0	20 076.8	23 725.9
石油加工	14.5	1 083.9	5 467.7	8 088.6	9 746.7	12 179.3	14 071.5

续表

项目	1992 年/卢布	1995 年/卢布	2000 年/卢布	2001 年/卢布	2002 年/卢布	2003 年/卢布	2004 年/卢布
天然气	25.7	1 940.7	11 009.1	15 927.1	19 490.1	25 646.1	33 747.2
煤炭	17.6	1 129.4	4 023.1	5 564.9	6 493.6	8 186.7	10 418.4
黑色金属	10.2	643.3	3 521.0	4 827.8	6 055.3	7 901.6	9 353.4
有色金属	15.0	1 060.1	6 180.5	8 090.5	9 526.5	11 578.1	13 449.1
化学和石油化工	7.7	508.3	2 625.8	3 703.1	4 571.7	5 792.1	7 224.6
机器制造及金属加工	5.2	403.2	2 105.2	3 152.9	4 240.6	5 367.8	6 684.9
森林、木材加工及造纸	6.6	450.6	2 004.8	2 742.9	3 493.3	4 321.9	5 399.0
建材工业	6.9	522.9	2 107.5	3 093.9	4 178.6	5 245.9	6 340.6
轻工业	5.1	265.6	1 209.1	1 756.6	2 279.8	2 782.3	3 362.1
食品工业	7.6	556.7	2 392.7	3 384.9	4 280.2	5 253.9	6 574.2
农业	4.0	236.7	891.0	1 306.4	1 752.1	2 163.8	2 778.3
建筑	8.1	595.1	2 795.6	4 158.9	5 248.3	6 551.9	7 947.2
交通	8.8	736.5	3 344.8	4 436.6	5 917.0	7 638.0	9 684.2
通信	5.5	586.2	2 879.2	4 131.2	5 663.3	7 315.4	9 142.0
批发零售商业、饮食	4.9	360.6	1 580.6	2 311.0	3 046.5	3 958.5	4 923.7
信息服务	4.9	409.1	3 265.0	3 944.5	5 923.2	7 817.9	9 563.6
地质勘探	10.0	685.1	4 370.4	6 754.5	8 067.4	10 279.8	11 338.1
非生产性公共服务行业	4.9	483.6	1 957.9	2 795.9	3 700.3	4 665.3	5 800.9
健康、体育、文化和社会保障	3.9	348.4	1 370.9	2 004.0	3 225.3	3 754.9	4 744.8
教育	3.7	309.2	1 234.6	1 821.0	2 922.1	3 383.9	4 254.3
文艺	3.1	286.3	1 229.0	1 916.2	2 888.8	3 474.5	4 289.1
科技服务	3.9	365.8	2 711.1	4 069.8	5 512.4	7 005.3	8 581.4
财政、信贷、保险	12.2	768.7	5 433.2	9 283.7	12 438.8	14 873.2	17 042.4
管理	5.7	504.4	2 668.6	3 636.9	5153.3	6 897.7	8 330.9

资料来源：俄罗斯联邦国家统计局网站数字俄罗斯

外来劳动力对本地劳动力的就业替代与补缺关系表明，外来劳动力对本地劳动力就业起到了推动作用，或者说二者呈正相关与补缺关系。本地企业为了利用外来相对廉价的劳动力而节省了投资，即劳动力要素对资本要素起到了替代作用。

根据《俄罗斯输入和使用外国劳动力法》的规定，输入和使用外国劳动力的条件是"俄罗斯公民所不愿意从事的空缺岗位"。中国劳动力的进入弥补了俄罗斯劳动力的缺口，中国劳务对俄罗斯经济的影响，实际上很大程度上都是预期性的。由于俄罗斯本地人不愿意问津 3D 职业市场，以及俄罗斯劳动人口的持续减少，劳动力再生能力不足，决定了中国劳动力向俄罗斯的长期输入是不可避免的。

从图 5-10 的劳务接收国经济效应中，我们可以看出俄罗斯作为接收国，在吸纳劳务时对经济发展带来的影响。

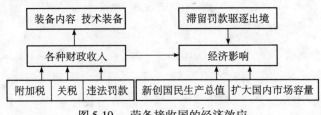

图 5-10　劳务接收国的经济效应

（三）中俄经贸合作中互利不等利的收益分析

根据俄罗斯中央银行发布的自然人向境外汇款的统计报告最新统计数据显示，在俄罗斯的外国移民和劳工向家乡汇款的数量大幅度增加，其中向中国汇款数量排在首位。2010 年前半年，从俄罗斯向境外汇款的数目已接近 80 亿美元。同其他国家相比，从俄罗斯到中国的汇款数目最多。仅 2010 年第二季度，在俄的中国移民和劳工向中国国内汇款金额已达到 6.6 亿多美元。

专家们认为，如果俄经济继续保持增长趋势，对外来移民和劳工的需求量还会扩大，相应地向境外汇款的数量将继续保持增长。尽管如此，俄官方和不少媒体仍然指责外来移民向家乡大笔汇款对俄经济带来负面影响。对此，俄移民局副局长认为，外来移民汇款是十分正常的现象，因为那是他们的工资，"移民们对俄经济的贡献更多一些。他们对俄经济发展有利，所以在这方面不应存在顾虑。"

按照比利时化学家普里戈金（I. Prigogine）1967 年提出的"耗散结构论"原理，"非均衡有序之源"，即系统内部的差异性、不均衡等状态有助于激发系统的自控动作功能，使系统走向规律和有序[46]。而按照经济学基本原理，要素自由流动可以优化资源配置，提高要素产出水平。

将此原理运用于中俄劳务合作中，可以看出，随着中俄劳动力差别的扩大和要素流动自由度的提高，在经济利益的驱动下，劳动力的流动日益活跃，这对双方经济的持续快速发展都有着重要的作用。劳动力流动在经济上对双方均具有互利关系和互利基础，这种两地区必然的经济联系，形成了它们之间双赢的利益关系，促成了互补格局。但在利益分配关系上，在中俄劳务合作方面，俄罗斯流行一种"吃亏论"的观点。他们认为，中国人到俄罗斯从事生产和经贸活动，拿走了当地的木材和矿产等自然资源，中国向他们提供的是可再生资源，而运走的是不可再生资源，对俄罗斯产生了不利的生态后果，同时，又为中国的劳动力提供了就业市场，他们一定是"吃亏者"。而中国劳务在俄罗斯的就业，又给本地人的就业造成了威胁。

据俄科学院远东分院经济研究所统计，常住（合法和非法）远东地区的中国人仅约20万，占远东人口的3%～4%，而这些人创造的国内生产总值则占远东的5%。该所所长A. 列温塔利认为，远东经济增长中至少有10%要归功于同中国的贸易。该所专家进行分析后认为，在俄罗斯的中国人促进了当地劳动和资本市场的发展，为远东经济的发展，特别是基础设施的建设做出了重要贡献。滨海边疆区移民局的资料表明，引进国外劳务不仅未对当地人口就业构成威胁，相反，越多地引进外国劳务，失业率越低。其原因在于，劳务基本上只用于对当地人口无吸引力的非技能工作。而现实的结果是，中国劳务常常因各种原因不能按时拿到工资或完全没有工资。

大量的实证研究证明，移民对本土劳动力就业的影响远不是简单的替代效应。抱怨移民抢了本土劳动力的饭碗是没有道理的。究其原因，第一，大多数工作岗位工资很低，甚至低于最低工资标准；第二，许多工作岗位在本地人看起来不够体面，他们不愿去干；第三，一些工作不仅工资低，而且有一定难度。第四，也是最重要的，正是移民的进入，创造出大量的就业岗位。因为，劳务流入的本身就创造了巨大的有效需求，刺激劳动力市场的景气，从而创造出巨大的就业机会。在建筑和农业方面使用外国的廉价劳动力，对人口缺少的滨海边疆区的经济起了正面的作用，现在这种劳动力更便宜了。俄罗斯专家，包括滨海的行政机关代表、护照签证局的负责人、关税组织、内务部、经济学家等科学团体的代表也认为，俄中之间经济利益的平衡不存在，俄罗斯没有大规模使用外国劳务的经验，但是远东客观上不能回避在经济中使用中国劳务。

对于中俄两国经济关系中存在的某种"失衡"，中俄两国都已经有了充分的认识，而且试图以一种新的思路来解决经济合作相对滞后的问题。在2002年的《联合声明》中，双方就明确提出："为使经贸关系在稳定和可预见的环境中发展，必须采取积极措施，扩大贸易规模，通过提高其中高技术、机电产品以及其他高附加值商品的份额，改善商品结构；为两国商品、服务和投资进入对方市场创造有利条件；加大经济技术和投资合作力度，包括建立合资企业、生产合作、技术转让；完善贸易服务体系，包括加强银行结算、信贷和保险领域的合作；加强有关使贸易制度符合国际规范的法律、行政和管理等工作；加强中小企业联系；双方将力争在双边经贸关系整体发展和质量提高方面取得突破性进展。"

（四）对中俄经贸合作经济影响的评价

劳务合作对中国和俄罗斯的经济和社会发展的推动作用是明显的，然而，要公正地评价劳务合作的经济作用却不是一件容易的事情。任何事情的发生、发展都不是孤立和绝对的，劳务合作既有有利的一面，也有不利的一面。

对于劳动力输出的中国而言，劳务合作的影响是多种多样的。对个人的有利影响一般是：就业、收入增加、获得新的生活和文化体验。对个体不利的影响是：工作和生活条件差、工时长、工作的社会地位低、种族歧视、与家庭分离。对宏观经济的影响有：流出的劳动力学到了一定的技术、降低失业、获得外汇收入、减少人口和贫困的压力。

对于劳动力输入地区的俄罗斯来说，劳动力流动对个人或本地人的影响同样表现为正面和负面两方面。廉价劳动力缓解了俄罗斯的劳动力短缺，俄罗斯利用外国劳工来填补本地的劳动力密集型市场，为本国带来了社会和经济资本，增加了俄罗斯的税收，其后面分别分析所创造的经济效益高于接收他们的成本。外国劳工流入影响依赖于劳工平均人力资本与本国平均人力资本的比较结果：劳工的人力资本如果低于输入国经济拥有的平均人力资本，对生产就会有负面影响；反之，将对生产有正面作用。

在劳务合作中，俄罗斯的某些经济部门形成了对中国劳动力的依赖。这表现在两个方面：一是流入劳动力的数量占该地区劳动力的比例高，二是中国劳动力的分布。中国劳动力不仅占俄罗斯劳动力人数的相当大比例，而且在一定行业中的就业人数已经占了一定优势，这对地区的经济发展势必会产生一定的影响。

经过综合比较，我们可以得出中国与俄罗斯的经济联系（图5-11）。从中可以看出，劳动力流动无论是对远东还是对东北的经济发展都有着有效的推动作用。单纯从经济利益来看，俄罗斯是劳务合作首先和最终的受益者。这些劳动力拿着比本地人更低的工资，从事着本地人不愿意干的工作，既满足了他们对劳动力的需求，又为当地资本实现利润最大化创造了条件。中国也把劳务流动看做促进经济发展的举措，它可以减少国内失业人数，并可以从输入国学到一定的经验，还可以得到汇款支持国内经济的发展，从而对输出国的经济发展具有积极的影响。

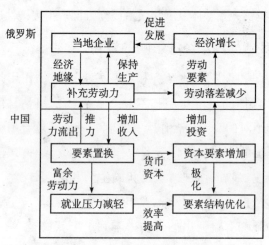

图 5-11　中国与俄罗斯经济联系图示

三、中俄经贸合作的政治影响

　　中俄区域劳务合作不仅对两地区产生直接的经济影响，同时还对两国的政治也产生了一定的影响，这种影响是正常的，它是劳动力在国际间流动复杂性的表现。在许多情况下，劳动力流动的政治影响可能表现得不是十分直接。从表面看，劳动力流动不是国家的行为，这种流动可能是盲目的和非理性的，有时会带来无法预料的后果。劳动力流动的变化对国家之间的安全也有重要的影响。劳动力流动过程和规模反映了不同国家在世界经济格局中的地位和角色。由于各国在经济和政治权利中处于相对不平衡状态，由劳动力流动带来的各种问题也会引起国家间的紧张关系，非法劳动力流动常常是影响地区安全和国家关系的重要原因之一。在全球化条件下，尽管商品和资本流动大大加速，但是人员自由流动仍然是大多数国家都不愿意看到的，国家的边界仍然是人员流动不可逾越的屏障。一些国家即便允许一部分外国劳动力进入本国，也完全是出于本国国家利益的需要，常附加了相当苛刻的条件。同 20 世纪以前相比，各国对人员流动的限制甚至还有所加强。

（一）对俄罗斯的政治影响

在分析劳动力流动的政治影响时，人们首先面对的是民族国家的性质。任何促进劳动力流动的举措都要考虑当今日益严峻的安全问题，这也是输入国在政治上所面临的挑战，因为追求经济效益并不意味着忽略安全问题。在当代社会，全球化虽然是世界的主要潮流，但民族国家仍然是分析问题的基石，不同文化背景的劳动力流动对民族国家显然有重要影响。全球化背景下的民族国家在主权诉求和文化同质性方面都会做出适当的修正。非全球化背景下的民族国家认为接受外来移民可能破坏文化的同质性，现代国家的文化和政治认同具有密切的关系[47]。非法移民是 20 世纪 70～90 年代的事实存在，它破坏了民族的同一性。大规模的劳动力流动会带来大量的政治成本的负担和难以应付的政治问题。中国劳动力在俄罗斯多是非长期居留，因而对政治的影响更多表现在其他方面，如种族等问题上。

俄罗斯的非法移民问题

俄罗斯将违反入境法或非法入境以及在俄罗斯从事非法劳动的人统称为非法移民。在俄罗斯，由于乌克兰、白俄罗斯、哈萨克斯坦和外高加索的边境是透明的，实际是开放的，经过它们到达的非法移民可达 90%，但这些人远不只是这些国家的公民，因为俄罗斯同 20 多个国家的无签证入境协议致使不是这些国家的人也能够入境，因此，不可能对非法移民进行准确的评估。

（1）俄罗斯非法移民的现状

由于对移民实行限额，俄罗斯产生了大量的非法移民。俄罗斯国家统计局从 1998 年开始在对外国劳务进行评估时均把非法移民计入在内。在平衡劳动力资源框架内，非法移民构成了新的劳动力资源，称为"其他国家的劳动公民"。

俄联邦边境局把 300 万人作为临界线，内务部长格雷兹洛夫在 2002 年 12 月在谈到制订移民政策时认为是 150 万人，而移民局局长切尔年科则认为在俄罗斯有 600 多万非法移民，这样大的差距说明俄政府缺少可靠的数据来源和数量分析的方法。俄罗斯内务部的领导不只一次地谈到远东地区中国的"移民扩张"，按他的说法，从 1994 年初的 30 万已增加到 1997 年初的 200 万。1998 年俄罗斯国家统计局在统计劳动力资源时考虑到新的构成——"其他国家的劳动公民"，特别是非法移民中的中年人数量，加上季节性移民，每年共有 150 万～200 万自然人。根据俄联邦国家统计局 2002 年的统计，其中非法的占 60 万，主要是独联体国家、中国、越南和朝鲜人。还有一些是越境移民，主要来自于中国、阿富汗、印度、巴基斯坦、斯里兰卡等 30 多个国家。他们大多数想通过俄罗斯进入欧盟和美国。但他们在准备到西方时出现了问题，因为俄罗斯的西部边境比东南部更为坚固，因此一部分非法移民便非法滞留，一部分成为外国非法劳动力，另一部分同本国人犯罪团伙结合起来。在莫斯科居住的 100 多万外国人中，有许可证的不到 20 万人。截至 2005 年 9 月，9.6 万人有工作许可证，合法的有 16 万人，其中，中国人有 19 600 人，乌克兰人有 18 000 人。外国移民的就业有 118 个职业。在每个登记的外国移民中，有 8～10 个未登记（图 5-12）。[48]

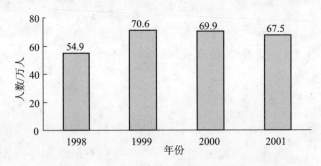

图 5-12　1998～2001 年外国非法移民统计

注：对移民的统计误差很大。俄罗斯联邦国家统计局和俄罗斯移民局统计的数字有很大的差别。后者比前者的统计数字多很多，这在一些地区的数字比较中得到了证明。例如，在莫斯科州，2001 年后者正式吸纳 11 500 个外国人，而前者的数字是 8 800 人。在滨海边疆区，后者 14 800 人，前者 12 900 人

资料来源：俄罗斯联邦国家统计局网站数字俄罗斯资料

（2）非法移民对俄罗斯经济的影响

应该说，非法移民在俄罗斯经济发展中起了巨大的作用。相对廉价的劳动力，使近年来"影子经济"的从业人数大量增加。非法移民主要从事当地失业人员不屑做的繁重、时间长、简单的、手工的、低工资行业。收入情况如表 5-7 所示。对非法移民的问题可以做出如下概括。

1）非法移民拥有自己的就业平台。他们同合法劳动移民的就业领域相符合，即建筑、维修、装修、季节性生产领域、旅游业和娱乐业、宾馆服务和家庭服务等。

2）非法移民有更多的就业机会。他们通常有自己特有的居住地，如边境区和多民族居住地，在那里可以有更多的就业机会，政府容易忽视。

3）国家很难控制。与非法从业相关的是劳动结构形式的时间性，集中于非正式的劳动市场，包括"影子经济"的各个行业。一方面，不要求其地位的合法性；另一方面，能很快地获得物质利益，因为可以逃税。最有特性的行业是小商品批发，在这里能形成新的移民和非法从业，国家对这些地方很难控制。

表 5-7　2004 年俄罗斯各行业非法劳务支付及收入

（单位：百万卢布）

总数/千人	各行业月支出					年支出	税款（30%）
	建筑	工业	交通	贸易	其他		
4 000	12 800	12 000	10 000	6 000	8 000	441 840	132 000

注：引自俄罗斯原文数据，其中有一些与实际计算不符，因数字无法擅自修改，特此说明

资料来源：Миграция населения и перспективы демографического развития России. 22 ноября 2005 года. Доклады и тезисы докладов. Москва. 2005：146

非法移民对社会经济过程产生了很大的影响，最主要的是大量移民从事"影子经济"，并造成了许多不希望的后果。对于非法移民最有吸引力的是俄罗斯非正式经济成分的大规模普及。在 2001 年，有 1250 万非法劳动力，其中只有 450 万个体企业者在税务机构计税，其余 800 万人是未登记的企业雇用的自然人。私人房屋维修、商品和食品市场等的就业因素，减少了对非正式成分的财政控制。

（3）非法的中国移民问题

据俄罗斯专家分析，中国到俄罗斯的移民有以下六方面的原因：

①中国北方省份的高失业率和低生活水平；②俄罗斯远东地区的人口流出；③俄罗斯缺少对移民特别是对中国移民的相应政策；④中国的"安全扩张"计划；⑤19 世纪末中国人到俄罗斯挣钱的传统以及一些边境城市没把中国人当成"外国人"，甚至一些城市本身都仍沿用以前的中国名字①；⑥中国对俄罗斯石油和天然气的需求。

为了加强文化交流，简化旅游团组的签证手续，中俄政府于 1992 年 8 月 19 日签署了实际上免除签证制度的协议，这一协议的签订在一定程度上促进了中国非法移民的增加。当时，俄罗斯边境和移民局未能有效控制入境人数，使中

---

①　如布拉格维申斯克、哈巴罗夫斯克、符拉迪沃斯托克、乌苏里斯克、尼古拉耶夫斯克等

国人大量增加。1994 年年初，俄罗斯政府单方面中止了"边境开放"政策，从 1994 年 1 月起对中国公民实行签证制度，并同中国签署了领事协定，只有凭外交和公务护照才能免签证入境，但大多数非法形成的移民已不能阻止，联邦的移民政策沿着严格控制和限制入境的道路行进。这一措施的结果是贸易规则和移民得到控制，但经济上损失巨大，尤其是俄罗斯。从中国的进口量 1995 年比 1993 年减少了 3.7 倍，而出口量持续增加，比 1993 年增加了 11%，比 1994 年增加了 18%。大多数中国人以无签证的游客身份到俄罗斯做买卖，在没按期卖完商品时，仍然非法滞留，卖完后再回国。仅在滨海边疆区就在三四千人被遣返，八九千人受到罚款。

据 2003 年俄罗斯科学院国民经济预测学院人口和人类生态中心的统计，在莫斯科的中国人数为 2 万~2.5 万人，哈巴罗夫斯克、符拉迪沃斯托克和乌苏里斯克每个城市不超过 1 万人。根据同俄罗斯机构的协议，每年到俄罗斯建筑、农业和其他行业工作的为 1.5 万~3 万人，加上几千名留学生，共达 20 万~45 万人。20 世纪 90 年代末，旅游团组是中国向俄罗斯非法过境的主要方式。

（4）俄罗斯对非法移民的管理政策

一直致力于研究中俄边境双边地区关系问题的俄罗斯科学院远东分院历史、考古和民族所所长拉林教授指出："现在远东并没有有效地利用中国移民当中蕴含的积极因素来造福该地区。如果措施得当，外来移民可以成为当地经济的贡献者和廉价熟练劳动力的来源，有助于加快当地经济的发展。"由此可见，管理劳动力流动的政策和措施相当重要。输入国的移民政策是劳动力流动对政治影响的集中体现。在对待外国劳动力问题上，俄罗斯国内有两种态度和方式：一种主张对外国劳动力的进入采取严厉的控制，另一种主张采取较为宽松和放任的态度。俄罗斯在利用外国劳动力经济价值时，力争减少他们的政治影响，防止俄语社区退化（俄语人口的优秀部分流失）和自发形成非法的亚洲社区，使国内人口在经济、意识形态和文化上适应国外移民，并在邻近国家建立劳务选派和职业培训机构。

俄罗斯国家杜马外委会主席科萨切夫认为，俄罗斯的中国移民问题目前已被政治化，这种状况加剧了经济混乱和刑事犯罪，解决移民问题的关键首先在俄方手里。俄外交部长伊万诺夫认为，俄联邦的移民总数超过 1 000 万，其中，一半以上是非法移民。非法的劳动移民人数中，只有 3.5 万人纳税，即不足劳动人数的 1%。在莫斯科的中国人口为 10 万，计税的只有 216 人。根据伊万诺夫的观点，当前在俄罗斯对于有效地控制移民的法律和法规显然是不够的，俄需要制订周密的、以法律为基础的联邦及地区移民政策。2002 年 4 月，根据普京总统的安排，有效协调俄罗斯的外国移民，成立了由各部参与的工作组，以完善移民法。

俄罗斯的相关部门认为第一阶段的艰巨任务是如何使非法移民人数减到最少，但这并不意味着要使所有的非法移民合法化。为了适度吸纳外国移民，并加以管理，2001 年 11 月 1 日实施了《在俄外国公民法律地位》，俄罗斯正在制订外国劳动力的限额和对使用外国非法劳动力的罚款机制。当前，对移民的管理逐渐完善，在远东成立了信息分析中心，形成交换边境地区违法信息的统一的资料库，使 97% 的中国人按时回国，非法滞留人数不断减少，1998 年为 8 836 人，1999 年为 1 682 人，2000 年为 2 755 人。

俄罗斯由于缺乏管理国际移民的经验，未制订出相应的有效法律，在需要大规模移民的条件下，导致中国人无控制地进入，使当地居民恐慌、矛盾。从东道国的角度看，暂时性流动能够避免永久性移民所带来的一些社会成本和政治成本，而把"周转"成本转嫁给雇佣公司和社会。

（二）对中国的政治影响

由于目前俄罗斯尚未对输入的劳动力要求资格、培训和经验的认证，致使工资水平得不到充分保证，职种大多是 3D 行业，因此，到俄罗斯的劳务人员整体素质偏低。

1. 影响了对中国人的整体印象

由于许多中国劳务素质较低，国家意识、民族意识和法律意识弱，帮派意识、老乡意识和黑社会意识强，更有极少数人从事违法活动，破坏了中国人的形象。

2. 影响了远东地区的社会安全

符拉迪沃斯托克犯罪组织研究中心主任、远东国立大学教授 В. А. Номоконов 在其发表的《远东、滨海移民与犯罪相互联系的两个方面》一文中认为，俄罗斯学者最担心的是跨国经济犯罪，许多中国公司成为"影子经济"的保护场所。统计表明，中国人占远东地区外国人经济犯罪的 60% 以上。在符拉迪沃斯托克经常可以看到中国人在街上从事非法的兑换美元活动。2002 年 9 月在符拉迪沃斯托克被捕的中国"老大",组织了 10～15 人的团伙,专门袭击中国商人,行为残忍。乌苏里斯克有一个在全远东活动的中国黑社会团伙,他们组建公司,雇用俄罗斯人往中国倒卖钢铁、人参、海参、林蛙,也有许多非法移民,其行为与"影子经济"等犯罪有关,形成的有组织的犯罪团伙同俄罗斯的犯罪组织相勾结,为了免税运送木材和金属,他们以俄罗斯人的名义注册私人公司,然后同中国公司进行易货交易,在这一过程中货款既不以现金的形式,也不以货物的形式收回。

3. 加剧了俄罗斯地方官员的腐败现象

一些持过期签证或者根本没有签证的中国人,被迫长期贿赂检查和警察机关的代表。该问题在地方的社会政治和经济中具有深刻的影响,加剧了经济混乱和刑事犯罪。地方管理人员的腐败,给人造成中国人不守法的印象。

劳动力输入和输出国在经济和政治权利中的不平衡状态常常会引发国际间的紧张关系,成为输入国和地区的一个不安定因素。尽管劳务输出这种暂时性劳动力流动不会造成政治上的威胁,但对俄罗斯这样一个人口越来越少的国家来说,大量中国人的涌入会对国家和民族的生存构成重要影响,使两国关系出现某种紧张状态,毫无疑问地会影响两国的正常关系,造成政治壁垒和政治猜忌,并进一步阻碍经济领域的广泛合作。

(三) 对劳务者本人的影响

对个人的政治影响主要表现在公民待遇方面。总体来说,中国永久性和暂时性移民在世界各国均遭受到歧视性待遇。如华侨在东南亚各国常常受到"排华"的困扰和诸多不公正的待遇。1995 年印度尼西亚曾发生严重的排华骚乱,其他国家如马来西亚也采取过当地人优先的歧视华人政策。尤其是关于大中华经济圈的构想,引起了东南亚各国和日本的疑虑,担心会对他们形成威胁,致使对亚洲移民,特别是华人移民实行过严格的限制。美国国会于 1882 年通过了《排华法案》,1892 年和 1902 年两度延长其限制期限,1904 年竟使之成为永久有效的法律。直到 1943 年政府才废除了《排华法案》,给予华人移民象征性的配额,并允许其归化为美国公民。加拿大政府于 1923 年制定与美国类似的排华法,对华人移民关闭大门。中俄劳务合作对劳务人员的政治影响表现在以下几方面。

1. 中国劳务在俄罗斯没有公民权

俄罗斯政府没有把中国的劳务当成国家的正式劳动力看待，其法律对外国劳动力权利的保护极为有限，处在国家司法制度保护体系的边缘。在劳动力商品是买方市场的情况下，劳动力输出和输入国家发生争执的时候，输出一方处于弱势。从国家和地区看，他们关心的是如何充分利用外国的廉价劳动力，因而不愿意支付任何额外的福利成本；从劳动力输入社会的公众观点来看，流动劳动力降低了当地工人的工资，影响了当地工人的就业条件，外国人社区剥夺了当地人的生活空间。当地人认为他们是社会的不安定因素，是国家安全的威胁，因而在政治上排斥和边缘化外国劳工，使劳务的就业条件差，缺少社会安全保障。劳务人员被俄政府看成是匆匆的过客，对国家经济是临时性的补充力量。他们没有公民权，却承担着公民的义务和责任，他们要按时向国家纳税，却不能享受纳税人的权利。语言障碍也使劳务人员缺乏对所在国法律的理解，受到不公平的待遇。

2. 中国劳务人员在俄罗斯缺乏安全感

俄罗斯当前仍处于转型期，社会治安状况不佳。俄罗斯媒体对中国人在俄罗斯遇到的主要困难进行过调查，结果显示，有 1/10 在俄中国人曾遭受过俄罗斯人的殴打和辱骂，60%～74% 的中国人认为警察的敲诈勒索是遇到的最大困难，22%～37% 的人认为俄官员的贪污受贿是遇到的最大困难。俄警察、海关、税务等部门的一些腐败分子与黑社会相互勾结，有计划、有组织、经常性、肆无忌惮地敲诈中国人。光头党等极端组织也经常无端攻击中国人。常常出现中国劳工被俄警殴打事件，中国公民被绑架案。他们向被绑架者及其亲属索要大额赎金，否则以撕票相威胁。2005 年 5 月 11 日晚，俄罗斯伊尔库茨克市警察与在当地务工的 200 多名中国劳务人员发生冲突，造成许多中国人受伤。

俄远东科学院学者季塔连科认为，俄远东和西伯利亚急需劳动力，建筑、伐木、道路修建和服务领域都缺人手，哪怕是技术不够熟练的工人。俄罗斯人即便失业，通常也不愿意干这些工作。相比起来，中国人消费水平要低得多，他们愿意从事艰苦的劳动，来获取相应报酬。俄罗斯缺乏有效的外来劳力使用机制，这种机制应鼓励合法使用，而不是非法使用外国劳动力，并要保证外国劳动力的安全。

四、中俄经贸合作的社会影响

劳动力的流动在很大程度上改变了输入国的社会面貌，使之变得更加多元和复杂化。一般说来，劳动力流动总是伴随着社会文化的流动，外国劳动力带来新文化和新观念，使主流的社会行为准则受到一定的影响。但在以往的劳动力流动研究中，经济学观点占有极其重要的位置，而具有重要意义的社会和文化因素则被大大地忽略和边缘化了。

（一）对劳务合作社会影响的理论分析

从理论上说，移民问题具有复杂的内涵，社会偏见和社会距离感是种族歧视的重要思想根源。偏见是导致歧视行为的一种态度上的先决条件，是一种建立在固执的和不可改变的概括基础上的不相容性，这种不相容性可以被感知或表达出来。偏见是通过敌意和不友好的态度表现出对一个群体的消极看法。有几种理论对偏见的内涵做出了解释，它们是：人格理论、社会心理理论、社会结构理论、社会接触理论以及移民文化理论。[49]

1. 人格理论

人格理论强调非物质因素，认为偏见是人们为满足个人某种心理需求，尤其是为了使一个"外来"群体感到沮丧和试图向"外来"群体寻衅的一种心态。具有偏见心理的人往往是民族自我中心主义者，强调本民族群体比其他民族群体都优越。

2. 社会心理理论

社会心理理论把人格因素和社会之间的相互作用当做一个整体来解释偏见和社会距离。社会心理理论认为偏见产生于文化规范和群体规范的一致性，并作为社会内部学习的结果保持下去。偏见是人们在家庭、学校和更为广泛的社会环境中的社会化过程中形成的。与建立在非物质基础上的关于偏见的理论不同，这种理论主要从社会经济地位方面来解释偏见，认为社会因素导致了偏见的形成，这些因素有可能在任何一个或全部活动领域内发生。

3. 社会结构理论

社会结构理论认为对经济资源的争夺是社会偏见形成的原因。种族关系是权力的争夺，种族和民族群体，无论他们所处经济地位是从属还是平等，都要调动各种资源并努力实现对社会结构中的主要部分的控制权。

4. 社会接触理论

社会接触理论认为不同群体的个人之间的联系将产生相互尊重。对于在输入国家中居住时间较长的人来说，导致偏见的社会因素比文化因素显得更为重要。相比之下，外国劳动力在看待社会时，更容易从文化上先入为主。仅用一种理论是不能解释清楚劳动力流动中出现的种族问题的。形成偏见的深刻原因隐藏在不同社会的相异文化之中，因此不大可能因顺从政府的干预而有所改变。

5. 移民文化理论

移民文化理论认为移民文化超出了特定的文化边界。当流动开始并经过一段时间后，在劳动力输出和输入地之间可能形成了既不同于劳动力输出地的文化，也不同于劳动力接受地的文化内涵的一种新文化。这种文化将劳动力输出和输入地的价值观念和社会态度联系起来，并做出适当的修正。劳动力输入社会需要保护的是受外国文化冲击的本国文化。流动意味着多民族和多文化的交流。外国劳工从一种熟悉的文化进入到一种陌生的文化氛围中，势必在各方面都面临着冲击和震荡。劳动力输入社会对外来文化的侵入，也自然会有一种反弹、排斥的反应。一般说来，外国工人想保留本民族的文化特征，输入国社会则力图减轻异己文化给社会带来的不利影响。

外国劳动力生活在输入国，他们只是匆匆过客，并不认同输入国的文化和风俗习惯。每个民族都有独特的风俗与文化，但民族文化差异有可能引起文化冲突。在文化冲突中，需要保留本土色彩的生存环境，以抵抗异域文化的冲击，这就是不同民族形成自己的生存社区的重要性。劳动力输入和输出国家不同的社会层面对劳动力流动的态度亦不同。一般意义上说，劳动力输入社会对输入劳动力的恐惧心理更为强烈，人们认为，大量外国人的进入会对社会内凝聚力和文化传统造成威胁，打破民族构成和政治势力的平衡状态，因此，要求对外国劳动力采取更加严厉的政策。文化、心理、民族、种族、人权甚至政治因素交织于流动劳动力一身。流动使得多种文化相互作用，各个不同民族的人生活在同一社会之中，对促进相互了解和传递各种文化之间的信息，促进当地的社会和经济发展虽有着不可否认的作用，但也不可避免地会造成各种冲突。

（二）劳务合作对俄罗斯的社会影响

进入 21 世纪，全球化将在更广泛的范围内主导我们的生活。在这种情况下，劳动力流动带来的一些安全问题的性质也将发生一定的变化。对输出和输入国家与地区而言，如何在全球化中把握劳动力流动的方向，趋利避害，是一个严峻的考验。全球化创建了统一的世界经济，使资本、劳动力资源不依赖于地理边界而流动，但是全球化也产生了"影子经济"，促进了犯罪活动的快速发展和非法劳动移民的增长。全球化为每个国家都提出了两个问题：一方面，任何国家都致力于融入统一的世界经济中，因为它为经济和政治形势提供了新的改善的可能；另一方面，每个国家在全球化过程中均力求保持着自己的文化独特性。充分保障俄国家安全、经济和社会生活秩序稳定及俄本国公民就业，是俄在考虑引进外国劳务时遵循的基本原则。有些人认为，外国劳务的输入是社会潜在的不稳定因素，其影响不可忽视。

1. 劳动力的输入势必要影响当地的就业市场，与当地人形成竞争态势

乌苏里斯克的居民对待中国人的态度是否定的。许多人认为，中国人夺走了他们的就业机会，他们要为保住任何低工资的工作而斗争。

2. 文化差异引出的系列问题

外来文化使原本过着平静生活的当地人有一种被冒犯的强烈情绪，文化差异也衍生出其他问题。例如，当地人认为，中国劳工存在不良卫生习惯和恶劣生活条件，导致一些健康问题。

3. 社会经济成本增加

中国劳工增加了远东的社会经济成本，对基础设施如住房、交通设施、福利机构等造成一定的压力。

4. 对民族文化的影响

众所周知，不同的民族总是在特定地域中发展起来的。生活在不同地域中的各个民族有不同的语言、经济和社会生活方式及社会心理特征，各个民族文化具有很大的差异，每个社会都具有特殊的社会文化内涵。各个社会在不断发展变化的条件下，总是力图保持自己的文化特色，准确地说，是在可接受的发展条件内，保持着传统语言、文化、社会团体、宗教、民族认同和习俗的能力。劳务的引入常常能够造成种族与文化上的矛盾，引发劳务人员与当地居民之间

利益冲突，导致社会的动荡和不安。

5. 对社会文化的重要影响

劳务合作把文化安全从边缘转移到了人们关注的中心。流动劳动力虽为国家和地区的经济发展做出了巨大贡献，但也因为文化背景的差异动摇了劳动力输入社会的基础，引起了文化冲突。过去，人们在谈论安全问题时关心的大多是传统安全问题，即由军事冲突引起的国家安全，但自 20 世纪下半叶起，安全的内涵和外延有所扩大。军事冲突必然会引起安全威胁，而经济危机、宗教冲突、环境污染、人口流动、恐怖活动、食品安全等都会引起严重的安全问题。人们把军事冲突引起的安全问题称为传统安全因素，而把前述内容称为非传统安全因素。劳动力流动便是非传统安全因素中非常重要的内容之一。它将恶化接受国的就业状况，加大社会福利的负担，使犯罪率上升，对社会的习俗风尚造成严重影响。对社会主流文化形成挑战，使文化安全成为输入国的主要担心。而对外国劳工的依赖，势必会对国家的经济安全造成较大的影响。不难看出，上述这些由劳动力流动引起的安全问题都是基于民族国家的立场考虑的。

在有外国劳务的国家，移民政策的形成常常要考虑两个方面。一方面，是社会的政治利益、国家的安全问题，要求采取禁止措施并制定法律限制外国劳务流入的同时，考虑国家利益的自我保护，防备各种文化冲突、犯罪和不稳定性。另一方面，是为维护与廉价劳动力相关的经济利益，这种利益是至上的。即使对于美国那样的移民国家，许多美国人也同样认为，移民会造成美国的人口过多，给环境造成过大压力，一些学者也就移民问题发出警告，认为移民是对美国的一种"和平式的入侵"。然而，相当一部分学者则认为，面对大规模的移民浪潮，用不着歇斯底里地恐惧并力图去控制，相反，在一个较长时期内，移民对美国来说，是利益多多。

生产要素的国际流动，使各国原本相互独立的生产过程走向国际化和一体化，使国家间经济关系的重心由传统的流通领域进入生产领域，各个国家在生产领域中依据一定的原则进行较长期和较稳定的经济合作活动。劳动力国际流动需要在更广阔的框架中理解劳动力流动与现代性之间的关系。跨国流动是伴随着现代意义上的民族国家的产生，特别是随着现代国家为了控制移民流动而制定的护照签证制度而出现的。

尽管如此，对整个俄罗斯来说，中国仍是最有前景的合作伙伴，随着中国的经济增长，中国劳务进入俄罗斯的经济作用将增强。

（三）对劳务者本人的影响

通常，地理位置临近和发展水平相当的国家之间签订的协定［如欧盟（EU），欧洲自由贸易协会（EFTA），欧洲经济区（EEA），跨塔斯曼海峡旅游协议等］，要比地理和发展水平相差较大的国家之间签订的协定［如亚太经合组织（APEC），美国—约旦自由贸易协定等］能够提供更为宽松的劳动力流动条件。北美自由贸易协定（NAFTA）就为人员流动提供了更为开放和灵活的条件。相比而言，虽然俄罗斯远东和中国东北地理毗邻，但远东地区的俄罗斯居民和中国居民在许多特征上，如语言、文化、族属、文明起源、历史发展等则大不相同。这些都是阻碍流动的因素，而不是促进流动的因素。

中俄劳务合作对劳务者本人的影响主要表现在以下几方面。

1. 文化冲突

不同的文化背景造成的文化冲突，往往使劳务人员处于孤立于主流社会的另类地位。流动劳动力为国家的经济发展做出了巨大贡献，但也因为文化背景的差异为输入国社会带来一定的影响，引起文化冲突。不同的文化背景和生活习惯，使他们与当地居民的主流社会生活难以融合，双方经常处于冲突的边缘。

2. 民族情结的报复和歧视

民族情结的报复和歧视加重了劳务人员的心理成本。劳务人员承担着当地人不愿意承担的低级工作，带给他们的利益实际上超过了对他们的侵犯，但当地人狭隘的民族情结积聚起来的力量则使劳务人员备尝艰辛。

3. 社会的歧视态度

劳动力输入社会对外国劳动力的歧视态度，使他们的权益易受侵害，处于相对危险的环境之中。俄移民法规定，如果外国劳动者违反劳动合同或有关工程（提供服务）的民事法律合同，原发证机关可根据雇主或工程（服务）委托人的申请撤销外国劳动者的工作许可证，违反联邦法律的外国公民和有关接收与使用外国劳动者规定的雇主将被依法追究责任，外国公民有可能因此被遣返。

第六章

"中国扩张"的地缘
政治学透视

俄罗斯社会科学副博士 Богаевская Алеся Николаевна 认为，全球化创建了统一的世界经济，使资本和劳动力资源不依赖于地理边界而流动。随着中国人口和经济的持续快速增长，俄罗斯边境的开放，东部邻国的贸易及对外经贸关系的改善，中国到俄罗斯远东地区的人数不断增加，由此出现对"中国扩张"（китайская экспансия）的担心，成为俄方特别是中俄边境地区一些领导人热衷的话题，并时常出现在媒体和政治家的声明中。这极大地影响了中俄之间正常的经贸关系，成为制约中俄经贸合作的摩擦阻力。

俄罗斯是一个多元社会，对中俄关系持有不同观点也是正常的。在相当长的一段时间内，俄罗斯国内某些势力对中俄关系的发展设置障碍。把中国的崛起看做中国的威胁，把中俄经贸合作说成中国的"经济扩张"，把互利互惠的正常贸易说成俄罗斯将变成中国的"原料附庸"等。至于边界领土问题、中国移民问题，更是被媒体和某些不负责任的政客经常炒作。中俄边界问题的彻底解决，使那些别有用心地利用边界领土问题进行蛊惑人心宣传的人失去了借口。虽然这些论调并不代表俄罗斯的主流民意，更不代表官方政策，但是对舆论起到了误导的作用，妨碍俄罗斯普通群众正确地了解和认识一个真实的中国和中俄关系发展的重大意义，使中俄一些有意去对方投资的企业家望而却步。

一、非传统安全背景下的"文明冲突"论

自进入 21 世纪以来，诸如国际恐怖主义、世界气候变暖、流行疫病以及金融危机等形形色色的非传统安全问题日益成为国际政治的重大议题，这就对各国提出了一个新的课题——非传统安全问题。

所谓非传统安全是相对于传统安全而言的，是指除军事、政治和外交冲突以外的其他对主权国家及人类整体生存与发展构成威胁的因素。非传统安全关注人类安全和社会可持续发展，它的提出反映人们安全观念的改变。[50]

（一）经贸合作是非传统安全因素的重要内容

传统国家安全观认为，军事是维护国家安全的重要手段。而非传统国家安全观则认为，经济、政治、文化都是维护国家安全必不可少的手段。全球化时

期，民族凝聚力、国家体制、文化、信息因素更多地受到了人们关注，非传统安全比传统安全概念的内涵更加丰富，从较深层次上涉及了人类给自身造成的困境。劳动力流动的政治特征逐渐引起了人们的重视。

总体而言，经贸合作的安全客体可以分为国家、社会和个人三个层次。在国家层次上，国家既可能是安全的客体，也可能是影响安全的主体。例如，一些国家把外国劳动力作为反对邻国或他国的外交工具或军事手段。在社会层次上，社会文化、社会认同、经济或环境能力都是安全的客体。在个人层次上，人身权利、社会保障是安全的客体。超越国家和军事问题来思考，人们发现经济、跨国犯罪和移民潮也会威胁到国家的政治基础、破坏社会的内部稳定、影响社会的政治凝聚力，从而影响到国家安全，也威胁到邻国甚至其他国家的安全。在全球化背景下，如何维护国家的经济安全尤为重要，因为在各国经济的相互依存和竞争中，一国经济的生存和发展更易受到别国的威胁和伤害。非传统安全观强调的是除地理与政治上的国家实体外更为广泛的安全，如地区安全、全球安全和人类安全，由非政治和非军事威胁因素引起并影响各国安全的跨国性问题，一国内部问题"外溢"或蔓延而引发别国和所在地区的不安全及解决问题手段的多样性等。

欧亚主义是俄罗斯文明的核心所在，受70年苏联特殊历史影响，欧亚主义作为俄罗斯文明的核心地位不断上升。由于地理原因，俄罗斯文明深受东西方文明影响，兼具东西方文明的特点，呈现出欧亚主义的色彩。正如俄罗斯著名思想家别尔嘉耶夫所言："俄罗斯是世界的完整部分，巨大的东方和西方，它将两个世界结合在一起。在俄罗斯精神中，东方与西方两种因素永远在相互角力。"

在经济全球化浪潮的冲击下，各文明间的互动和交往不断加深，跨文明的移民活动空前活跃，交往的深度和广度超前。不同文明之间有冲突、有融合，由冲突到融合，是人类文明发展的规律。文明的冲突绝非单纯只是文明间的冲突，其间夹杂着诸如政治、经济与安全等利益，因此单纯地鼓吹"文明冲突论"是站不住脚的。

（二）"文明的冲突"与地理的反向变化

经济全球化的一个必然结果，是使得人与人、国家与国家的联系在前所未有的深度、广度和范围全面展开。中俄两国属于不同的文明，两国文明都是世界上自成一体的伟大文明。两国文明既有许多共同特点，也有明显的差异。

长期以来，主流经济学把文化问题排除在经济学研究之外，认为文化研究是人类学家的事情。美国学者塞缪尔·亨廷顿的"文明的冲突"理论则使文化冲突成为冷战结束后当代国际社会的一个热门话题。他提出：第一，历史上，全球政治第一次成为多极的和多文明的。现代化有别于西方化，它既未产生任何意义的普世文明，也未产生非西方社会的西方化。第二，文明之间的均等正在发生变化。西方影响在相对下降；亚洲文明正在扩张其经济、军事和政治权力；伊斯兰世界正在出现人口爆炸，造成了伊斯兰国家及其邻国的不稳定；非西方文明正在重新肯定自己的文化价值。第三，以文明为基础的世界秩序正在出现。文化类同的社会彼此合作，一个文明转变为另一个文明的努力并没有取得成功，给我们提供了极为重要的启示。冷战后，宗教热、传统文化席卷全球，各国、各民族无不在努力保护自己的传统文化，抵制外部世界的文化入侵。世界格局的变动、社会转型的加速、传统价值的失落，导致人们精神和思想的惶惑和混乱，根深蒂固的宗教与迅速崛起的民族主义结合起来，成为一种爆炸性的力量。也就是说，在全球化趋势日益明显的当代世界，文化已成为左右世界格局变化的重要因素。因文化因素引起的冲突或者具有文化因素的冲突不仅广泛存在，而且有愈演愈烈之势。[51]

文化安全是国家安全的一个新的课题，也是国家安全的重要组成部分。文化安全是国家稳定发展的精神前提。文化因素对一个民族、一个国家的影响既是深层的、潜移默化的，又是长远的、深刻的，保护本国或本民族的文化安全已成为人们关注的重点。[52]

"安全困境"概念，是20世纪50年代由赫茨（John Herz）首先提出来的，他认为，安全困境是一个国家间关系普遍存在的结构性概念。根据这种观点，国家追求自身安全的同时会相应增加其他国家的不安全感，每一方都把自己的举措解释为防御性的，而把对方的行为理解为潜在的或现实的威胁。核心的问题是国家间相互的恐惧感和不信任感。俄罗斯国防部长格拉乔夫警告说："中国人正在和平地征服俄罗斯远东地区。"俄罗斯高级移民官员也赞同地说："我们必须反对中国的扩张主义。"此外，还有人认为，中国与苏联各中亚共和国发展经济关系的举动，可能激化它与俄罗斯的关系。如果中国决定重新提出对蒙古的主权要求，那么中国的扩张也可能变成军事扩张。他们认为，蒙古是第一次世界大战后被俄罗斯人从中国分离出去的，几十年中它曾一直是苏联的卫星国。自蒙古人入侵以来一直萦绕在俄罗斯人脑海中的"黄祸"，有一天可能会再次成为现实。实际上在俄罗斯，每1万人口中有移民31.3人，而加拿大是259人，澳大利亚是178.5人，美国为65.9人，大多数西欧国家也比俄罗斯高。中国的主要移民国是美国，如按照美国"中国化"标准水平，俄罗斯只相当于美国的1%。

（三）综合国力的竞争是"中国扩张"的根源

综合国力的竞争必然引起世界范围内思想文化的相互激荡。当今世界的文化冲突，不仅源于文化的差异，而且更为重要的是源于国家利益。带有明确的国家利益性质的文化冲突是综合国力竞争的重要表现，其后果往往具有很大的破坏性。任何民族国家要更好地维护本国的利益，就不能不高度重视全球化的文化冲突。在全球化条件下，国际竞争越来越呈现出一种综合力、文化力竞争的趋势。特定社会的政治、经济和文化之间，有一种稳定的结构关系，如果没有形成这种结构关系，该社会的经济文明就难以得到充分发展。而不同地域文化冲突的中心化是世界文化冲突的最主要特征。所谓不同地域文化冲突的中心化，是指存在于不同地域的文化形态之间的冲突成为文化冲突在当今时代的主要表现形式。[53]

在现实世界中，经济上相互依存的趋势在进一步加强，国际贸易在更大范围内把更多的国家纳入全球体系中。不考虑国际分工，独立于世界贸易体系之外的经济体系既不现实也不必要。从政治方面看，由于冷战的结束，世界范围内的集团式对抗不再是国家间关系的主流模式，意识形态在国家交往中的障碍和影响日渐淡化，为各国在更大范围内的政治合作提供了较好的基础，促进了国际合作与国家间的沟通和理解，从而对国家安全也产生了一定的积极影响。从文化方面看，随着信息和传媒技术的革命性进步，不同文化或文明间的交流融合趋势不断加强。从军事方面看，大多数国家在经济和军事哪一个更重要的选择中更为小心。国家的相互依存度不断加大，国家安全的关联性不断增强，对抗和冲突不再是国家间关系难以避免的状态，合作越来越成为被普遍接受和广泛存在的现实。全球化进程的加速发展，使国家利益的分配打破了"你失去多少，我得到多少"的"零和"框架，各国不能再一味奉行以邻为壑的对外政策，国家之间利益的交叉要求各国在争取本国利益的同时也必须兼顾他国的利益。

中俄两个相邻大国，互补性的另一面便是竞争性。各自的发展利益会产生某种排斥性，这是不以人们的意志为转移，也不必隐晦的事实。竞争可以彼此促进，利益矛盾可以通过协调加以解决。有合作就会有矛盾或发生冲突，就需要协调解决。在当今社会中，各国或企业集团之间的相互依赖往往都是处于竞争、矛盾、协调、合作的错综复杂的混合状态中，因为任何一种国际经济行为都反映了该行为主体所要追求的特定价值和目标。在实现这些价值、利益和目标活动过程中，该行为主体将会遇到其他行为主体的支持或反对，他们之间就难免会发生矛盾和冲突。发生了冲突，也要通过国际经济协调方式来解决。只有这样，才能消除国际经济活动中的矛盾或冲突，推动国际经济合作的发展。赫鲁晓夫早在 20 世纪 50 年代就提出过"黄祸"的言论，以防范、遏制中国的战略。今天，中国经济的高速度发展，引起俄罗斯民族主义情绪强烈的人的恐惧。

上述观点认为，中俄之间存在着广泛的共同利益与互利合作，但也存在着明显的国家利益冲突。它们之间的矛盾、冲突、竞争所涉及的领域很广，包括领土主权争端、军事安全威胁、自然资源争夺、经济利益竞争（市场与投资）以及政治与历史问题纠纷等。显然，这种观点是极其危险和有害的。

二、安全要素与人口的政治平衡

人口、领土、资源是一个国家实力的基础部分，是国家安全最重要的因素，对国家安全有着决定性作用。中俄战略协作伙伴关系的深化目前还有一些障碍，其突出问题是政治互信不足、经济基础薄弱、外交运筹存在非协调性。政治互信不足有多种表现，其中，"中国威胁论"与"俄罗斯不可靠论"最为典型。"中国威胁论"在俄罗斯已流行多年，主要包括"中俄力量对比失衡论"、"中国领土要求论"、"中国人口扩张论"、"中国经济威胁论"等。这些论调在俄罗斯媒体上广泛存在，对民众的认知影响很大，对两国关系有着严重的销蚀作用。远东科学院历史、考古和民族研究所所长，中国问题专家维克多·拉林在谈到地区的影响问题时认为，有三个问题决定着俄罗斯和中国的轮廓和特点，它们分别是人口问题、经济问题和领土问题。[54]

（一）人口问题

人口问题即"中国不可控制的移民问题"。20 世纪 90 年代初，由于东北的人口失业压力以及俄罗斯较高的商业利润，同时西伯利亚和远东地区需要大量的日用品和劳动力，中国人口大量涌入，使俄罗斯地方出现了恐慌，大肆宣传中国的人口扩张。随着远东地区对中国商品和劳务需求的减少及地方政府对移民采取各种限制措施，移民的身份大部分变成了"旅游者"。中国的短期移民有两种类型，即合同工人和商人。根据滨海边疆区签证和许可处的资料统计，1992～1995 年中国劳务总数约每年 6 000～8 000 人，不会对社会形势造成严重的影响。预计到 21 世纪中期，在俄罗斯的华人将有 700 万～1 000 万，汉族将成为俄罗斯的第二大民族。尽管中国的移民不多，但已破坏了现有的人口政治平衡。不同民族的土壤，很容易导致国家的冲突。21 世纪俄罗斯可能会成为东亚各国的移民国家。维克多·拉林提出，为了防止远东的进一步"中国化"，对远东的开发应大规模多国参与〔包括西方、亚洲（主要是日本）的资金和独联体、中国、朝鲜的劳动力〕。

（二）经济问题

从战略的观点看，中国东北三省特别是黑龙江省是俄远东的第一位受益者。20 世纪 90 年代前半期，中俄边贸极大地促进了东北经济的振兴，减轻了原料短缺的状况，为地方经济注入资本，解决了富余劳动力的就业等。东北地区极力希望同俄远东南部地区加强经济联系，以解决自己的经济和人口问题，同时其未来发展直接指向为远东提供食品和工业品，发展地方工业和外向型农业，以及建立发达的通往俄罗斯的交通体系。研究不同的模式和地区合作方案都从属于这一目的。对于吉林省和黑龙江省来说，最重要的是获得通往日本海的出口，为此提出了如"中国图们江区域开发方案"等不同的方案以推动地区间经济合作。尽管中国目的坚定，始终如一，它的俄罗斯伙伴却具有行动的双重性和矛盾性。一方面，它积极扩大同邻国的经济关系；另一方面，又担心成为"中国扩张"的跳板。立场的复杂性，目的的模糊性以及利益的不确定性决定了俄罗斯政府政策的矛盾。总体来说，这些情况是毗邻地区经贸关系发展不和谐的起码条件。其结果是两国的经济没有建立稳定的联系，更谈不上一体化或合作问题。

（三）领土问题

在俄罗斯远东地区看来，"中国问题"的核心是领土的划界。尽管俄中关系在90年代初有了很大改善，中俄边界问题已解决，但许多远东当地居民仍怀疑中国的秘密意图。他们认为尽管中国没正式觊觎俄罗斯的领土，但中国人私下经常说"沙俄非法掠夺"的黑龙江沿岸及萨哈林岛领土，中俄之间的历史纠葛令一些俄罗斯人仍然害怕中国会"夺回领土"。在他们看来，中国的领土要求一直存在，不会放弃。现在的关系在俄罗斯远东各州和中国之间不只是毗邻地区的相互关系，应关注俄罗斯在地缘政治空间中如何确定自己的地位和作用。他们认为，中国不断增长的经济和军事力量将使其变为东北亚的主要影响大国，这种力量和对自身实力的自信，使中国实行更积极的对外政策。今天俄罗斯只是消极和自然地对太平洋地区的整体进程进行反应。俄罗斯终究会承认中俄关系的进一步发展将依赖于两国边境地区的关系。

上述观点在中俄关系中产生了极为不利的影响。今天，在远东和西伯利亚，有的人仍然继续谈论着中国的扩张可能会威胁俄罗斯的国家安全，这种威胁包括中国向远东的非法移民，还有俄罗斯人对中国经济和军事技术迅猛发展的争论和担心。亚洲大陆过去积累下来的譬如划界问题、领土和边界争议、相互间的不信任、多年积累的彼此疏远，都没有彻底消除，这种疏远在许多情况下还会使人想起曾经的痛苦经历。以上说法和担心已成为影响中俄经贸合作的极大障碍。

三、和平发展与大国崛起

（一）对安全感与安全的界定

在全球化时期，一国的政治、经济、安全等方面总是同其他国家紧密联系在一起。从政治方面看，一国的政治决策会对邻国产生直接影响。从经济方面看，国际分工、国际贸易和资源配置等使世界各国更加紧密地联系在一起。从安全方面看，国家的安全也随着各国相互依存的不断增强而变得更加依赖于彼此的共同努力。安全问题已成为当今世界关注的主题。

安全感与安全有着一定的区别。安全是一种客观现状；而安全感则是主观的，是主体对客观安全状态的反映，这种反映可能是正确的，也可能是错误的。有时即使客观上没有威胁，主观上也有可能产生恐惧，这就是不安全感。造成这种心理的原因有两方面：一是存在所谓的安全困境（security dilemma），对对方的存在所产生的不安全感使安全关系陷入恶性互动，导致两个原本相安无事的主体相互为敌；二是某些国家或组织为了达到某种目的而过分渲染其他国家的"威胁"，使公众产生恐惧感。现今某些国家散布的"中国威胁论"所引起的对中国发展的恐惧心理便是实例。

经济全球化在曲折中不断发展，与此同时，区域经济合作亦在加强。历史上，一个新兴大国的崛起往往要打乱现有的国际体系，其手段和途径往往都是非和平的方式。西方大国理论证明，任何大国的崛起是对现有国际秩序的冲击和破坏，是对现有国家领导地位的挑战，将不可避免地在世界范围内产生冲突或战争。美国为了在中国同邻国之间制造敌意与不和，从而维持其在该地区的霸权地位，大肆宣扬"中国威胁论"。日本和印度的某些当权者也视中国为其主要威胁。即便作为中国战略协作伙伴国的俄罗斯，也对中国的发展抱有戒心，特别是在所谓"中国人渗透远东地区"问题上过度强调和敏感。可以设想，再过 10 年或 20 年，当中国的综合国力真的跃居世界第二或第三位，俄罗斯"中国扩张论"的宣传有可能更加频繁。这些无疑都是对中国发展的担心。

必须指出，俄罗斯许多经济领域已被金融寡头、石油天然气巨头等所控制，俄罗斯一些最有影响的报纸、电视台掌握在他们的手中，容不得任何人"侵犯"其既得利益。从他们的"国家安全"的角度来论证，俄罗斯不能容忍邻国比它强大，认为"中国越强大，对俄罗斯来说就越危险"。[55] 在这种安全观的驱使下，把单纯的商业行为和国家安全扯到一起是"顺理成章"的事。为维护既得利益，他们动用一切可以利用的手段，甚至不惜牺牲（真正的）国家利益。为了排斥中国劳动力的进入，俄方最常用的手法是通过各种宣传媒介丑化中国人。就目前来说，"中国扩张论"对俄罗斯来说只是一种不安全感，并不是中国真的成为其不安全的因素。

（二）势差是要素流动的客观要求

在整个俄罗斯远东生活着 740 万人，而在中国东北则生活着 1.024 亿人。至于人口密度，俄罗斯远东为每平方公里 1.2 人，中国东北为每平方公里 124.4 人。一些研究者根据上述统计数字断言：类似的人口态势将对俄边界造成压力，导致两个民族之间的失衡，引起社会心理的慌乱，还能影响中国的官方政府和地方当局的政策。中国与俄罗斯毗邻地区居民状况的某些方面是值得关注的。上述人口势差会不会对俄罗斯的人口安全、经济安全、粮食安全、生态安全以及领土完整构成威胁呢？为了回答诸如此类的问题，可以援引世界上已有的经验。经验表明：具有相当长度边界的相邻国家，其人口密度不同，这是常见的现象。不能完全否定在类似的问题中存在人口因素。尽管俄罗斯与中国在东北亚的人口密度比率超过 100，但在这个问题上，类似"安全门槛"的确切标准未曾制订过。

在俄罗斯，中国人从事的职业相对集中在贸易、建筑、农业和餐饮业等行业。少量华商在俄开办小型工厂或公司，但有实力的并不多，这些人大多不想长期留在俄罗斯。俄罗斯总统派驻远东联邦区全权代表普利科夫斯基曾于 2004 年 4 月对记者表示，许多中国人在远东地区居住，他们是俄罗斯所需要的劳动力，远东地区的发展不应该放弃对中国移民的引进。他还表示，如果中国伙伴在合作中遇到什么问题，就直接找他或是找所在地的州长。在普京访问中国前夕，作为普京访华代表团成员之一的俄罗斯滨海边疆区行政长官达里金发表了一系列讲话，其讲话表明滨海边疆区领导人对所谓的"中国威胁论"的态度发生了重大转变，现在已敞开胸怀欢迎中国人，以缓解当地劳动力严重不足的危机（表 6-1）。俄《独立报》2005 年 4 月 10 日发表的名为"中国人拯救俄罗斯"的文章中，认为中国移民不仅不会威胁俄罗斯，反而能拯救俄罗斯，没有国外源源不断的劳动力，俄罗斯经济将难以为继。

表 6-1　2004～2010 年滨海边疆区人口及移民发展指数（单位：千人）

指数	2004～2005 年	2006～2007 年	2008～2010 年
劳动适龄的经济积极人口下降幅度	45～50	40～35	25～20
从俄罗斯其他地区增加的移民	40～45	50～55	60～65
从其他国家增加的移民	80～100	150～200	250～300

资料来源：Стратегия Социально-Экономического Развития Приморского Краяна 2004 - 2010гг. Владивосток，2003：114

根据许多通过吸引外国劳务为本国创造财富的国家的经验，可以看出，本国劳动力同国外的比例在1:1时，对国内安全不构成威胁。但要在一定条件下保持国家对移民社会文化方面的控制。

（三）"和平发展"是对"中国扩张"的有力反击

当前，中国与邻国经济之间的互补性与竞争性并存，彼此经济相互依赖的程度日益加深，而比较对称与平衡的经济相互依赖则会导致共同利益的增加和利害关系的加深，并在总体上有利于增进合作、加深互信。中国经济睦邻外交所强调的原则包括平等协商、互利合作、互通有无、优势互补、良性竞争、共同发展与追求彼此的双赢，它不仅有助于促进地区经济一体化的进程，而且自身也获得了新的发展机遇。中国要更好地适应国际关系全球化、多边化、国际组织化、制度化与规则化的时代潮流，以及非传统安全事务日渐增多，经济外交与文化外交地位更加突出，非中央外交与非官方外交不断发展等的状况，和平崛起是降低和消除对"中国威胁论"影响的积极应对。

和平崛起战略同西方传统的大国崛起理论有着极大的不同。对新兴大国保持警惕和防范的观点，在西方有深厚的理论根源和思想传统。他们确信，一个新的大国的出现和崛起必将挑战现有大国的地位和影响力，并将打破现有国际体系的平衡和稳定。但他们也认为，随着全球化使国家间的联系空前紧密，利益的共同点也越来越多，合作的可能性越来越大，双赢或多赢的可能结果是可以实现的。

2005年12月22日，中国国务院新闻办发表的《中国的和平发展道路》白皮书中指出，中国将坚定不移地埋头和平发展道路，努力实现和平的发展、开放的发展、合作的发展、和谐的发展。中国将努力实现与世界各国的互利共赢和共同发展。坚持与邻为善、以邻为伴、睦邻友好方针，与周边国家的友好合作关系不断发展，共同利益不断扩大。

中俄两国边境问题的最终解决，使两国关系进入了持续稳定、日趋成熟时期，两国将战略协作置于主导地位，合作大于防范，信任大于威胁，"中国扩张"的不和谐之音对两国关系不会有太大的干扰。由此可见，中俄两国关系仍会朝着既定的目标发展。对经贸合作来说，虽然会受到一定的影响，但我们相信，只要经过不断努力，采取有效措施，中俄经贸合作的前景仍然广阔，最终双方仍会实现共赢。

第七章

中俄经贸合作的
战略选择

　　早在 19 世纪末，俄罗斯伟大的学者门捷列夫在制订俄罗斯工业发展长期构想时就强调，国家利益要求无论是同西方国家还是同东方邻居都要努力发展经贸关系。普京执政以后，在对外政策上改变了以往一直倾向于西方的做法，执行"双头鹰"政策，将发展东西方关系作为其外交的主要方向。2008 年 10 月底，俄政府开始审议国家到 2020 年对外经济政策规划议案。据俄《独立报》2008 年 10 月 27 日发表的题为《替换欧盟为印度和中国》的文章说，俄政府高级官员透露该议案的任务之一，是保证俄罗斯在欧盟市场的优势地位，与此同时慢慢把合作关系从西向东移，现在的主要对外经济合作者——欧盟，未来将让位于印度和中国。由此可见，作为俄罗斯东方邻居的中国，对俄罗斯来说是至关重要的。尽管中俄两国是战略合作伙伴关系，但目前经济合作的水平较低，经贸发展远未达到双方所需的程度，两国还未形成一个稳定的经济合作框架，双方经济利益的融合远未达到具有战略意义的程度。为了把发展经贸关系作为中俄战略协作伙伴关系的支撑，以经济合作充实政治内涵，就要根据区域发展前景，制订中国东北与俄罗斯远东经贸合作合理的发展战略，选择适应两国国情的发展模式。

一、互利双赢——对以往中俄经贸合作原则的修正

　　关于中俄经济合作的模式选择，人们习惯用互补性概念来做解释，即认为双边合作应立足于资源禀赋的差异，在此基础上选择各自具有比较优势的领域进行分工与交换。具体而言，中国应该生产并出口劳动密集型产品，换回俄罗斯的自然资源密集型产品。由于强调资源或生产要素丰缺性的决定作用，中俄两国很难在互补型合作框架内进行技术与资本密集型产业的有效合作，因为这两种要素对于转型期的中国和俄罗斯来说都是稀缺的。所以，互补型合作的隐含判断是，中俄之间只能进行产业间贸易，而投资与科技合作只能面向西方发达国家。

　　尽管互补性可以部分解释中俄经济合作的实践，但却不能涵盖其全部内容。

（一）中俄互补型合作模式具有内在缺陷

中俄两国在要素禀赋和产业结构方面均具有互补性，这是双方合作的基础。

但是，经济结构理论上的互补性要成为现实性还有相当的距离，它的实现不是自然而然的。中国应适当考虑俄罗斯的利益，不应仅限于购买俄罗斯的资源产品。合作必须有利于中俄双方的经济优势，有利于双方共同发展，共同繁荣。通过互利双赢，才能充分发挥双方在资源禀赋上的优势，合理配置资源，提高生产效率。中俄应制订对双方都有利的方案，真正贯彻互利共赢的原则；应以互利为前提，以共赢为目标，使两国在经济合作中获得发展机遇。经济合作是中俄战略协作伙伴关系的基石之一，是巩固中俄战略协作伙伴关系的基础。发展劳务合作，有利于中俄之间的经济合作，有利于西伯利亚和远东地区的开发和发展，这是建立在政治协调和经济互利基础上的双赢与共赢。劳务领域巨大的互补性决定了两国可以找到互利性合作的途径和方式，只有进一步拓展经济合作的深度和广度，才能为两国的战略协作伙伴关系从经济上提供强有力的支撑。在制订战略时，应从互利双赢的原则出发，合理确定合作的领域、方式、步骤，使两国资源比较优势得以充分发挥，双方经济共同发展和繁荣。要不失时机地抓住中俄经贸合作的历史性机遇，采取切实有效的对策，促使中俄双方尽早地制订双边贸易发展战略，使中国东北与俄罗斯远东的经济合作由初期的不规范形式向规范型、高质量、高效益型发展，即向规范化、高质量化和成熟化发展。中俄经贸合作关系的进一步发展，要克服不适应时代发展潮流的传统观念，必须建构新型经贸关系，实现全面转变。[56]

通过上述分析可看出，仅仅依靠互补性开展中俄经贸合作不仅拓展空间有限，而且这种模式本身不能自我维持。所以，中俄两国必须开拓新的、更可持续的合作领域。战略性经济合作即是可供选择的新模式。

（二）中俄经贸互补性转化为现实互补性尚需时日

应该肯定，中俄产业结构上的差别使得两国具有理论上的互补性，但鉴于双方利益的不同、贸易环境欠佳和面临第三方挑战等一系列现实性问题的存在，理论上的互补性短期内还无法或不能完全地转换成现实的互补性。

中国对与俄罗斯的合作，以往一直采取的优势互补原则，经过实践检验，并未取得较理想的效果。中俄双方企业在合作中，常对一些项目的谈判久拖不决。究其原因，就是双方过分追求单方局部的经济利益和中俄经济合作互补性的变化。这种变化表现为实际互补性趋弱，潜在互补性趋强。所谓实际互补性，主要是由于两国经济结构的差异和产业发展阶段的不同而形成的互补性和生产要素的互补性。随着两国体制转轨的逐渐深化和市场的逐步对接，中俄两国合作也应逐步走向理智和规范，并在探索中找到行之有效的合作领域和合作模式，达到互利双赢的效果。因此，必须从双赢的角度考虑问题。随着中国已进入贸易大国的行列，进出口规模对贸易伙伴会产生不容忽视的、越来越大的经济影响。中国不但要考虑与国民经济发展的协调性，还要考虑外贸战略和政策的国际承受程度与现实可行性，避免激化与他国的贸易矛盾，制约中国的贸易优势的发挥。应探索在不加剧与他国经济利益冲突的同时能持续发挥劳动力资源优势的新途径，形成中国参与国际分工的长期比较优势，使经贸合作产生的不仅仅是短期的经济利益，还有难以估量的社会效益和战略利益。

二、综合型经济合作战略——中俄经贸合作可持续发展的模式

经济合作是中俄战略协作伙伴关系的重要组成部分。目前中国已成为俄罗斯第二大贸易伙伴，俄罗斯是中国的第九大贸易伙伴，应从全球经济合作层面、区域经济合作层面以及中俄双边经济合作层面更便捷、高速地开展对外经贸合作。

中俄关系发展势头良好，达到前所未有的水平，今后几年应该是发挥中俄合作巨大潜力的黄金时期。为此，双方应该顺应时代潮流，探索新的合作形式，冷静、客观地对待中俄合作中可能产生的任何具体问题，使经贸合作走上一个新的高度，在深度和广度上进入一个大发展的时期。

（一）在中俄战略协作伙伴关系框架内发展双边互信合作

国际经济理论认为，政府应该作为监护人的角色来管制许多服务部门，以解决由于市场失灵而产生的许多问题。政府在中俄经贸合作中的一个重要职能是创造良好的政治氛围和经济条件，包括健全的法律法规、有效的执法机制、安全的社会环境、对外国公民合法权益的保障以及符合国际规范的市场运作机制等。随着经济全球化步伐的加快，国际竞争愈演愈烈，各国为了在国际竞争

中争取主动，赢得更多的国际分工与贸易利益，要求政府在经济中必须担当更为重要的角色。由于发展中国家的市场机制尚不成熟，国际市场的不完全竞争性和现代企业规模经济的存在，使得政府在经济活动中具有举足轻重的作用。总之，政府的作用不可低估。政府作用的具体形式、政府效率的差异，导致了一国在产权、激励机制以及对外开放经济中发挥了不同的作用，对推动国际贸易和经济全球化的进程产生了不同影响。从这一点来说，政府作用的差异，也是一国比较优势的差异。

因此，应加强中国政府在经贸活动中的调控与指导，发挥国家和政府在促进、组织、管理劳动力流动方面的作用。中俄两国战略协作伙伴关系的确立，为今后较长历史时期中俄关系的发展定下了互信、互利、合作的基调。在中俄两国战略协作伙伴关系的框架内，两国经贸合作发展赢得了稳定而有利的宏观环境。中俄两国政治上的互信，为双方在经贸领域建立互信合作关系创造了良好的外部环境。在两国经贸相互交往中，发展互信合作、实现优势互补战略和互利双赢的发展目标，符合中俄两国的根本利益。中央及地方政府应该积极利用中俄两国战略协作伙伴关系创造的双边互信合作的政治和安全环境，积极进取、有所作为，为中国企业发展与俄罗斯的经贸合作在信息、监督、保障方面建立机制并搭建平台，为中国企业走向俄罗斯市场牵头把关。中俄都是正在建立市场经济体制的国家，在经贸合作中，不能一味地强调市场的自发作用，而忽视国家的宏观调控和政治导向作用。具体说来，应发挥政府在对外经贸增长中的作用，开拓新的合作领域和深层次的合作内容，寻找新的合作增长点。当前，中国政府应抓紧制订开拓俄罗斯市场的整体规划，探索双方经贸合作的新领域，并制订各种政策，鼓励和扶持有实力的大中型企业和公司参与两国经济合作，形成以大型企业经济技术合作为主导力量，以边境贸易、地方贸易等一般贸易为辅，规范不正规贸易行为的贸易模式。政府应发挥以下作用。

1. 提高双边贸易与投资活动的法制化和国际规范化水平

从政府主导转向市场驱动。中俄两国均处于经济转型过程中，在调节与管理两国经贸活动中还不可避免地带有计划经济的痕迹，政府主导甚至唱独角戏的情况还很常见。例如，中国一些政府部门每年还下达对俄贸易与投资增长计划指标；各地方政府不顾客观条件过多地操办一些规模大、花费多的国际性展销会、论坛等面子工程，而这些活动缺乏创新内容，实际收效甚微。应该明确政府的职能主要在于为企业、社会以及经贸活动创造良好的法律与政策环境，提供大的方向指导和融资、保险、运输、通关、结算等各种基础服务，做好跨境企业、人员资质、商品质量卫生的检验和监督及贸易纠纷的裁决和调解等工作。政府应增强两国在经济信息方面的沟通与司法合作，保障正常的贸易与投资秩序，而不必人为地下达计划性发展指标。

2. 制订切实可行的战略与政策

在当今国际形势下，经济关系和经济利益日益成为国际政治关系的基础。国务院发展研究中心对外经济研究部副部长隆国强分析指出，中国要"全面开拓俄罗斯市场"，需准确把握俄罗斯市场的特殊性，并制订切实可行的战略与政策。近年来，经过两国不懈努力，合作机制已经比较健全，国家首脑每年互访，政府总理定期会晤，两国建立了经贸、科技合作混委会，下设若干部门间合作分委会，一些分委会下还有几个常设工作小组，以协商解决各领域合作中出现的问题。上述较为完善的合作机制在中国与其他国家经贸合作中是不多见的。目前，中国已有十多个省份与俄罗斯相应地方政府签订了友好合作协议并建立了相应的合作机制。为了从战略高度认识和对待中俄经贸合作，正确处理地方与中央、局部与全局、眼前利益与长远利益的关系，以进一步整顿好经贸秩序，规范企业行为。应在政府高层领导的支持下，制订经贸和投资发展具体战略意义的中长期行动方案。充分利用目前中俄间已建立的规范贸易秩序联合工作组机制，通过对话协商的方式解决两国贸易秩序问题，使双边贸易逐步走上健康发展的轨道。进一步完善双边贸易敏感商品预警磋商机制的工作程序，推动两国企业在该机制框架内就有关商品的贸易问题举行磋商，为预防和减少贸易摩擦发挥更大的作用。要站在全局发展的角度，统一规划，协调推进。

3. 制订促进劳动力流动的政策

政府的重要职能是创造良好的政治氛围和经济条件，包括健全的法律法规、有效的执法机制、安全的社会环境、对外国公民合法权益的保障以及符合国际规范的市场运作机制等。吉林省为进一步支持在俄罗斯开展承包工程和劳务合作，加强对俄农业项目合作，输出农业劳务人员，利用省内矿业采掘方面的优势，鼓励白山、辽源等大型矿业企业赴俄罗斯开展劳务合作。吉林省内有关银行根据信贷原则，重点支持企业在俄开展合作项目所需的流动资金贷款；鼓励企业赴俄开展森林采伐和木材加工业务；对企业从事石油、天然气等资源开发业务，积极争取国家有关部门在经营资格、项目审批、进口配额、专项资金、优惠贷款或境外商业贷款方面给予支持。

加大打击非法移民的力度，为劳动力流动提供宽松的市场准入条件。中国庞大的廉价劳动力储备所蕴藏的巨大国际竞争力，已引起了许多世贸组织成员国的不安，招致越来越多的批评和限制措施，中外贸易纠纷和利益摩擦呈日益增加的趋势。为了消除贸易壁垒，尤其是消除限制非技术性劳动力流动的壁垒，中国政府应与俄罗斯政府谈判市场准入和国民待遇承诺，发展能够促进程序透明性以保证劳务人员暂时入境的协定，达成一个能够涉及所有技术水平劳动力入境的协定，加强贸易界、移民界以及劳动力政策制订者之间的合作，促进劳动力市场的开放性，推动劳动力在更大范围和更自由地跨国、跨区域流动。

一般说来，劳务接收国的政策往往是直接影响劳务合作发展状况的主要因素。劳动力流动作为非传统安全因素的重要内容，处理不当，会给社会文化、社会经济将带来重要影响。日本、韩国和俄罗斯劳动力市场均需要大量的外籍劳工，但担心大批劳工涌入会对所在国的政治、经济、社会生活的稳定以及文化上的统一造成威胁。俄罗斯的"中国威胁论"，也为中国劳务的输出造成了十分不利的影响。各国政府通过各种政策法规设定的苛刻条件来限制，这种政策导向十分不利于中国劳务的输出。中国政府应加大力度，加强控制和制止非法移民，保护合法劳务的权益和地位，从而使输入国持宽容的态度，适应和接纳中国劳务。

4. 创立经贸发展新模式

构建多元化和多层次的经贸支持服务体系。要实现新时期中俄经贸上台阶、大发展的战略目标，需要发展战略的转变和模式的创新。具体地讲，就是要从过去片面追求贸易增长速度转向兼顾增长速度与结构、质量、效益和可持续性；从注重短期规模的膨胀转向更加注重协调健康和稳定增长的长效机制的形成；从单纯的贸易活动转向贸易、投资、劳务合作全方位发展；从散乱、粗放的经营方式转向规范和高效的发展轨道；从贸易投资散乱性、自发性转向具有长期战略规划性、避免发展的盲目性和不可预期性。为双方经营主体提供政策、法律、投资、税收、结算、运输等多方面的优良服务体系，解决它们在贸易投资中的后顾之忧。向对方企业开放服务业领域，减少非关税壁垒及技术合作障碍。例如，建立两国汽车认证实验室，减少汽车贸易阻碍等。引导中方企业在同等条件下增加从俄罗斯的机电产品进口，改善贸易结构，提供更为优惠的信贷与税收支持等。完善金融服务和基础设施。借助俄加入 WTO 和开放服务领域之机，支持中国的银行、保险及其他服务机构进入俄市场，扩大对俄出口与投资的金融支持力度。一方面，要加强中国国内担保机构开发以俄市场为目标的业务品种；另一方面，可以尝试借助国际金融担保机构的力量，为中国的银行在俄业务提供担保。通过增加中国的银行在俄的营业网点和深化与俄银行的协作，扩大两国货币在双边清算中的使用范围和业务深度。随着双边贸易量的扩大，对桥梁、港口、车站、机场、铁路、公路、海运、海关、检验等多种基础设施的建设也提出新的要求，两国中央和地方政府应考虑增加在这方面的财政拨款。同时，鼓励在市场化基础上通过多种形式（如 BOT、BOOT、PPP 等）吸引两国企业及第三方企业参与投资，以解决政府投入不足的问题，加快基础设施建设步伐。[57]

5. 建立跨部门协调机制

由于贸易与投资活动涉及企业、政府及各种服务机构等多方面的关系，要使贸易和投资便利化，需要多方面通力协作。营造一站式透明服务，是政府不可推卸的职责。为此，政府一方面应简化对俄贸易和投资的行政审批手续，另一方面应将必要的检验、卫生、报关、运输、金融服务、安全等诸多职能部门统一协调起来，减少因其服务效率低下和混乱导致的企业成本增加甚至错失商机情况的发生。此外，还应构建双边政府跨部门协商机制，以提高对双边贸易投资中的纠纷和矛盾的快速反应能力和处理效率。启动中俄边境地区经贸合作政府间文件商签工作，在经贸合作分委会下建立专门的动植物检验检疫及食品安全合作磋商机制，推动两国海关数据交换合作，完善双边贸易中敏感商品的预警磋商机制，推动《中俄相互促进和保护投资协议》、《中俄双边经贸合作议定书（2010～2016 年）》等的切实实施，消除双边贸易与投资中的各种阻碍，注入新的推动力，提高政策与协议执行力度，保证两国经贸关系的稳定、健康、快速、持续发展。随着转型深入和经济快速发展，中俄两国所拥有的一系列扩大和深化经贸关系的优越条件将使两国经贸合作不断迈上新台阶。尽管双方在合作中存在一定的利益分歧，但只要本着求同存异、扬长避短、互惠双赢的原则共同努力，找到拓展合作的新途径、新机制，消除各种障碍，就必然促进经贸合作关系稳健、快速、持续发展。

（二）实施将资源优势转变为竞争优势的名牌战略

按照李嘉图的比较优势理论，各国在土地、劳动力及资金等资源禀赋上存在着差异，从而形成比较优势，据此说明其参与国际分工的依据和条件。然而，在现实世界市场中，单纯的由要素禀赋决定的比较优势在国际贸易中并不一定能获得比较利益。比较优势只说明了获得比较利益的潜在可能性，比较优势具有动态性，可以后天创造。如果经济主体能够获得较多比较利益的动力和能力，则可以转化为竞争优势；否则，就可能变成比较劣势。按照波特的国家竞争优势理论，生产要素分为初级（basic factor）与高级（advanced factor）两种。初级生产要素包括天然资源、气候、地理位置、非技术工人与半技术工人、融资等；高级生产要素则包括现代化通信的基础设施、高等教育人力以及大学研究所等。前者在国家或企业竞争力方面的重要性已越来越低。主要是因为对它们的需求减少，供给量却相对地增加。要获得更高层次的竞争优势，就必须凭借高级生产要素。要素的竞争优势可能因为别国的同一要素的更大优势而被取代，一国不能停留在本国的要素优势上，尤其不能停留在本国天然禀赋和低级的要素优势上，因为廉价劳动力优势可能被后起国家的更廉价劳动力所取代。为此需要充分利用全球化的条件进行要素的国际组合，形成本国的优势。要素的组合具有产业的意义，也有空间意义，即跨国组合的意义。善于利用本国一时还不具有的全球化经济要素，并使自己逐步拥有这些要素，这是要素国际组合的主题。中国更应积极拓展双边战略合作，推进双边经贸合作从互补型合作模式向战略型合作模式转型并升级；高度重视信誉质量，实施名牌发展战略，高度重视对俄罗斯市场需求的调查研究，以满足俄消费者需求为目的，制订有针对性的市场营销战略；树立品牌意识，以市场占有率、企业长期利益最大化为发展目标，消除短期行为，高度重视产品质量，杜绝假冒伪劣产品进入俄罗斯市场。国家质量监督管理部门及其他相关的政府管理部门，如海关、进出口检验检疫部门等，应该建立高效的监督监管机制，严把对俄出口质量关；应该高度重视中国商品在俄罗斯市场占有率的巩固与增长，实现产品营销规模化，营造品牌效应，降低俄贸易壁垒及对中国商品实施歧视性政策引起的经济损失和信誉损害，具体应做到以下几个方面。

1. 调整对俄经贸主体

中方为抢占俄罗斯市场，各种贸易主体之间无序竞争，缺乏合理的战略分工和利益协调机制，影响了中俄贸易的整体协调发展。今后，中国应立足于将俄作为未来可持续发展的战略资源基地和劳务输出基地这个战略高度，抓好对俄经贸主体建设，重点鼓励大企业及其生产性项目尽快成为对俄经贸合作的主渠道和主力军；在开拓俄市场时加强价格协调机制，提升比较优势，获得更多比较利益；避免出现中国企业间的恶性竞争，为共同消除贸易壁垒，推进贸易自由化，促进技术、劳动力、资金等生产要素合理流动，制订共同的对俄经贸政策；针对俄市场具有高风险、高收益的特点，应研究如何引导企业适应俄市场，并在不规范的市场中求生存和发展；进一步吸纳有实力、有影响的国有大中型企业和民营企业参与对俄经贸合作，以提升对俄经贸的合作层次和规模，与俄有实力、有背景的公司开展经贸往来，形成跨国采购、运输、通关、销售一体化体系；要加速培养具有全球视野和知识能力的企业家，企业家的创新行为本身就是一种要素组合，把资本、劳动力、技术、市场、营销渠道等组合在一起，把企业家的一般能力与素质变为掌握国外的、跨越国界的和超越制度与文化差异的能力；同时，既需要继续发挥中小企业和个体经营者的灵活、创新与补充作用，更需要吸引更多的大企业、跨国公司等参与其中，并让后者逐步转变为主角，形成由大企业为龙头、中小企业和个体商人广泛参与的大中小结合的梯次结构，以促进两国经贸关系的正规化与灵活性的有机结合。在这方面，双方政府应该通过一系列政策措施使个体经营者和中小企业逐步规范化经营，做强做大。同时，鼓励大企业积极参与。

2. 优化输出商品结构

在传统贸易理论中，比较优势主要指客观存在的要素禀赋所带来的成本优势，具有静态的特点。新贸易理论则认为，通过专业化分工、规模生产等可以创造新的比较优势，比较优势具有动态性。因此，研究利用、创造和提升比较优势层次，将比较优势转化为竞争优势，是各国获得更多比较利益的重要课题。在国际贸易中，哪个国家拥有的竞争优势越多，哪个国家获得的贸易机会也就越多，就能得到更多的贸易利益。任何一个追求经济持续发展的国家，都不能仅仅把自己的竞争优势建立在当前资源禀赋的基础上。比较优势所显示出的最优状态能否实现，贸易的潜在利益能否变为现实，还取决于这些本国有优势的产品是否有竞争优势，因为现实的贸易是按绝对优势和竞争优势的方向进行的。美国经济学家迈克尔·波特于20世纪80年代提出的国际竞争优势理论认为，一个国家的竞争优势在于该国企业、产业的竞争优势，即其在发展水平上的优势；一国在国际经济领域兴衰的根本原因是，能否在国际市场上取得竞争优势，而形成竞争优势的关键在于能否使其主导产业拥有优势。根据林毅夫等人的研究，比较优势战略成功的一个条件是拥有比较优势的产业具有与竞争对手相比更高的竞争力，即具有竞争优势。一个缺乏优势的国家无法享受国际分工的利益，而只能居于受国外产品和投资支配的附庸地位，听任与外部世界的差距越拉越大。因此，政府应制订相应的政策，促进比较优势向竞争优势的转化，而不只是比较优势的接受者。改变基于比较优势与要素优势的传统思维，才能使其转变为竞争优势。

3. 培育智能型人力资源

要素的可培育性和流动性改变了要素禀赋性优势理论的基础。滨海边疆区出台的整顿外国商品和劳务市场的州长令中，第一条就明确规定，"在边疆区境内的贸易和生活服务领域引进劳力时，只录用那些业务熟练的外国公民。"在《滨海边疆区 2004～2010 年经济发展战略》中，从中国和朝鲜吸引劳务被重申，并提出要"利用有经验的国际科学生产综合体的功能机制，建立外国劳务职业教育体系"。俄方对输入中国劳动力提出两点意见：一是准备吸收更多的有专业知识和技能的劳动力；二是将提供安全保障，同时希望劳务人员身份合法、遵守俄方法律。针对输往国外劳动力的素质同国际服务市场的需求存在较大差距的问题，中国应当高度重视发展教育，培养适应知识经济发展的高素质人力资源；应当把适合于传统劳动力密集型产业的一般劳动力资源优势加速培养成适合知识经济需要的具有较高知识与技能的知识型劳动力，以为经济结构的提升创造充分的人力资源；要加强对劳务的培训，整合劳务资源，创立劳务品牌，迅速改变在整体上继续把中国作为劳动力富裕大国而以劳动力密集型产品为主的发展战略。随着高技术突飞猛进的发展，劳动力的国际价格也在上升，廉价的非熟练劳动在国际劳务贸易中所占的份额将日益下降。现在经济学中所指的"人力资源"，将主要指具有相当技能的熟练劳动者。在这方面，中国并不具有独特的优势。基于这种变化，要积极开展对俄劳务人员培训，尤其要注重素质培养。中国对外承包商会印发的《对外劳务合作行业外派劳务基地指导办法》，为促进和规范对外劳务合作行业外派劳务基地的建设，规范发展，加强外派劳务资源能力建设，提高外派劳务资源的素质和总量，配合走出去战略的实施开发探索了道路。通过专业化的分工与合作，将对外劳务合作企业开拓国际市场的优势与外派劳务基地的资源优势有机结合起来，形成对外劳务合作企业-外派劳务基地-国际劳务合作市场的产业链条，提高劳务合作的科技含量和语言、涉外知识、所在国法律和风俗人情习惯等方面的素质。针对劳务素质偏低的现状，黑龙江省东宁县根据产业结构和对俄劳务输出的具体实际，编印了《俄罗斯概况、经济、习俗、法律简介》、《中俄文简易对话》、刻录蔬菜种植技术和禽畜养殖技术光盘，用于培训赴俄罗斯务工的农民，取得了较好的效果。

4. 开发新产品，培育贸易增长新源泉

面对当前的国际市场，要实现中俄经贸大发展，必须大力培育贸易增长新源泉，发挥各自优势特色和双方产业互补优势，寻找和确定具有特色的贸易与投资领域。例如，俄罗斯在能源、资源、航空航天、核能、动力设备、采矿设备、金属加工机床等高技术领域具有比较优势，中国在轻纺、日用品、家电、通信及科技成果转化、汽车制造等方面具有比较优势。同时，两国劳务合作的互补性也很强，应进一步挖掘和推动示范项目和有影响力的项目。双方可将机电产品贸易与技术转让和投资结合起来，带动联合生产、加工合作，扩大共同利益，实现互利双赢。以原木出口为例，按照俄罗斯修改后的新森林法，原木出口关税从 2006 年的 6.5% 提高到 2007 年的 20%、2008 年的 25% 和 2009 年的 80%，这必使俄对华原木出口遭受致命打击。因此，必须找到新的出路。例如，中国方面可以通过扩大对俄林业投资（包括投资设备、劳动力和资金）在俄组织合资经营（或独资经营），以对原木进行深加工再出口。这既可保证中国继续获得俄罗斯木材，也能提高俄罗斯林产品的出口附加值，使双方实现互利共赢。

5. 从战略的高度重视和开发大型经济技术合作

在发展易货贸易的基础上，进行更深层次的生产技术合作。自 20 世纪 80 年代后期开始，中俄两国以易货贸易为主的经济联系迅速发展，但盲目性、无秩序性十分突出，需要政府按国际惯例和市场经济准则协调和控制，使中俄双方向更深层次的生产技术合作过渡，为构建新型的中俄政治经济合作关系奠定良好和稳固的基础。我国在以食品、轻工、电子产品换取初级产品的同时，寻求矿产开发、机器制造、化肥等工业生产的合作，还要考虑到俄罗斯在航天、化学、生物等方面的优势，特别是要重视大型项目的合作。近年来，两国在大型项目上的合作已有进展。例如，能源动力、和平开发宇宙、建设天然气管道、从西伯利亚东部和西部向中国输电等重大项目正处于研究和实施阶段，尤其是水电站和核电站项目的合作，反映了中俄两国合作档次的提升和质量的提高。

（三）以投资带动经贸合作，推动升级

在 2006 年的《中俄联合声明》中，双方强调投资合作是两国扩大经济合作的主要途径，具有广阔前景。双方将进一步完善投资，促进会议机制，加强信息沟通与政策协调，创造良好的投资环境，促进多种形式的合作，实现优势互补，互利共赢。推动中俄劳务合作，以投资带动升级，可以从以下几方面加以理解。

1. 生产要素复合移动是国际经济合作的新特征

国际经济合作是当代国际分工发展的产物，是以现代科学技术为动力，以生产国际化为基础建立起来的，其目标是通过生产要素的国际移动来实现全球资源的合理配置。在以生产要素国际移动和重新组合配置为主要内容的国际经济合作活动中，生产要素的国际移动有时是单一的要素移动，但更多情况下，是资本、技术、劳动力、资源、信息与管理等多种生产要素的复合移动。生产要素的复合移动是当前国际经济合作的又一特征。在国际劳务市场上，交易效率的提高可以通过两个途径来实现：其一，通过制度创新促使交易效率的规范透明，符合国际惯例；其二，经济主体通过交易能力的提高，交易内容层次的提升、交易方式的改进等，可以获得更多的交易盈余和比较利益。一旦两国间的劳务贸易出现障碍，企业就可以通过跨国投资，利用母国和东道国多重比较优势的强化，提升其"转化"功能，从而提高效率，实现比较优势向竞争优势的转化随着经济的复苏和社会环境的改善。

2. 俄罗斯投资环境不断改善

近年来，俄罗斯的投资信誉在逐步提高。据联合国贸易和发展组织《2010～2012 年世界投资前景调查报告》显示，在对外直接投资最具吸引力国家排名中俄罗斯居第五位。报告还指出，俄罗斯也是具有潜力的投资国，根据联合国贸易发展会议评价，俄罗斯被列入投资潜力高但吸引对外直接投资实际指标低的国家之列，这说明其吸引外资的潜力很大，外资进入俄罗斯经济的速度明显加快。2008 年上半年俄罗斯吸引外国投资 465.3 亿美元，同比增长 22.9%。远东与后贝加尔地区吸引外资的形势也相当不错。国际信用评级机构穆迪公司将俄罗斯主权评级从表示适用于投机的信用级别 BA2 调高到了适用于投资的信用评级 BAA3，也就是承认俄罗斯具有投资吸引力。

俄罗斯经济与发展部估计，资本投资每增长 1% 可以保证国内生产总值增加

0.3%～0.4%。俄罗斯资本投资增长的波动首先与外部市场行情有关系，其次与出口企业的财务状况有关。俄罗斯70%的资本投资仍然依靠企业自有资金，其余来源的投资（银行贷款、股票发行、吸引外部投资等）在总投资中所占的比例不高。2005年54%的投资者认为，俄罗斯的投资风险比其他发展中国家要高。而在2006年，持这一观点的被访者仅为35%。51%参与调查的公司认为，俄罗斯各地投资环境发展良好。俄罗斯国家统计局2006年2月22日公布的数据显示，截至2005年年底，俄罗斯吸引的对外直接投资总额已达536.51亿美元。2005年外国投资者以购买股票和其他有价证券方式对俄罗斯投资为4.53亿美元，同比增长了36.3%；以贷款等方式对俄投资达401.26亿美元，同比增长了30.5%。截至2005年年底，在俄罗斯吸引的外资总额中，国际机构贷款和商业贷款等形式的投资所占比重达到53.8%，对外直接投资占44.5%，股票和其他有价证券投资占1.7%。2006年俄罗斯资本流入量高达416亿美元，创下历史最高纪录。2007年俄罗斯吸引外资1 209.41亿美元。俄罗斯联邦统计局公布的数据表明，由于投资者预期俄罗斯政治、经济形势稳定，2006年俄罗斯固定资产投资增长13.7%；2005年增长10.9%；2007年增长21.1%，为6.417 8万亿卢布（2007年，1美元约合24.5卢布）。2007年俄罗斯投资增长速度发生了质的飞跃，比往年几乎增长了一倍。以上这些经济增长指标中大部分或多或少地超过了俄罗斯政府所确定的安全阈值，某种程度上可以说，俄罗斯经济安全状况有所好转。

3. 通过生产性投资产生的需求效应带动其他要素的流动

按照经济学原理，资本增值速度要远远高于劳动增殖速度。中国如果不实现单纯资本输入向资本输出与输入相平衡的战略转变，就只能在国际经济分工中处于最低层次，靠廉价劳动力和出口初级产品为他国赚取超额利润。因此，经贸合作必须以生产投资为依托，才能具有可持续发展性。为了更好地利用国内外两种资源、两个市场，要加速境外投资，积极参加全球范围内的生产要素优化配置，以克服国内外人口与资源矛盾，带动劳务输出；充分发挥合作潜力，提高合作质量，推动合作升级，使中俄经贸合作发展到一个新的层次，并具有可持续发展性；以适量的投资，带动劳务多层次、大规模、稳定输出，并制订优惠的投资政策，以最终实现综合发展的经贸合作新局面。例如，吉林省为到俄罗斯投资的企业提供了许多优惠政策：一是对进行森林采伐和木材加工的企业实行贷款全额贴息；二是做境外加工的企业，将享受国家的减税和免税政策；三是省内开展对俄贸易比较大的企业，省政府将给予奖励。此外，国家还给中小企业开拓国际市场提供了一部分资金支持。俄罗斯政府对于将中国资金引进经济特区加工工业很感兴趣，包括高速公路、桥梁、港口等大型基础设施建设将成为俄中投资合作的最重要方向。为了鼓励中国企业投资参与俄经济特区的基础建设和加工生产，俄方准备尽早与中国签署《中俄投资保护协定》。目前投资应该集中精力建立合作的工业基地，生产附加值更高的产品。特别是可以考虑在俄罗斯建立企业，加工俄罗斯鱼类、木材及其他俄罗斯向中国出口的传统产品，目前这些产品多半是以原料的形式出口到中国的。由于目前俄处于资金短缺阶段，在《2004～2010年滨海边疆区社会经济发展战略》中提出，如人口每增长1%，则能保证国内生产总值增加0.4%，相反，减少1%则降低0.4%；而投资每增加1%，能保证国内生产总值增加0.3%，在人口增长为0的情况下，要保证国内生产总值达到8%，就必须要使投资增加15%。为此，中国要实施"走出去"战略，从资源、资金、设备和技术上进行合作，兴办经济实体项目，这样对俄经贸合作才能具有更持久的生命力。

4. 投资合作具有带动贸易合作的巨大潜力

2004年9月中俄总理第9次会晤期间，中国国务院总理温家宝提出中俄经济合作的6项任务。计划在未来15年，即到2020年前，中国将向俄罗斯投资120亿美元，并在2004年举行了首届中俄远东投资促进会，从此中俄投资促进会成为每年定期举办的例会。在2006年中国举办"俄罗斯年"期间，中俄发表的《中俄联合声明》强调："中俄投资合作是两国扩大经济合作的重要途径，具有广阔前景"。随后，两国签署了《中俄鼓励和相互保护投资协定》，并进一步采取了一系列改善投资环境的措施。在2007年俄罗斯举办"中国年"期间，中俄发表的《中俄联合声明》和有关文件再次强调，把"加强投资合作"作为"双边合作的优先方向之一"，并将基础设施建设、加工制造、高新技术、木材深加工以及能源资源开发等确定为投资的主要领域。2009年3月27日，中国和俄罗斯在北京举行了第5届中俄投资促进会并签署了6份文件，这些文件包括《关于完善中俄投资促进会议机制的谅解备忘录》和《关于完成中俄投资合作规划纲要研究拟定工作的纪要》等。中俄两国还签署了木材加工、森林工业和森林资源开发领域的一系列投资项目。双方表示愿意加强中俄投资促进会议机制框架内的合作，为在基础设施建设、加工制造、高技术、能源和资源开发等双方共同感兴趣的领域进一步拓展新的投资合作项目和合作方式而努力。从 2004 年开始每年一度的中俄投资促进会已经举办了 5 届，各届中俄投资促进会上签约的森工项目、基建项目、化工项目、农业综合开发项目及矿产项目等都已经陆续开工建设。切实组织好两国元首批准的《中俄投资合作规划纲要》实施工作，并扶持正处于实施阶段的投资项目将是今后一个时期内的工作重心，鼓励中国企业向俄罗斯经济特区投资以及俄罗斯企业向中国经济特区投资将是今后一个时期内新的投资方向。2009 年"贷款换石油"协议的签订，使中国对俄投资实现了跨越式增长，今后能源领域的投资合作和地方之间的投资合作将越来越成为中俄经贸合作的主流趋势。[58]

（四）拓展区域合作空间

随着区域经济一体化更加强调渐进、开放、灵活、自由、协商对话，"开放的区域主义"（Open Regionalism）正在成为一种流行趋势，区域主义势在必行。[59]区域主义产生于 20 世纪 50 年代，发展于 60～80 年代，到了多极化格局的 90 年代，成为一种世界性的现象。区域主义的要旨，是指地理相邻或相近的国家、政府或非组织为了共同的福利和发展所进行的制度化的多边合作过程。区域主义在经济领域的代表性理论，就是巴拉萨的"市场 + 制度"理论。这种模式虽然强调市场的基础性作用，但却更强调制度与国家，尤其是超国家机构的调节作用，因而其成功实施的关键在于：参与各方能否就有关合作的制度性安排，经由谈判达成一致，能否最终形成一个超国家机构的调节机构或机制。如果缺少了这一条件，这种模式就难以推行。然而，区域主义在亚洲却表现出其自身的特点。亚太地区是一个多样性而又多元化的地区，各国在社会制度、经济发展水平、文化意识形态、宗教信仰、民族特性等方面都存在着广泛的差异性，而这些差异性往往是各国的切身利益所在。促成边境贸易这种较低级的贸易方式向高级化转变，转向现汇贸易和口岸经济合作，发展对口行政区之间直接的经济技术合作，使贸易和经济技术全面合作的地域范围逐步扩大，目前已涉及中国，主要包括东北地区全部以及华北、西北的部分地区，在俄罗斯则包括整个亚洲部分，即乌拉尔以东的西伯利亚地区和整个远东地区。这种合作将不局限于狭义的劳务合作，而是必须向有利于合作的高层次和综合效益方向发展。

中俄边境贸易是中俄两国接壤地区在规定的金额、品种范围内，通过指定的边境口岸或开放点，集中进行的小额贸易和边民互市贸易。中俄边境小额贸易，是指在沿陆地边境线经国家批准对外开放的边境县、边境城市辖区内，经批准有边境小额贸易经营权的企业，通过国家指定的陆地边境口岸，与毗邻国家边境地区的企业或其他贸易机构之间进行的贸易活动。边境地区已开展的除边民互市贸易以外的其他各类边境贸易形式，均统一纳入边境小额贸易管理，执行边境小额贸易的有关政策。随着中俄经贸合作关系的深入发展，中俄边境贸易也在不断深化。边境贸易是国际贸易的一种具体形式，又是一种特殊的国际贸易，其特殊性使得贸易与地理有着天然的联系。中俄边境贸易发展可大致分为四个时期：恢复期、快速发展期、调整期和规范发展期。中俄边境贸易是中苏边境贸易的延伸。沿边各省区政府与俄罗斯远东各州区还建立了地方政府首脑会晤机制，解决双方经贸合作中的问题。[60]

边境贸易是国际贸易的一种具体形式，WTO 定义的边境贸易是指"两国边境地区居民和企业在边境线 15 公里以内地带从事的贸易活动，其目的是便利边境线两边的人民互通有无"。传统经济地理理论认为，边境的存在意味着消费者或生产者离市场中心距离的增加，因而导致的费用增加，将提高商品的消费价格，从而限制市场范围和消费者数量，并使边境变成经济的荒漠地带。与传统经济地理理论不同，新经济地理学则将边境看做是合作与经济一体化的机遇，这方面的代表人物克鲁格曼认为，边境的开放可以改变地区间乃至国家间的资源分配结构，因为市场的国际化可以改变消费者和供应商的地域结构。在新经济地理学看来，技术成本差异、要素禀赋差异、需求和贸易运输距离的下降会吸引生产者和消费者在边境地区的集中，而且商品与要素自由流动性越强，越容易形成集聚效益，对市场一体化也越有利。同时，在规模报酬递增的作用下，边境地区获得的某种优势将得到强化，地区之间的分工模式得以形成。边境地区这种循环累积结果又会进一步吸引生产者与消费者在边境地区集中。因此，新经济地理学阐述了比较优势在地区之间的空间整合（产业集聚与分散）。而俄边境贸易的发展正在使地处边境的中俄地区成为双方投资的热点地区，这正是新经济地理学对发展中的边境经济发展的很好阐释。

1. 设立中俄边境地区特殊经济区、边民互市区和境外园区

中俄边贸由来已久。1958 年中苏两国外贸部就两国边贸达成协议并换文确

认，此后两国边境贸易的易货贸易迅速发展起来。2007 年 3 月 28 日，胡锦涛主席在访问俄罗斯鞑靼斯坦共和国时指出："地方合作是中俄开展战略协作的重要组成部分。近年来，两国地方交流合作呈现蓬勃发展的势头，加强地方交流合作面临重要机遇和广阔前景。我和普京总统一致同意把加强地方合作作为双方合作的重点。即便中国和俄罗斯都加入 WTO，边境贸易仍然有存在和发展的必要，仍然有其生命力。"当前，建立一种区域内合作机制变得更为现实。

地方合作是中俄经贸合作中富有潜力的方向。目前，中俄各级地方政府之间签署了上百份合作协议。特别是在 2003 年中国正式提出实施东北等老工业基地振兴战略，2002 年，俄罗斯政府重新修订和实施了《1996～2005 年和至 2010 年远东与外贝加尔地区经济社会发展联邦专项纲要》之后，中俄毗邻地区合作呈现加速发展之势，两国高层高度重视，地方政府和企业积极参与。2005 年，中国国家主席胡锦涛访问俄西伯利亚地区时表示，加强地方合作是两国元首会谈的重要议题之一，并达成共识，认为地方合作是中俄战略协作伙伴关系的重要组成部分。加强地方合作，有利于巩固中俄关系的基础、丰富互利合作的内容、拓展双方合作的空间。2009 年 9 月，中俄双方正式批准《中国东北地区同俄罗斯远东和东西伯利亚地区合作规划纲要》，规划纲要的实施将使中俄毗邻地区合作成为其他地方合作的示范区。中国东北与俄远东及东西伯利亚地区从地缘上注定是中俄经贸全面合作的试验场，是两国边境互市贸易区的扩大版，是中俄自由贸易区的缩小版。换句话说，是向中俄两国建立自由贸易区的过渡形式，是两国向自由贸易区模式发展的探索过程。

2. 建立经贸综合体

近年来，两国在建立经贸综合体方面达成不少共识，但在具体实施上进展不快。为了两国的长远利益，中国政府应在创建边境地区特殊经济区、边民互市区和境外园区方面采取更为积极的姿态，跨出突破性的步伐，共同建立贸易综合体；共同研究区域经贸合作发展战略，鼓励双方企业积极参与对方的区域开发计划，挖掘区域合作潜力；支持两国边境和地区间开展经贸合作，完善边境贸易基础设施建设，积极探讨深化两国边境和地区间合作的新形式。在俄罗斯方面可以考虑选择能源、技术和科技人才优势的重要项目，中国方面可以选择相应的制造加工能力和劳动力成本优势方面的项目。双方政府在资金远景规划和政策上同时给予对等的优惠，进行战略性的双方地区合作开发，由中国政府组织规模性的开发。目前，位于黑龙江省绥芬河市与俄滨海边疆区波格拉尼奇内边境线两侧的"绥—波综合体"，是中俄边境地区最大的经济合作项目。它是以国际贸易为主导，集多功能为一体的综合性经贸区，作为中俄边境经济合作的示范区，将超前进行贸易自由化和投资便利化的实验，加快向边境自由贸易区的过渡。

3. 建立中俄自由贸易区

自由贸易可以避免保护政策所带来的效益损失，建立自由贸易区有利双方规避经济全球化带来的风险。经济资源的全球配置和世界统一市场的形成是全球化的目标，也是经济发展的趋势，但由于存在不合理的经济秩序和资源占有率的不平等，各国在力图抓住全球化机遇的同时，也都不同程度地感受到全球化带来的各种矛盾和冲突。面临经济全球化，只有通过区域合作才能使各国最大限度地利用全球化的趋势，规避全球化带来的风险；也只有通过区域合作，才能使各国增强自身应对挑战的能力，进一步扩大竞争优势。通过建立各种优惠的经贸安排，寻求更大的经济发展空间，已经成为世界上多数国家的一项重要的政策选择。[61] 呈现这一发展趋势的主要原因是全球性的多边贸易谈判难度越来越大，进展缓慢，而区域或双边合作则范围较小，具有时间短，见效快的特点。很多经济学家都认为，除了消除生产和消费扭曲，自由贸易还能产生额外收益。自苏联解体、俄罗斯独立以来，中俄两国在政治上陆续实现了从睦邻友好关系到建设性关系再到战略协作伙伴关系的过渡，从建立两国领导人定期会晤机制到由两国主导建立上海五国合作组织。在两国政府的大力推动下，自1999 年以来，两国贸易额已呈现连续十年的增长趋势。不过，中俄经贸合作近年来虽有了很大发展，但总体水平不高。经贸关系主要是商品货物贸易，层次较低，高附加值的商品少，生产、科技合作很少，相互投资更少。出现这些问题的主要原因是：双方贸易结构单一，符合国际惯例的贸易制度与经贸服务体系尚未很好地建立起来，投资环境、交通运输和口岸等基础设施也有待改善。

从理论上看，中俄两国建立自由贸易区有很大的潜在收益，将是一个共赢的结果。中俄两国都是市场经济国家，都在国际市场上发挥着重要作用，并且对外资具有一定的依赖性。建立中俄自由贸易区有许多地理条件可资利用。中俄东段的边界线两侧坐落着数十对对应城镇和通商口岸，而且这些边陲城镇和口岸与本国境内贸易大通道相连，四通八达的水、陆、空立体交叉交通运输网络为建立自由贸易区提供了得天独厚的便利条件。

（五）加强人文领域合作交流

中俄人文交流与经贸合作在两国的双边合作中都占有重要地位，二者有着互动关系。中俄两国的睦邻友好合作关系前所未有的良好，但经贸合作的发展却差强人意。两国相互的贸易额和投资额在各自的对外贸易活动中所占比例很小，投资合作大项目不多，远远没有满足两国合作和共同发展的需求。对中俄人文交流及其与区域经贸合作的相互影响进行分析，一方面可以强化中俄两国人文社科领域的深入交流，加深中俄两国人民的相互了解和信任，减少误解和敌意，增进友谊和世代友好；另一方面可为促进两国区域经贸合作的快速发展提供有益的参考。二者有着方法与目的的关系，同时又具有反作用力。也就是说，通过人文交流可以达到加速经贸合作的目的，反过来，经贸合作的深入又能够促进人文交流迅速发展。二者互动，将会推动中俄两国全方位合作快速登上新台阶。

中国与俄罗斯的合作，在大项目投资上有很大的空间。例如，在资源合作、科技合作、基础建设等方面都有很好的发展前景。然而，合作的各种障碍也非常多。例如，俄罗斯斯拉夫石油公司国家股拍卖对中国石油公司设限；中国对俄最大投资项目——13 亿美元的圣彼得堡"波罗的海明珠"房地产开发工程签约后，部分民众反对，示威游行等。从表面看这是在与中国合作的问题上不同政治和利益群体主张的分歧，但是归根结底还是对中国的发展、变化和进步不够了解，并对中国与俄罗斯合作的诚意缺乏认同，存有戒心。为从文化方面消除以上障碍，应着力从以下几方面加强认识。

1. 文化是人类社会和谐发展的强大动力

未来世界的发展将是文化的发展，文化的发展已经成为 21 世纪最核心的话题之一。社会文化具有很强的渗透性、渐进性、亲和性和效益久远性等社会属性。当今世界，文化与经济、政治互相交融，与科技、综合国力、各民族文化都有着千丝万缕的联系，甚至未来世界能不能和谐发展，都将取决于各民族之间对文化能不能很好的交流和互相接纳。[62]联合国教科文组织 1998 年指出，发展可以最终以文化的概念来定义，文化的繁荣是发展的最高目标，文化的创造是人类进步的源泉，文化的多样性是我们人类共同的财富，对发展是至关重要的。所以，著名的未来学家阿尔夫 20 年前就说过，一个高技术的社会也必然是一个高文化的社会，以此来保持整体的平衡。

2. 文化交流和沟通是中俄深度和长远合作的基础

两国之间的合作不仅仅局限在经济和贸易方面，更深层次的是两国的政治、文化的互相认同和接纳，文化的认同有利于双方消除政治上的分歧和疑虑，充分相信对方的崛起和发展是和平的崛起和发展，有利于双方在国际事务重大问题上的一致，维护世界和平，建立国际经济良好秩序，有利于双方的经济贸易、科技合作层次的提升、优势互补、互利双赢。加强文化交流，是符合国际劳务合作的复杂性状况，消除文化障碍的有效手段。军事同盟和经济联盟要求成员国之间进行合作，而合作有赖于信任，信任最容易从共同的价值观和文化中产生。针对在俄罗斯不时冒出的不愿同中国经济合作的不和谐声音，中国政府仍应利用各种场合反复阐明中国的坚定立场，表明 21 世纪中俄两国政治经济合作的诚意，并制订切实可行的合作战略，采取多边、双边合作措施，逐步把合作向前推进，从政治互信、务实合作、战略协作和社会交往等各个方面都达到前所未有的高水平。"2006～2007 中俄国家年"活动的举办对于增进了解、促进合作、调动各界积极投身中俄关系发展具有重要意义，成为促进中俄战略协作伙伴关系的强大动力。

3. 加强交流了解，提高互信程度

语言、历史、文化、习惯等人为因素的一致或分歧，以及由此影响的经济合作的社会规则和经济制度，在很大程度上决定了区域经济合作的参与方对该经济合作"利益获得"和"利益损害"的判断，并在很大程度上决定了参与方之间的交易费用的高低。也就是说，除了参与方经济上的互利以外，政治上的互信、互让、互谅对于合作也十分重要。合作双方制订一系列契约规则来限制对方、保护自己，就会使合作的交易成本大大增加。如果双方制订的契约规则不足以反映双方的利益，那么经济合作就有可能难以为继，给经济合作带来极大的交易费用。中国与俄罗斯的劳务合作以远东和西伯利亚地区为重点，对同外国合作开发这一片广袤的地区在俄罗斯却仍然是一个政治上极其敏感的问题，特别是对与中国合作开发踌躇不前，甚至抱有戒心。对此，中俄上层应以政治家的战略眼光积极沟通，树立长时期互利合作的观点，制订相应的合作计划，消除一部分人对中国的疑虑；为了建立高度信赖的关系，应在中国东北建立俄罗斯文化中心，深化对俄国语言、历史和文化的研究；在俄罗斯西伯利亚和远东地区建立中国文化中心，深化对中国语言、历史和文化的研究。

2006～2007 年，中俄通过互办"国家年"活动，加深了两国人民之间的友谊，为中俄战略协作伙伴关系夯实了牢固的人文基石，是加强交流、增进互信的有效举措。2009 年和 2010 年被确立为中国的"俄语年"和俄罗斯的"汉语年"，如果说"国家年"是一项创举，那么互办"语言年"，又是一个重大的"民间外交"，进一步夯实了中俄两国的民意基础，进而对双边经贸合作产生积极的影响。俄罗斯副总理茹科夫认为，包括人文领域在内的俄中关系"达到了有史以来的最高水平，并仍将继续蓬勃发展"。目前，中国政府正资助在俄境内成立孔子学院。2009～2010 年，在俄罗斯已经成立和准备成立的孔子学院接近 20 所。俄罗斯国外文化中心发展促进基金会总裁戈罗杰茨基公布，2009 年在中国境内将开设超过 10 家俄罗斯文化中心。目前，在中国上海已有两家俄罗斯文化中心，基金会的任务是在中国建立一个现代俄语文学基地。尽管人文领域合作不会产生立竿见影的经济效益，但却是两国经贸合作实现可持续发展最可靠的保障。

三、区域战略选择：俄罗斯远东的发展前景
　　　及与中国东北的区域合作对策

随着中国东北振兴与俄罗斯远东开发的相互对接，地区合作进入实质性操作阶段。邻近国家之间的地区合作是国际区域经济一体化大潮的重要分支，将为两国经济的可持续发展注入新的活力。近年来，俄罗斯与独联体国家和欧盟国家的地区合作发展迅速。2009 年，中俄两国正式批准《中国东北地区与俄罗斯远东及东西伯利亚地区合作规划纲要》，符合中俄双方利益，具有示范效应，为中国沿边地区与俄远东及东西伯利亚地区进一步深化友好交流和经贸合作带来了新契机。中俄两国山水相连，充分挖掘两国地区合作的潜力无疑是密切两国经济联系的重要举措。2009 年 5 月 21 日，梅德韦杰夫总统在哈巴罗夫斯克举行的"沿边合作会议"上发表重要讲话《同中、蒙发展沿边合作及俄东部地区发展》，称中国是俄罗斯"最重要和最有经济合作前途的伙伴"。在某种意义上，梅德韦杰夫的"哈巴罗夫斯克讲话"与 1986 年戈尔巴乔夫"符拉迪沃斯托克讲话"异曲同工。如果说"符拉迪沃斯托克讲话"开启了中苏关系正常化的大门，

那么"哈巴罗夫斯克讲话"则意味着俄罗斯明确了深化中俄经济合作的新思路，将与中国的合作视为实现俄罗斯经济复兴的战略路径。2009 年 9 月 23 日，胡锦涛主席在纽约会见俄罗斯总统梅德韦杰夫，中俄正式批准《中国东北地区同俄罗斯远东及东西伯利亚地区合作规划纲要（2009～2018）》（简称《合作规划纲要》），它包括中俄两国边境地区 205 个主要合作方案。在总理会晤期间，双方强调中俄地区间合作取得新突破对两国关系发展具有重要意义，表示双方将全力落实《合作规划纲要》，为此双方将确定协调落实纲要的办法。

（一）俄罗斯远东的区域发展前景

要制订对俄罗斯远东地区的劳务合作政策及所采取的模式选择，我们必须了解这一地区经济的发展前景。只有以地域整体发展的目标和前景为出发点，才能做到有的放矢，有所依据。

远东地区具有独一无二的自然资源和有利的地理位置，但当前它的社会经济发展状况并不令人乐观，主要表现为经济发展比例失调，燃料能源基础薄弱，黑色冶金和机械制造业不够发达。自苏联解体以来，生产连续下降，远东地区的所有联邦主体都要靠政府补贴。俄罗斯联邦权力机关认识到发展远东地区的重要性，并制订了一系列发展远东各区域的国家计划，其中包括《1995～2005 年萨哈共和国社会经济发展规划》、《1996～2005 年后贝加尔地区经济发展规划》等。远东地区也制订了一系列适合本地区的发展规划，如《2005～2010 年滨海边疆区社会经济发展战略》等。

远东地区在开发地域自然资源方面存在的困难很大，因为要在未开发地域建立新的生产、交通线路和完善社会体系需要大量资金。在联邦政府不能为远东经济提供大量资金支持的情况下，只能建立大量的资源开采方面的合资企业，使其成为单一的原料基地，并靠增加传统原料的出口获得资金。远东作为东北亚国家经济快速发展的"仓库"，虽然拥有大量的石油、天然气、铁矿、木材以及海洋生物资源，但由于加工难度大，因此必须加大投资力度。在投资回报周期较短的生产行业，如黄金开采业，投资已进到了地质勘探阶段，而在投资回报周期较长的行业，如森林行业，不合理的生产活动使回报率得不到有效的保障。尽管远东地区资源丰富，但那些非再生资源很快就会在短期内耗尽，因而在可再生资源方面，应更新开采和生产的方法与技术。在市场经济条件下，只有使生产的产品符合国际质量和工艺标准，才能取得较好的效益。而远东地区大多数生产和加工企业采用陈旧老化的设备与工艺，因而经济效益不高。因此，尽管自然资源是发展远东地区的自然基础条件，但在制订发展前景时也不应对其过多地依赖。

从远东区域看，其发展前景可划分如下。

1. 贝—阿铁路干线区及雅库特区

在市场经济条件下，远东地区发展的前景同开采新的自然资源和继续形成南雅库特地域生产综合体密切相关。将来在贝—阿铁路沿线区要建立一个以南雅库特的焦炭煤和这一地区的铁矿为基础的黑色冶金综合体。以优质的煤炭和铁矿继续发展南雅库特地域生产综合体。以动力技术、森林和木材加工业、机械制造业、采锡和其他矿产资源为基础，继续发展捷伊斯柯—斯沃博涅综合体，使得捷伊斯柯水电站投入运行。利用布列特水电站和乌尔加里的煤炭资源，创建乌尔加里地域生产综合体。以热电站的强大动力为基础，建立生产筑路用机车等新的机械制造行业和强大的维修基地。在利用丰富的森林资源基础上发展森林和森林化学工业部门。以西伯利亚石油、萨哈林大陆架石油和雅库特天然气、南雅库特煤炭、当地磷灰石和磷钙石为基础，在阿穆尔共青城建设大型化学综合体。实现南雅库特矿区 600 万吨煤的年生产能力，将大部分优质焦煤提供给远东南部地区的冶金厂，其余部分通过东方港出口日本。俄罗斯远东区的首要经济任务是将热电站转换成更有效的天然气燃料，在不久的将来，建设从伊尔库茨克州科维金天然气产地到远东和中国、日本等邻国的输气干线管道。

2. 滨海边疆区

发展船舶维修及渔业加工工业。开发西伯利亚和远东近 4 000 万公顷的泰加林，采伐 600 万立方米的木材（主要是云杉和冷杉）。为解决建设远东地区需要的强大的建筑基础，建设一系列新的水泥厂和其他建筑工业设施。

3. 东部港口区

在贝—阿铁路东部正在形成苏维埃港地域生产综合体，对苏维埃港的重新设计将使该港成为远东地区的大型交通运输枢纽。在该区域的发展远景中，有色冶金将占重要地位。同时，计划扩大地域研究，增加矿产资源新种类的出产地，靠重新设计和建设新的煤矿，将采煤量扩大 1.5 倍，增加布列特水电站、乌苏里水电站的电能，在堪察加的托尔马切沃建设小型瀑布水电站。

4. 边境地区

边境地区以吸引投资为主。开采远东丰富的资源需要大量资金，要优先从日本、中国和韩国吸引资金。当前该地区已经决定同日本合资开采萨哈林大陆架的石油资源，同中国也签署了关于在沿阿穆尔河（黑龙江）边境地区建立合资企业的协议，有关纳霍德卡自由经济区的建立事宜正顺利发展，它将给该地区带来较大的经济利益。远东地区更有发展前景的方向是靠本区的军工企业转产来发展自然资源的开采和加工。同时，要继续发展市场经济，建立市场机制，依靠结构改造实现经济的社会化，发展自由经济区，解决生态和人口问题，扩大同其他地区和国外的交通和经济联系。该地区面临的问题和优先任务是全力发展小企业和同邻国的合资企业。当代国际一体化进程的加强，使该地区得出的结论是必须逐步形成同亚太国家的统一市场空间，首先是同中国建立互利关系，这是在经济和政治上都有效的发展路径。俄罗斯各地区由于自然地理和经济条件不同，不会以相同的步伐同时加入世界经济体系。根据远东地区特殊的经济地位，可以将其划入关税独立区，为它同其他国家的毗邻地区融入统一的经济空间创造条件。在一定程度上以中国的对外开放经验为基础，其基本步骤是首先引入区域优惠的边境和关税体制，同毗邻的中国、日本、美国等形成自由贸易区，然后将这一体制扩散到整个远东地区，在远东地区建立优惠的关税和投资体制以吸引资金，之后逐步减少资金、服务、技术、劳务、能源和交通的限制，形成远东和毗邻地区的统一经济空间。[63,64]

（二） 中国东北与俄罗斯远东的区域合作对策

东北地区由于长期处于计划经济体制下，人流、物流、资金流和信息流等市场要素很少流动。哈尔滨工业大学校长王树国在黑龙江省科协举办的"北方高层科技论坛"上就指出："没有任何一个区域是天生被边缘化的，关键是如何发挥区位优势和特色。"东北地区振兴，便要改变现在的"末端"状态，促进地市场要素流动，使其成为人流、物流、资金流和信息流等市场要素流动的中心。只有将东北地区置身于通道位置和要素流动的中心位置，才能彻底实现东北地区经济的快速发展。

中国东北与俄罗斯远东的区域经贸合作在两国的经济合作中仍将是一个长期、重要的合作过程。因此，应根据区域、产业和不同的发展阶段选择不同的战略，着眼于两国国情，根据不同区域的区位特征，资源禀赋优势，市场布局特点和发展前景，采取相应的对策，引导两国经贸合作由低层次向高层次的合作生产、加工和以科技为主导的更高级合作形式发展，最终建立经济技术合作区，推动合作战略升级。根据远东地区的区域特点，应制订以下区域合作对策。

1. 贝—阿铁路干线区及雅库特区

根据该区域建立以开采新的自然资源和发展黑色冶金（高质的煤炭和铁矿）为基础的南雅库特地域生产综合体，利用丰富的森林资源发展森林化学产业，计划开采萨哈林的石油、天然气以及黄金和金刚石，中方在此区域应着重发展矿产、森林方面的合资企业，并以此带动经贸合作的发展。

2. 滨海边疆区

根据该区域发展船舶维修、渔业加工工业、森林和木材加工以及建筑工业基础的需要，中方要重点参与森林及木材加工和水产品加工方面的合作，并采取带资承包等方式，加强建筑方面的经贸合作。

3. 东部港口区

根据该区域贝—阿铁路东部正在形成远东强大的交通枢纽——苏维埃港地域生产综合体，以及扩建布列特水电站、乌苏里江水电站和在堪察加的托尔马切沃建设瀑布水电站的规划，中方可开展电力方面的合作。

4. 边境地区

根据投资优先原则和首先从日本、中国、韩国吸引资金的计划，该区域目前已经同日本合资开采萨哈林大陆架的石油资源，同中国签署了关于在沿阿穆尔河边境建立合资企业的协议。纳霍德卡自由经济区的顺利发展将给该地区带来较大的利益，因此中方要认真分析日本、韩国的优势及我国的应对策略，发挥边境优势，共同发展，积极组织中俄边境城市间的经济技术合作，使其成为转口贸易中心，实现农、工、贸一体化。

在当今世界经济一体化大潮中，中俄双方必须适时转换经贸发展战略，形成以大范围、多形式、多主体、高起点为核心内容的经贸发展战略。具体来说，就是以有利于实现两国国民经济的长远战略发展为目标，以有利于中俄生产要素合理配置为标准，从以俄罗斯远东和中国东北为重点，过渡到全国范围，形成南北兼顾、东西联动、分工合作、全国一盘棋的大经贸格局。尽早共同制订中俄中长期经贸发展战略，加强各个层次的双边交流，提高中俄经贸互信程度。

参考文献

［1］郑志海．入世与服务业市场开放（第 2 版）．北京：中国对外经济贸易出版社，2002：4～5.

［2］程亦婷．全球化背景下的俄罗斯经济转型．西伯利亚研究，2006，（10）：37～39.

［3］陆南泉．推动中俄区域经贸合作战略因素的新变化．西伯利亚研究，2010，（2）：5～9.

［4］王海运．中俄关系：战略基础与发展趋势．俄罗斯研究，2009，（2）3～9.

［5］李辉．中俄关系的现状与发展前景——在莫斯科国立语言大学的演讲．http：// www. chinanews. com. cn/gn/news/2010/04－23/2243176. html ［2010－04－28］.

［6］冯玉军．2009 中俄关系盘点：走上“共同发展”之路．http：//www. cnr. cn/allnews/ 200912/t20091225_505809844. html ［2009－12－15］.

［7］田春生．中俄经贸合作关系新析——经济利益的视角．俄罗斯研究，2010，（1）：31～40.

［8］冯绍雷．中俄经贸合作关系的背景、问题与前景．莫斯科华人报，2003－08－03.

［9］赵鸣文．中俄关系进入新的历史发展时期．俄罗斯中亚东欧研究，2010，（1）：62～67.

［10］张玉侠，等．经济全球化背景下的中俄经贸合作．黑龙江科技信息，2008，（23）113～114.

［11］凌胜利．地缘文明视角下的中俄关系．西伯利亚研究，2010，（6）：92～95.

［12］赫国胜．新编国际经济学．北京：清华大学出版社，2003：301～318.

［13］Зоя Муромцев. Стратегия Подъема Северо-востока Китая. Проблемы Дальнего Востока，2004，（3）：41～43.

［14］赫维人，潘玉君．新人文地理学．北京：中国社会科学出版社，2002：110～116.

［15］富燕妮，侯力．边境城市的发展在东北亚区域经济合作中的作用．长白学刊，

1998，（1）：56～58.

［16］Т. Г. Морозова. Экономическая география. Москва：UNITY，2002：413～415.

［17］联合国贸易与发展会议. 2006 年世界投资报告——来自发展中经济体和转型经济体的外国直接投资：对发展的影响. http：//www. fdi. gov. cn/pub/FDI/wzyj/yjbg/default. jsp ［2006 - 11 - 02］.

［18］Е. Т. Гайдар. Российская экономикав 2006 году. Тенденции и перспективы. Москва：ИЭПП，2007：105～108.

［19］Приходько С. В. Российские прямые инвестиции за рубежом：основные тенденции и последствия для национальной экономики. Москва，ИЭПП，2008：21～27.

［20］Виноградова С. В. Импорт Продовольствия ВРоссии：Проблемы И Последствия. Курсовая Работа，2009：18～22.

［21］Вячеслав Сельцовский. Квопросу повышения эффективности российского импорта. Экономическая политика，2009，（2）：22～24.

［22］Заборовская Алина Сергеевна. Высшее образование в России：правила и реальность. Москва：ООО Поматур，2004：8～23.

［23］С. В. Шишкин. Даступность высшего образования в России. Москва：ООО Поматур，2004：12～14.

［24］Л. С. Вербитская. Институциональная автономия и проблема управления в высшем образовании. http：//www. mon. gov. ru ［2006 - 03 - 21］.

［25］宋魁. 俄罗斯远东地区林业和木材加工业走势与中俄林业合作. 东欧中亚市场研究，2001，（10）：3～9.

［26］江伟宏. 非传统安全视野下的中俄农业合作. 俄罗斯中亚东欧市场，2010（8）：36～45.

［27］佚名. 俄罗斯水产工业期待浴火重生. http：//www. foods1. com/content/28847/ ［2005 - 06 - 06］.

［28］Е. Т. Гайдар. Российская экономика в 2007 году：Тенденции и перспективы. Москва：ИЭПП，2008，（3）：50～55.

［29］张耀光. 渤海海洋资源的开发与持续利用. 自然资源学报，2002，（6）：21～22.

［30］王延中. "世界工厂"与我国国际劳务合作. 管理世界，2002，（9）：63～70.

［31］亚当·斯密. 国民财富的性质和原因研究. 北京：商务印书馆，1989：69～70.

［32］李小建. 经济地理学. 北京：高等教育出版社，1999：224～225.

［33］列宁. 列宁全集（第3卷）. 北京：人民出版社，1984：20～21.

［34］薛君度，陆南泉. 俄罗斯西伯利亚与远东国际政治经济关系的发展. 北京：世界知

识出版社，2002：196～197.

[35] 孙晓郁. 面向未来的中俄经贸关系. 北京：中国发展出版社，2003：12～13.

[36] 陈才，袁树人. 东北亚区域合作与图们江地区开发. 长春：东北师范大学出版社，2001：68～71.

[37] 丁四保. 内陆边境地区对外开放的区域模式研究. 长春：东北师范大学出版社，1994：92～93.

[38] 于国政. 论中国与邻国边境地区的经济一体化. 人文地理，1997，（6）：23～26.

[39] 王殿华. 中国东北与俄罗斯远东劳务合作研究. 东北师范大学博士学位论文，2006：11～22.

[40] 于小琴，于连平. 浅析俄劳动力市场发展及中俄劳务合作. 俄罗斯中亚东欧市场，2010，（5）：33～37.

[41] Mattoo A，Carzaniga A. 人才流动与服务贸易自由化. 北京：中国财政经济出版社，2004：137～138.

[42]（英）安东尼·吉登斯. 现代性的后果. 北京：译林出版社，2000：73～74.

[43] 储详银. 国际经济合作实务（第二版）. 北京：对外经贸大学出版社，2001：309～310.

[44] 王晓菊. 俄国东部移民开发问题研究. 北京：中国社会科学出版社，2003：86～89.

[45] 侯景新，尹卫红. 区域经济分析方法. 北京：商务印书馆，2005：268～269.

[46] 普里戈金. 从存在到演化自然科学中的时间及复杂性. 上海：上海科学技术出版社，1986：62.

[47] Castles S，Miller M J. The Age of Migration. Macmillan，1998：39～40.

[48] 俄罗斯远东地区稳定发展的问题与前提. http://www. russiachinese. com/trade/showdetail［2010－11－23］.

[49] 田禾. 东亚劳动力跨国流动. 北京：世界知识出版社，2002：26～29.

[50] 子杉. 国家的选择与安全——全球化进程中国家安全观的演变与重构. 上海：三联书店，2005：8～9.

[51] 亨廷顿. 文明的冲突与世界秩序的重建. 北京：新华出版社，2010：46～48.

[52] 叶自成. 地缘政治与中国外交. 北京：北京出版社，1998：16～18.

[53] 赵有田. 综合国力竞争与文化冲突. 长春：长春出版社，2004：119～129.

[54] Василий Михеев. Китай：Угрозы，риски，вызовы развитию. Москва：Центр Карнеги，2005：387～388.

[55] Б. А. Хейфец. Использование иностранной рабочей силы в России：проблемы и перспективы. Москва：ИЭПП，2005：142～145.

［56］陆南泉. 推动中俄区域经贸合作战略因素的新变化. 西伯利亚研究，2010，（2）：5～9.

［57］林跃勤. 探索中俄经贸合作发展的新推力. 俄罗斯中亚东欧市场，2008，（2）：26～35.

［58］朱泾涛. 新时期中俄经贸关系研究. 华东师范大学博士学位论文，2006：21～44.

［59］李凤林. 探索中俄经贸合作的新模式. 西伯利亚研究，2007，（4）：9～10.

［60］张思宇，李亚民. 建立中俄经济自由贸易区的可行性分析. 价值工程，2010，（20）：224～225.

［61］赫英丽. 新经济地理学视角中的中俄边境贸易研究. 黑龙江社会科学，2009，（3）：36～37.

［62］曲雅静，吕国辉. 中俄经贸合作中文化冲突分析及对策研究. 长春工业大学学报（社会科学版），2007，（4）：109～113.

［63］Каменских МВ，Дробышевский СМ，Трунин ПВ. механ-изм о денежно-кредитной политики в российской экономике. Москва：ИЭПП，2008：34～38.

［64］Стратегия социально-экономического развития приморского края на 2004 - 2010 гг. Владивосток，2003：118～119.

后 记

本书由华夏英才基金资助出版。

由衷感谢中共中央统战部、天津市委统战部、天津市教育工委统战处、天津科技大学党委统战部在笔者申请基金过程中给予的大力支持和帮助。

本书是在笔者的博士学位论文和多年研究成果的基础上修改、补充而成的。其中，部分成果先后入选国内外学术研讨会，在国内外学术期刊发表。笔者接受新华社记者采访，《瞭望》、《中国人口报》、中国人民大学《复印报刊资料》以及人民网、中国网等多家媒体刊登、转载本书成果，产生了一定的社会影响。

感谢我的导师袁树人教授。导师以敏锐的洞察力和开阔的视野，在研究选题、资料搜集及论文撰写过程中，给予我精心的指导、无私的教诲、鼓励及帮助，本书字里行间无不浸透着导师的心血。多年来，导师严谨的治学态度、渊博的知识及待人之诚恳都给我留下了难忘的印象，使我受益终生。在此表示衷心感谢！

感谢科学出版社李晓华、邹聪编辑在编辑加工和各项出版流程中所做的大量周到、细致的工作。

书稿虽已完成，但由于笔者学术水平、研究能力、资料查阅等因素的限制，所研究的国际经贸合作是有多种约束条件的复杂问题，非自己的能力所能充分把握。因此，难免存在疏漏和不当，诚恳接受各位同行的批评、指正。

王殿华

2010 年 12 月于天津